KB273504

판소리 사설의 특성과 미학

박영주 지음

보고사

판소리 사설의 특성과 미학

책머리에

　'문학 연구란 무엇이며 무엇을 할 수 있는가?'

　학문에 뜻을 두면서 머릿속을 떠나지 않는 화두였다. 나름대로 생각을 미루어 나가 보았으나, 어두컴컴한 숲속에서 길을 잡기 어려웠다. 시간이 지나면서 '문학이란 무엇인가?'라는 보다 근원적인 물음으로 되돌아오곤 했다. 당연한 일이었다.

　그럴 즈음 "문학은 언어를 표현수단으로 삼아 생의 미적 존재양식을 추구하는 것"이라는 임하 최진원(林下 崔珍源) 선생님의 말씀을 듣게 되었다. 눈이 번쩍 뜨였다. 문학이 문학일 수 있는 것, 그것을 논하자면 '언어성'과 '미의식'을 문제삼지 않을 수 없다는 것, 이를 살펴 나가자면 시대적 삶의 여건과 인간을 이해하는 시각이 필요하다는 것, 진실한 독자가 되지 않고서는 연구의 보람을 찾기 어렵다는 것 등을 어렴풋이나마 깨닫게 되었다.

　생각을 가다듬자 문학과 문학 연구를 둘러 싸고 있는 물상들이 좀더 분명한 형체를 띠기 시작했고, 무엇보다도 재미가 있었다. 그러면서, 드러난 현상보다는 잠재해 있는 본질을 살펴야 의미있는 일임을 절실하게 느꼈다. 자랑거리인양 화려한 관념과 추상에 이끌려 다니다가, 비로소 수수한 생활의 실제를 주목하게 되었다. 배를 저어 강을 거슬러 올라가는 일이란 본시 물살의 흐름을 읽고 적절히 방향을 잡아 나가는 일이 중요하지만, 결국 고독한 자신과의 싸움이라는 사실도 깨닫게 되었다.

    국문학에 대한 애정과 연구의 깊이를 스스로 검증하려는 시점에서 판소리에 눈을 돌렸다. 판소리는 구비서사시의 성격을 지닌 현장 연창예술이기에, 개념적 층위는 다르지만 구비문학·서사문학·시가문학·연행문학적 특성을 두루 내포하고 있는 민족예술의 보고라는 생각이 들었기 때문이다. 연구를 계속하면서 우리 민족의 예술적 역량과 무한한 잠재력을 새삼 확인할 수 있었다.

    이 책은 그 동안 판소리에 관심을 두고 써 온 글들을 한 자리에 묶은 것이다. 우선 학위논문인 「판소리 '사설치레' 연구」(1991)의 편차를 재구성하고 표현을 다듬어서, 제1부 <판소리 사설의 특성>과 제2부 <판소리 사설의 미학> 일부에 나누어 실었다. 제2부의 나머지 일부는 학위논문의 후속 작업으로서, 논의 범위를 확장하거나 나름대로 심화시키고자 한 글들을 실었다. 제3부 <판소리 서사전승과 연행문학>은 판소리와 직접 간접적으로 연관된 영역의 관심사를 논의한 글들을 실었다.

    제2부에 실린 글들 가운데에는 논의 내용이 다소 중복되는 부분도 있어, 전체 편차에 따라 문맥의 흐름을 다시 바로잡아 실었어야 하는 아쉬움이 남는다. 또, 가장 먼저 이루어진 글로부터 최근에 이루어진 글 사이의 시차가 10년이나 되기에, 오늘의 시점에서 수정·보완해야 할 부분도 적지 않다. 그렇지만 각각의 글을 쓸 당시의 상황을 감안하여 이를 그대로 드러내는 것도 나름의 의미가 없지 않고, 어느 시점에선가는 이 방면의 연구에 스스로 한 차례 매듭을 지어둘 필요가 있다는 생각에서, 부끄러움을 무릅

쓰고 한 권의 책으로 묶어 내게 되었다.

근래 문학 텍스트 연구는 주제적 측면이나 대사회적 국면과 관련된 사안들을 천착하는 데 집중된 감이 없지 않다. 이 방면의 연구 역시 중요하지만, 어느 경우든 텍스트 자체의 면밀한 분석이 전제될 때 보다 바람직한 결과를 낳을 것이다. 연구 의지와 실질 모두에서 텍스트를 이해·향수하는 과정이 전제될 필요가 있는 것이다. 그런 면에서 언어성과 미의식에 초점을 맞춘 판소리 텍스트 연구는 이 책의 특징이자 한계일 것이다.

변변치 않은 글들이지만, 문학 연구가 무엇이며 어떤 의미를 지닐 수 있는지 생각하고 깨우칠 계기를 갖게 된 것은 임하 선생님을 비롯한 여러 스승들의 가르침 덕분이다. 머리숙여 감사드린다. 자식이 걷는 길을 묵묵히 보살펴 오신 부모님께 감사드리고, 글쓰는 시간을 배려해 준 아내에게도 고마움을 전한다. 출판을 맡아 수고를 아끼지 않은 보고사 여러 분들께도 감사드린다.

2000년 초여름
경포호수를 바라보며
박영주 삼가 씀

차 례

제1부 판소리 사설의 특성

1. 판소리의 문학성과 연구의 시각

판소리는 구비문학으로서의 성격과 민속음악으로서의 성격을 아우르고 있는 현장 연창예술이다. 그런 까닭에 판소리의 본질과 예술적 총체성을 온전히 드러내기 위해서는, 연창의 현장성을 고려한 차원에서 민속음악적 특성과 문학적 특성을 입체적으로 논의하는 것이 가장 바람직하다. 이 점은 기존의 연구 성과를 검토하고 바람직한 연구 방향을 모색한 글들[1]을 통해서도 거듭 지적되어 왔다.

그러나 이같은 입체적 논의가 본격화되기 위해서는 개별적 특성에 대한 논의가 충실히 뒷받침되어야 한다. 그 가운데서도 문학적 특성을 구명하는 작업은 각별한 의미를 지닌다고 할 수 있다. 판소리는 예의 다양한 예술적 특성을 지니고 있지만, 그것이 일차적으로는 언어적 상관물이라는 점에서 문학적 접근의 의의와 필요성이 새삼 중요한 의미를 지니기 때문이다.

물론 판소리는 문학작품 그 자체로만 존재하는 것이 아니기에, 문학적 특성을 구명하는 경우라 하더라도 연창의 현장성 및 음악성과의 관련을 떠나 논의하기 어렵다. 따라서 문학적 특성이 여타의 특성들과 어떠한 연

---

1) 기존의 연구사를 검토하고 앞으로의 연구 전망을 모색한 예로는 다음의 글들을 참조.
　　김흥규, 「판소리 연구사」, 『판소리의 이해』(조동일·김흥규 편), 창작과 비평사, 1978.
　　최래옥, 「판소리 연구의 반성과 전망」, 『한국학보』 제35집, 일지사, 1984.
　　최동현, 「판소리 연구사」, 『판소리의 바탕과 아름다움』(김병국 외 11인 공저), 인동, 1986.
　　좌담(김대행 외 4인), 「판소리 연구의 회고와 전망」, 『판소리 연구』 제1집, 판소리학회, 1989.

관을 통해 실현되는가 하는 문제를 해명하는 데에도 관심을 집중시킬 필
요가 있다.

문학의 특성을 논하는 데 있어서 중요한 것은 역시 방법론이다. 텍스
트2)를 이해하는 시각과 체계적인 평가 기준이 전제되어야 하기 때문이다.
다음과 같은 논의는 이 문제와 관련하여 하나의 방법론적 지표가 될 수
있을 것이다.

> 문학의 특질을 논하려면 적어도 언어성(言語性)과 미의식(美意識)을 생
> 각하지 않을 수 없다. 왜냐하면 문학은 언어를 표현수단으로 삼아 생(生)
> 의 미적 존재양식을 추구하는 것이기 때문이다. 이 둘을 고려치 않은 문
> 학특질은 '문학의 특질'이 아니라, 다른 것의 대변(代辯)에 지나지 않는
> 다. 말하자면 그것은 물 위에 떠도는 기름이다. 기름을 건져내기는 쉬운
> 일일 지 모른다. 그런 것을 건져내기에 얼마나 많은 힘을 소모하였던 것
> 이고. 건져낸 것은 흔히 소재(素材)이기가 일쑤였다. 언어성과 미의식을
> 매개치 않은 소재는 문학으로서는 생경(生硬)이고 추상(抽象)이고 이식(移
> 植)일 따름이다.3)

문학 또는 문학작품의 연구·평가는 결국 텍스트의 해석과 향수에 초점

---

2) 판소리를 문학적 측면에서 연구할 경우, 그 언어적 상관물은 '작품(work)'으로서
보다는 '텍스트(text)'로서의 개념이 적용되어야 할 것으로 생각한다. 일반적으로
'작품'이 작가의 의도로부터 자유롭고 역사의 필연성으로부터 자유로우며 독자의
가치와 의미의 투사로부터 자유로운, 그 자체로 완결된 자족적이고 닫혀진 체계의
개념이라면, '텍스트'는 이와 상반된 국면에서 수용자와의 유대와 그들의 참여를
통해 의미를 지니는 열려진 체계의 개념이라고 할 수 있는데, 언어적 상관물로서
의 판소리는 후자에 해당하기 때문이다.
  '작품'과 '텍스트'의 개념적 차이에 대해서는 Robert Scholes, *Semiotics and
Interpretation*, New Haven, London, Yale Univ. Press, 1982, 37~38면 참조.
3) 최진원, 「서문」, 『국문학과 자연』, 성균관대학교 출판부, 1977.

이 놓여 있음을 감안할 때, 이와 같은 '언어성'과 '미의식'을 통한 문학의 특질 연구는 바람직한 접근 시각의 하나로 생각한다. 표현 속에 잠재된 언어의 내포적 의미, 정서적 감응(感應)을 불러일으키는 미학적 특성, 시대의 추이를 반영하는 사회·문화적 배경 등이 적절히 구명됨으로써, 문학이 추구하는 시대적 삶의 여건과 그 예술적 형상화의 문제가 자연스럽게 드러날 터기 때문이다.

  판소리의 문학적 특성을 구명하기 위해서는 연창 텍스트인 판소리 사설에서 출발하지 않을 수 없다. 그런데 오늘날 전승·연창되는 판소리 사설은 그 초기의 모습과는 상당히 다른 것이다.[4] 오늘에 이르기까지 통시적으로 적지 않은 굴절과 변개가 이루어졌기 때문이다. 이는 요컨대 판소리가 연창 현장의 상황과 분위기에 따라 가변성을 지니는 구비문학의 속성과 함께 정태화(靜態化)를 거부하며 성장·유동해 온 예술임을 말해 주는 한 면이다. 그래서 판소리의 문학적 특성을 연원성의 문제와 관련시켜 논의하는 경우 곧바로 한계에 부딪히기도 한다. 그렇지만 이런 경우에 있어서도 "작품을 철저하게 분석하고 그 성과를 소원적(溯源的)으로 재해석"[5]함으로써 문제 해결의 실마리를 찾을 수 있으리라 본다.

  이와 같은 시각에서 주목되는 것이 판소리의 '사설치레'다. '사설치레'는 이른바 판소리의 문학적 존재양식을 대변하는 것일 뿐 아니라, 그 실현화(實現化)[6] 과정에 있어서 음악성의 문제와도 긴밀한 연관을 맺는, 판소리

---

4) 여기에서 말하는 판소리 사설은 전승5가로 일컬어지는 「춘향가」·「심청가」·「흥보가」·「수궁가」·「적벽가」와 단 하나의 텍스트만이 전하는 신재효본 「변강쇠가」 등 현전 여섯 마당의 판소리 사설을 가리킨다.
5) 김홍규, 앞의 글, 340면.
6) 김학성은 「가사의 장르 성격 재론」(『국문학의 탐구』, 성균관대 출판부, 1987)이라는 글에서 "문학작품을 실제 텍스트에 관여하는 창작자와 수용자의 만남에 의한 실현화로 받아들일 때 비로소 문학사 위에 살아있는 텍스트로서 이해가 가능한 것"(126면)이라고 한 바 있다. 이 글에서는 이같은 의미에서 '실현화'라는 말을 쓴다.

의 유기적 총체를 구성하는 핵심 요소의 하나이기 때문이다. 따라서 이러한 '사설치레'의 성격·위상·구조·특징 등을 규명하는 작업은 곧 판소리의 문학적 특성을 구명하는 관건이라 할 수 있으며, 유기적 총체로서의 판소리를 이해하는 바람직한 접근 시각 가운데 하나일 수 있다.

한편, 판소리의 '사설치레'를 논하자면 우선 그 개념적 성격을 분명하게 정리해 둘 필요가 있다. 그러자면 이 말을 구성하고 있는 '사설'과 '치레'의 개념 및 속성을 자세하게 따져보지 않을 수 없으며, 텍스트의 실상을 근거로 그 개념을 규명·정립하는 것이 바람직할 것이다. 그런 다음 '사설치레'의 텍스트 내에서의 기능과 위상을 구명하고, 연창의 실제와 결부된 구조적 특성 및 실현화 과정상의 특징 등을 판소리 사설 전반과 연계시켜 구명할 필요가 있다. 이렇게 함으로써 판소리의 문학적 존재양식과 특성을 밝히 드러낼 수 있을 것이다. 나아가 판소리 사설의 미적 표현효과와 정서적 특질을 구명하는 근거를 마련할 수 있을 것이다.

이처럼 언어적 상관물로서의 판소리와 사설의 특성을 구명하는 논의는 기본적으로 판소리의 문학성을 탐구·해명하는 데 초점이 맞추어져 있기는 하지만, 그것이 실현화하는 과정에서 제기되는 연창의 현장성 및 음악성과의 유기적 연관을 살피는 데까지 나아감으로써, 보다 바람직한 논의가 이루어질 것이다. 그리하여 이러한 연구 시각과 논의 과정으로부터 '언어예술로서의 판소리 사설'과 '연행예술로서의 판소리'에 대한 구분된 인식이 통합될 수 있는 계기를 마련할 수 있을 것이다. 또한 수 차례의 연구사적 검토 과정을 통해 제기되어 온 '판소리는 구비문학적 역동성을 가진 판(현장)의 예술로 그 살아있는 의미와 원리가 구명되어야 한다.'는 문제의 해명에도 기여할 수 있을 것이다.

2. 예비적 고찰 – '사설'과 '치레'

　'사설치레'라는 말은 '사설'과 '치레'의 복합어다. 따라서 본격적인 논의를 위해서는 먼저 이들 각각의 개념과 속성을 따져볼 필요가 있다. 기존 연구에서는 이 방면의 논의가 간과된 감이 없지 않다. '사설'에 대해서는 어느 정도 논의가 이루어졌다고도 하겠으나, 특히 '치레'에 대해서는 일반적인 개념 이해에 머물렀을 뿐, 별다른 관심을 기울이지 않은 듯하다.

　따지고 보면 '사설'이라는 말은 오늘날 이해의 시각에 따라 상당한 편차를 보이며 사용되는 개념일 뿐 아니라, 정확한 개념구사가 이루어지지 않은 상태에서 혼란을 야기하는 말이기도 하다. 이런 까닭에 '사설'이라는 개념과 밀접한 연관하에 놓이는 작품들이 온당하게 이해되지 못하거나, 중요한 문학적 특성이 간과되는 경우도 없지 않은 것으로 보인다.

　이런 사정은 '치레'의 경우에 있어서도 마찬가지다. 그것이 단순히 '치장'의 의미만을 지닌 말이라면 큰 문제거리가 될 수 없겠지만, 이 역시 복합적인 의미를 내포하고 있기에, 이와 연관된 개념적 성격과 특징에 주목할 필요가 있다. 나아가 '치레'가 이루어지는 국면을 살피는 일이 해당 작품의 성격을 구명하는 일과 밀접한 연관하에 놓이는 것이라면, 이는 중요한 문제제기의 하나가 될 수 있으리라 생각한다.

1) '사설'의 개념과 속성

'난봉가 사설'과 '사설난봉가'에서의 '사설'은 그 의미가 퍽이나 다르다. 전자의 경우는 대개 길게 늘어놓는 「난봉가」의 가사 또는 그 내용을 의미한다. 후자는 「난봉가」의 한 갈래를 의미하면서, 개념 자체에 길게 늘어놓는 가사 구성방식상의 특징까지가 내포되어 있다. 두 경우 모두 '길게 늘어놓음'이라는 의미자질을 공통적으로 내포하고 있지만, 개념적 성격은 이처럼 다른 것이다. 이같은 사실은 '무가 사설'·'춘향가 사설'에서의 '사설'과 '사설공명가'·'사설시조'에서의 '사설' 사이의 대비에서도 거듭 확인할 수 있다.

그런가 하면 음악성을 중시하는 쪽에서는 특히 후자의 '사설'에 대해, "엮음·편(編)·주심[拾] 등과 같은 형태로서, 한정된 장단에 글자가 많이 들어가는 관계로 그 음악의 리듬이 촘촘해지는 특성을 지닌, 창법의 한 형태에 붙여진 이름"[1]을 의미하는 것으로 이해되고 있는 것이 일반적이다.

이렇듯 '사설'이라는 말은 으레 생각하기와는 달리 다양한 의미를 지니고 있다. 그 다양한 의미를 간추려 보면 다음과 같은 세 갈래 개념으로 정리할 수 있을 것이다.

① 말(가사)이나 글의 내용
② 가사 구성방식과 관련된 언어 표현형태의 한 가지
③ 전통음악 창법의 한 형태

그런데 이같은 세 갈래의 개념이 전혀 별개의 성격을 지녔다고 하기는 어렵다. 그 각각의 개념에 잠재해 있는 공통적 의미자질이 예의 '길게 늘어놓음'이라는 사실을 주목할 수 있기 때문이다.

여기에서 문제가 될 수 있는 것은 '사설'이 ③의 의미로 이해·사용되는

---

1) 장사훈, 「고려가요와 음악」, 『고려시대의 가요문학』, 새문사, 1982, II- 165~168면 참조

경우다. 이는 특히 민요나 시조의 음악성을 논의할 때 자주 적용되는데, 그렇다고 이를 전적으로 음악상의 용어로만 간주해서는 곤란하지 않은가 생각한다.[2]

물론 우리의 고전시가가 대부분 가창을 전제로 성립되었다는 사실을 전제로 한다면, '사설'이 이른바 '창법의 한 형태'일 수도 있을 것이다. 그러나 이 경우에 있어서도 '사설'의 개념을 특징짓는 기본요건은 '한정된 장단에 글자가 많이 들어가는 관계'라는 사실을 고려할 때, 이는 본래 가사 구성방식과 관련된 언어적 표현이 음악의 장단과 긴밀한 연관하에 특성화되는 표현기법상의 한 형태가 아닐까 생각한다.[3] 따라서 '사설'은 그것이 음악상의 용어로 적용되는 경우라 하더라도, 크게 보면 앞에서 정리한 개념 ②에 수렴될 수 있는 성격을 지닌 말로 볼 수 있을 것이다.

이와 같은 개념적 복합성으로 말미암아 '사설'의 개념은 때로 혼용되기도 하고, 경계표지가 불분명하여 의미상의 혼란을 야기하기도 한다. 예컨대 '사설을 엮어 넘기는 데 사설시조의 중요한 특징이 있다.'라든가, '판소리에 있어서 사설 부분은 장황한 수사가 그 특징이며 창조(唱調)와도 긴밀한 연관을 맺고 있다.'라고 할 경우, 이 때의 '사설'은 어느 한 개념으로만 이해하기 어려운 복합적 의미를 내포하고 있다. 따라서 보는 이의 시각에 따라 의미상의 혼란을 불러일으킬 소지가 다분하다.

그런데 이러한 개념적 복합성과는 상관 없이 '사설'은 한자어 '辭說'에

---

2) 장사훈은 특히 시조에 있어서 "'平'과 '엇'과 '사설'의 용어는 음악의 창법에 붙여진 이름이고, 문학과는 아무런 관계가 없는 것"(같은 글, Ⅱ-165면)이라고 하여, '사설'을 음악상의 용어로만 규정하고 있다. 물론 '사설시조'라는 용어가 국악계에서 관습적으로 사용해 오던 것이며, 오늘날 문학 쪽에서는 이 점을 감안하여 '장시조' 또는 '장형시조'라는 명칭을 쓰기도 하지만, 이러한 견해는 '사설'의 개념적 복합성을 고려할 때 재고되어야 하지 않을까 생각한다.
3) 이 문제는 뒤이어 '사설'의 속성을 규명하는 과정에서 보다 구체적인 논의가 이루어 질 것이다.

대응되는 개념으로 이해·표기되는 것이 통례다. 그러나 '사설'이 한자어 '辭說'로 틀지워질 수 있는가 하는 문제는 그 의미 맥락을 좀더 면밀히 검토한 다음에 결정되어야 할 것이다. 여기에서는 '사설'을 '辭說'로 틀지우는 데 대해 일단 의문을 제기한다. 이 문제는 단순한 개념풀이 이상의 의의, 곧 '사설'이라는 개념과 밀접한 연관하에 놓이는 작품들의 문학성을 구명하는 데 있어 중요한 실마리를 제공해 줄 수도 있으리라 보기 때문이다.

그러면 이러한 '사설'의 개념적 복합성은 어디에서 말미암은 것인가? 이 문제는 무엇보다도 '사설'의 어원을 추적해 봄으로써 해명될 수 있으리라 본다. 그 다양한 개념들은 어원적 근거에 따라 다소 다른 의미 맥락을 지닌 것으로 보이기 때문이다.

여러 문헌상의 용례를 통해 '사설'의 어원적 근거를 추적해 보면, 요컨대 순우리말인 '사슬'[鎖]과, 한자어에 대응된 'ᄉᆞ셜'(辭說)의 두 형태에 있는 것으로 보인다.4)

먼저, 'ᄉᆞ셜'은 '어와 너여이고 이내 ᄉᆞ셜 드러보오'(「속미인곡」)·'杜鵑의 목을 빌고 괴꼬리 辭說 ᄭᅮ어'(시조 : 안민영) 등과 같은 예에서 보듯, 일반적으로 통용되는 '사설'의 옛 표기 형태다. 이 경우의 'ᄉᆞ셜'은 길게 늘어놓는 말이나 글의 내용을 의미하는 것으로서, 한자어 '辭說'에 대응되어 이런 성격의 가사(노랫말)를 일컫기도 한다. 따라서 앞에서 정리한 개념을 기준으로 할 때, '①말(가사)이나 글의 내용'을 의미하는 경우의 어원에 해당된다.

다음으로, '사슬'은 개개의 마디나 고리들을 엮어 길게 늘어놓은 형상을 의미하는데5), 후에 '사슬' 또는 '사설'로 음운변화한 말이다. 이러한 사실

---

4) 보다 자세한 논의와 문헌상의 용례는 박영주, 「'사설'에 대한 몇 가지 시각」 (『인문학보』 10집, 강릉대 인문과학연구소, 1990), 34~51면을 참조
5) 사슬 : 명사. 쇠사슬
   鎖 : 今俗呼鐵鎖. 사슬. 浪螳也. 又鎖子. ᄌᆞ믈쇠. (四聲通解 下28)
   이상은 유창돈의 『이조어사전』(연세대출판부, 1987), 433면을 참조하여, 여기에서

은 어학적 측면에서의 고찰을 통해 분명하게 드러난다. 즉, 국어사에서 비
어두음절(非語頭音節)의 ‘ㆍ’는 이미 16세기에 ‘ㅡ’로 변하였음이 일반적
이라는 사실(예 : 하ᄂᆞᆯ→하늘, 가ᄉᆞᆷ→가슴)로부터 ‘사술→사슬’의 관계를 확
인할 수 있으며, 때로 ‘ㅓ’로도 변하였다는 사실(예 : 다ᄉᆞᆺ→다섯, 여ᄉᆞᆺ→여
섯)로부터 ‘사술→사설’의 관계도 능히 유추할 수 있는데[6], 이는 바로 ‘사
술’에 어원을 둔 ‘사슬’ 또는 ‘사설’의 존재가 한자어가 아닌 순우리말임을
유추할 수 있는 음운론적 근거를 마련해 준다. 게다가 의미 면에서도 ‘사
술’[鎖]은 앞에서 살핀 ‘사설’의 ‘길게 늘어놓음’과 상통하는 말로 이해될
수 있으므로, ‘사술→사슬·사설’의 가능성이 충분히 제기될 수 있다.

　이렇듯 ‘사슬’과 ‘사설’이 공존할 수 있는 예는 문학작품과 관련된 용어를
통해서도 거듭 확인할 수 있다. 그 적절한 예를 ‘사설시조’를 ‘사슬시조’라고
도 일컫는 데서 찾을 수 있기 때문이다. 다음과 같은 자료는 이같은 ‘사슬’
과 ‘사설’의 공존 사실을 보다 분명하게 입증할 수 있는 예라 할 것이다.

2683.[7]
珠簾에 달 빗취였다 萬里山河 玉笛쇼리 들리난구나
[中章缺]
아희야 나귀 칫죽 툭툭 모라라 玉笛쇼리 나난듸로

사설지름 (精歌380)

3210.
히 다 저 황혼시의 中門을 나서 大門을 나니 건넌 山 바라보니 횟득

간략히 밝혀 놓은 여러 문헌상의 용례 가운데 특히 시대가 앞선 자료의 예를 대
표적으로 택하였고, 다시 원전을 확인하여 거기에 기술된 내용을 모두 옮겨 놓은
것이다.
6) ‘ㆍ’의 통시적 음운변화에 대해서는 이기문, 『개정 국어사개설』, 민중서관, 1972,
203면을 참조.
7) 이 숫자는 심재완, 『교본 역대시조전서』(세종문화사, 1972)에 수록된 작품번호임.
이하 작품 위에 제시된 번호는 이와 같음.

> 검억 서엿구나
>   올타 저게 임이로다 갓버서 등의지고 망건버서 꽁자츠고 신버서 손의
> 들고 노논틀 바밧틀 업드러지며 곡구러지며 수수이 밧비 근너가서 겻눈
> 으로 관손이 허니 임은 정년 아니로다 그 上年 秋七月 갈가벅권 세신
> 삼더가 제 정년이 날 소겻구나
>   만일의 밤일세 망정 낫일느면 남 우세헐번   **사슬** (調詞57)

이처럼 '사설'의 어원적 근거는 한자어 '辭說'만이 아닌 순우리말의 '사슬'에도 있음을 확인할 수 있다. 그리하여 이 경우의 '사슬'은 길게 엮어 늘어놓는 방식의 언어 표현형태, 또는 그런 방식과 긴밀한 연관하에 놓인 하나의 창법을 의미할 수 있다는 면에서, 한자어에 대응된 'ᄉ설'과는 변별된다 할 것이다. 역시 앞에서 정리한 개념을 기준으로 할 때, '사슬'은 '②가사 구성방식과 관련된 언어 표현형태의 한 가지', 또는 '③전통음악 창법의 한 형태'의 어원에 해당된다.

요컨대 이상에서 고찰한 사실들로 미루어, '사설'의 다양한 개념들은 본래 어원적 근거에 따라 다소 다른 의미 맥락을 지니고 있는 것으로 보인다. 아울러 그 개념적 복합성은 이처럼 어원적 맥락을 달리하는 개념들이 '길게 늘어놓음'이라는 공통적 의미자질을 바탕으로 서로 섞여 쓰이는 과정을 통해 다의화(多義化)한 결과가 아닌가 생각한다.

따라서 이같은 사실을 전제로 할 경우, '사설'의 개념은 용례에 따라 변별적으로 이해·적용될 필요성이 제기된다. 즉, 우리는 '사설'이 독립적으로 사용된 경우의 개념을 보다 분명하게 이해해야 함은 물론, '무가 사설'·'판소리 사설' 등에서처럼 일정한 명사어구 뒤에 달려 하나의 개념을 지칭할 경우, 한자어 '辭說'에 대응되는 의미로서 '길게 늘어놓는 말(가사)이나 글의 내용'을 일컫는 것으로 보아야 할 것이며, '사설난봉가'·'사설시조' 등에서처럼 일정한 명사어구 앞에 붙어 역시 하나의 개념을 지칭하

는 경우는, 순우리말 '사슬'에 대응되는 의미로서 '가사 구성방식과 관련된 언어 표현형태－길게 늘어놓는 방식의 언어 표현형태'를 일컫는 것으로 보아, 이 두 경우의 개념적 성격을 엄밀히 구분한 상태에서 이해와 적용이 이루어져야 할 필요가 있다는 것이다. 이와 같은 구분을 통해 '사설'이라는 개념과 긴밀한 연관하에 놓이는 작품들의 문학성을 보다 온당하게 드러낼 수 있을 터기 때문이다.

이상의 논의로부터 판소리 '사설치레'의 '사설'은 '사설난봉가'·'사설시조'에서와 같은 의미를 지닌 말로서, '가사(창사) 구성방식과 관련하여 길게 늘어놓는 언어 표현형태'를 일컫는 것으로 이해될 수 있을 것이다.

한편, '사설'에 내포되어 있는 특성은 사설을 사설답게 하는 특징적 요소, 즉 속성이 무엇인가를 살펴봄으로써 보다 구체적인 논의가 가능하다. '사설'의 개념적 복합성을 염두에 두면서, 우리말 '사슬'에 대응되는 경우를 중심으로 이 문제를 살펴보기로 하겠다.

① 봄이 왔네 봄이 왔네 금수강산에 새봄이 왔네
　봄이 왔네 봄이 왔네 금수강산에 새봄이 왔네
　만산홍록 요염한데 벌 나비는 춤을 추고 황금같은 꾀꼬리는 구십춘
　광을 자아내고 버들 새로 왕래하며 벗을 불러 노래할 제
　만단시름을 다 버리고 삼춘흥을 풀어볼거나
　* 아하아 아하야 어야 더야 내 사랑아

「사설난봉가 : 1절」[8]

654.

② 논밧 가라 기음미고 뵈잠방이 다임쳐 신들메고
　낫가라 허리에 츠고 도끼 벼려 두러메고 茂林山中 드러가서 삭짜
　리 마른 섭흘 뷔거니 버히거니 지게에 질머 집팡이 밧처 노코 시옴

---

8) 이창배 편저, 『한국가창대계』, 홍인문화사, 1976, 814면.

촛즈가셔 點心도 솕부시이고 곰방디롤 톡톡 쩌러 닙담비 퓌여 물고
코노래 조오다가
　夕陽이 지너머 갈 졔 엇찌롤 추이즈며 긴 소리 져른 소리 ᄒ며 어
이 갈고 ᄒ더라　　　　　　　　　　　　　　　　　　　(靑六 728)

㉮는 민요 「사설난봉가」의 1절이고, ㉯는 사설시조다. 우선 「난봉가」나
평시조에 비해 두드러지게 다른 점은 그 가사가 길고 복잡하다는 점이다.
여러 사실이나 정황을 늘어놓으면서 이를 차례로 엮어나가는 방식으로 가
사를 구성하고 있기 때문이다.

그런데 주목할 만한 사실은, 각 작품의 가사를 구성하는 여러 사실이나
정황들이 아무런 연계성 없이 단순히 늘어놓기만 하는 차원의 것이 아니
라, 일정한 공분모적 성격을 전제로 선택되어 하나의 구체적 정경이나 상
황을 제시하는 차원의 것이라는 점이다.

㉮「사설난봉가」의 경우, 늘어놓는 세부 사실들이 모두 활기에 찬 봄의
물상이라는 공통적 성격을 띠고 있다. 그리고 그 봄의 물상들이 차례로 엮
어지면서 새봄의 흥취와 이로부터 촉발되는 사랑의 감정이 노래되고 있다.
㉯의 사설시조에서도, 작품에 묘사된 갖가지 정황들은 모두 농부의 일과를
구성하는 일상의 모습이라는 공통적 성격을 띠고 있다. 그리고 이 경우 역
시 그와 같은 모습들이 차례로 엮어지면서 일상의 단면에 잠재해 있는 삶
의 다단함과 나름의 흥취가 노래되고 있다.

이처럼 '사설-사슬'의 형태를 띤 작품들은 일정한 공분모적 성격을 지
닌 사실이나 정황을 차례로 엮어나가면서 구체적 정경이나 상황을 형상화
하는 데 두드러진 특징이 있다. 그리고 이러한 특징은 비단 '사설'의 형태
를 띤 민요나 사설시조에서만 드러나는 것이 아니라, 길게 늘어놓는 가사
(창사) 구성방식을 취하는 무가·가사·잡가·판소리 등과 같은 장르에서
도 공통적으로 드러나는 특징이기도 하다. 다만 개별 작품에 따라 구체적

양상이 다를 뿐인 것이다.

이렇게 볼 때, '사설'이라는 개념과 밀접한 연관하에 놓이는 문학 장르 및 작품들은 특히 가사(창사) 구성에 있어서 '엮어나가는' 방식을 취한다는 데 공분모가 있다. 따라서 이 경우의 '엮음[編]'이야말로 '사설을 사설답게 하는' 특징적 요소—속성에 해당한다고 할 수 있다. 가사(창사)를 구성하는 다양한 제재들을 보다 거시적인 차원에서 수렴하면서 하나의 의의있는 언어구조체를 형성하는 문학적 표현기법이 곧 '엮음'이기 때문이다.9)

그렇기에 '엮음'이라는 속성은 이를 바탕으로 형성된 언어구조체의 유형적·장르적 성격을 틀지우는 요소 가운데 하나일 수 있다. 그리고 이러한 속성을 활용한 작품들의 가사(창사) 구성원리 및 미적 표현효과를 해명하는 단서가 될 수 있다. 「난봉가」와 「사설난봉가」, 평시조와 사설시조의 유형적·장르적 성격의 차이를 가사(창사) 구성방식에서 찾을 수 있는 것이 그 실증적 단면이다. 아울러 '엮음'에 의한 언어구조체는 대부분 묘사·서술하고자 하는 대상의 이미지를 지속적으로 환기하여 그 이미지를 강화·확장하는 표현효과를 발휘할 수 있는데, 이런 면에서는 '엮음'이 중요한 문학적 표현기법의 하나에 해당한다고 할 수 있을 것이다.

한편, 음악성을 중시하는 쪽에서는 '사설·엮음·자진'이라는 이름이 붙여진 노래와 관련하여, "어떤 하나의 형식이 있으면 그와 대가 되는 변형을 가지려는 경향"10)으로 파악하고, 그 양상을 "정격과 변격"11)으로 구분

---

9) 신은경은 「사설시조의 시학 연구」(서강대 박사학위 논문, 1988)라는 글에서 이러한 '엮음'의 문제를 사설시조의 '창사 구성원리 및 문체'로서 파악하고 그 세부양상을 논의한 바 있다(171~180면 참조). 그리하여 '엮음'을 "다양한 요소를 어떤 공통적 기반 위에서 하나로 묶고, 그것을 줄줄이 이어나가는 수법"(179면)이라고 규정하였다. 이를 참조하였다.

10) 장사훈, 「엇시조와 사설시조의 형태론」, 『시조문학연구』(국어국문학회 편), 정음사, 1980, 135면.

11) 같은 글, 117면.

하여 하나의 음악 형태로 이해하는 것이 일반적이다. 그리하여 "사설·엮음·휘몰이 같은 접두어가 붙은 악곡은 모두 같은 음악 형태로, 길게 꺾어 넘어가지 않고 말을 한꺼번에 몰아붙여 엮어나가는 가락으로서 음악적 리듬이 촘촘한 것"[12]으로 그 특징을 설명하는 것이 상례다.

그러나 '엮음' 또한 '사설'과 마찬가지로 하나의 음악 형태로 일컬어질 수 있다 하더라도, 면밀히 따져보면 음악성의 문제로만 보아 넘기기 어려운 면들이 드러난다. 예컨대, 위의 설명에서 '말을 한꺼번에 몰아붙여 엮어나가는 가락으로서 음악적 리듬이 촘촘한 것'이 의미하는 바는, '엮음'이나 '사설'이 음악성과 연관된 가락 혹은 리듬의 측면에서 제기되는 특성이라기보다는, 근본적으로 '말-표현의 묘미'와 긴밀한 연관하에서 제기되는 특성이 아닌가 생각한다. 따라서 이런 관점에서 보면, '엮음'은 언어 표현상의 특징 가운데 하나로서, 구체적 의미에 있어서 '표현기법'에 해당하는 것으로 볼 수 있는 것이다.

'엮음'이나 '휘몰이' 등과 비슷한 성격을 지닌 '자진모리'에 대해, "자진모리의 소리는 말과 말 새가 촘촘하여 노래보다 말에 더 가까워진다."[13]라고 한 논의나, "(엮음아라리의) 엮음 부분은 음악적인 간섭을 비교적 받지 않는 것으로 보인다. 이 부분에는 음악적으로 일정하게 틀잡혀 있는 규범적인 사항이 뚜렷하게 드러나지 않기 때문이다. 이 부분에는 선율적인 변화가 거의 드러나지 않으며, 시간적인 제약도 받지 않는다. 이렇게 볼 때 엮음 부분은 음악의 유기적인 질서 밖에서 가창되는 것이라고 하겠다."[14]·"엮음 부분은 음악적인 구속에서 벗어나게 되고 상대적으로 문학적인 자율성이 증대된다."[15]라고 한 논의, 그리고 "사설시조의 엮음 원리는 음악 위주의

---

12) 장사훈,『국악대사전』, 세광출판사, 1984, 360면.
13) 이혜구, 「한국음악의 특성」,『한국사상대계 I 』, 성균관대학교 대동문화연구원, 1973, 689면.
14) 강등학,『정선아라리의 연구』, 집문당, 1988, 176면에서 부분적으로 요약함.
15) 강등학, 「'사설시조'와 '엮음아라리'의 비교 연구」,『인문학보』 7집, 강릉대 인문

시로부터 문학 위주의 시로의 전이과정을 보여준다는 점에서 시사적(詩史的) 중요성을 지닌다.”[16]라고 한 논의는 본고의 주장을 뒷받침하는 견해들이라 하겠다.

2) ‘치레’의 개념과 속성

‘치레’라는 말은 오늘날 ‘옷치레’·‘몸치레’와 같은 용례에서 보듯 대부분 ‘꾸밈·치장’의 의미로 이해되고 쓰이는 것이 일반적이다. 그러나 다음과 같은 경우들을 보면 ‘치레’가 단순히 그런 의미만을 지닌 말이 아닌 듯하다.

> ㉮ 어덩덩 장고소리 구슬피 캥겨듣고 만조상님네 내려오신다
> 가진 의복에 <u>치레</u> 치장에 안정마를 삐껴타고 꽃가마도 타셨구나
> 호피 도둠에 덩덩거리고 기고 있이 앉었구나
> ……………………………………
> 풍채 좋은 조상님네 호걸 좋은 조상님네 <u>치레</u> <u>치장</u> 둘러보니
> 얼골은 관옥이요 모발은 백발이라
> 은색수단 동조고리 분주바지 삼승버선에 가죽신을 받쳐신고
> 몸에 맞는 창옷에다 비단단임 행근치고 유문갑사 걸쾌자며
> 남전대 띠를 띠고 주홍당사 주머니 차고……
>
> 　　　　　　　　　　　　　　　「영일지역 무가 : 조상굿」[17]
>
> ㉯ 중 하나 내려온다 중 하나 내려온다
> ……………………………………
> <u>고사치리</u> 볼작시면 깨끼장삼 다홍띠를 답숙 눌러 띠고

과학연구소, 1989, 130면.
16) 신은경, 앞의 논문, 258면.
17) 김태곤 편, 『한국무가집 Ⅳ』, 집문당, 1980, 36면.

> 죽장마 채고리 질게 달아 저저철철철 내려온다
> 「광주지역 무가 : 제석굿」[18]

무가에서 흔히 볼 수 있는 신을 청배(請拜)하는 과장의 사설이다. 신의 모습을 화려하게 '꾸며냄'으로써, 그 신의 현시―강림을 기리고 있다. 이러한 과장에서의 '치레'는 ㉮「영일지역 무가」에서처럼 신의 위용(威容)을 드러내는 '치장'의 의미를 띠고 있기도 하지만, ㉯「광주지역 무가」에서의 '고사치리'[19]처럼 '고사를 치르기 위해 차려입은 모양'을 의미하기도 한다.

중요한 것은, 두 경우 모두 '치레'가 단순히 '꾸밈·치장'의 의미만을 지니고 있는 것이 아니라, '치레' 자체가 일정한 의도나 목적이 내포된 의례의 일부로서 이루어진다는 사실이다. 그것은 요컨대 강림하기를 바라는 신의 '구상적 현시'를 통해 그 위력을 기리고, 이 위력을 통해 해당 의례에서 의도하는 바를 성취시키고자 하는 데 있다. 이는 바로 신의 청배 이유와도 일치한다. 원래는 신에 대해서만 이러한 '치레'가 이루어졌다 하겠으나, 후대에는 그 위력을 대신하는 의례의 주재자격이면 모두 가능했던 것으로 보인다. 인용한 ㉯「광주지역 무가」를 위시하여 여러 무가 사설에 등장하는 '중의 행색치레'는 이러한 면모를 대변한다 할 것이다.

그러면 이와 같은 '치레'를 통해 성취하고자 하는 그 구체적 의도는 무엇인가? 신의 청배 이후에 이루어지는 다음과 같은 '치레'에서 그 의도를 어렵지 않게 확인할 수 있다.

> ㉰ 왕밤 대추 곶감이며 고루약밥 찜밥에다 앞다리 선각 뒷다리 후각
> 횟갈림 잿갈림에 도메천 칼천에다 그린 듯이도 받쳐 놓고
> 동래 점복 대점복에 푸두두 나는 생치라리 돈박돈박 오리 탕수

---

18) 김태곤 편, 『한국무가집 Ⅱ』, 집문당, 1979, 18면.
19) '치리'는 '치레'의 방언.

....

조상님네 살피시어 사내의 자손들께 <u>명과 복을 점지</u> 하시고
<u>악귀 악담은 앞뒤로 막고 재수 소망을 점지</u> 하시면
만조상님네 덕택이옵고
팔만 사천 조왕전과 오방 지신 여루전과 삼십삼천 성조님전에
문에 문전에 부정치고 일심 정신 <u>축원</u>으로 소원 성취 <u>축원</u>이요
생겨 준 자손 방생들 자손 창성 하연 후에 부귀 공명 <u>축원</u>이요
「영일지역 무가 : 조상굿」[20]

㈃ 중동은 갈나내야 도리 상냥 입녀코
끝단목은 후려내야 개개 연목 석글 걸고
연지로 알매 녀코 분으로 단창허고

....

<u>집치리</u>가 이러허니 시간을 부르리라
몸채는 열두간 행낭은 칠간이오
사당집은 삼간이라   「광주지역 무가 : 제석굿」[21]

㈄ <u>안치장</u> 그만할 제 <u>사랑치장</u> 볼작이면
보됴 벽도 함은 득리 철침만서 벼게
거둔고 장구 쌍줄 언저 거려놓고

....

개둔하기 만복이요 소지하기 황금출이라
만신에 <u>덕담</u>대로 <u>축원</u>대로 소원성취 만수무강 바라나이다
「서울지역 무가 : 황제푸리」[22]

신은 강림하여 '복(福)'을 내린다. 대체로 '본푸리'[23]의 성격을 지닌 「조

---

20) 앞의 『한국무가집 Ⅳ』, 38면.
21) 앞의 『한국무가집Ⅱ』, 25면.
22) 김태곤 편, 『한국무가집Ⅰ』, 집문당, 1979, 100~102면.
23) 이하 이 책에서는 '푸리'와 '풀이'를 구분해 사용하기로 한다. '푸리'로 표기할
   때는 고대로부터 일정 목적을 지니고 행해진 의례와 연관된 개념을 가리키며, 이

상굿」·「제석굿」·「황제푸리」·「성주푸리」 등과 같은 무가 거리(과장)에서, 신을 청배한 다음 집·집안·세간·기물·부엌·마당·곡식 등등을 차례로 '치레'하는 것이 그것이다. 인용한 ⓭ⓡⓜ와 같은 예들을 통해 이런 사실을 분명하게 확인할 수 있다. 이것이 다름아닌 '덕담(德談)'이다.

이와 같은 '덕담'으로서의 '치레'는 무가계 민요로 알려진 「고사요(고사덕담)」·「액푸리요」나, 전국적인 분포를 보이는 민요 「달푸리」에서도 쉽게 확인된다. 그리하여 '복'을 내리는 대신에 '액(厄)'을 막아주기도 한다. 그러나 어떤 경우든 '덕담'의 성격을 지닌 것만은 분명하다. 또 경우에 따라서는 이같은 '치레'가 하나의 민속으로 전승되어 내려오기도 한다. 대표적인 「달푸리」와 전승되는 민속의 예를 각각 하나씩만 들어보면 다음과 같다.

ⓑ 정월에　정치고
　　이월에　이질않고
　　삼월에　삼눈않고
　　사월에　사지않고
　　오월에　오륙을 앓고
　　육월에　육실하고
　　칠월에　치질않고
　　팔월에　팔않고
　　구월에　귀않고
　　시월에　시들시들

러한 의례와의 연관에서 벗어나 정서의 확충 및 해소와 관련된 개념을 가리킬 때는 '풀이'로 표기하기로 한다. 이와 같은 표기는 '노리'와 '놀이'의 경우에서도 마찬가지다.

이렇듯 구분된 표기가 가능한 지에 대해서는 어학적인 면이 신중히 고려되어야 하겠지만, 필자의 소견으로는 '푸리'와 '노리'라는 것이 애초 고대로부터 행해진 의례에 필수적으로 수반되는 합목적적 과장의 일종을 의미하는 것이었는데, 후대로 내려오면서 그 기능적 의미와 성격이 달라진 말로 생각되기에, 두 경우 개념적 성격의 차이를 일단 구분할 필요가 있다고 생각하기 때문이다.

　　말라서　죽어라　　　　　　　　　　　　　　「이천지방 달풀이」[24]

　㉕ 전남지방에서는 설 때와 마찬가지로 정월 보름에도 까치저고리·색
　　동저고리 등을 만들어 애들의 옷치레를 한다. 특히 귀한 집 애들에
　　게서 이를 본다. <u>보름에 옷을 곱게 해 입으면 그 애의 명이 길게 된
　　다고 해서 보름날 옷치레를 일부러 한다.</u> 상원사(上元絲)로써 옷을
　　해 입으면 길하다고 생각해서 보름의 옷치장 습속까지 있게 되었다.
　　　　　　　　　　　　　　　　　　　「상원(上元) 옷치레」[25]

　　㉕에 인용한 「달풀이」는 이른바 주술가(呪術歌)다. "앞으로 겪으리라 생
각되는 열두 달의 재액(災厄)을 미리 앞당겨 모의(模擬)함으로써 그것을
'액막이' 할 수 있다고 사유"[26]하는 것이다. 일종의 '덕담'의 성격을 띤
'치레'인 것이다.

　　그런데 이 경우의 '치레'는 일종의 '모의'라는 점에서는 '미리 갖추어
차림—꾸밈'을 의미하는 것일 수 있으나, 그 궁극의 의도가 '미리 앞당겨
겪음—치러냄'으로써 액을 막아내는 데 있기에, 보다 엄밀하게는 '꾸미어
(갖추어) 치러냄'을 의미한다고 할 수 있다. 이처럼 '치레'가 특히 '치러냄'
을 의미하는 경우는 '병치레'와 같은 말을 통해서도 거듭 확인할 수 있다.

　　이와 같은 '치레'의 성격과 의도가 극명하게 드러나 있는 또다른 예가
㉕에 인용한 「상원 옷치레」다. 정월 대보름에 '옷치레—옷을 꾸미어(갖추
어) 차림'으로써 '복'을 미리 불러들이는 의례의 일환이다. 특히 '꾸미어(갖
추어) 차림'의 의미만을 놓고 본다면, '인사치레'의 '치레'도 이와 동궤의
개념적 성격을 띠고 있다.

　　이렇게 볼 때, '치레'라는 말은 단순히 '꾸밈·치장'의 의미만이 아니라

---

24) 임동권 편, 『한국민요집 I』, 집문당, 1984, 461~462면.
25) 고려대 민족문화연구소 편, 『한국민속대관·4』, 고려대 민족문화연구소 출판부,
　　1991, 181면.
26) 최진원, 『국문학과 자연』, 성균관대학교 출판부, 1986, 172면.

그 이상의 의미를 내포하고 있는 말로 생각된다. 요컨대 원래 '어떤 목적을 위해 꾸미어 드러내거나 갖추어 차림으로써 그 목적을 수행해 냄－치러냄'을 의미하는 경우에 사용되었던 복합적 개념의 말이, 역시 후에 개념 분화를 일으켜 다소 축소된 의미로 쓰이게 되었던 것이 아닌가 생각한다.[27] 말하자면, '치레' 행위에 내포된 의도의 면이 시대 변화와 함께 점차 희미해지면서, '수행해 냄－치러냄'의 의미가 현저히 약화되고 '꾸미어 드러내거나 갖추어 차림'의 의미만이 두드러지게 된 결과로 볼 수 있는 것이다.

이런 사실과 함께, '치레' 행위에 내포된 특정의 목적은 대체로 의례와 연관을 맺고 있는 것으로 보인다. '덕담'의 성격을 지닌 사설을 통해 '복'을 불러들이거나 '액'을 미리 막아내는 것, 즉 '푸리'의 기능을 수행하는 것이 바로 그것이다. 그렇기에 앞에서 인용한 ㉮~㉯의 다양한 사례에서 드러나듯, '푸리'를 위해 특정 대상을 구상적으로 현시하는 것이 '치레'의 공통적 특징이다. 따라서 이 '구상적 현시'야말로 치레를 '치레답게' 하는 특징적 요소－속성에 해당한다고 할 수 있다. 결국, '구상적 현시'를 통해 '푸리' 기능을 수행하는 '치레'의 상징적 의미는 '예축(豫祝)'에 있다.

판소리 사설에도 많은 '치레'가 등장한다. 어떤 면에서 판소리 한 마당의 사설은 '치레'의 조합이라고 할 수 있다. 더욱이 「춘향가」의 '신연맞이' 대목이나 「변강쇠가」의 '강쇠 병도배', 「심청가」·「흥보가」·「변강쇠가」에 두루 등장하는 '중의 행색묘사'와 같은 '치레'들은, 이상에서 논의한 '치레'의 성격과 특징이 여실히 드러나는 대표적 예이기도 하다.

---

27) 어학적 측면에서도 '치레'는 '차리다'[꾸미다·갖추다]라는 동사보다는 '치르다'[(일을)해내다]라는 동사에 대응되는 명사형태로 보인다. 이와 유사한 대응관계는 '두르다→둘레'·'구르다→굴레'·'어르다→얼레'·'무르다→물레' 등과 같은 예를 통해서도 두루 확인할 수 있다. 음운론적 측면에서 '으'·'르' 불규칙 활용의 차이는 있지만, 이 경우 문제가 되는 것은 아닐 것이다. 그러나 '차리다'·'치르다' 어느 쪽이든 '치레'의 개념에 잠재해 있는 공통적 의미자질이 '수행'이라는 사실을 염두에 둔다면, 양쪽 모두를 포괄하는 개념으로 이해하는 것이 온당하지 않을까 생각한다.

그렇지만 오늘날 우리가 경험하는 판소리 사설의 '치레'는 이와는 다소 다른 성격과 특징을 보이는 예가 대부분이다. 그것은 특히 '치레'가 이루어지는 국면의 기능적·상징적 의미가 애초의 성격과 다르게 인식되고 있는 데서 비롯된 것으로 보인다. 가령, 「춘향가」에서 춘향이 그네 타러 나가기 위해 차리는 '의복단장치레'는 어떤 의례적 사실과의 연관 속에서 이루어지는 것이라기보다는, 그 자체가 목적인 데서 용모와 행색을 꾸미는 것일 따름이다. 이는 앞서 말했듯 '치레'에 내포된 '치러냄'으로서의 목적이 시대 변화와 함께 희미해지면서, '꾸미어 드러내거나 갖추어 차림'의 의미만이 두드러지게 된 결과라고 할 수 있다. 물론 그 중간지점쯤에 위치해 있다고 할 만한 '치레' 역시 판소리 사설에 상당수 존재한다.

이처럼 '치레'의 성격은 경우에 따라 다르게 나타난다. 다시 말해, 개념이나 속성 면에서는 일정한 공분모를 가지고 있다 하더라도, '치레'가 이루어지는 국면의 기능과 상징적 의미에 따라 상당히 다른 성격을 띠게 되는 것이다. 이러한 '치레'의 성격 변화는 결국 시대의 추이에 따른 문화적 배경과 세계관의 변모를 반영한 결과라고 하겠다.

오늘날 '꾸밈·치장'의 의미로만 이해되고 쓰이는 것이 일반적인 '치레'의 개념과 속성, 나아가 해당 문맥에서의 기능과 상징적 의미에 관심을 기울이는 이유는, 크게 다음과 같은 두 가지 면에서 의의있는 관점과 결과를 기대할 수 있기 때문이다.

첫째, 판소리 사설을 위시하여 '치레'의 특성이 내포된 작품들의 문학성을 구명하는 데 유용한 실마리를 제공하기 때문이다.

둘째, '치레'의 성격은 시대의 추이에 따라 변화하게 마련인데, 그 변화 과정이 담고 있는 문학사적 의의를 밝혀내는 것 또한 의미있는 작업이 될 수 있기 때문이다.

이어지는 논의에서는 '사설치레'의 다양한 국면들을 중심으로 판소리에서의 실상과 특징을 차례로 살펴보기로 하겠다.

3. 판소리 '사설치레'의 특성과 위상

'사설치레'가 '사설'과 '치레'의 개념 및 속성을 아우르고 있는 것이라면, 그 동시적 연관 속에서 드러나는 성격과 특징을 살피는 일이 판소리 '사설치레'를 이해하는 첫 번째 과정일 터다.

그런데 '사설치레'는 판소리 사설이라는 보다 큰 언어적 상관물의 부분으로 존재하는 데서 실질적인 의의를 지닌다. 따라서 이와 같은 거시적 연관을 염두에 두면서 '사설치레'가 해당 문맥에서 어떤 기능과 의미를 지니는가를 살피는 과정 역시 필요하다.

나아가 '사설치레'는 사설 구성방식과 표현언어 면에서 유형성을 띠는 경우가 적지 않다. 이러한 양상은 판소리 작품들 사이에서는 물론, 비슷한 시기에 존속했던 여타 문학 장르들 사이에서도 두루 확인할 수 있는 특징이다. 그런 면에서 '사설치레'의 유형적 편재양상과 그 이해의 시각을 살피는 일은, 판소리 사설의 특성을 유관 장르 사설과의 대비를 통해 살필 수 있는 의의있는 작업 가운데 하나라고 할 수 있다.

이상에서 제기한 문제들을 차례로 해명하는 과정을 통해 '사설치레'의 특징적 국면들을 체계적으로 살피고, 이를 근거로 '사설치레'가 판소리에서 차지하는 위상을 논의하기로 하겠다.

1) '사설치레'의 개념적 성격과 특징

판소리에서 어떤 부분을 '사설치레'라고 할 수 있는가? 우선 이 문제부터 분명하게 살피고 넘어갈 필요가 있다.

〔**중중몰이**〕 춘하추동 사시절 동네 걸인이 되난듸, 일년 이년 삼사년 나
　　　이 십이세가 되어지니, 동넷집 바느질삯 공밥 먹지를 아니허고, 일 없
　　　는 날 밥을 빌어 근근히 지내갈 제, 세월이 여류허여 나이 십오세가
　　　되여진다.
〔**아니리**〕 이러한 소문이 원근에 낭자허니, 건넌 마을 월평 장승상댁 부
　　　인께서 시비를 보내어 심청을 청하였거늘, 심청이 저의 부친께 여쭈옵
　　　고 승상댁을 건너가는듸,
〔**진양**〕 ①시비 따라 건너갈 제, 승상댁 계신 곳을 원원히 바라보니, 대
　　　문 앞에 심은 버들 청청한 시상촌에, 황금같은 저 꾀꼬리는 자어내니
　　　유사로구나. 대문 안을 들어서니 가사도 웅장허고 문창도 화려허다.
　　　당상으 반백이나 된 부인이 심청을 보고 반기시며, "네가 진정 심청이
　　　냐? 듣던 말과 같도다." 당상으로 인도허여 좌를 주어 앉이라고 헌다.
〔**중중몰이**〕 ②심청이 거동봐라. 가장 단장 헌 일 없이 천자만고 국색이
　　　라. 염용허고 앉는 거동, 백석청탄 맑은 물으 목욕을 허고 앉은 제비
　　　사람 보고서 날아난 듯, 황홀한 저 얼굴은 천심이 돋은 달이 수변에
　　　가서 비치난 듯, 말하고 웃는 양은 부용화가 새로 피난 듯, 천상 미간
　　　으 두 눈썹은 초생달이 뜬 듯허고, 도화 양협으 고운 빛은 무릉도원이
　　　비치난 듯, 백부 홍화 돋으는 양 어허 한 날을 실었도다. 부인이 칭찬
　　　허며, "전생 내 몰라도 응당 선녀로다. 도화동으 적거하야 무릉촌으
　　　내가 나고 도화동 네가 나니 무릉촌 봄이 들어 도화동 개화로다."
　　　　　　　　　　　　　　　　　　　　　「심청가 : 이날치 판, 한애순 창」[1]

　「심청가」의 한 대목이다. 심청이 열다섯 살이 되었을 때 건넌 마을 장
승상댁 부인이 심청을 수양딸로 삼고자 하여 대면하는 과장인데, 다른 부
분과 달리 ①·②의 부분에서 판소리 연창자는 길게 늘어놓는 언어 표현
을 통해 '승상댁 경관'과 '심청의 거동'을 다양하게 꾸미어 치러내고 있다.

---

1) 판소리학회 감수, 『판소리 다섯 마당』, 한국브리태니커회사, 1982, 95면.

말하자면 앞에서 살핀 '사설'과 '치레'의 성격적 특징을 동시에 아우르고 있는 부분인 것이다.

이와 같은 ①·②의 부분이 이른바 판소리의 '사설치레'에 해당된다고 할 수 있다. 그 성격적 특징을 개념의 측면에서 정리해 보면, '길게 늘어놓는 언어 표현을 통해 다양한 형상을 꾸미어 치러내는 양태(樣態)'로 함축할 수 있을 것이다. 또한 이처럼 다양하게 꾸미어 치러내는 양태 자체에는 연창자가 지향하는 어떤 의도가 내포되어 있기도 하다.

이런 양상은 판소리 텍스트에서 흔히 볼 수 있는 것이기도 하지만, 여타의 언어 표현 부분과 구별되는 특징적 면모이기도 하다. 그 특징을 간략히 살펴보면 다음과 같다.

먼저, ①·②의 경우에서 보듯 판소리의 '사설치레'는 대부분 창으로 실현된다. 그리고 간략한 도입부를 동반한 상태에서 이루어지는 것이 일반적이다. 이 도입부는 '치레'의 대상을 밝히는 부분인데, ①의 '승상댁 경관'(시비 따라 건너갈 제 승상댁 계신 곳을 원원히 바라보니)과 ②의 '심청의 거동'(심청이 거동봐라)이 그것이다. 따라서 이처럼 간략한 한 두 마디의 도입부를 제외한다면 '사설치레'는 작품의 줄거리 진행과는 큰 상관이 없다. 또 ①·②가 속해 있는 문맥에서 보듯, 하나의 독립된 단위로 분리시킬 수도 있다.

나아가, '사설치레'에 동원되는 다양한 제재들은 앞에서 논의한 것처럼 동질적 성격을 띠고 있는 것들이다. 그리하여 열거와 반복의 수사기법을 통해 그 다양한 제재들이 엮어지고 마침내 하나의 의의있는 언어구조체를 형성시킴으로써, 수행자의 의도—①의 경우 '승상댁 분위기의 안온(安穩)함', ②의 경우 '심청이 지닌 자태의 선연(鮮妍)함'을 형상화하는 데 기여하는 것이다.

그런데, 이와 같은 판소리의 '사설치레'는 수행자 즉 해당 대목을 연창하는 이에 따라 전혀 다른 양태로 수행되기도 한다. 가령 같은 대목을 정권진은 다음과 같이 소리한다.

> 〔**아니리**〕 심청 나이 그렁 저렁 십오세 되어 가니 ③얼굴은 국색(國色)이
> 요, 효행이 출천(出天)이라. 이런 소문이 원근에 낭자허니 그 때에 무
> 릉촌 장승상 부인이 시비를 보내어 심청을 청하였것다…….
> 〔**진양**〕 ④시비 따라 건너 간다. 무릉촌을 당도허여 승상댁을 들어 갈 제
> 좌편은 청송이요 우편은 녹죽(綠竹)이라 정하(亭下)에 숫은 반송(盤松)
> 청풍이 건듯 불면 노룡(老龍)이 굼니난듯 뜰 지키는 백두루미 사람
> 자최 일어나서 나래를 땅에다 지르르 끌며 뚜루루 길룩 징검 징검 왕
> 룽성이 기이허구나.
> 〔**중머리**〕 계상에 올라서니 부인이 반기허여 심청 손을 부여 잡고 방으로
> 들어와 좌를 주어 앉은 후에 네가 분명 심청이냐 듣던 말과 같은지
> 라…….   「심청가 : 정재근 판, 정권진 창」2)

　위의 정권진 창 「심청가」를 앞의 한애순 창과 대비해 볼 때, 특히 두드
러진 차이를 보이는 부분은 ③과 ④다. 문맥 전후의 짜임새가 크게 다르다
는 점은 차치하고라도, ③에서 간략하게 ‘아니리’로 처리된 부분이 앞의
한애순 창(②)에서는 ‘중중몰이’ 장단에 실려 ‘사설치레’되었던 것과는 판
이하다. ④ 역시 한애순 창(①)과 판이한 내용으로 짜여진 것은 물론, 사설
자체가 보다 확장되어 있다. 수행자에 따라 사설의 짜임새―내용이 가변적
인 것이다. 그러나 ④의 경우 한애순 창의 ①과 마찬가지로 ‘사설치레’의
개념적 성격과 특징을 고스란히 드러내고 있다는 점에서는 일치한다.

　물론 정권진 창의 ③은 ‘사설치레’일 수 없다. 그것은 ‘사설치레’라는 개
념이 적용될 수 없는 간략한 내용의 ‘아니리’다. 따라서 이 부분이 ‘사설치
레’로 실현되기 위해서는 사설구성과 수행방식 면에서 일정한 양식적 특성
을 갖추어야 한다. 그러한 예가 위에서 인용한 ①·②·④인 것이다.

---

2) 정병욱, 『한국의 판소리』, 집문당, 1981, 324~325면.

이와 같은 양상은 판소리에서 예외적인 것이 아니다. 여타의 판소리 사설들을 통해서도 두루 확인할 수 있는 보편적 양상이기 때문이다. 다만 그 '치레' 대상과 사설 구성이 다를 따름인 것이다.

이상에서 살핀 사실들로부터, '길게 늘어놓는 언어 표현을 통해 다양한 형상을 꾸미어 치러내는 양태'를 의미하는 판소리의 '사설치레'는 다음과 같은 특성을 지닌 것으로 정리될 수 있을 것이다.

> 첫째, 창 위주로 실현된다.
> 둘째, '치레' 대상을 밝힌 간략한 도입부를 동반하는 것이 일반적이다.
> 셋째, 한 대목 사설의 단위는 '치레' 대상에 따라 결정된다.
> 넷째, 한 단위의 사설량은 수행자에 따라 가변적이다.
> 다섯째, 줄거리 진행과는 큰 상관이 없다.

여기에서 '창 위주로 실현된다'는 점은 판소리의 정서적 관련을 대변한다는 데 그 의의가 있다. 잘 알려진 바와 같이 판소리는 창과 아니리의 교체·반복을 통해 줄거리를 전개해 나간다. 그런데 다양한 제재들을 동원하여 하나의 구체적 정황이나 형상을 꾸미어 치러냄으로써 의도하는 바를 수행하고자 하는 '사설치레'의 경우, 그 표현효과를 적절히 드러내기 위해서는 일상적 호흡의 아니리보다는 미적 질서로 재편된 창을 통해 실현하는 것이 바람직할 것은 당연하다. '치레' 대상의 형상화와 정서적 감화 면에서 전혀 다른 효과를 가져오기 때문이다. 그렇지 않을 경우 그것은 더이상 '사설치레'와 거리가 먼 서술덩어리에 지나지 않거나, 그 자체가 간략한 내용의 아니리로 대치될 것이다. 이 점은 앞에서 인용한 「심청가」의 ②·③의 대비를 통해서도 이미 확인되었던 바다.

다음으로, '치레 대상을 밝힌 간략한 도입부를 동반하는 것이 일반적'이라는 점은, 도입부 자체가 작품의 줄거리 진행에 필요한 최소한의 서술을 의미하면서, 뒤이어 수행되는 '사설치레'의 한 단위를 제시하는 것이기도 하다는 데 그 의의가 있다. 따라서 '사설치레'는 치레 대상을 중심으로 하나의 단위를 이루는 것으로 이해될 수 있으며, 그렇기에 동일한 장단으로 실현되는 하나의 사설덩어리 가운데서도 치레 대상의 동일 여부에 따라 둘 이상의 '사설치레'가 성립할 수도 있다. 나아가 '사설치레'는 그 개념적 성격이 적용되는 범위 내에서 하나의 단위를 이루므로, 문맥 가운데 포함되어 존재하기도 하고, 문맥에서 독립하여 따로 존재하기도 한다. 역시 앞에서 인용한 「심청가」의 ①·②와 ④를 통해 이러한 사실을 확인할 수 있다.

그리하여 이와 같은 사실들로부터 '사설치레'의 길이—사설량이 수행자의 개성이나 연창 의도에 따라 가변적 성격을 띠게 되리라는 것을 알 수 있다. 그리고 이 문제는 다시 수행자의 자질과 역량, 연창 현장의 분위기, 청중의 반응, 고수와의 호흡 등 실현화 과정에 관여하는 제반 요소들과의 상관관계를 통해 그 성격과 특징이 드러난다고 하겠다. 판소리가 현장 연창예술인 것은 이와 같은 연관 속에서도 확인될 수 있다. 아울러 이런 경우의 '사설치레'가 줄거리 진행과 큰 상관이 없을 것임은 자명하게 드러난다고 할 것이다.

요컨대, 이상에서 살핀 판소리 '사설치레'의 성격과 특징들은 결국 앞에서 언급한 가사(창사) 구성방식과 장르 수행방식에 관련된 사실들로 수렴될 수 있다. 그것은 '사설치레'로 일컬어지는 언어구조체의 조직과 그 실현 양상에 결부된 특성들을 가리키는 것일 수 있기 때문이다. 따라서 이와 같은 맥락에서 보면 판소리의 '사설치레'는 가사(창사) 구성방식과 장르 수행방식이 유기화된 표출양식이라고 할 수 있다.[3]

---

3) 이 문제는 다시 판소리 텍스트에서 '사설치레' 부분이 여타의 부분과 어떤 유기적 연관을 맺고 있는가 하는 관점에서 깊이 있게 논의될 필요가 있다. 그것은 요컨대 해당 문맥에서의 기능 및 실현화 과정상의 특징에 결부된 '연창구조'를 살핌으로써 보다 의미있는 결과를 얻을 수 있을 것이다. 이 문제는 이어지는 논의를 통해

2) 신재효의 시각과 '인물치레'와의 대비

한편, '사설치레'라는 용어와 개념적 성격에 관한 기존 논의들은 대부분 동리 신재효(桐里　申在孝·1812~1884)의 「광대가」를 중심으로 이루어져 왔다. 따라서 신재효의 시각과 기존 논의들을 동시에 검토함으로써, '사설치레'의 개념적 성격과 특징을 보다 분명하게 정립할 수 있으리라 생각한다.

널리 알려진 것처럼, 신재효는 「광대가」에서 '소리하는 법례' 네 가지를 제시하고, 그 각각에 대해 간략한 설명을 덧붙였다. 해당 부분만을 인용하면 다음과 같다.

> 그러ᄒ나 광ᄃᆡ행세 어렵고 쏘어렵다 광ᄃᆡ라 ᄒᄂᆞᆫ거시 졔일은 <u>인물치레</u>
> 둘직는 <u>ᄉ셜치례</u> 그직ᄎ <u>득음</u>이요 그직ᄎ <u>너름시</u>라 너름시라 ᄒᄂᆞᆫ거시
> 귀셩끼고 ᄆᆡᆸ시잇고 경각의 쳔틱만ᄉᆞᆼ 위션위귀 쳔변만화 좌즁의 풍유호걸
> 귀경ᄒ는 노쇼남녀 울게ᄒ고 웃게ᄒ는 이귀셩 이ᄆᆡᆸ시가 엇지아니 어려우
> 며 득음이라 ᄒ난거슨 오음을 분별ᄒ고 육율을 변화ᄒ야 오중에서 나는
> 쇼리 농낙ᄒ여 ᄌᆞ아닐졔 그도쏘ᄒᆞᆫ 어렵구나 <u>ᄉ셜</u>이라 ᄒᄂᆞᆫ거신 ㉮<u>겨금미</u>
> <u>옥 죠혼말노 분명ᄒ고 완연ᄒ게 ᄉᆡᆨᄉᆡᆨ이 금슈첨화 칠보단중 미부인이 병</u>
> <u>풍뒤의 나셔난듯 삼오야 발근달이 구름박긔 나오난듯</u> ㉯<u>ᄉᆡ눈쓰고 웃게ᄒ</u>
> <u>기 ᄃᆡ단니 어렵구나</u> ㉰<u>인물은 쳔셩이라　변통할슈 업건이와</u> 원원ᄒ 이쇽
> 판니 쇼리ᄒ는 법예로다.　　　　　　　　　　　　　　　　　　　「광대가」[4]

신재효가 말하는 위의 네 가지 '쇼리ᄒ는 법예'는 곧 연창자인 광대가 청중과 만나 판소리 사설을 실현화하는 데 따르는 네 가지 구비요건을 말한다. 따라서 이는 수행자의 자질과 관련된 면에서는 광대의 구비요건에 해당하는 것이면서, 판소리의 속성과 관련된 면에서는 장르수행상의 구비

구체적으로 다루어질 터이므로, 여기에서는 개념적 성격과 관련된 특성만을 논의하는 데 그치기로 한다.

4) 강한영 교주, 『신재효 판소리 사설집(전)』, 교문사, 1984, 669면.

요건에 해당하는 것이기도 하다.

이 가운데 '亽셜'은 ㉮'져금미옥 죠흔말노……구름박긔 나오난듯'에서 보듯, 표현상의 긴밀성을 갖추는 것이 관건이다. 이렇게 '亽셜'을 구성해야 ㉯'시눈쓰고 웃게ᄒ기'가 가능하다고 보기 때문이다. 그런 면에서 ㉮는 창사 구성방식의 면을, ㉯는 이와 긴밀한 연관하에 놓이는 수행효과의 면을 가리키는 것이라고 할 수 있다.

그러나 ㉯의 '시눈쓰고 웃게ᄒ기 디단니 어렵구나'라는 말이 곧 판소리 수행과 관련된 개념으로서의 '치레'와 상응한다고 할 수는 없다. 이 말은 판소리 '亽셜'이 구비해야 할 요건에 대한 일종의 이유 설명일 따름이다. 신재효가 말하는 '인물치레'·'亽셜치레'에서의 '치레'는 이른바 '수행—치러냄'을 의미하기보다는, '갖추어 차림—갖춤'을 의미하고 있기 때문이다.

그것은 '인물치레'의 경우 판소리 광대의 훌륭한 용모를 뜻하는 것이며, '亽셜치레'의 경우는 표현의 긴밀성을 뜻한다. 이러한 사실은 ㉰의 '인물은 천성이라 변통할슈 업건이와' 부분에서도 곧바로 확인된다. 따라서 신재효가 말하는 '亽셜치레'는 한 마디로 판소리 광대가 연창에 수반되는 '사설을 갖추는 것'을 의미한다고 할 수 있다.

이와 같은 신재효의 개념인식은 이 글에서 밝힌 '사설치레'의 그것과는 상당히 다르다고 할 수 있다. 창사구성과 그 수행의 면을 언급한 점에서는 상통점이 없지 않지만, 신재효의 경우는 판소리 '亽셜'이 갖추어야 할 요건에만 초점을 맞추고 있기 때문이다.

여기에서 문제가 되는 것은 특히 '치레'의 개념에 대한 신재효의 인식이다. 그리고 이 문제는 '인물치레' 개념과의 대비를 통해 보다 선명하게 드러나는 것으로 보인다.

신재효의 시각에 따르면 '인물치레' 역시 판소리 연창자가 '훌륭한 용모를 갖추는 것'을 의미하는 말에 지나지 않는다. 훌륭한 용모가 판소리를 수행하는 일과 전혀 무관한 것은 아니겠지만, 그렇다고 '쇼리ᄒ는 법예'로서나 판소리의 본질 내지 예술성과 연관지워 볼 때, '제일'의 기준으로까지 평가될 수는 없을 것이다.

물론, 이해의 폭을 넓혀 여기에서의 '인물'을 판소리 연창자의 품격이나 자질을 뜻하는 것으로 받아들일 수도 있을 것이다. 그렇지만 '인물은 천성이라 변통할슈 업건이와'와 같은 설명에서나, '사설치레'에 대한 개념인식에서 드러난 바 '갖추어 차림-갖춤'을 의미하는 그 자신의 '치레' 개념을 상고할 때, 이 또한 무리가 아닐까 생각한다.

여기에서 우리는 판소리의 예술성이나 광대의 구비요건에 대한 신재효의 인식이 판소리 자체의 실상을 대변하거나 연창자의 객관적 평가기준이 될 수 있는가에 대해 한번쯤 재고해 볼 필요가 있다고 생각한다.

백대웅은 신재효의 「광대가」가 그 나름의 광대의 구비조건과 판소리 비평의 미적 기준을 제시하고 있음을 지적한 다음, "당대에는 그가 말한 광대의 네 가지 조건이 어느 정도의 보편성을 가졌는지 알 수 없으나, 이러한 그의 주관적 견해는 시대를 초월해서 통용되는 판소리 이론이 될 수 없다는 한계점을 분명히 인식할 수 있어야 한다."라고 강조하면서, '인물치레'만 하더라도 역대 명창들 가운데 정상인 이하의 용모와 비정상적 신체를 가진 이가 상당수에 이름을 실증적으로 밝힌 바 있다.[5]

이러한 백대웅의 견해는 시사하는 바 크다. 그것은 「광대가」에서 '쇼리ㅎ는 법예'로서 제시된 네 가지 구비요건들이 '시대를 초월해서 통용되는 판소리 이론이 될 수 없다는 한계'의 측면에서 뿐만 아니라, 여기에 등장하는 용어들에 대한 신재효의 개념인식이 모두 객관성을 지닐 수 있는가 하는 의문을 제기할 수 있기 때문이다. 따지고 보면 신재효가 '쇼리ㅎ는 법예'로서 제시한 용어들이 그 자신의 독창적 소산인가 하는 점도 불분명하다.

---

5) 백대웅, 「명창과 판소리의 미학」, 『세계의 문학』 통권 35호, 민음사, 1985·봄, 94~96면 참조

성현경 도한 예의 「광대가」 문맥과 관련하여, "변통할 수 없는 천부적인 것에다 아무리 치레한들 무슨 소용이 있겠는가. 따라서 이(인물치레) 경우의 치레란 것은 잘못 첨가한 군더더기말임이 분명하다. '제일은 인물치레'란 표현은 '제일은 인물이요'로 표현했어야 옳다.……쇄금미옥 좋은 말로 분명하고 완연하게 표현해서 관객으로 하여금 새눈 뜨고 웃게 하는 것은 '사설'이 아니라 '사설치레'이기 때문에, '사설이라 하는 것은'은 '사설치레라 하는 것은'으로 표현했어야 옳다. 정작 치레란 낱말이 필요한 곳은 이곳인데, 엉뚱하게도 다른 곳―인물의 뒤에다 붙여 놓아 혼란을 가중시키고 있다."[6]라는 견해를 피력한 바 있다.

면밀한 논리적 검증 문제가 남아 있기는 해도, 위 견해 역시 신재효의 개념인식이나 판소리에 대한 시각을 재고해 볼 필요성을 제기하고 있는 것만은 분명하다. 더욱이 성현경은 "인물치레라고 하면 우리는 우선 등장인물에 대한 치레―등장인물에 대한 표현 내지 묘사를 핍진하게 하는 능력과 관련된―를 연상하게 된다."[7]라고 했는데, 주목을 요하는 발언이 아닌가 생각한다.[8]

문제의 핵심은 결국 '치레'에 대한 개념인식의 차이에 있다고 할 수 있다. 그렇기어 '치레'의 개념을 단순히 '갖추어 차림―갖춤'의 의미로만 이해하거나, 후디의 일반적 논의들에서처럼 '꾸밈―용모'의 의미로만 이해할 경우, 이 용어가 포함된 '인물치레'·'사설치레'는 판소리의 장르수행 및 예술성과 연관된 구비요건으로서 그 객관성을 확보하기 어렵다고 할 것이다.

그런 면에서 '사설치레'의 개념적 성격과 관련하여 문학적 표현의 면만을 강조한 기존의 통설과 달리, "사설을 청자에게 효과적으로 전달하는 치

---

6) 성현경, 「정현석과 신재효의 창우관 및 4법례」, 『신재효 판소리 연구』, 판소리학회, 1990, 139면 참조.

7) 같은 글, 137면.

8) 특히 '인물치레'와 관련된 자세한 논의는 이 책의 제2부에 실린 「판소리 '인물치레'와 사설의 특성」을 참조하기 바람.

레의 두 가지 방법은 문장표현과 사설전달의 기술"이라고 전제하고 이를 "기존 사설을 사설의 내용에 맞게 구연하려는 광대의 노력"으로 본 이동근의 견해9), "판소리 관객은 광대가 그 장면을 처리하는 솜씨, 그 장면이 표출해 내는 정서적 분위기에 관심을 가진다."라는 전신재의 논의10), 그리고 "창우가 기존의 사설을 익혀 그 내용을 관객에게 핍진하게 전달하는 것을 뜻할 수도 있고, 창우 자신이 스스로 사설을 꾸미거나 가다듬어 그것을 관객에게 핍진하게 전달하는 것을 뜻할 수도 있다."라는 성현경의 견해11) 등은, 이 글에서 규명·정리한 '사설치레'의 개념―'길게 늘어놓는 언어 표현을 통해 다양한 형상을 꾸미어 치러내는 양태'와 관련하여 이를 뒷받침하는 논의들이라고 하겠다.

3) 문맥에서의 기능과 상징적 의미

'사설치레'가 판소리의 다양한 작품들 속에서 발견되는 하나의 양식적 특징에 해당하는 것이라면, 거기에는 그러한 양식적 특징을 결정짓는 뚜렷한 요인이 내재해 있을 것이다. 이 문제는 우선 창사구성과 장르수행에 관여하는 '사설치레'의 속성이 무엇인가를 살펴봄으로써 해명 가능하리라 본다.

앞에서의 논의를 통해, '사설'은 열거와 반복을 기저자질로 한 '엮음'의 표현기법을 통해 하나의 의의있는 언어구조체를 형성하고 있음을 알 수 있었다. 또한 '치레'의 경우 수행 대상의 '구상적 현시'를 통해 어떤 의도를 실현하고자 하는 양태임을 알 수 있었다. '사설치레'는 말하자면 이러

---

9) 이동근, 「판소리 전승에 대한 관견」, 『새터 강한영 교수 고희기념 한국 판소리·고전문학 연구』, 아세아문화사, 1983, 151~152면.
10) 전신재, 「판소리의 연극성에 관한 연구」, 성균관대 박사학위논문, 1988, 22면.
11) 성현경, 앞의 글, 139면.

한 사설과 치레의 개별적 속성을 동시에 아우르고 있는 표출 양식이다. 따라서 그 속성은 곧 '엮음에 의한 구상적 현시'로 규정될 수 있을 것이다.

그런데 중요한 것은 이와 같은 속성이 실제 판소리 텍스트에서 어떤 기능과 의미를 지니는가 하는 점이다. '사설치레'가 일차적으로 판소리 사설이라는 보다 큰 언어적 상관물의 부분으로 존재하는 데서 의의를 지니는 것이라면, 그 거시적 연관 속에서 구체적으로 어떤 역할을 하는가에 주목할 필요가 있기 때문이다. 나아가 이러한 측면을 논의하는 과정을 통해 '사설치레'의 속성으로부터 비롯되는 문학적 특질의 면 또한 규명할 수 있기 때문이다. 이 문제는 '사설치레'가 행해지는 국면, 즉 문맥에서 '엮음에 의한 구상적 현시'가 이루어지는 국면에 내재된 기능과 상징적 의미를 살펴봄으로써 해명될 수 있으리라 본다.

① 예축(豫祝)의 '푸리성'

작중 인물의 형상이나 경관을 '사설치레'하는 예는 판소리 사설에 흔히 나타나는 유형들이다. 널리 알려진 예를 각각 하나씩만 들어보기로 하겠다.

㉠ 〔아니리〕 일모도궁하얐으니 뉘라 사람 살리리오마는, 사람 살 곳은 곳곳마다 유지것다.

〔엇몰이〕 중 올라간다, 중 하나 올라간다. 저 중이 어떤 중인고. 행색을 알 수 없네. 연년 묵은 중, 허허디 헌 중, 화주승인데 절 중창하라 허고 권선문 메고 시주집 찾어갔다 절 찾어가는 길이라. 청산은 암암허고 설월은 돋아올 제, 세경의 비낀 길로 인도한 곳을 올라간다. 저 중의 호사 보소 굴갓 쓰고, 장삼 입고, 염주를 목에 걸고, 단주 팔에 걸어, 백저포 장삼을 진홍띠 둘러 띠고, 소년 당상헌 별랑을 귀 우에 떡 붙이고, 용두 새긴 육환장, 쇠고리 길게 달어 처절 철철철 흔들 흔들 흐늘거리고 내려오며, 육관 대사 성진이 용궁

<u>에 문안 갔다 과약주 취케 먹고 팔 선녀 희롱하던 성진 대사으 거
동이라.</u>   「심청가 : 이날치 판, 한애순 창」[12]

㉯ **[진양]** 이윽고 퇴령(退鈴)소리 하인물려라 청령(廳鈴)나니, 도련님이
좋아라고 방자불러 앞세우고 <u>춘향집을 건너갈제, 청조(靑鳥)의 편
지보고 주문왕(周文王)의 요지(瑤池) 찾듯 차츰차츰 찾아갈제, 춘
향문전 당도허여 대문안을 들어서 좌우를 살펴보니, 동편에는 죽
림이요 그앞에 연당있고, 연당갓의 벽오동(碧梧桐)은 청풍(淸風)이
건듯, 맑은 이슬이 뚝 떨어지니, 잠든 학(鶴)이 놀래깨어 다리수업
(修業)을 허노라고, 한날개는 사리우고 또한날개 반만펴고 징검구
붓 뚜루루루 끼룩. 그도 또한 경(景)이로구나.</u> 가만가만 들어갈제,
그때에 춘향이는 촛불을 돋우켜고 칠월편(七月篇)을 읽는소리 방
갑고도 아름답다.   「춘향가 : 정정렬 판, 김여란 창」[13]

㉮는 「심청가」에서 '중의 행색'을 사설치레한 대목이고, ㉯는 「춘향가」
의 '춘향집 경관[草堂風景]'을 사설치레한 대목이다. 두 경우 모두 등가적
성질을 지닌 개개의 형상이나 정황이 묘사되면서, '엮음에 의한 구상적 현
시'를 통해 치레 대상을 바로 눈앞에 떠올릴 수 있듯이 그려내고 있다.

그러면 이와 같은 '엮음에 의한 구상적 현시'는 해당 문맥에서 어떤 의
의를 지니고 있는 것일까? 결론부터 말한다면 이러한 경우들 역시 근원적
으로는 '푸리'[14]의 기능을 수행하는 것과 맥이 닿아 있는 것으로 보인다.

먼저 ㉮에서의 '중의 행색'은 앞에서 살핀 무가 사설에서도 드러났듯이,
신격의 강림을 기리거나 그 위용을 구상화하기 위해 '치레'하는 모습과 흡
사하다. 그리고 그 역할 또한 물에 빠진 심봉사를 구해내고 눈을 뜰 수 있

---

12) 판소리학회 감수, 앞의 책, 96면.
13) 정병욱, 앞의 책, 247면.
14) '푸리'와 '풀이'의 구분에 대해서는 앞의 「예비적 고찰 – '사설'과 '치레'」의 주
    23)을 참조

는 방법을 가르쳐 주는 데서 어떤 위력을 행사하는 존재로 드러난다. 따라서 이러한 '엮음에 의한 구상적 현시'의 상징적 의미 역시 일차적으로는 '예축(豫祝)'에 있다고 할 수 있다.

「흥보가」에서 흥보에게 집터를 잡아주는 중의 행색치레나, 「변강쇠가」에서 치상(治喪)을 하기 위해 등장하는 중의 행색치레 역시 이와 맥락을 같이하는 것으로 보인다.

㉯의 '춘향집 경관'을 치레하는 경우도, 「성주풀이」「명당풀이」「고사요」「액풀이」 등에 흔히 등장하는 '집경관치레'와 거의 일치한다는 점에서 '풀리' 기능을 수행한다고 할 수 있다. 나아가 춘향과 이몽룡이 신방(新房)에 들기 전이라는 문맥적 상황으로 미루어, 그 사랑을 '예축'하는 상징적 의미를 띠고 있다고 하겠다. 말하자면 '엮음에 의한 구상적 현시'를 통해 "곧 벌어질 사랑, 그 낭만적 분위기가 아늑하게 풍기는 효과"[15]를 자아내는 것이다.

「심청가」의 '장승상댁 경관'을 치레하는 경우 등 판소리 사설에 다양하게 편재되어 있는 '집경관치레'들 역시, 그 본래의 기능과 상징적 의미는 '풀리'에 의한 '예축'에 있는 것이 대부분이라고 하겠다.

이처럼 판소리의 '사설치레'는 대개 줄거리가 전개되는 과정에서 연창의 의도를 실현하는 기능을 수행한다. 그것은 '엮음에 의한 구상적 현시'를 바탕으로 이루어지는데, 해당 문맥과 치레 대상에 따라 다양한 양상을 띠기는 하지만, 위에 예시한 경우들에서 보듯 '예축'의 상징적 의미를 배경으로 '풀리' 기능을 수행한다는 점에서는 성격적으로 유사하다.

그런데, 이와 같은 문맥에서의 기능과 상징적 의미를 가능하게 한 속성, 즉 '엮음에 의한 구상적 현시' 자체가 어떤 줄거리의 형성 혹은 전개에 관

---

15) 최진원, 「판소리 사설의 표현특징」,『한국 고전시가의 형상성』, 성균관대 대동문화연구원, 1988, 214면. 이 글의 필자는 이와 같은 표현효과를 '표징(表徵)'이라고 불렀다.

여하는 경우는 드물기 때문에, '사설치레'는 판소리 사설이라는 보다 큰 언어적 상관물의 부분으로 존재하면서도 개체적·독립적인 의의를 지니는 경우가 많다.

예컨대 위에서 인용한 '중의 행색'이나 '춘향집 경관' 치레는 「심청가」나 「춘향가」의 문맥에서만 그 독특한 기능과 상징적 의미를 지니는 것이 아니라, 연창자의 의도에 따라 이와 유사한 문맥적 상황이나 '치레'의 필요성이 제기되는 대목, 즉 '행색치레'·'집경관치레'가 요구되는 대목에서는 텍스트–레퍼토리에 구애됨이 없이 유사한 사설이 동원·실현될 수 있다. 그렇기에 거시적인 면에서 보면, 사설치레는 '치레' 대상에 따라 유형적 성격을 띠는 것이 일반적이며, 특정 문맥과의 상관성에서 벗어나 개체적·독립적인 성격을 지니기도 한다.

이렇게 볼 때, 판소리의 '사설치레'는 판소리 사설이라는 언어적 상관물의 부분으로 존재하면서 일정한 문맥적 기능과 상징적 의미를 지닌다는 면에서는 상호의존적 성격을 지니지만, 그 자체의 속성을 바탕으로 한 기능 면에서는 자율적 성격을 지닌다고 하겠다.

그러면 이와 같은 '사설치레'의 특성은 판소리 텍스트 전반에서 어떤 양상을 띠고 나타나며, 그 대표적인 유형에는 어떤 것들이 있는가?

판소리 사설의 진술방식은 대사·서술·묘사의 형태를 취하고 있는 것이 일반적인데, '사설치레'는 이러한 진술방식 가운데 특히 묘사와 서술을 중심으로 이루어진다. 그리하여 이들을 '치레' 대상에 따라 몇 가지 유형으로 나누어 보면, 등장인물의 용모나 행색·심성·언행 등을 묘사·서술하는 '인물형상치레', 특정 공간을 구성하는 다채로운 사물과 형상들을 묘사·서술하는 '경관치레', 작중 현실과 연관하여 구체적 상황이나 사태를 묘사·서술하는 '정황치레', 세간·기물·화초·음식 등 일상사와 연관된 온갖 사물들을 묘사·서술하는 '물상치레', 이밖에 욕이나 글자풀이와 같이 언어유희적 성격을 띤 '말치레' 등 참으로 다양한 양상으로 나타난다.

이러한 '사설치레' 가운데 판소리 각 마당에 으레히 등장하는 인물들의 용모나 행색을 치레하는 경우는 말할 것도 없거니와, 놀보의 심술·뺑덕어미의 행실·방자의 몰골, 산천경개푸리·신연맞이행렬·청도기행렬, 축원사설·점복(占卜)사설·태몽사설, 방치레·주안상치레·병치레 등과 같은 다양한 경우에서도, 그 기능과 상징적 의미는 이른바 '푸리성'에 의한 '예축성'이 밑바닥에 깔려 있는 것으로 보아 큰 무리가 없으리라 생각한다. 말하자면 이와 같은 '사설치레'들 역시 근원적으로는 일종의 '덕담(德談)'의 성격을 지니고 있다고 할 것이다.

문제가 된다면, 그 다양한 경우의 양상들을 이렇듯 일률적으로 규정할 수 있는가 하는 점이다. 예를 들어 '뺑덕어미의 행실'이나 '방자의 몰골'과 같은 사설치레들이 어떤 '푸리' 기능과 '예축'의 상징적 의미를 지니고 있는가 하는 점이 그것이다.

그러나 이 문제는 이미 '치레'의 개념과 속성을 논의하는 자리에서도 언급했듯, '치레' 대상에 따라 긍정적 또는 부정적인 묘사와 서술이 이루어진 것일 뿐, 일부러 들추어 내서―구상적으로 현시하여 치러냄으로써 '복'을 불러 들이거나 '액'을 미리 막는다는 점에서는 근원적으로 '덕담'의 성격을 지닌 것으로 볼 수 있으리라 생각한다. 나아가 이와 같은 사설치레는 표현 언어 면에서 '치레' 대상을 심하게 굴절·왜곡하는 양상을 띠기도 하지만, 그 본래적 주지(主旨)는 같은 것으로 볼 수 있으리라 생각한다.

다만, 이처럼 '덕담'의 성격을 지닌 사설치레 모두가 그 기능적 특성에 있어서까지 일률적으로 '푸리성'만을 지녔다고 하기는 어려울 것이다. '예축'이라는 상징적 의미로부터 '덕담'의 성격을 지닌 것으로 이해될 수 있는 사설치레 가운데에는 이른바 '노리성'16)의 기능을 지닌 것들도 존재할 수 있기 때문이다.

---

16) '노리'와 '놀이'의 구분 역시 앞의 「예비적 고찰―'사설'과 '치레'」의 주 23)을 참조.

예를 들어, 「변강쇠가」의 앞부분에 나오는 '강쇠와 옹녀의 음탕'은 상대적인 면에서 '푸리'로서보다는 '노리'로서의 기능을 지닌 '덕담'에 해당한다 할 것이다.17) 우선 '강쇠와 옹녀의 음탕'을 구성하는 음담패설과 성행위 묘사 자체가 '덕담'일 수 있는 것은, 표현 언어 즉 문자상의 의미만을 따진다면 그것은 외설이지만, 요컨대 상징적 음행(淫行)이라는 조장된 사태를 통해 풍요와 다산성을 기구(祈求)하는 의례의 일부로 수행된 것일 수 있기 때문이다. 이같은 '노리성'을 띤 덕담은 고대 제의의 오신(娛神) 과장에 흔히 등장하기도 한다.

그렇기는 해도, 이와 같은 '노리성'을 지닌 '강쇠와 옹녀의 음탕' 역시 궁극적으로는 '풍요와 다산성을 기구하는 의례'와 맞물려 기능하는 것일 수 있기에, '푸리성' 또한 동시에 지니고 있는 셈이다. 따라서 그 상징적 의미 역시 '예축'이라는 점에서는 근원적으로 '덕담'의 성격을 지닌 여타의 사설치레와 같은 테두리 안에 묶일 수 있으리라 생각한다.

한편, 다산 정약용(茶山 丁若鏞·1762~1836)은 그의 『목민심서』에서 그가 생존하던 당대의 광대들이 이러한 덕담을 수행하는 행위를 가리켜 '골회지연(滑詼之演)'이라 일컬은 바 있다. 다음과 같은 기록은 덕담의 내용과 성격의 단면을 이해하는 데 시사하는 바 큰 것으로 보인다.18)

---

17) 이 문제와 관련하여 참고가 되는 것은 박경신의 견해다. 그는 「무속제의의 측면에서 본 '변강쇠가'」(서울대 석사논문, 1985) 라는 글에서, 「변강쇠가」의 전반부가 장승이라는 부락수호신에 대한 '풀이' 과장에 해당되며, 강쇠의 죽음을 경계로 한 후반부는 다양한 놀이패들의 등장에 의한 '놀이' 과장에 해당되는 것으로 분석한 바 있다. 이 견해에 따르면 '강쇠와 옹녀의 음탕'은 '풀이' 과장의 한 부분인 셈이다. 물론 글쓴이 자신도 지적하고 있듯, 이 경우의 '풀이성'과 '놀이성'은 상대적 측면에서의 우세를 의미하며, 작품 전체를 거시적으로 파악한 결과이기는 하다. 그렇지만 「변강쇠가」를 이처럼 일관된 서술구조 위에서 구획하고, 그 구획된 부분들의 성격을 일률적으로 파악하는 것은 문제가 있지 않을까 생각한다. 이른바 '치레' 단위별로 세분화하여 그 성격과 기능을 파악하는 것이 보다 바람직하지 않을까 생각하기 때문이다.

배우의 놀음, 꼭둑각시의 재주부림, 역귀를 쫓는 음악[儺樂]으로 인연을 모으는 일, 요망한 말로 술수를 파는 자들은 모두 금해야 한다 : 남방의 아전과 군교들은 사치와 방종이 습속이 되어, 매년 봄·여름 화창한 때가 되면 배우들의 골회지연(滑詼之演·우리말로 '덕담'이라 한다)과 굴뢰붕간지회(窟儡棚竿之戱·우리말로 '초란이' 또는 '산대'라 한다)로 낮이 다하고 밤이 깊도록 이를 즐긴다. 목민관은 이를 금하지 않을 뿐 아니라, 때로 관아의 뜰에까지 끌어들여 심지어는 관아의 안식구들까지 발을 드리우고 그 음란 방탕한 소리를 듣기에 이르니, 이는 예법에 크게 어긋난 일이다. 이런 꼴을 백성들에게 보이므로 백성들이 거기에 빠지지 않는 자가 없어, 남녀 할것없이 황음무도함에 휩쓸린다.19)

정약용이 갈하는 '골회지연(滑詼之演)'은 일종의 '익살스러운 성격의 덕담'을 의미하는 것으로 보인다. 그것이 판소리 또는 이와 유사한 연행예술의 한 형태를 가리키는 것인지는 분명치 않다. 그러나 전후 문맥으로 미루어 광대(배우)의 유창한 사설과 몸짓을 통해 그것이 연행될 때, 좌중은 거기에 빠져들지 않을 수 없었던 것으로 보인다. 때로 '음란 방탕한 소리'로 들리기도 하지만, 그것은 어떻든 '덕담'의 성격을 지녔기에, 단순한 유희에 머무르지만은 않았던 것으로 보인다. 그래서 '관아의 안식구들까지'를 포함한 폭넓은 지지기반과 적지 않은 관중을 확보하고 있었던 것으로 보인다.

이렇게 볼 때, 판소리 사설 가운데에는 형성 연원의 측면에서 그 특성

---

18) 정약용이 말하는 '골회지연(滑詼之演)'이 판소리 및 이와 유사한 연희를 지칭한 것으로 본 견해는 일찍이 김흥규의 「판소리의 사회적 성격과 그 변모」(『예술과 사회』, 한국사회과학연구소 편, 민음사, 1979, 68면)라는 글에서 제시된 바 있다. 이를 참조하였다.

19) 俳優之戱 傀儡之技 儺樂募緣 妖言賣術者 竝禁之 : 南方吏校 奢濫成風 每春夏騎宕 卽俳優滑詼之演(方言云 德談) 窟儡棚竿之戱(方言 焦蘭伊 亦名 山臺) 窮晝達夜 以爲般樂 牧不唯不禁 時亦引入於法庭 甚至衙眷 垂簾聽其淫藝 大非禮也 以玆示民 民罔不溺 士女奔波 荒淫無度 [丁若鏞, 『牧民心書』 卷10, 刑典六條, 禁暴]

을 구명해야 할 대목들이 상당수 존재함을 알 수 있다. 널리 알려져 있는 것처럼 「춘향가」나 「심청가」가 본시 제의와 깊은 연관하에서 형성되었다는 사실이나, "판소리에서 사용되었던 소리는 제의에서 사용되었던 소리가 주축을 이루고 있다."[20]라는 실증적 분석을 상기할 때 이 점은 더욱 분명해 진다. 문제는 이러한 특성에 대해 단순한 사실 지적이나 확인에 머무르지 않고 그 실상을 체계적으로 구명하는 데 있을 것이다. 위에서 살핀 '덕담으로서의 사설치레'는 그 실상의 단면을 밝힌 것이라고 하겠다.

② 정서의 확충과 해소로서의 '풀이성'

그러나 판소리 '사설치레' 가운데에는 이와 같은 연원적 측면과의 연관을 떠나 이해될 수 있는 대목들 또한 다양하게 편재되어 있다. 즉, '엮음에 의한 구상적 현시'라는 속성을 똑같이 드러내고 있지만, 문맥적 기능과 상징적 의미 면에서 애초의 연원적 성격과는 멀어졌거나, 아예 다른 성격을 띠는 경우 또한 적지 않다. 사실, 오늘날 우리가 경험하는 판소리 '사설치레'들은 앞에서 논의한 '예축의 푸리성'을 지닌 경우보다는 이같은 특성을 지니고 있는 경우가 훨씬 더 다양하고 풍부하다고 할 수 있다.

「홍보가」의 한 대목을 보기로 하겠다.

⑭ 〔아니리〕 홍보가 할 일 없이 치장을 차리고 형님댁을 건너가는디,
　〔잦은몰이〕 홍보가 건너간다 홍보가 건너간다. <u>홍보 치레를 볼작시면 철대 떨어진 헌 파립 버릿줄 총총 매여 조새갓끈을 달아서 떨어진 헌 망근 밥풀관자 종이당줄 두통나게 졸라 매고 떨어진 헌 도포 실띠로 총총 이어 고푼 배 눌러 띠고 한 손에다가 곱돌조대를 들고 또 한 손에다가는 떨어진 부채 들고 서리 아침 찬 바람에 옆걸</u>

---

20) 전신재, 앞의 글, 21면.

　　움쳐 손을 불며 가만가만 건너간다.
「흥보가 : 송만갑 판, 박록주 창」[21]

　　흥보가 놀보집으로 돈과 곡식을 얻으러 가는 대목의 행색묘사다. 머리에서부터 발끝까지 하나 하나의 행색을 엮어나가는 과정을 통해 흥보의 형상을 구상적으로 현시하고 있거니와, 그 후줄그레하고 덕지덕지한 모습은 측은한 생각이 들기에 앞서 우스꽝스러운 웃음을 자아내게 한다.

　　이와 같은 ㉰ 대목의 '사설치레'는 본시 일정한 의례와 연관을 맺는 차원에서 '푸리' 기능을 수행하는 것과도 맥이 닿아 있겠지만, 그보다는 오히려 정서의 확충과 해소를 위한 차원에서 '풀이' 기능을 수행하는 것으로 이해하는 것이 더 적절할 것이다. 말하자면 어떤 목적을 위해 치레 대상을 구상적으로 현시한다는 점에서는 공통적이지만, 그 기능적 의미와 연관된 성격은 매우 이질적인 것이라고 할 수 있다. 이는 원래의 수행이 지닌 '치러냄'으로서의 목적성이 약화되면서, '꾸며 드러냄'이라는 의미만이 강조된 '치레'의 기능적 변모 결과로 생각된다.

　　따라서 이런 경우와 같은 '사설치레'는 예축(豫祝)의 기능과 의미를 지니고 있다기보다는, 향수(享受)의 기능과 의미를 지니고 있다고 해야 온당할 것이다. 인용한 ㉰ 대목의 '사설치레'에서 구상적으로 현시된 흥보의 행색은 어떤 전제가 필요 없는 웃음을 유발하며, 그 상징적 의미 또한 일종의 연민에 가까운 '남루함'이라는 사실에서 이 점은 분명해 진다.

　　그리하여 판소리 '사설치레' 가운데에는 어떤 의례적 사실과의 연관에서 벗어나, '사설치레' 그 자체가 환기하는 정서와 표현효과에 수행의 초점이 맞추어지는 경우들을 흔히 볼 수 있다. 역시 ㉰와 같은 창본에 들어 있는 다음의 '사설치레'를 통해 이 문제를 좀더 구체적으로 살펴보기로 하겠다.

---

21) 정병욱, 앞의 책, 367면.

㉲ 〔잦은몰이〕 놀보놈의 거동 봐라. 지리산 몽둥이를 눈 위에 번듯 들고 네 이놈 흥보놈아 잘 살기 내 복이요 못 살기도 니 팔자. 굶고 먹고 내 모른다. 볏섬 주자헌들 마당에 뒤주안에 다물다물 들었으니 너 주자고 뒤주 헐며, 전간 주자헌들 천록방(天祿房) 금궤안에 환을 지어 떼돈이 들었으니 너 주자고 궤돈 헐며, 찌깅이 주자헌들 구진방(舊陳房) 우리안에 떼 돼야지가 들었으니 너 주자고 돝 굶기며, 싸래기 주자헌들 황계백계 수백마리가 턱턱하고 꼭꼬 우니 너 주자고 닭 굶기랴. 몽둥이를 들어매고 네 이놈 강도놈. 좁은 골 벼락치듯 강짜 싸움에 기집 치듯 담에 걸친 구렁이 치듯 후닥닥 철퍽. 아이구 박 터졌오. 이놈. 후닥닥. 아이구 다리 부러졌오 형님. 흥보가 기가 맥혀 몽둥이를 피하느라고 올라갔다가 내려왔다가 대문을 걸어놓니 날도 뛰도 못하고 그저 퍽퍽 맞는데 안으로 쫓겨 들어가며 아이구 형수씨 날 좀 살려주오. 아이구 형수씨 사람 좀 살려주오.　　　　　　　　　　　「흥보가 : 송만갑 판, 박록주 창」[22]

　　자신의 집에 돈과 곡식을 얻으러 온 동생 흥보를 매몰차게 다루는 놀보의 거동 대목이다. 이같은 '사설치레'에서는 어떤 의례적 사실과의 연관도 찾아보기 어렵다. 인정사정 없는 놀보의 언행이 줄줄이 엮어지면서 바늘로 찔러도 피 한방울 나오지 않을 모진 심성이 구상적으로 드러나고 있을 따름이다.

　　더욱이 이 대목에서는 어떤 교훈적 이념—예컨대 '우애(友愛)'와 같은 가치 덕목이 강조되고 있다고 하기도 어렵다. 치레되고 있는 내용 그 자체에서 유발되는 텁텁한 웃음에 이끌리는 향수자적 시각만이 성립하고 있을 따름이다. 따라서 놀보의 언행과 심성을 형상화한 ㉲ 대목의 '사설치레'는 그 상징적 의미 역시 전통적 윤리에 어긋난 '포악함'에 있다고 하기 어려울 것이다. 그것은 전통적 윤리가 희화화(戱畵化)된 양태의 완고한 '개인주의적 심성'에 있다고 보는 것이 온당할 것이다.

---

22) 같은 책, 368~369면.

이와 같은 '사설치레'의 성격적 특징은 앞에서 논의한 '예축의 푸리성'을 띤 경우와 대비할 때 시대의 추이와 변화를 일정하게 반영하고 있다고 할 수 있다. 제의와 같이 합리적으로 설명할 수 없는 삶의 본질적인 국면에 초점을 맞추기보다는, 일상의 경험적 현실에서 제기되는 문제를 치레 대상으로 하여 그것을 어떻게 형상화하느냐에 초점을 맞춤으로써, 이른바 수행 목적이 크게 달라진 것이다. 따라서 이렇게 되면 현실적 관심의 대상 모두가 그 자체의 정서적 해소를 목적으로 '치레'될 수 있기에 이르고, 이러한 '사설치레'의 성격 변화는 그것이 이제 더이상 덕담으로서의 의의보다는 예술적 표현욕구의 충족을 위해 수행된다는 데 의의가 있다고 할 것이다.

가령, '예축의 푸리성'을 지닌 경우와 유형적으로는 동일한 인물형상을 '사설치레'하는 예라 하더라도, 「춘향가」에서 이별을 알아챈 월매가 통곡하며 자진하는 모습이나, 같은 대목에서 요조숙녀 춘향이 표독스런 여인으로 돌변하는 모습에서, 우리는 다만 일상적 삶의 현실에서 야기되는 사람살이의 문제들이 인물의 구상적 이미지를 통해 '치레'되고 있다는 사실을 확인할 수 있을 뿐, 어떤 의례나 덕담과의 상관성도 찾아보기 어려운 것이 그 단적인 예다.

이러한 성격적 특징을 지닌 '사설치레' 역시 해당 문맥에서의 진술방식과 치레 대상에 따라 유형화가 가능하다. 위에서 살핀 '인물형상치레'에 속하는 예들을 위시하여, 「적벽가」 조조 도망 대목에서 주변 산천경개를 구상적으로 현시하는 '경관치레', 「심청가」에서 뱃사람들에게 팔려 가는 심청의 심경과 상황을 구상적으로 현시하는 '정황치레', 또 「흥보가」에서 놀보가 화초장을 짊어지고 가는 대목에서 이루어지는 '물상치레' 등은 각 유형을 대표하는 예들이라 할 것이다.

문제는 이와 같은 경우의 '엮음에 의한 구상적 현시'가 어떤 정서적 감화력을 가지고 청중들과 공감의 세계를 열어 나가느냐 하는 데 있다. 이는 요컨대 새로운 차원의 '풀이성—정서의 확충과 해소'를 지향하는 의지와 밀접한 연관하에 놓인다고 하겠는데, '사설치레'의 성격과 기능의 변모, 즉 문맥에서의 기능과 상징적 의미의 변모가 내포하고 있는 의의가 무엇인가를 살펴봄으로써 이해의 시각을 확충할 수 있을 것이다.

판소리는 이른바 현장 연창예술이다. 그런 까닭에 판소리 텍스트는 연창자의 의도나 지향 의지에 따라 가변성을 띠는 것이 특징이다. 그리고 이러한 가변성의 토대 위에서 판소리 연창자는 당대 청중들의 관심과 흥미를 텍스트에 적절히 반영하지 않을 수 없다. 말하자면 시대의 추이와 함께 문화적 환경이 달라지고 세계관이 변모하는 것과 때를 같이하여, 당대 현실 문맥의 세부를 텍스트에 반영하지 않을 수 없는 것이다.

판소리 '사설치레'의 성격 변모는 우선 이러한 연창자의 지향 의지와 밀접한 연관을 맺고 있다. 판소리 연창자는 역사의 전개와 함께 변화하는 생활현실과 가치의식에 부응하는 차원에서 소재와 흥미 요소들을 찾고, 또 그와 같은 경험적 현실에서 야기되는 삶의 형상들을 중심으로 연창 사설을 지속적으로 보완하고 개작했던 것으로 보이기 때문이다. 그 결과 판소리 '사설치레'는 일정한 의례와 연관된 차원에서 수행되거나 그에 준하는 목적성을 내포하기보다는, 예술적 표현욕구를 충족시키기 위한 지향 의지를 바탕으로 청중들의 관심과 기호에 부응하는 방향으로 연창의 목적이 변모해 나갔던 것으로 보인다. 이러한 양상은 판소리 사설 전반에서 두루 확인할 수 있는 바지만, 특히 '사설치레' 부분에 극명하게 드러나 있다고 하겠다.

그런가 하면 이와 같은 '사설치레'의 성격과 기능의 변모가 이루어지기까지에는, 판소리 향유계층의 확대와 지지기반의 중심이동 현상 또한 적지 않은 영향을 미쳤다고 할 수 있다. 널리 알려져 있는 바 판소리의 사회적 지지기반이 애초 농·어민과 서리·군교 등을 중심으로 한 중·하층의 일반 백성들로부터 양반 좌상객을 중심으로 한 상층 지배계층으로 옮겨가게 된 역사적 추이와 관련하여, 판소리 텍스트의 내용상의 변개 또한 상당히 큰 폭으로 이루어졌다는 사실을 상기할 수 있기 때문이다.

이렇게 볼 때, '예축의 푸리성'으로부터 '정서의 확충과 해소로서의 풀이성'으로 전화(轉化)해 간 '사설치레'의 성격과 기능의 변모는, 거시적인 면에서 판소리 장르의 통시적 변모와도 밀접한 연관하에 놓인다고 할 것이다. '푸리성→풀이성'으로 대변되는 '사설치레'의 성격과 기능의 변모는, 애초 일정한 의례와 연관된 차원에서 덕담의 성격을 띠고 수행되던 판소리가 시대 변화와 함께 점차 청중들의 일상사적 관심과 기호를 충족시키는 차원의 생활예술로 변모해 나간 사실과 맥락을 같이하는 것으로 보이기 때문이다.

설성경은 「춘향가」 양식의 형성과정을 논의한 글에서, 「춘향가」가 애초 제의가 중심이 된 짧은 사설의 '춘향굿' 단계로부터, 연희가 중심이 된 서사연창물로서의 '춘향소리굿' 단계를 거쳐, 굿의 영역을 벗어난 비제의적 판소리 창인 '춘향소리' 단계로 이행했다는, '춘향굿→춘향소리굿→춘향소리'의 변모과정을 제시한 바 있다. 즉, 무녀에 의해 신탁(神託)으로 구송 내지 연창될 수 있는 춘향에의 덕담-춘향의 해원(解冤)을 위한 푸닥거리 단계로부터, 춘향을 위한 특별굿이 일회적으로 끝나지 않고 주기적으로 반복·관습화되면서 연희 중심의 굿-연희적 연창으로 발전한 단계를 거쳐, 순수 광대의 창으로서 처음에는 선행하던 판놀음의 일종으로 존재하던 연희적 연창양식이었다가 후에 여기서 떨어져 나와 하나의 독자적 양식-본격적인 판소리 단계로 이행했다는 것이다.[23]

판소리 '사설치레'의 성격과 기능의 변모과정은 '춘향굿→춘향소리굿→춘향소리'로 대변되는 이와 같은 판소리의 통시적 변모과정과 맥락을 같이하는 것으로 이해될 수 있으리라 본다. 이는 다른 각도에서 보면, 시대의

---

23) 설성경, 『춘향전의 형성과 계통』, 정음사, 1986, 14~25면 참조

추이에 따른 연창자 및 청중들의 인식 변화로부터 판소리가 제의에서 예술로 점진적인 변화를 이루었다는 사실을 내포하는 것이기도 하다.

또, 서종문은 판소리로 공연되는 레퍼토리 가운데에는 '가(歌)'로만 명명되는 작품이 있고 '타령(打令)'으로만 명명되는 작품도 있으며 '가'와 '타령'이 혼용되는 작품도 있다는 사실에 주목하여, 그 명명방식에 따른 레퍼토리의 존재 양상과 의미를 판소리의 통시적 변화와 문화적 배경에 초점을 맞추어 구명한 바 있다.24)

이 논의에서 그는 판소리사에서 문제되는 12마당의 성립과 역사적 변모와 관련하여, 공연 판소리 작품이 초기에는 '타령'으로 명명된 것으로 보이며 후기로 내려올수록 '가'라는 명명법이 우세해졌다는 사실을 밝히면서, '가'라고 명명된 작품은 계속 공연되었지만 '타령'으로 명명된 작품은 중간에서 도태되었다고 했다. 그리하여 판소리는 애초에 그 생산주체인 광대들의 문화에 뿌리를 두고 있었던 구비가창물이었으나, 점차 그 소비주체인 양반 사대부의 문화를 강하게 반영하는 공연가창예술물로 상승해 나갔던 것으로 이해했다. 그리고 이러한 판소리 작품의 역사적 변화는 유력한 청중이었던 양반 사대부들의 문화적인 영향 아래서 '가'로 상승해 나간 작품과 그렇지 못한 '타령'이란 작품의 상호 경쟁관계를 반영한 것이라고 했다. 나아가 '가'라고 명명된 작품 속에서 '타령'으로 명명된 작품의 일부 혹은 전부가 삽입되어 있는 현상에 대해서는, '가'가 경쟁관계에 놓여 있던 '타령'을 구축(驅逐)하면서 그 일부를 흡수해서 내용을 풍부히 해나간 결과로 이해할 수 있으므로, '가'가 양반 사대부의 문화로 상승해 들어가면서도 소멸해 나가고 있었던 '타령'의 문화에도 여전히 깊이 뿌리를 내리고 있었음을 잘 보여준다고 했다.

이와 같은 논의에서 주목되는 것은 판소리의 사회적 지지기반과 '타

---

24) 서종문, 「'~가'와 '~타령'의 문제」, 『판소리 사설 연구』, 형설출판사, 1984, 115~126면 참조

령’·‘가’로 차별되는 작품 내용 사이의 상관관계다. 판소리가 애초 그 생산주체인 광대들의 문화와 판소리 전 역사를 통해 지속적으로 중요한 사회적 지지기반을 이룬 농·어민과 서리·군교 등을 중심으로 한 중·하층의 문화에 깊이 뿌리를 내리고 있었던 시기에는 이른바 ‘타령’으로 불리어지다가, 점차 그 사회적 지지기반이 양반 좌상객을 중심으로 한 상층 지배계층으로 옮겨가게 된 뒤에는 ‘가’로 불리어지게 되었고, 그 이행과정에서는 ‘타령’과 ‘가’가 혼용된 시기가 존속했다는 사실로부터, 각 시기의 문화적 배경에 따라 판소리 연창의 목적이 변했음을 추적할 수 있는 하나의 논리적 근거를 마련할 수 있기 때문이다.

그리하여 이러한 관점을 판소리 ‘사설치레’로 옮겨 놓고 보면, 대체로 제의와 연관된 차원에서 수행이 이루어진 예축의 ‘푸리성’을 띤 ‘사설치레’가 위의 ‘타령’으로 불리어진 경우와 대응되는 것으로 보이며, 정서의 확충과 해소로서의 ‘풀이성’을 띤 ‘사설치레’는 ‘가’로 불리어진 경우와 대응되는 것으로 이해될 수 있으리라 본다. 즉, 서종문이 말하는 ‘타령→가’의 이행과정은 곧 ‘푸리성→풀이성’으로 대변되는 ‘사설치레’의 성격과 의미 변모과정과도 상응하는 것이 아닌가 생각한다.

물론, 정서의 확충과 해소로서의 ‘풀이성’을 띤 사설치레들 역시 궁극에 있어 연창의 의도를 실현하는 차원에서 수행된다는 점에서는 예축의 ‘푸리성’을 띤 경우와 다르지 않다. 아울러 판소리 사설이라는 보다 큰 언어적 상관물의 부분으로 존재한다는 면에서 상호의존적 성격을 지니지만, 그 자체의 속성을 바탕으로 한 기능 면에서는 자율적 성격을 지닌다는 점 역시 서로 다르지 않다. 이와 같은 점들은 요컨대 ‘엮음에 의한 구상적 현시’라는 속성을 공유한 데서 비롯된 것으로, ‘사설치레’가 수행되는 국면에 따라 그 상징적 의미와 기능의 세부만이 달리 나타날 뿐이라고 하겠다.

이상에서 살펴 본 것처럼 판소리의 ‘사설치레’는 해당 문맥에서의 기능과 상징적 의미 면에서 '예축의 푸리성'을 띤 경우와 '정서의 확충과 해소로서의 풀이성'을 띤 경우로 대별할 수 있으며, 전체 문맥과의 상관성 면에서는 상호의존적 성격과 기능적 자율성을 복합적으로 지니고 있다고 할 수 있다. 그리하여 판소리 연창자는 이러한 '사설치레'의 특성을 문맥적 상황에 따라 적절히 활용하면서, '엮음에 의한 구상적 현시'를 통해 연창의 의도를 실현하고 청중들과 공감의 세계를 열어 나간다고 할 수 있다.

이러한 '사설치레'의 특성은 판소리의 발생과 사설 형성 및 전승 원리를 해명하는 데 중요한 실마리를 제공하며, 특히 판소리 사설의 문학성을 해명하는 관건의 하나라는 점에서 주목을 요한다. 예컨대 '사설치레' 수행 과정에서 '엮음에 의한 구상적 현시'를 추구하는 이유와 표현언어의 실상을 구체적으로 밝힘으로써, 판소리 사설의 실현화 방식과 표현미학적 특징을 보다 수월하게 구명할 수 있을 것이다. 이상의 논의는 이와 같은 문제들을 온당하게 해결할 수 있는 기틀을 마련했다는 데 의의가 있다고 하겠다.

4) 유형적 편재양상과 그 이해의 시각

'길게 늘어놓는 언어 표현을 통해 다양한 형상을 꾸미어 치러내는 양태'라는 개념적 성격에 따른다면, '사설치레'는 우리 문학의 다양한 장르—민요·무가·사설시조·가사·잡가·가면극 등의 가사(창사)나 대사 속에서도 빈번히 발견될 수 있다. 따라서 '사설치레'라는 것이 판소리 장르에만 국한 적용될 수 있는 독특한 개념이 아니라는 사실에 유념할 필요가 있다. 말하자면 판소리 장르에 가장 다채로우면서도 특징적으로 수렴되어 있는 것이다.

그런 면에서 주목되는 것은 '사설치레'의 다양한 존재양상이다. 특히 어떤 대상을 구상적으로 현시하는 데 동원되는 표현 언어와 그 때의 사설

구성방식은, 판소리를 위시하여 이와 동시대에 존속했던 문학 장르들 사이에서 유사한 양상을 띠고 나타난다. 이른바 가사(창사) 구성 및 장르 수행과 연관된 언어구조체로서의 '사설치레'가 다양한 장르에 유형적으로 편재(遍在)되어 있다 하겠는데, 이러한 '사설치레'의 유형적 편재양상은 동시대에 존속·향유되었던 문학 장르들의 특성과 결부된 중요한 문학적 실상의 하나라 할 것이다.[25]

다음에서 길게 늘어놓는 언어 표현을 통해 하나의 경관을 다채롭게 형용하거나, 그와 같은 경관으로부터 우러나는 정서를 노래하고 있는 예들을 보기로 하겠다. 여러 장르에 유형적으로 편재되어 있는 '사설치레'의 양상을 보다 분명히 제시하기 위해, 해당 장르 모두를 대상으로 대표적인 예를 하나씩 들어 보기로 하겠다.

㉮ 봄이 왔네 봄이 왔네 금수강산에 새봄이 왔네
　봄이 왔네 봄이 왔네 금수강산에 새봄이 왔네
　만산홍록 요염한데 벌나비는 춤을 추고 황금같은 꾀꼬리는 구십춘
광 자아내고 버들 새로 왕래하며 벗을 불러 노래할 제
　만단 시름 다 버리고 삼춘몽을 풀어 볼거나

---

25) 전경욱은 「춘향전 작품군 가요의 형성과 기능」(고려대 박사학위논문, 1988)이라는 글에서, 「춘향전」을 중심으로 '율문이며 가창되는 가요와 유형화된 사설덩어리'가 판소리 작품들 내에서 그리고 판소리와 동시대에 존속했던 문학 장르들 사이에서 교섭하는 양상을 유형별로 정리하고, 그 변이 양상과 형성 배경 및 기능에 대해 논의한 바 있다(32~53면 참조). 본고의 논의 대상인 '사설치레'는 전경욱이 말하는 '율문이며 가창되는 가요와 유형화된 사설덩어리' 가운데 앞에서 논의한 '사설'과 '치레'의 개념적 성격 및 속성이 적용될 수 있는 언어구조체에 한정된다는 면에서, 그 구체적 논의 대상이 다르다고 할 수 있다. 또, 이러한 언어구조체가 다양한 장르에 유형적으로 편재되어 있는 경우에 있어서도, 전경욱은 이들의 교섭 양상과 수용 이유를 밝히는 데 중점을 두었으나, 본고는 유형적 편재양상 자체를 이해하는 시각과 이들의 공통적 특질 및 차별성을 구명하는 데 중점을 두고 있기에, 이와는 논의의 관점과 방향을 달리한다.

    * 아하아 아하야 어야 더야 내 사랑아　　　　　「사설난봉가 : 1절」[26]

㉯ 네 귀에 풍경을 달고 동남풍 건듯 불면

  딩그랑 딩그랑 치는 소래

  겐들 아니 겡일손가

  마당 다운대 연못을 파고 연못 가운대 석개간 모고

  삼십어추 어린 연근은 너울너울 춤을 추고

  근들 아니 경일소냐

  대접 가튼 금붕어는 시시때때로 물결만 조차 왕내하니

  근들 아니 경일소냐

  사청장 넓은 뜰에 화초치장 볼작이면

  치자 동백꽃 매화 안이 열어 화석유의 철죽 진달래

  영산홍서가 월계 사계 석달 열홀에 백일홍

  박꽃은 노인이요 호박꽃은 조라치요

  사천장 너른 땅에 드문 드문 심어 놓고

  말 잘하는 앵모새야 춤 잘추는 학 두리미

  이리 가면 두률 저리 가도 두률역

  근들 아니 경일 소냐　　　　　　　　　　「무가 : 황제푸리」[27]

㉰ 高峰萬丈 靑溪鬱한데　　　綠竹蒼松이 놉기를 다토왔고

  明沙十里에　　　　　　海棠花 불거 있다

  꽂은 피어 절로 지고　　　잎은 피어 모진 狂風에

  뚝뚝 떨어져서　　　　아조 펄펄 흔날리니

  긔도 또한 景이로다

  바회岩上에 다람쥐 기고　　시내 溪邊에 金자라 긴다

  조팝남게 피죽새 울고　　함박꽃에 벌이 나네

  몸은 크고 발은 적어　　　제 몸을 못 이기어

  東風건듯 불적마다　　　이리로 접뒤적

---

26) 이창배 편저, 『한국가창대계』, 홍인문화사, 1976, 184면.

27) 김태곤 편, 『한국무가집Ⅰ』, 집문당, 1979, 101면.

저리로 접뒤적   너훌너훌 춤을 추니
긴들 아니 景이런가

黃金 같은 꾀꼬리는   楊柳 사이로 往來하고
白雲같이 흰 나비는   꽃을 보고 반기 너겨
두 날애 펼치고 날아든다   떠든다 가맣게 동고랗게
달같이 별같이   아조 펄펄 날아드니
긴들 아니 景이런가   「白鷗詞」28)

㉱ 25)1.

오날놀도 하 심심키로 죽창 열따리고 遠近山川을 바라를 보니

봄 드럿고나 봄 드럿고나 저 남산에 봄이 드럿구나 누른 것은 꾀꼴이요 푸른 것은 버들이라 黃金갓흔 꾀꼴시는 황금갑옷을 써덜쳐 입고 楊柳間으로 往來를 ᄒᆞ고 白雪갓흔 나븨는 素服단장을 써덜처 입고 꼿을 보구서 반긔는데 靑天白日에 쓴 기럭이오 소상강수로 날아를 드는데

우리 연연ᄒᆞ고 틀틀흔 친구는 어ᄂᆞ 방촌으로 돌아를 가시고 요니 일신 어루만저줄 줄을 모른단 말이가   (樂高 910)

㉲ 제비난 물을 차고   기러기는 무리져서
거지 中天에 노피 떠서   두 나래 훨씬 펴고
펄펄 白雲間에 노피 떠   千里 江山 머나 먼 길에
어이 갈고 슬피 운다   遠山은 疊疊 泰山은 주춤
奇巖은 層層 長松은 落落   에이 구브러져
狂風에 興을 겨워   우줄우줄 춤을 춘다
層巖絶壁上에   瀑布水난 괄괄
水晶簾 드리운 듯   이 골 물이 주루룩
져 골 물이 쏼쏼   열의 열 골 물이
한듸 合水하야   천방져 디방져
소코라지고 펑퍼져   넌출지고 방울져

---

28) 김성배 외 3인 편저, 『주해 가사문학전집』, 집문당, 1961, 256~257면. 행 배분을 이 책에 실린 것과는 부분적으로 달리 하였음.

<table>
<tr><td>져 건너 屛風石으로</td><td>으르렁 콸콸</td></tr>
<tr><td>흐르는 물결이</td><td>銀玉 가치 흐터지니</td></tr>
<tr><td>巢父 許由 問答하든</td><td>箕山 潁水가 예 아니냐</td></tr>
</table>

「遊山歌」29)

㉓ 〔중머리〕 고고천변일륜홍(杲杲天邊一輪紅) 부상(扶桑)에 높이떠 양곡(凉谷)의 잦은안개 월봉(月峰)으로 돌고돌아 (중략) 산은 칭칭 높고 경수무풍(鏡水無風)에 야자파(也自波). 물은 풍풍 깊고 만산은 우루루루루루 국화는 점점 낙화는 동동 장송은 낙낙 느러진 잡목 펑퍼진 떡갈 다래몽등 칡넝쿨 머루 다래 어름넌출 능수버들 범난기 오미자 치자 감 대추 갖은 과목(果木) 얼그러지고 뒤틀어져서 구비 칭칭 감겼다. 어선은 돌아들고 백구는 분비(紛飛) 갈매기 해오리 목포리 원앙새 강상 두루미 수많은 떼 꿩이 소호시절(小昊時節) 기관하던 만수문전(萬壽門前)에 봉황새. 양양창파(洋洋滄波) 점점(點點) 사랑홉다 원앙새 칠월칠석 은하수 다리놓던 오작이. 목포리 해오리 너새 증경새 아옥다옥 이리저리 날아들제, 또한 경개를 바라보니 치어다 보니 만학천봉(萬壑千峰)이요 내려 굽어보니 백사지. 땅에 구부러진 늙은장송 광풍을 못이기어 우줄우줄 춤을출제 시내유수난 청산으로 돌고 이골 물이 쭈루루루루루 저골 물이 콸콸. 열의 열두골 물이 한데로 합수(合水)쳐 천방자 지방자 월특져 구부져 방울이 버큼져 건너 병풍석에다 마주꽝꽝 마주때려 산이 요리 내리 가느라고 크게 월둑져 물결 높이 떨어져 우루루루루루 꽐꽐 뒤둥구려져 산이 울렁거려 떠나간다. 어디메로 가자느냐 아마도 네로구나 요런 경개가 또있나 아마도 네로구나 요런 경개가 또있나.

「수궁가 : 유성준 판, 박초월 창」30)

㉔ **宗家집도령** 말뚝아! 말뚝아! (말뚝이에 접근하여 맴돈다)

---

29) 같은 책, 381~382면.
30) 정병욱, 앞의 책, 402~403면.

말뚝이 이 제미를 붙고 금각대명을 갈 이 양반들아, 이제야 다시
보니 洞庭은 廣闊하고 千峰萬壑은 그림을 둘러 있고 水上浮雁
은 池塘에 泛泛, 楊柳千萬絲는 繁柳春風을 자랑할 제 探花蜂
蝶은 너울너울 春興을 못이겨서 흐늘흐늘 넘노난다. 丈夫 功成
退後에 林泉 奴屬불러 밭갈어라, 절대가인 곁에 두고 金樽에 술
을 부어 玉盤에 안쳐 두고 벽오동 거문고를 줄 골라 걸어두고 남
품시를 화답할 제 建街姻月 半醒半醉 누었으니, 이 어떤 재미를
붙고 금각대명을 갈 이 양반들이 말뚝인지 개뚝인지 제 의부아비
브르듯이 임의로 불렀으니 (허리를 굽히며) 말뚝이 새로 문안 아
뢰오. (절하는 척하며 채찍으로 위협하면 양반들 뒷걸음친다)
「동래 들놀음 연희본」[31]

　　표현상의 세부와 사설의 양은 다르지만, 예시한 ㉮~㈂에 등장하는 '사
설치레'들은 대체로 비슷한 사설 구성방식을 통해 비슷한 내용을 엮어나가
는 양상을 띠고 있다. 따라서 민요, 무가, 가사, 사설시조, 잡가, 판소리,
가면극 연희본이라는 장르상의 차이에도 불구하고, 또 각각의 예들이 하나
의 완결 형태를 취하고 있는 경우와 작품 전체 가운데 일부라는 구조상의
차이에도 불구하고, 이처럼 유형적으로 동일한 사설덩어리－언어구조체가
다양한 장르에 걸쳐 존재한다는 사실 자체가 중요한 문학적 실상의 일면
으로 부각된다.

　　더욱이 봄의 흥취가 작품의 주된 정조를 이루는 ㉮-민요「사설난봉가」
의 일절이나 ㉰-가사「백구사」의 한 부분 그리고 ㉱-사설시조「오날늘
도 하 심심키로……」의 경우, 세부 경관을 엮어나가는 데 동원된 소재나
표현 언어까지도 유사하다. 또, ㉯-무가「황제푸리」와 ㉰-가사「백구사」
를 통해서는, 개개 경관의 세부를 열거한 다음 '근들 아니 경일소냐'·'권
들 아니 景이런가'와 같은 표현 어구를 반복적으로 사용하여 대목 대목의

---

31) 심우성,『한국의 민속극』, 창작과 비평사, 1975, 96면.

경관을 통합·제시해 나가는 방식 또한 유사함을 알 수 있다. 그런가 하면, ㉲ - 잡가 「유산가」의 일부와 ㉳ - 판소리 「수궁가」의 한 대목은 사설의 길이에 차이가 있을 뿐 거의 같은 내용을 엮어나간 것이라고 할 수 있으며, ㉴ -「동래 들놀음 연희본」의 말뚝이 사설 부분은 여타 장르에 나타나는 사설들을 부분적으로 짜깁기한 양상을 띠고 있다.

이와 같은 예는 비단 '경관형용'의 경우에만 국한되는 것은 아니다. 앞에서 제시한 유형을 기준으로 삼는다면, 이른바 '인물형상'을 묘사·서술하는 경우라든가, 구체적 상황이나 사태에 결부된 '정황'을 묘사·서술하는 경우, 또 일상사와 관련된 온갖 '물상'들을 묘사·서술하는 경우 등에 있어서도, 동질적 성격의 유형화된 사설덩어리―언어구조체들이 다양한 장르에 편재되어 있음을 어렵지 않게 확인할 수 있다.

그러면 이러한 '사설치레'의 유형적 편재양상을 어떤 관점에서 어떻게 이해해야 하는가?

우선, 널리 알려져 있는 관점으로 '삽입가요의 시각'과 '구전공식구 이론'을 들 수 있다.32) '삽입가요의 시각'에 따르면, 이러한 양상은 유동적 성격을 지닌 유형화된 사설덩어리가 해당 장르의 작품에 삽입되어 나타난 결과로서, 그 세부는 때로 문맥에 맞게 변용되거나 개작되기도 한다는 측면에서 이해될 수 있다. 그리고 '구전공식구 이론'에 입각해 보면, 어떤 정경이나 상황을 묘사·서술하는 데 으레히 등장하는 상투적이며 공식적인 표현 어휘들이 개별 작품에 반복적으로 사용된 결과로 이해될 수 있으며, 이는 하나의 어휘군을 형성하거나 핵심적 개념 단위들을 중심으로 전승된다는 사실을 통해 그 구체적 면모를 살필 수 있다. 이같은 관점들은 결국 '사설치레'의 유형적 편재양상을 구비문학적 특성과 결부시켜 이해하고, 그 실상을 단위화된 개념, 즉 유형으로 굳어진 표현 단위들을 통해 해명하려

---

32) 이러한 관점에서 판소리 사설을 논의한 연구들의 연구사적 검토는 전경욱, 앞의 「춘향전 작품군 가요의 형성과 기능」, 3~7면을 참조.

는 입장에 서 있다고 할 수 있다.

이와 같은 이해의 시각이 가능한 동시에, 이러한 유형적 편재양상은 '사설치레'라는 언어구조체에 대한 장르수행자들의 인식과 수용 태도의 관점에서도 이해 가능하리라 본다. 즉, 동질적 성격을 지닌 다양한 사물이나 형상들을 줄줄이 엮어 나감으로써 어떤 대상을 구상적으로 현시하는 방식을 하나의 문학적 '표현기법'으로 인식하고, 그 언어구조체의 미학적 '표현효과'에 주목한 결과가 아닐까 생각한다. 그리하여 이러한 '표현기법' 및 '표현효과'에 대한 인식이 장르수행자들 사이에서 보편화되고 널리 수용됨에 따라, 때로 유래를 같이하는 유형화된 사설덩어리－'사설치레'들이 장르를 초월하여 공존하기도 하고, 실제 연행[33]하는 이들에 의해 유사한 문맥

---

33) 이 '연행(演行)'이라는 용어는 전경욱(「탈춤과 판소리의 연행문학적 성격 비교」, 『문학연구·3』, 김동욱 외 4인 공저, 경원문화사, 1984)에 의해서 본격 사용된 것으로 보인다. 그는 이 용어에 대해, "몸짓과 말 즉 행동을 통해서 전달되는 문학을 연행문학이라 한다. 모든 구비문학은 연행문학이다.……구비문학의 모든 장르가 행동을 통하여 전달된다는 것을 통칭할 수 있는 용어로는 연행(演行)이라는 말이 적당하다"(239면)라는 논의를 폄으로써, '몸짓과 말 즉 행동'에 중점을 두어 그 개념적 성격을 규정하였다. 기존의 용어가 충분히 대변하지 못했던 구비문학 일반을 이렇게 통칭할 수 있다는 점에서 이 용어는 적절한 개념어가 아닌가 생각한다.
　그런데 '연행'의 개념적 성격을 이렇게 규정하는 것은 요컨대 '몸짓과 말 즉 행동'의 면만을 지나치게 강조한 면이 없지 않다. 말하자면 '공연성(公演性)'의 면만이 부각되어 있다는 것이다. 물론, 演行의 '行' 뿐만 아니라 '演'에도 행동을 중심으로 한 '공연'의 의미가 내포되어 있지 않은 것은 아니다. 그러나 여기에서 특히 '演'은 '공연'으로서의 의미만이 아니라, '연의(演義)'와 같은 용어에서처럼 '기존의 사실을 바탕으로 거기에 주관적 견해를 부연함－재구성·재해석하여 표출해 냄'을 의미하는 것이기도 하다는 사실에 유의할 필요가 있다. 굳이 따지자면 오히려 후자의 의미가 더 강하다고 할 수 있다. 그 개념을 이렇게 이해·규정할 때 '연행문학' 일반이 지닌 현장예술적 특성과 장르의 본질을 보다 온당하게 파악할 수 있는 안목을 갖출 수 있을 것이다.
　따라서 본고에서는 '연행'이라는 용어를 똑같이 사용하면서도, 그 개념을 '전달의 현장에서, 개성을 부연한 내용을, 행위로써 표출해 냄'으로 규정함으로써, 이 범주에 속하는 문학 장르들의 특성과 본질을 보다 온당하게 이해하고자 한다. 나

에서 교섭되기도 하는 등 다채롭게 변용 실현된 결과가 아닐까 생각한다.

중요한 것은, 이렇듯 유형화된 사설덩어리가 다양한 장르에 두루 수용된 계기와 수용 결과가 빚어낸 의미가 무엇인가를 밝히는 데 있을 것이다.[34]

이 문제에 있어서, 우선 앞에서 예시한 문학 장르의 텍스트들은 모두 독서물로서의 존재가치를 지니고 있는 것이 아니라, 장르실현의 현장성이 중시되는 연행문학적 기반 위에서 성립되고 존재가치를 지닌다는 점에 공분모가 있다.[35] 나아가 이들 장르는 대부분 장르수행자의 의도나 지향에 따라 연행되는 문맥의 세부 사설을 변용하거나 재구성할 수 있기도 하다.

따라서 이같은 연행의 현장성과 사설의 유동성을 민감하게 파악하고 있는 장르수행자로서는, 텍스트를 실현화하는 과정에서 특히 기존의 유형화된 사설덩어리를 수용하여 적절히 활용하는 것이 장르수행에 다각도로 유리하기에, 이런 계기에서 그것을 널리 수용·활용하게 되었던 것으로 보인다. 그 결과 사설 자체만을 놓고 본다면, 유형화된 사설덩어리를 수용하고

아가, 이와 같은 '연행'의 개념은 개별 장르의 특성에 따라 그 수행방식을 달리하는 경우의 개념들—구연(口演)·가창(歌唱)·연창(演唱)·연희(演戲) 등과 같은 개념들을 포괄할 수 있는 상위개념으로 보아, 이들을 통칭하는 경우에 사용하기로 한다. 특히 판소리를 '연창'의 문학 혹은 예술로 부르는 것은 이러한 개념적 성격을 전제로 할 때 보다 합당한 의의를 지닐 수 있을 것이다. '연행문학' 전반을 대상으로 한 포괄적이며 구체적인 논의는 별도의 논고를 통해 다룰 예정이다.

34) 전경욱은 판소리를 대상으로 '율문이며 가창되는 가요와 유형화된 사설덩어리'들의 교섭양상을 논의한 결론 부분에서, 직업 예술인으로서의 광대가 청중의 기호에 부합하기 위해 '장면충족의 원리'에 따라 '관용적으로 수용'하였다는 점에서 그 교섭의 의미를 찾고 있다(앞의 「춘향전 작품군 가요의 형성과 기능」, 54~55면 참조). 본고는 이와 견해를 달리한다.

35) 김학성은 「사설시조의 시학적 특성」(『벽사 이우성 선생 정년퇴직기념 국어국문학 논총』, 논총간행위원회 편, 여강출판사, 1990)이라는 글에서, "사설시조 텍스트를 살아 있는 동적(動的) 구조체로서 이해"하기 위해서는 "눈으로 읽혀진 시(詩)가 아니라 노래로 연행된 가(歌)의 텍스트로 이해되어야 한다."라고 강조한 바 있다 (370~371면 참조). 본고는 이러한 이해의 시각을 연행문학 일반으로 확대시켜 적용한 것이라고 할 수 있다.

있는 장르들은 대개 개별 장르로서의 틀을 엄격히 고수하기 어렵게 되고, 이로부터 장르적 개방성을 보다 뚜렷이 지니게 되었던 것이 아닌가 생각한다.

물론, 이와 같은 언어구조체의 수용·활용이 활발하게 이루어진 이면에는, 앞서 말한 '엮음에 의한 구상적 현시'라는 표현기법 및 표현효과에 대한 장르수행자들의 인식이 긴밀하게 작용하고 있었다는 사실을 유념할 필요가 있다. 아울러 그 유형적 편재가 보다 다양화·본격화된 시기의 문학사적 추이와 문화적 풍토 또한 적지 않은 영향을 미쳤던 것으로 보인다.

여기에서 특히 시대적 배경에 해당하는 후자의 측면은 '사설치레'라는 언어구조체의 유형적 편재양상을 복합적 시각에서 바라볼 필요성을 제기한다. 주지하는 바와 같이 유형화된 사설덩어리를 내포하고 있는 장르들은 각기 발생 시기와 사적 전개 양상이 다르기는 해도 대개 조선후기인 17~8세기에 공존하고 있었던 바, 이 시기에 계층적 차이를 가진 문화들이 상호간의 거리를 좁혀가는 역사적 동향과 무관하지 않은 것으로 보이기 때문이다. 문학 담당층이 확대되고 장르적 개방성이 두드러지는 이 시기 문학사적 추이라든가, 이와 때를 같이하여 직업적 의식을 가진 전문 예능인들이 다수 등장한 사실에서 그 근거를 찾을 수 있다.

그리하여 이러한 문학사적 추이와 문화적 풍토 속에서 당대 활발한 창작과 향수가 이루어진 가사·사설시조·잡가·판소리 등을 중심으로 장르간의 교섭과 확대가 본격화되고, 이에 따라 유형화된 사설덩어리에 대한 인식과 수용의 폭이 훨씬 더 확대되었던 것으로 보인다. 그 결과 동일한 장르 내에서도 보다 다양한 각편들이 존재하게 된 계기가 되었으며, 해당 장르 레퍼토리의 확대를 가져오는 계기가 되기도 했던 것으로 보인다. 이 같은 양상은 당대 공존하고 있던 장르에 보편적인 것이었지만, 판소리에 가장 잘 집약되어 있다는 면에서 판소리를 "민속가요의 만화경적(萬華鏡的) 이식(移植)"36)으로 일컫기도 한다. 특히 이 시기 소리꾼·가객·광대와 같은 연행을 전문으로 하는 예능인들의 출현과 부상(浮上)은 이러한 '사설치레'의 유형적 편재를 가속화시켰다고 할 것이다.

한편, 사정이 이렇다고 해서 다양한 장르의 작품들에 유형적으로 편재해 있는 '사설치레'들이 모두 같은 성격을 지닌 것은 아니다. 그 차별성은 무엇보다도 해당 장르의 텍스트를 실현화하는 장르수행자의 성격과, 그 수행이 지닌 기능적 의미가 각기 다르다는 데서 찾을 수 있다.

예컨대 무가, 판소리, 가면극 등은 근원적으로 제의와의 연관 속에서 수행이 이루어진 장르이기에, 여기에 등장하는 '사설치레'의 상당수는 해당 제의의 성격과 목적에 부합하는 차원에서 의미가 부여된다. 반면 민요, 가사, 사설시조, 잡가 등은 일반적으로 생활 속의 정서를 노래하는 국면에서 수행이 이루어지는 장르이기에, 해당 작품의 '사설치레'가 환기하는 미적·정서적 특질 그 자체를 향수하는 차원에서 의미가 부여된다. 앞에서 사용한 용어를 빌리면, 전자의 경우는 대개 해당 문맥에서 '예축의 푸리성'을, 후자의 경우는 '정서의 확충과 해소로서의 풀이성'을 띠는 것이 그것이다. 따라서 유형적으로는 동일한 '사설치레'라 하더라도 그 성격과 기능적 의미는 상당히 다르다고 하겠다. 물론 앞에서 판소리를 대상으로 고찰한 바 있듯이 장르에 따라서는 이들 두 갈래 성격과 기능적 의미를 지닌 '사설치레'들을 복합적으로 수용하고 있는 경우도 있기에, 장르 전체를 일률적으로 틀지울 수는 없다.

뿐만 아니라, 이렇듯 다양한 장르에 유형적으로 편재되어 있는 '사설치레'들은 모두 '전달의 현장에서, 개성을 부연한 내용을, 행위로써 표출해냄'으로 함축할 수 있는 연행문학적 성격을 지닌 점에서는 공통적이지만, 장르적 특성과 결부된 구체적 수행방식이 각기 다르다는 점에서도 그 차별성을 찾을 수 있다.

---

36) 김동욱, 『국문학개설』, 민중서관, 1971, 185면.

즉, 민요·가사·사설시조·잡가와 같은 장르는 '사설을 일정한 틀이 잡힌 악곡에 실어 노래'하는 데 장르수행의 초점이 놓여 있다는 점에서 '가창(歌唱)'의 방식을, 또 무가·판소리와 같은 장르는 '사설을 장단·조라는 음악적 요소와 서사적 언술의 유기적 결합을 통해 실현'하는 데 장르수행의 초점이 놓여 있다는 점에서 '연창(演唱)'의 방식을, 그리고 가면극과 같은 장르는 '사설을 몸짓·춤으로 대변되는 동작에 실어 실현'하는 데 장르수행의 초점이 놓여 있다는 점에서 '연희(演戱)'의 방식을 취하기에, 역시 유형적으로는 동일한 '사설치레'라 하더라도 각기 차별된다고 할 것이다.

따라서 다양한 장르에 유형적으로 편재되어 있는 '사설치레'의 성격을 특징지워주는 징표는, 장르수행이 이루어지는 문맥의 기능적 의미와 실현화 과정에 결부된 수행방식의 차이일 뿐이라고 할 수 있다. 바로 이러한 특징적 징표로부터 개개의 유형화된 '사설치레'들은 여러 장르에 편재되어 있는 경우라 하더라도 각기 차별되는 기능을 수행할 수 있으며, 때로 장르수행자에 의해 그 세부가 해당 장르의 속성에 맞도록 변용되거나 개작되기도 한다고 하겠다.

5) 판소리 '사설치레'의 위상

이상에서 판소리 '사설치레'의 특성을 몇 갈래로 나누어 살펴보았다. 이제 그 특성들을 요약·정리하면서, '사설치레'가 판소리에서 차지하는 위상을 간략히 논의하기로 하겠다. 판소리 '사설치레'의 위상은 요컨대 이러한 특성들이 판소리의 본질적 국면과 어떠한 연관하에 놓이는가를 살피는 데서 자연스럽게 드러날 것이다.

판소리에는 '길게 늘어놓는 언어 표현을 통해 다양한 형상을 꾸미어 치러내는 양태'로 일컬을 수 있는 부분이 존재한다. 이를 '사설치레'라 할 수 있다. 이는 본래 일정한 기능적 의미를 지니고 실현되었던 언어적 상관물과 그 수행양태를 동시에 일컫는 개념으로 보인다. 그러나 시대의 추이에 따라 이른바 '치러냄'으로서의 목적의식이 약화되면서 '꾸며 드러냄'의 의미만이 부각된 결과, 언어적 표현에 결부된 수식(修飾)의 의미를 보다 강하게 지니게 된 것으로 보인다. 판소리 '사설치레'에는 이러한 개념적 성격이 복합적으로 내재해 있다고 할 수 있다.

판소리 '사설치레'는 일상적 호흡의 아니리보다는 미적 질서로 재편된 창을 통해 실현되는 경우가 대부분이기에, 판소리의 정서적 관련을 대변한다고 할 수 있다. 또 '치레' 대상을 중심으로 하나의 단위를 이루므로, 동일한 장단으로 실현되는 하나의 문맥에서도 '치레' 대상의 동일 여부에 따라 둘 이상의 '사설치레'가 성립할 수 있다. 나아가 '치레' 대상을 밝히는 한 두 마디의 간략한 제시부를 제외한다면 작품의 줄거리 진행과는 별다른 상관이 없기에, 문맥 가운데 포함되어 존재하기도 하고 문맥과 분리되어 존재할 수도 있다. 문맥과의 상관성 면에서 상호의존적 성격과 기능적 자율성을 복합적으로 지니고 있는 것이다.

이러한 사실들은 곧 '사설치레'의 내용이나 길이가 수행자의 의도나 지향의식에 따라 가변적일 수 있음을 의미하며, 수행자의 자질과 역량·연창 현장의 분위기·청중의 반응·고수와의 호흡 등과 같은 실현화 과정에 관여하는 제반 여건들에 결정적 영향을 입는다는 면에서, 판소리의 현장 연창예술적 특성을 대변한다고 할 수 있다. 이와 같은 맥락에서 판소리 '사설치레'는 가사(창사) 구성방식과 장르 수행방식이 유기화된 표출양식이라고 할 수 있다.

판소리 '사설치레'는 문맥에서 연창의 의도를 실현하는 기능을 수행한다. 이러한 의도 실현에는 그 속성에 해당하는 '엮음에 의한 구상적 현시'가 긴밀히 관여하고 있는데, 대개 상징적 의미를 동반하여 '예축의 푸리성'을 띠기도 하고, 연창 내용 그 자체를 향수하는 '정서의 확충과 해소로서의 풀이성'을 띠기도 한다. 판소리 연창자는 이러한 '사설치레'의 특성을 문맥적 상황에 따라 적절히 활용하면서, '엮음에 의한 구상적 현시'를 통해 연창 의도를 실현하고 청중들과 공감의 세계를 열어 나간다고 할 수 있다.

판소리는 애초 '예축의 푸리성'을 띤 '사설치레'들을 중심으로 텍스트를 이루었겠으나, 역사의 전개와 함께 그 상징적 의미와 기능이 희미해지면서 '정서의 확충과 해소로서의 풀이성'을 띤 '사설치레'들을 중심으로 연창 텍스트를 짜나갔던 것으로 보인다. 시대의 추이에 따라 문화적 환경이 달라지고 세계관이 변모하는 것과 때를 같이하여, 이른바 제의와 같이 합리적으로 설명할 수 없는 삶의 본질적 국면에 초점을 맞추기보다는, 일상의 생활현실과 가치의식에 부응하는 차원에서 소재와 흥미 요소들을 찾고, 또 그와 같은 경험적 현실에서 야기되는 삶의 형상들을 중심으로 연창 사설을 지속적으로 보완·개작해 나갔던 것으로 보이기 때문이다.

그 결과 판소리 '사설치레'는 의례적 측면과 유관한 차원에서 수행되기보다는, 예술적 표현욕구를 충족시키기 위한 차원에서 청중들의 관심과 기호에 부응하는 방향으로 점차 연창의 목적이 변모해 갔던 것으로 보인다. 이렇게 되기까지에는 판소리 향유계층의 확대와 지지기반의 중심이동 현상 또한 적지 않은 영향을 미쳤다고 할 수 있다. 그 사회적 지지기반이 애초 농·어민과 서리·군교 등을 중심으로 한 중·하층 백성들로부터 양반 좌상객을 중심으로 한 상층 지배계층으로 확대·이행함에 따라, 판소리 텍스트의 내용적 변개 또한 상당히 큰 폭으로 이루어졌기 때문이다.

그리하여 '푸리성→풀이성'으로 대변되는 이와 같은 판소리 '사설치레'의 성격과 기능의 변모과정은, 거시적인 면에서 제의에서 예술로 점진적 전화(轉化)를 한 판소리 장르의 통시적 변모과정과 밀접한 연관하에 놓인다고 할 수 있다. 일정한 의례와 연관된 차원에서 덕담의 성격을 띠고 수행되었던 판소리가 시대 변화와 함께 차츰 청중들의 일상사적 관심과 기호를 충족시키는 생활예술로 변모해 나간 사실이 이를 잘 말해 준다.

한편, '사설치레'라는 개념 자체에 충실해 보면, 이는 판소리 장르에만 국한 적용될 수 있는 독특한 개념이라고 하기 어렵다. 판소리 장르에 다채롭게 또 특징적으로 수렴되어 있다는 것일 뿐, 이같은 가사(창사) 구성 및 장르수행에 연관된 언어구조체는 민요·무가·사설시조·가사·잡가·가면극 등의 가사(창사)나 대사 속에서도 빈번히 발견될 수 있기 때문이다. 특히 어떤 대상을 구상적으로 현시하는 데 동원되는 표현 언어와 그 경우의 사설 구성방식은, 판소리를 위시한 문학 장르들 사이에서 유사한 양상－유형화된 사설덩어리로 존재하는 경우가 많다.

이러한 '사설치레'의 유형적 편재양상에 대해서는 다양한 관점에서의 이해가 가능하다. 이는 우선 유동적 성격을 지닌 유형화된 사설덩어리가 해당 장르의 작품에 삽입되어 나타난 결과거나, 상투적이며 공식적인 표현 어휘들이 개별 작품에 반복적으로 사용된 결과로 이해할 수 있다. 그러나 다른 관점에서 보면, 이는 대상의 구상적 현시에 동원하는 표현 언어와 사설 구성방식을 하나의 문학적 표현기법으로 인식하고, 그 미학적 표현효과에 주목한 결과로도 이해할 수 있다. 그리하여 이러한 표현기법 및 표현효과에 대한 인식이 장르수행자들 사이에서 보편화되고 널리 수용됨에 따라, 때로 유래를 같이하는 '사설치레'－유형화된 언어구조체들이 장르를 초월하여 공존하기도 하고 유사한 문맥에서 교섭되기도 하는 등 다채롭게 변용 실현된 결과로 이해할 수 있을 것이다.

나아가 이렇듯 유형화된 언어구조체가 다양한 장르에 두루 수용될 수 있었던 것은, 기본적으로 이들 모두가 장르실현의 현장성이 중시되는 연행문학적 기반 위에서 성립되고 존재가치를 지니며, 장르수행자의 의도나 지향에 따라 텍스트의 가변성이 허용되는 장르적 특성에 말미암는다. 또 장르수행자의 입장에서 보면 텍스트를 실현화하는 과정에서 기존의 유형화된 사설덩어리를 수용·활용하는 것이 장르수행에 다각도로 유리하기 때문이며, '사설치레'의 유형적 편재가 다양화·본격화된 시기의 문학사적 추이 및 문화적 풍토 또한 그 수용의 계기와 폭을 확대시켰다고 할 수 있다. 특히, 문학 담당층의 확대와 장르간의 교섭이 두드러지는 17~8세기의 문학사적 추이, 그리고 이 시기 소리꾼·가객·광대 등 연행을 전문으로 하는 예능인들의 출현과 부상이라는 문화적 풍토는 이러한 '사설치레'의 유형적 편재를 가속화시켰던 것으로 보인다.

그러나, 유형적으로는 동일한 '사설치레'라 하더라도 그 성격이 모두 같은 것은 아니다. 그 차별성은 우선 해당 장르의 텍스트를 실현화하는 수행자의 성격과 수행의 기능적 의미가 각기 다르다는 데서 찾을 수 있다. 나아가 이들 장르는 모두 '전달의 현장에서, 개성을 부연한 내용을, 행위로써 표출해 냄'으로 함축할 수 있는 연행문학적 성격을 지닌 점에서는 공통적이지만, 가창·연창·연희 등 개별 장르의 특성에 따라 세분되는 장르 수행방식이 각기 다르다는 데서 또한 차별성을 지닌다. 따라서 여러 장르에 유형적으로 편재해 있는 '사설치레'의 성격을 특징지워주는 징표는, 장르수행이 이루어지는 문맥의 기능적 의미와 실현화 과정에 결부된 수행방식의 차이일 뿐이라고 할 수 있다.

이렇게 볼 때, 판소리의 '사설치레'는 판소리 사설이라는 언어적 상관물의 부분으로 존재한다는 면에서는 텍스트 줄거리와 상호의존적 관계에 놓여 있지만, 그 자체의 속성을 바탕으로 한 기능 면에서는 자율성을 지닌다고 할 수 있다. 이른바 연행 문맥과의 상관성 면에서 상호의존적 성격과 기능적 자율성을 복합적으로 지니고 있는 것이다. 판소리는 일정한 줄거리가 전제되어 있기는 하지만, 그 줄거리 전개 자체에 의미를 부여하기보다는, 이와 같은 '사설치레'의 문맥적 기능과 상징적 의미를 중심으로, 이들의 연계관계 속에서 한 마당을 구성하고 실현화하는 데 의미를 부여한다. 그런 면에서 판소리의 '사설치레'는 한 마당의 판소리를 구성하는 핵심 요소인 동시에, 연창의 의의와 가치를 결정짓는 핵심 요건이라 할 수 있다.

달리 말하면, 한 마당의 판소리는 '사설치레'를 중심으로 짜여지고 연창된다고 하겠다.

앞에서 살핀 '사설치레'의 특성들은 이러한 '사설치레'의 위상을 분별하는 논리적 근거라는 데 또다른 의미가 있다. 아울러 판소리의 발생과 사설 형성 및 전승 원리를 해명하는 중요한 실마리가 되며, 특히 판소리 사설의 문학성을 해명하는 관건의 하나라는 점에서 주목을 요한다.

판소리는 '연창'의 예술로서, 연창자인 광대 혼자서 작중인물의 갖가지 양태를 장단과 조의 결합을 통해, 그리고 온갖 음색을 동원하여 핍진하게 그려내는 데서 그 진가를 발휘한다. 그렇기에 판소리 연창자는 음악적인 자질과 사설 구성 및 장르실현에 따르는 복합적 능력을 구비하여야 한다. 이는 단순히 연창자의 구비요건만을 의미하는 것이 아니라, 판소리의 예술적 특성과 긴밀한 연관하에 놓인다는 점에서 판소리의 본질적 측면과 맞닿아 있다. 그 위상과 결부된 판소리 '사설치레'의 존재 가치와 의의는 이러한 판소리의 본질적 측면과 긴밀한 연관 속에서 조망될 때 비로소 온당한 의미를 부여받을 수 있다고 하겠다.

4. 판소리 사설의 연창구조적 특성

판소리의 문학적 특질을 구명하기 위해서는 그 구조의 면을 살피지 않을 수 없다. 구조를 통한 접근으로부터 작품의 개별적 실상을 포괄적으로 이해·구명할 수 있는 논리적인 틀을 마련할 수 있기 때문이다. 뿐만 아니라, 해당 장르의 특성을 체계적으로 드러내는 데에도 구조적 접근은 중요한 의의를 지닌다.

다음과 같은 논의는 이러한 구조적 접근의 중요성을 문학성의 문제와 연관지어 지적하고 있는 좋은 예다.

> 문학성이라는 것은 내용만으로는 성립하기 어렵다. 단순히 내용만을 가지고 문학성을 말한다는 것은, 어느 장르의 특정적 성격을 밝히는 데 있어서는 별 의미가 없다. 왜냐하면 그것은 문학 일반에 공편(共遍)되는 것이기 때문이다. 내용은 구조화됨으로써 비로소 문학성이 되는 것이다. 문학의 전통은 '내용의 구조화=양식'의 면에서 주로 거론될 수 있다.[1]

위의 '내용은 구조화됨으로써 비로소 문학성이 되는 것'이라는 사실로부터, '내용의 구조화=양식'의 문제는 문학연구 일반이 안고 있는 선결과제의 하나임을 확인할 수 있다.

판소리는 연창(演唱)을 통해 장르수행이 이루어지는 현장 공연예술이다. 그렇기에 그 연창 텍스트는 연창자에 따라 다르고, 또 같은 연창자라 하더

---

1) 최진원, 『한국고전시가의 형상성』, 성균관대 대동문화연구원, 1988, 38면.

라도 연창이 이루어지는 경우마다 다를 수 있다. 중요한 것은 이같은 특성을 가능케 한 근본적인 요인이 무엇인가를 구명하는 일이라 하겠는데, 판소리의 양식적 특성과 장르수행에 관한 문제를 구조-연창구조의 측면에서 규명하는 일이야말로 그 적절한 거점이자 방법이라 할 수 있다. 이는 비단 판소리의 문학적 특질 구명에 결부된 문제일 뿐 아니라, 판소리의 연행문법 및 본질 이해에도 결부된 매우 중요한 문제라 할 것이다.

다음에서 판소리 사설의 문학적 존재양식을 구명하고, 이를 바탕으로 연창구조와 실현화 과정상의 특징을 구명한 다음, 여기에서 드러난 사실들을 근거로 그 연창구조적 지향과 의의가 무엇인가를 구명하는 과정을 통해 이 문제를 집중적으로 논의하기로 하겠다.

1) 판소리 사설의 문학적 존재양식

판소리 사설은 연창의 실질적 매체이자 판소리의 문학적 존재양식을 대변하는 언어구조체라는 데 중요한 의의가 있다. 따라서 그 연창구조적 특성을 논의하기 위해서는 이러한 언어구조체의 문학적 존재양식의 면을 우선 분명하게 이해할 필요가 있다. 판소리 사설의 형성·정착·전승에 관련된 문제들을 연창 텍스트의 존재기반 및 수행상의 여건들과 결부시켜 살피는 것이 그 구체적 접근 방법이자 논의를 필요로 하는 내용이라 할 것이다.

① 연행문학적 유동성

판소리 사설은 연창의 현장을 기반으로 형성되며, 또 그러한 차원에서 실질적인 존재의의와 가치를 지닌다. 이와 같은 판소리 사설의 특성 및 문학적 존재양식에 대해 일찍이 최진원은 다음과 같이 논의한 바 있다.

판소리는 작자(창자)와 독자(청중), 창작과 향수가 분리될 수 없다. 물론 판소리문학은 처음에는 일인 혹은 수인의 작자에 의하여 만들어진다. 그러나 만들어진 때가 곧 문학작품으로 성립하는 때는 아니다. 그것은 창자에 의하여 판소리로서 청중에게 불리워질 때 비로소 형성되어 가는 것이다. 성립이 아니라 형성인 데서 판소리문학은 '성장과 유동'의 문학이다. 이와 같이 판소리가 작자와 독자와의 추상적 관계가 아니고 창자와 청중의 구체적 관계인 데서, 판소리문학은 항상 청중의 욕구와 감정에 밀착되어 있지 않으면 안 되고, 청중의 욕구와 감정은 창자를 통하여 원작에 반영되게 마련이다.[2]

위 논의를 다시 간략히 정리해 보면, 다음 두 가지 사실로 집약할 수 있을 것이다.

첫째, 판소리 사설은 창자에 의해 소리판에서 불리어질 때 비로소 형성되고 의미를 지니는데, 성립이 아니라 형성인 데서 성장과 유동의 문학이다.
둘째, 판소리는 창자와 청중의 밀착된 관계를 통해 그 존재기반이 확보되는 까닭에 창작과 향수가 분리될 수 없으며, 그 밀착된 관계로부터 청중의 욕구와 감정은 창자를 통해 원작에 반영되게 마련이다.

'연행문학적 유동성'으로 함축할 수 있는 이와 같은 판소리 사설의 문학적 존재양식으로부터, 우리는 판소리 사설이 소리판에서 청중과 연계됨으로써 비로소 제기능을 수행하게 되며, 이것이 그 실질적 존재 의의이자 가치임을 확인할 수 있다. 그런 면에서 판소리 사설은 그 자체로 자족적이고 완결된 형태로 존속하는 '작품'으로서보다는, 수용자와의 유대와 그들의 참여에 의해 의미를 획득하고 형성·존속해 가는 '텍스트'로서의 개념이 적

---

2) 최진원, 「춘향전의 합리성과 불합리성」, 『국문학과 자연』, 성균관대 출판부, 1986, 239면(처음 발표는 1966년).

용되어야 마땅할 것이다.

그러면, 이와 같은 '연행문학적 유동성'을 초래한 근본적인 요인은 무엇이며, 그 실상이 내포하고 있는 판소리 사설의 문학적 특질은 어떤 의의를 지니고 있는가?

판소리 사설이 '연행문학적 유동성'을 띠게 된 근본적인 요인에 대해서는 두 가지 측면을 생각해 볼 수 있다. 하나는 판소리 수행자인 장르담당층과 관련된 면이고, 다른 하나는 판소리의 존재기반을 이루는 청중과 관련된 면이다. 물론 위의 논의에서도 지적된 것처럼 판소리는 '창자와 청중, 창작과 향수'가 분리될 수 없기 때문에, 엄밀한 의미에서 이 두 측면은 동전의 양면과도 같다.

판소리는 이른바 소리꾼인 광대의 예술이며, 이를 수행하는 일은 그들의 직업이었다. 중요한 것은 이들 판소리 장르담당층의 삶의 양식이다. 문학의 양식은 장르담당층이 누리고 추구해 나간 삶의 양식을 수렴하고 있게 마련이기 때문이다. "모든 문학 텍스트는 자신이 지니고 있는 생산의 사회적 관계를 내재화시킨다. 모든 문학 텍스트는 바로 자신의 양식화로 인해 자신의 소비방식을 넌지시 비추며, 자체 내에서 자신의 이데올로기 즉 어떻게, 누구에 의해, 누구를 위해 자신이 생성되었는지를 약호화(略號化)한다."3)라는 사실이 이를 잘 말해 준다. 판소리 사설의 '연행문학적 유동성' 역시 장르담당층인 광대가 누리고 추구해 나간 삶의 양식이 수렴·내재화된 결과라고 할 수 있다.

주지하는 것처럼 광대는 사회 하층의 천민으로서, 대부분 유랑예능인으로서의 삶을 영위하였다. 그런 삶을 살아가게 된 것이 어느 때부터인가 정확하게 알 수는 없지만, 그들은 생계를 유지하기 위해 각처를 돌아다니며 소리를 팔았다. 따라서 다양한 소리판을 벌여야 했고, 또 그만큼 다양한

---

3) 김학성, 「사설시조의 시학적 특성」, 『벽사 이우성 선생 정년퇴직기념 국어국문학 논총』(논총간행위원회 편), 여강출판사, 1990, 370면.

계층의 청중을 상대해야 했을 것은 물론이다. 판소리사에서 흔히 지적되는
것처럼 그들은 애초에 주로 제의와 연관된 차원에서 소리를 하고 그에 준
하는 기능을 담당하였던 것이지만, 사회·경제적 여건 변화에 따른 신분
변화와 의식의 변모가 이루어지면서 점차 다양한 문화와 공존하게 되었고,
그 결과 그들의 유동적 삶의 양식에 상응하는 면모가 텍스트에 수렴·내
재화되었던 것으로 보인다. 말하자면 이 경우의 판소리 수행자는 자신의
생계유지를 위한 생활인으로서의 성격과, 시대적 삶의 여건을 서사 연창물
로 형상화하여 드러내는 예능인으로서의 성격을 동시에 지닌 판소리 장르
담당층이었던 것이다.

　다음과 같은 논의는 이들 판소리 장르담당층의 습속과 존재기반의 문제
를 거론하면서, 시대적 위상에 따른 판소리의 성격 변모를 추적한 것으로
일찍부터 주목되어 왔다.

　　　광대의 습속에 관하여 상기되는 것은 『목민심서』에 광대가 봄·여름이
　　면 고기잡이를 좇아 어촌으로 몰려들고, 가을·겨울이면 추수를 바라고
　　농촌으로 쏠려온다는 구절이다. 이같이 광대들은 춘하추동 고기잡이와 농
　　군을 상대로 소리를 팔았던 것 같다.
　　　나는 광대가 고사(告祀)도 하였다는 것, 또 농어촌으로 다니면서 대중
　　을 상대로 소리를 팔았다는 것, 또 등과(登科)한 사람에게 불리기 위하여
　　유식한 사람을 상대로 소리를 경쟁하였다는 이 세 습속으로부터, 판소리
　　가 원래는 제의에서 발생하여, 그 후 제의에서 오락으로 전용되어, 농어
　　촌의 대중을 전설 같은 것을 주제로 한 소리로 즐거웁게 하였고, 그 중
　　「춘향전」 같이 유식계급에 환영을 받은 것은 점점 세련된 가사를 갖어
　　발전되어 생존하였고, 그렇지 못한 것은 「가루지기타령」 같이 조잡한 말
　　을 지닌 채 폐용(廢用)된 것이 아닐까 추측을 끌어내는 것이다.[4]

---

[4] 이혜구, 「송만재의 관우희」, 『중앙대학교 30주년 기념논문집』, 1955, 116~117면.

이와 같은 사실들을 염두에 둘 때, 판소리 텍스트로서의 사설은 장르담당층과 관련된 면에서 광대의 유동적 삶의 양식을, 그리고 존재기반을 이루는 청중과 관련된 면에서는 향유계층의 다양성을 수렴하게 되었고, 이 두 측면의 요인들에 의해 '연행문학적 유동성'을 띠게 되었던 것이 아닌가 생각한다. 그리하여 판소리는 '연행문학적 유동성'이라는 존재양식 속에서 '성장과 유동의 문학'으로 존속하면서, 시대적 삶의 여건에 따른 세계관의 변모를 지속적으로 반영·표출해 내었던 것으로 보인다.

그런데 여기에서 다시 문제가 되는 것은 그 구체적 수행양식이다. 이렇듯 다양한 소리판과 청중들을 상대로 장르수행이 이루어지고, 장르담당층 자신들의 삶 또한 이같은 수행을 통해 영위된 것이라면, 거기에는 그처럼 다양한 경우에 대응할 수 있는 판소리 사설의 양식적 특성이 내재해 있을 터기 때문이다. 이 문제는 곧 판소리 사설의 '연행문학적 유동성'이 내포하고 있는 의의가 무엇인가를 살펴봄으로써 해명 가능하리라 본다.

판소리 수행자가 다양한 청중들을 상대로 소리판을 이끌어 나갈 때 취할 수 있는 연창양식은 요컨대 해당 소리판의 상황과 분위기에 걸맞는 사설을 중심으로 하나의 독립된 연창 단위를 이루어 나가는 일이다. 이런 경향은 곧바로 부분창(部分唱)의 양식을 낳게 마련인데, 이 부분창이야말로 그들의 유동적 삶의 양식과 다양한 향유계층의 요구에 부응할 수 있는 장르 수행양식이라고 할 수 있다.

따라서 이러한 부분창을 구성하는 단위 사설로는 '사설치레'와 같은 기능적 의미를 내포한 대목들이 동원되게 마련이고, 이는 하나의 자연스러운 경향을 이루었으리라 생각한다. 즉, 판소리 수행자는 소리판의 상황과 분위기에 따라 이른바 예축의 '푸리성'을 띤 덕담 형태의 사설치레를 동원하기도 하고, 정서의 확충과 해소를 위한 차원의 '풀이성'을 띤 사설치레를 동원하기도 하면서 소리판을 적절히 이끌어 갔던 것으로 보이는바, '사설치레'를 중심으로 한 이같은 부분창의 경향은 하나의 자연스러운 흐름을 이루었던 것으로 보인다.

그런가 하면, 부분창을 중심으로 한 이와 같은 판소리 수행이 연창 사설의 성격 변모에도 적지 않은 영향을 미쳤을 것은 당연하다. 다양한 계층의 청중들을 상대로 소리판을 벌이면서 그들의 요구에 부응해야 하는 판소리 수행자로서는, 장르수행 과정에서 연창 사설의 내용을 적절히 가감하거나 상황적 의미와 정서를 강화·확장할 필요가 적지 않게 발생했을 터기 때문이다. 그리하여 그들로서는 특히 시대의 흐름이나 변화에 호응하는 사설을 통해 여기에 적절히 대처해 나갔을 것이 당연하기 때문이다.

이렇게 볼 때, '연행문학적 유동성'은 판소리 사설의 문학적 존재양식이자 그 특성을 대변하는 일면이라 하겠으며, 이러한 양식적 특성을 초래한 장르담당층의 삶의 양식과 향유계층의 다양성은 특히 부분창 양식을 통해 장르수행이 이루어지게 하는 요인이 되었다는 데서, 그리고 판소리 사설의 성격 변모에 중요한 동인(動因)으로 작용하였다는 데서 그 의의를 찾을 수 있다 하겠다.

② 전승구도상의 동질성

판소리 텍스트로서의 사설은 위에서 논의한 '연행문학적 유동성'이라는 양식적 특성만을 지니고 있는 것은 아니다. 아무리 다양한 각편들이 소리판을 통해 존재한다 하더라도, 그러한 각편들에는 최소한의 공분모가 내재해 있는 것 또한 사실이기 때문이다. 따라서 이 공분모의 내용과 성격을 밝힘으로써 판소리 사설의 문학적 존재양식과 그 특성의 또다른 단면을 규명할 수 있을 것이다.

한 마당의 판소리가 다양한 각편으로 존재하면서도 동일한 명칭으로 불리울 수 있는 것은, 기본적으로 그 내용을 이루는 사설이 '일정한 줄거리 체계를 가진 이야기'로서의 성격을 지니고 있기 때문이다. 아울러 소리판을 통해 실현되는 줄거리의 세부, 예컨대 '사설치레'를 중심으로 짜여지는 한 단위의 연창 사설에 있어서도, 표현 어휘나 사설의 양에 차이가 있기는 하지만 각편의 내용적 성격은 유사하다.

이와 같은 사실들이 의미하는 것은 결국 앞에서 지적한 '연행문학적 유동성'이라는 것이 규범적 한계 내에서의 '유동'이며, 따라서 판소리 사설은 이러한 유동성과는 다른 존재양식적 특성―동질성 또한 내포하고 있다는 사실이다. 그리고 이 '동질성'이라는 존재양식적 특성은 일정한 내력과 체계를 동반한 전승구도로부터 비롯되는 것임을 어렵지 않게 헤아릴 수 있다.

판소리에 있어서 전승구도의 문제는, 크게 줄거리 체계와 결부된 '사설의 성격'과 판소리 수행자들이 말하는 '소리의 법통'이라는 두 갈래 측면에서 논의될 수 있다. 말하자면, 전자는 판소리 사설 전반과 관련된 거시적 측면에서의 전승구도 문제라 할 수 있고, 후자는 이러한 거시적 측면이 전제된 세부 전승구도의 문제라고 할 수 있다. 판소리 사설은 이와 같은 두 갈래 측면의 전승구도 속에서 '동질성'이라는 존재양식적 특성을 드러내고 있는 것으로 보인다.

다음과 같은 「심청가」 한 대목 사설의 대비를 통해 이 문제를 구체적으로 논의하기로 하겠다.

㉮ 〔아니리〕 "원 자식, 그런 말은 어데서 들었느냐 너의 어머니 뱃속에서 죄다 배워 가지고 나왔구나. 네 효성이 그렇거든 한 두어 집만 다녀 오너라."

〔중머리〕 ①심청이 거동 보아라 밥을 빌러 나갈 적에 헌 베 중의 다님 매고 청목(靑木) 휘양 눌러 쓰고 말만 남은 헌 초마에 깃 없난 헌 저고리 목만 남은 길 보선에 짚신 간발 정히 허고 바가지 옆에 끼고 바람 맞은 병신처럼 옆걸음 쳐 건너갈 제 원산의 해 비치고 건너마을 연기 날 제 추적추적 건너가 부엌문전 당도하여 애근히 비는 말이 우리 모친 나를 낳고 초칠 안에 죽은 후에 앞 못 보신

우리 부친 저를 안고 다니시며 동냥젖 얻어 먹여 이만큼이나 자랐
으나 구안할 길 전혀 없어 밥을 빌러 왔아오니 한 술씩 덜 잡수시
고 십시일반(十匙一飯) 주옵시면 치운 방 우리 부친 구안을 하겠
네다. 듣고 보는 부인들이 뉘 아니 칭찬하랴. ②그릇 밥 김치 장을
아끼잖고 후이 주며 혹은 먹고 가라 허니 심청이 여짜오되 치운
방 저의 부친 나 오기만 기다리니 저 먼저 먹사리까 부친전에 가
먹겄네다. 한 두 집이 족한지라 밥 빌어 손에 들고 집으로 돌아오
며 심청이 허는 말이 아까 내가 나올 때는 먼 산에 해가 아니 비
쳤더니 벌써 해가 둥실 떠 그새 반일이 되었구나.

〔잦은몰이〕 심청이 들어 온다. 문전에 들어 서며 아버지 칩긴들 오직
허며 시장킨들 아니리까. 다순 국밥 잡수시오. 이것은 흰밥이요 저
것은 팥밥이요, 미역튀각 갈치자반, 어머니 친구라고 아버지 갖다
드리라 허기로 가지고 왔아오니 시장찮게 잡수시오. 심봉사가 기가
막혀 딸의 손을 끌어다 입에 넣고 훅훅 불며 아이고 내 딸 칩다.
불 쬐어라 모진 목숨이 죽지도 않고 니가 이 지경이 웬 일이냐.
너의 모친이 살았으면 이런 일이 있겄느냐.

「심청가 : 정재근 판, 정권진 창」⁵⁾

㉯ 〔아니리〕 그리하라 허락허니,

  〔중몰이〕 ③밥을 빌러 나가는듸, 먼산에 해 비칠 제 앞마을으 연기
난듸, 헌 베 중으 다님 메고, 앞섶 없난 헌 저고리, 청목 휘양 둘
러쓰고, 서리 아침 치운 날에 팔장 끼고 옆걸음 치어 벌벌 떨고
가는 모냥, 수풀으 잠든 새가 외로히 날아간 듯, 바람 불고 비 오
는 날 어미를 못 잊히져 떠나가는 가마귀라. 가가 문전 당도허여
애견히 비는 말이, "모친 세상 바리시고 앞 어두신 우리 부친 어느
뉘 줄을 모르시요? 한술씩만 주시오면 치운 방 늙은 부친 시장을
면컸내다." 부인이 가긍허여, ④그릇 밥, 김치, 장을 애끼잖고 덜어
주니, 두서너 집이 족한지라, 속속히 들어가서 사립 안을 들어서며,
"아이고, 아버지 칩지 않소? 시장허시지요? 어언간으 더디였소" 그

---

5) 정병욱, 『한국의 판소리』, 집문당, 1987, 323~324면.

> 때여 심봉사는 어린 딸을 내보내고 혼자 앉어 자탄허다 심청 소리
> 를 듣더니마는, "거, 심청이냐? 아이고, 내 새끼야, 손 시리다 불
> 쬐어라. 발도 차구나." 어루만지면서, "애닯구나, 너그 모친, 너그
> 모친이 살었으면 널로 하야 밥을 빌어 이 밥 먹고 산단 말이냐?
> 모진 목심 죽지도 않고 자식 고생까지 시키네. 아이고, 어쩔거나."
> 부녀 서로 붙들고서 한참 앉어서 울음을 운다.
>
> 「심청가 : 이날치 판, 한애순 창」6)

인용한 ㉮와 ㉯는 모두 아버지의 동냥젖으로 자란 심청이 이제부터는
자기가 동냥을 하러 나가겠다고 아버지에게 고한 후 허락을 받고 마을에
나아가 밥을 비는 상황과, 이윽고 돌아와 부녀가 다시 대면하는 대목의 사
설이다.

바디[板]가 다르고 소리[唱] 수행자가 다르기에 사설 내용 역시 상당히
다름을 한눈에 알 수 있다. 전반적으로 ㉮는 ㉯에 비해 구성 사설이 다채
롭고 풍부하다. 심청이 밥 빌러 나가는 거동과 행색을 '사설치레'한 ㉮-
①과 ㉯-③에서, ①의 사설량이 훨씬 풍부 뿐 아니라 표현의 세부 역시
상당히 다름을 알 수 있다. 또, 심청이 밥을 빌어 돌아오는 장면의 사설인
㉮-②와 ㉯-④에서도, ④의 경우가 훨씬 간략하다는 것을 알 수 있다.
더욱이 ㉮에서는 이 대목을 심청이 밥을 빌어 돌아오기 전·후의 장면을
'중머리'와 '잦은몰이' 장단에 실어 각기 구분된 창으로 실현하고 있으나,
㉯에서는 이를 구분하지 않고 '중몰이' 장단 한 가지에 실어 창하고 있다.
그런데, 이와 같은 차이에도 불구하고 ㉮와 ㉯ 사설은 기본적으로 동질
성을 지니고 있다. 이 대목은 우선 줄거리 체계 및 진술방식 면에서 '심청
이 아버지를 위해 처음 밥 빌러 나갔다가 돌아온 상황을 대사·서술·묘
사를 통해 전개시켜 나간 부분'으로 요약될 수 있겠는데, 이 점에 있어서

---

6) 판소리학회 감수, 『판소리 다섯마당』, 한국브리태니커회사, 1982, 94~95면.

㉮와 ㉯가 다르지 않다는 사실이다. 뿐만 아니라, 줄거리의 세부에 있어서도 ㉮-①과 ㉯-③, ㉮-②와 ㉯-④는 상당히 다른 표현 어휘들로 짜여져 있음에도 불구하고, 그 사설의 성격—문맥에서의 기능과 상징적 의미면에서는 ①·③의 경우 '애절함'을, ②·④의 경우는 심청의 '효성'을 형상화하고 있다는 점에서 동질적 성격을 지니고 있다는 사실이다.

따라서 ㉮와 ㉯는 다만 창본에 따라 표현의 세부나 형상화 방식에 차이가 있을 뿐, 일정한 줄거리 체계 내에서 실현화하고자 하는 연창의 의도가 같다는 점에서는 동질성을 띠고 있다고 할 수 있다. 요컨대 창사 구성방식만이 다를 뿐 문맥적 기능과 상징적 의미로 대변되는 연창의 의도는 같은 것이다.[7]

이렇게 볼 때, 판소리 사설의 존재양식적 특성 가운데 하나인 동질성의 요인은 결국 이 줄거리 체계 안에서 수행되는 연창자의 연창의도에 있다고 할 수 있다. 그리하여 판소리 텍스트는 연창자에 따라 또는 동일한 연창자라 하더라도 부를 때마다 달라질 수 있는 사설과 실현 창조상의 차이에도 불구하고, 이처럼 해당 문맥에서의 연창의도가 중심이 되어 하나의 줄거리 체계를 형성하게 되기에 동일한 '마당'으로 일컬어지는 것이라 하겠다.

다음과 같은 논의는 이러한 '마당'의 개념과 관련하여 본고의 논의를 뒷받침하는 적절한 예라 할 것이다.

---

7) 여기에서 한 가지 문제가 될 수 있는 것은 위에 인용한 두 「심청가」가 같은 대가닥(서편제)에 속하기 때문에 이러한 동질성이 유지되는 것이 아닌가 하는 의문을 제기할 수 있다는 점이다. 그러나 이러한 특성은 요컨대 판소리 사설 일반에 보편적으로 적용될 수 있다는 면에서 별다른 문제가 제기되기 어려울 것이다. 이와 다른 대가닥(동편제)에 속하는 '송만갑 판, 김연수 창 「심청가」'를 보더라도 이 대목의 사설과 장단은 특히 ㉮와 흡사하다는 데서 그 실상을 확인할 수 있기 때문이다(김연수, 『창본 심청가·흥보가·수궁가·적벽가』, 문화재관리국, 1974, 32~33면 참조).

판소리에 있어서 하나 하나의 마당은 창자의 개성과 소리판의 상황에 따라 상당한 가변성을 허용하면서도 작품의 기본적 동질성을 유지하는 전승의 토대라고 하겠다. 창자들은 이 토대를 충분히 소화하고 독창적 기량을 다듬어서 청중들 앞에 서게 되며, 창의 현장에 알맞게 사설을 줄이고 빼는가 하면 다채롭게 윤색하여 첨가하기도 하고 경우에 따라서는 기지에 찬 재담과 흥겨운 노래들을 삽입하는 것이다. 판소리 열두 마당은 이러한 과정을 통해 수많은 창자들의 노력이 누적되어 이루어진 것으로서 어느 일 개인의 창작이 아니라 수많은 판소리 창자들의 공동작이라고 할 수 있다.[8]

위의 논의에서 볼 수 있듯, 판소리에 있어서의 '마당'은 곧 '창자의 개성과 소리판의 상황에 따라 상당한 가변성을 허용하면서도 작품의 기본적 동질성을 유지하는 전승의 토대'이다. 판소리는 이러한 전승의 토대를 바탕으로 수많은 판소리 창자들에 의해 이루어진 '공동작'의 성격을 띠게 되거니와, 그 동질성을 유지하게 하는 요인이 바로 본고에서 논의한 연창자의 연창의도에 있음을 지적할 수 있겠다.

그런데 여기에서 좀더 세심한 논의가 필요한 것은, 앞서 말한 '연창자에 따라 개별성을 띠고 수행되는 사설과 실현 창조상의 차이' 문제다. 이와 같은 연창 텍스트의 개별성 또한 순전히 개인적 차원에서 이루어지는 것이라 하기 어렵기 때문이다.

이 문제는 이른바 '소리의 법통'으로 불리우는 일정한 전승구도 체계와 긴밀한 연관을 맺고 있다. 다시 말해, 판소리 사설의 문학적 존재양식은 거시적으로는 작품의 줄거리 체계와 문맥에서의 기능 및 상징적 의미라는 '사설의 성격' 면에서 동질성을 확보하기도 하지만, 미시적으로는 이 '소리의 법통'에 따라 연창 사설과 실현 창조상의 동질성을 확보하기도 한다는 것이다. 그렇기에 판소리 수행자가 추구하는 개성 혹은 독창성이라는 것도

---

8) 김흥규, 「판소리」, 『한국민속대관·6』, 고려대 민족문화연구소, 1991, 146면.

실상 이러한 전승구도 내에서 이루어지는 특성이라 할 것이며, 이것이 다름아닌 '더늠'에 해당한다고 할 것이다.

다음의 논의를 참고하여 이 문제를 좀더 구체적으로 살펴보기로 하겠다.

법통은 하나 하나의 창자들에게 지켜야 할 규범과 제반 기술 및 상상력을 제공하는 원천이 된다. 다른 시간 다른 상황에서 불리어진 하나 하나의 판소리 창은 바로 이 법통이 부여하는 가능성의 실현이다. 판소리의 구연행위는 그러므로 순수한 개인적 창작이 아니라 전승 속에서의 재창작이라는 성격을 가진다. 또 개인적 창의가 발휘되는 경우에도 창의는 법통의 충분한 소화 위에서 가능하다. 그리하여 판소리 창자들은 그들의 예술적 자산인 법통을 보존하면서 그 현장화를 통해 끊임없는 부분적 개작과 집적의 길을 밟아 갔던 것이다.

그 결과로 나타난 것이 무수한 '더늠'들이다. 더늠이란 판소리에 있어서 부분적 개작·첨가를 말하는 것으로서, 사설과 음악 또는 그 중 어느 하나에서 기존의 전승에 새로운 변화·확장을 이룩한 대목을 말한다. 판소리의 역사는 내부적으로 볼 때 결국 더늠의 역사이며, 판소리의 음악적·문학적 성숙과 무스한 더늠들의 집적을 통한 발달의 과정이라고 할 수 있다.[9]

우선 판소리에서의 법통이란 이른바 '대가닥[制]－바디[板]－소리[唱]'의 유기적 연관관계를 말한다고 할 수 있다. 법통의 성립은 흔히 '대가닥'의 창시자로 알려진 송흥록(宋興祿·1800~1863 ?)의 동편제와 박유전(朴裕全·1835~1906 ?)의 서편제가 각기 나름의 사승(師承)관계와 전승체계를 이루며 수많은 명창들을 배출한 데서 비롯된 것으로 알려져 있다.

나아가 이들 '대가닥'은 소리의 미질(美質)에 있어서 각기 두드러진 특색을 지니고 있는데, 동편제 소리는 대개 웅건·호방한 것이 특색이고, 서편제 소리는 섬세·애절한 것이 특색으로 일컬어진다. 그리고 이와 같은

---

9) 같은 글, 458면.

음악적 특질들은 자연 그것을 실현화하는 구체적 매체인 사설과 긴밀한 연관하에 놓이기에, 같은 '마당'에 속하는 연창 텍스트라 하더라도 대목에 따라 장면의 세부를 형상화하는 방식에 차이가 있을 것은 당연하다. 따라서 판소리에 있어서 '소리의 법통'은 곧 판소리 연창자의 음악적 특질과 사설 내용을 특징지우는 요인이자 배경으로서, 구체적으로 창법·사설·창조에 연관된 동질성의 개념을 함축하고 있다고 하겠다.

그렇기에 인용한 논의에서 강조되고 있는 것처럼 개성적 각편으로 수행되는 판소리 연창도 근원적으로는 '법통이 부여하는 가능성의 실현'이며 '전승 속에서의 재창작'이라는 성격을 띤다. 소리판을 통해 수행되는 판소리 연창은 결국 연창 텍스트를 짜나가는 문학적 음악적 지향의식과 미의식의 차이를 반영한 전승구도상의 동질성 위에, 연창자 나름의 개성적 부연과 실현과정의 독창성이 복합된 양상을 띠는 것이다. 이것이 바로 '기존의 사실을 바탕으로 거기에 주관적 견해를 부연함—재구성·재해석하여 표출해 냄'으로 요약할 수 있는 연행예술적 속성을 고스란히 내포하고 있는 판소리의 특징적 단면이라 할 것이다.

이렇게 볼 때, 판소리는 문학적 존재양식의 면에서 연창자가 지향하는 '대가닥[制]—바디[板]—소리[唱]'의 유기적 연관에 의해 텍스트가 성립하며, 이렇게 해서 성립된 텍스트는 다시 연창자의 개성과 연창 현장의 여건들에 의해 나름의 가변성이 허용되는 탄력적 성격을 띠고 있다 하겠다. 특히 '연창자의 개성적 사설치레—더늠'과 같이 전승구도상의 동질성과 연창자의 개성이 어우러져 연창의 묘미를 더하는 대목은 이러한 특성을 여실히 드러내고 있다고 할 것이다. 요컨대 판소리는 이와 같은 '소리의 법통'이 확립되고 연창자 나름의 독창성이 가미된 '더늠'의 창출·누적으로 말미암아 보다 풍부한 예술성을 지닌 서사 연창물로 발전해 나갔다고 할 것이다.

한편, 지금까지 살핀 전승구도상의 동질성이라는 판소리 사설의 문학적 존재양식 역시 앞의 연행문학적 유동성의 경우와 마찬가지로 장르담당층의 삶의 양식과 일정한 연관을 맺고 있는 것으로 보인다. 따라서 이러한 측면에서의 이해 또한 필요하리라 본다.

판소리 장르담당층의 삶의 양식과 전승구도상의 동질성 사이의 연관은 크게 두 가지 측면에서 이해될 수 있다고 본다. 하나는 판소리 장르담당층인 광대가 속해 있는 예능인 집단의 속성과 관련된 면이고, 다른 하나는 소리의 법통 형성에 따른 판소리의 역사적 전개 양상과 관련된 면이다.

먼저, 광대를 위시하여 기예(技藝)를 업으로 삼는 예능인 집단은 고래로부터 강한 폐쇄성을 지닌 것이 특징이다. 외부와의 단절을 통해 집단 내부의 결속과 우대를 도모하며, 이러한 결속과 유대를 토대로 그들이 지향하는 삶과 의식의 동질성을 유지하려는 경향을 아주 강하게 띠는 것이다. 그리하여 이같은 폐쇄성은 나름의 독특한 삶과 생활 양식을 낳게 마련인데, 바로 이러한 삶의 양식적 특성으로부터 그들이 수행하는 판소리에 집단적 결속과 유대를 반영한 전승구도상의 동질성이 내재하게 된 것이 아닌가 생각한다.

다음으로, 판소리사 전개 과정에 있어서 법통의 형성은 유랑예능인으로서의 광대가 정착예능인으로 변모한 생활사의 한 단면을 반영하고 있는 것이 아닌가 생각한다. 물론 법통이 형성된 이후에도 이들 예능인들은 대다수가 여전히 유랑생활을 하였으며[10], 유동적인 삶 속에서 소리를 팔며 생계를 꾸려나갔던 것이 사실이다. 그러나 법통의 형성은 제한된 일부라 하더라도 일정 지역의 생활 공간을 중심으로 정착생활이 가능해졌음을 시사하는 것이고, 또 그런 환경에서라야 비로소 엄밀한 의미의 예술적 동질

---

10) 김흥규는 「조선후기의 유랑예능인들—그 충원과 활동분포에 관한 하나의 예비적 메모」(『고대문화』 20집, 고려대학교, 1981, 31~40면)라는 글에서, 18·19세기 조선의 사회현실과 관련하여 유랑예능인의 수가 오히려 팽창하는 추세였음을 밝힌 바 있다.

성이 확보된 법통이 형성·전수될 수 있었다고 보아야 온당할 것이다. 그런 면에서 판소리 장르담당층인 광대의 삶은 법통의 형성과 더불어 적지 않은 변화가 초래되었던 것으로 보이며, 특히 정착생활을 하게 된 삶의 양식적 변모로부터 전승구도상의 동질성을 보다 구체적으로 확립하는 계기가 마련되었던 것으로 보인다.

다만 여기에서 좀더 구체적인 논의가 필요한 문제는, 판소리 장르담당층으로 하여금 정착생활을 가능하게 한 사회적 여건의 면이다. 이 문제는 무엇보다도 판소리 사회적 지지기반의 확대와 이에 따른 광대의 사회적 위상 변화에서 그 이해의 실마리를 찾을 수 있으리라 본다. 즉, 판소리가 제의적 맥락으로부터 연행예술의 한 장르로 본격 전화(轉化)해 간 초기단계로 생각되는 17·8세기 영·정조 시대로부터 판소리는 그 사회적 지지기반을 급속도로 확대시켜 나갔다고 하겠는데, 기존의 애호 지지기반인 농·어민을 위시한 일반 평민들은 물론 아전·서리·군교 등의 중간계층 그리고 최고 권력층을 포함한 양반계층으로까지 그 애호 지지기반이 확대되어 간 시대적 여건 속에서 흔히 '명창'으로 불리어지는 탁월한 소리꾼들이 널리 인정을 받고 자신의 예술적 능력을 확산시켜 나가게 됨으로써, 광대의 사회적 위상 변화와 함께 점차 정착예능인으로서의 생활이 가능했던 것으로 보이기 때문이다.

그리하여 판소리 광대로서는 최초로 국가로부터 벼슬을 제수받은 인물인 모흥갑(牟興甲·헌종13 : 1847년)을 위시하여 명창의 칭호를 들은 소리꾼들은 상당한 대우를 받았던 것으로 미루어, 이들은 정착생활을 통해 어느 정도의 안정된 생활을 영위할 수 있었던 것으로 보인다. 아울러, 이른바 대가닥의 창시자로 알려진 송흥록·박유전이 활동한 시기가 주로 판소리의 전성기로 일컬어지는 19세기 중·후반이라는 사실에 비추어 법통의 개념이 형성된 것은 대략 19세기에 들어와서의 일이므로, 이러한 판소리사의 전개 양상 역시 어떤 식으로든 정착생활이 가능한 데서 비롯된 것이었으리라 생각된다.

　이상에서 판소리 사설의 문학적 존재양식을 연창 텍스트의 존재기반 및 장르담당층의 생활양식과 결부시켜 살펴보았다. 그리하여 '판소리 한 마당은 전체 줄거리 면에서는 공분모를 지니고 있지만 세부 내용은 연창자에 따라 다르고 또 연창이 이루어지는 경우마다 달라질 수 있는 근본적인 요인'에 대한 이해의 실마리를 확보할 수 있었다. 요컨대 판소리 사설은 '연행문학적 유동성'과 '전승구도상의 동질성'이라는 두 특성의 유기적 연계를 바탕으로 전체적으로는 일정한 줄거리 체계를 형성하면서도 개별적인 변이를 소화해 낼 수 있는 문학적 존재양식의 면을 내재하고 있다고 하겠다.

2) 연창구조와 실현화 과정상의 특징

　판소리 사설의 구조적 특성은 이상에서 살핀 문학적 존재양식의 면이 연창의 현장에서 어떤 원리와 과정을 통해 특유의 묘미를 지닌 언어적 상관물로 실현되는가를 구명함으로써 제모습이 드러나리라 본다. 그런 면에서 연창의 실계에서 우리가 주목해야 할 것은 바로 연창구조 자체의 원리와 특성, 그리고 이러한 원리와 특성을 토대로 이루어지는 실현화 과정상의 특징이라고 할 수 있다. 다음 두 항목을 통해 이 문제를 차례로 살펴보기로 하겠다.

① 연창구조의 역동적 유기성

　본격 논의어 앞서 우선 분명하게 정리해 둘 필요가 있는 것은 '연창구조'의 개념이다. 여기에서는 연창구조의 개념을 '사설을 연행의 마당에서 소리로써 실현화하는 유기적 양식'으로 규정하기로 한다. 지금까지의 논의를 통해 제시되어 온 것처럼 판소리는 특히 사설 구성 및 장르수행 과정에 있어서, 수행자의 개성이 소리판에서 청중과 만나 실현화될 때 비로소 형성되고 의미를 지니는 유기적 연창구조물로 이해할 수 있기 때문이다.

그런데 이와 같은 연창구조는 근원적으로 판소리의 양식적 원리로부터 비롯되는 특징이자 장르수행 원리라고 할 수 있다. 따라서 이와 관련된 면모를 먼저 살피는 것이 온당한 순서일 것이다.

한 마당의 판소리 사설은 아니리 부분과 창 부분의 교체 및 반복으로 짜여진다. 그런 면에서 아니리와 창은 판소리 사설의 필수적 구성요건이며, 여기에 장단과 조를 결합하여 교체·반복하는 것이 바로 판짜기의 양식적 원리에 해당한다고 할 수 있다. 달리 말해, 판소리 연창자는 일정한 서사적 줄거리 체계 위에 음악적 요소를 결합한 아니리와 창의 적절한 연계를 통해 한 마당의 '소리'를 짜나가는 것이다.

그러나 실제 연창이 이루어지는 경우에 있어서 이렇게 짜여진 한 마당의 판소리가 완창되는 경우는 거의 없으며, 완창 자체가 실질적으로 용이하지도 않다. 때로 특별히 자리를 마련해 충분한 시간을 두고 한 마당을 나누어 완창하는 경우도 있지만, 이런 예는 말 그대로 특별한 경우에 국한된다. 판소리 수행자는 대개 소리판의 상황을 고려하여 전체 줄거리에서 토막을 낸 일부분을 연창하는 것이 상례며, 그 자체만의 수행으로도 나름의 완결성을 지닐 수 있다. 따라서 통상적으로 수행되는 이같은 한 대목의 사설이 판소리 연창의 실제 단위에 가깝다고 할 수 있다.

이렇듯 한 마당의 판소리 사설은 거시적인 면에서 아니리와 창의 교체 및 반복을 그 양식적 원리로 삼고 있지만, 그렇게 짜여진 전체 줄거리에서 토막을 낸 한 대목의 사설이 연창의 실제 단위에 해당되므로, 판소리 사설의 연창구조적 특성은 바로 이 연창의 실제 단위를 중심으로 살피는 것이 바람직하다. 판소리의 '사설치레' 대목은 이러한 연창의 실제 단위에 있어서 핵심적 위치를 차지하거니와, 특히 창을 통해 수행되는 이 대목의 구조적 특성으로부터 논의의 실마리를 풀어나가기로 하겠다.

판소리 연창에서 가장 눈길을 끄는 점은 예의 '사설치레' 대목을 중심으로 이루어지는 연창 사설이 줄거리 진행과는 별다른 상관 없이 부연·확장되기 일쑤이며, 소리판의 청중들 또한 별다른 거부감 없이 그것을 받아들일 뿐 아니라, 오히려 그것을 향수하는 데서 판소리의 매력을 찾는다는 사실이다. 그러면 이처럼 연창 사설이 연창자에 의해 부연·확장이 가능한 원리는 무엇이며, 이로부터 어떤 구조적 특성을 도출해 낼 수 있는가?

이와 같은 사설의 부연·확장이 가능한 것은 무엇보다도 청중의 선이해(先理解) 때문이라고 할 수 있다. 소리판의 청중은 현재 연창되고 있는 대목이 해당 레퍼토리 전체 문맥에서 어느 위치에 놓여 있는가를 잘 알고 있다. 말하자면 서사적 줄거리는 이미 알고 있다는 전제하에서 모든 것이 가능한 것이다. 따라서 판소리 연창자는 이러한 청중의 선이해를 토대로 연창에 임한다는 면에서 일단 의존적 성격을 지닌다고 할 수 있다.

그런데 판소리 사설은 어떤 부분이 반드시 창 혹은 아니리로 실현되어야 한다는 엄정한 규범 내지 규칙성이 부여되어 있지 않기에, 해당 대목을 수행하는 연창자의 의도나 지향의식에 따라 간략한 줄거리의 아니리로 처리되기도 하고, 극단적으로 부연·확장된 사설로 치레되기도 한다. 물론 장면에 따라서는 유형적 성격을 띤 사설덩어리들이 으레 동원되기도 한다. 그러나 엄밀한 의미에서 그것은 필수적 요건에 해당하지는 않는다.

예컨대 앞에서 살핀 「심청가」의 한 대목을 들어 말하면, 시비를 따라 장승상댁을 건너간 장면에서 묘사·서술되는 '심청의 용모와 거동'은 <정재근 판, 정권진 창>의 경우 '얼굴은 국색(國色)이요 효행이 출천(出天)이라'의 간략한 아니리로 처리된 반면, <이날치 판, 한애순 창>에서는 갖은 수사를 동원하여 '사설치레'되고 있는 것이 그것이다. 또 '장승상댁 경관'을 형용하는 장면에 있어서도, 두 창본은 표현의 세부와 내용은 물론 사설의 길이 면에서도 서로 상당한 차이를 보인다.

이같은 양상은 이미 상식화되어 있을 만큼 판소리 사설 전반에서 두루 확인할 수 있는 바다. 따라서 판소리 연창은 연창자의 의도나 지향의식에 의해 그 구체적 세부가 성립되며, 그런 면에서 판소리 연창자는 앞의 청중과의 관련 면에서 제기된 의존성과는 상반되는 성격, 즉 자율성을 또한 지닌다고 하겠다.

중요한 것은, 이러한 청중에 대한 의존성과 연창자의 자율성이 상호 배치되거나 모순의 성격을 띠지 않는다는 사실이다. 이들 두 특성은 오히려 소리판에서 변증법적 통합을 이룸으로써 연창자와 청중 사이에 공감의 세계를 열며, 그리하여 판소리 연창이 구조적 측면에서 유기성(有機性)을 띠게 하는 중요한 동인으로 작용한다. 말하자면 이와 같은 연창구조의 유기성은 이른바 변증법적인 통합에 의해 형성된다는 면에서 역동성을 내포하며, 소리판의 청중과 연창자가 단순한 형식논리의 차원을 넘어서서 교감하는 관계를 이루도록 유도하는 역할을 하는 것이다. 판소리가 소리판을 배경으로 한 현장 연창예술인 것은 바로 이러한 연창구조의 '역동적 유기성'에 그 뿌리를 두고 있다 하겠다.

한편, 이와 같은 판소리 사설의 연창구조적 특성은 연창의 실제 단위에 해당하는 텍스트를 통해 그 실상이 규명될 때 비로소 구체적인 의의를 지닐 수 있다. 텍스트 외적인 측면에서의 접근만으로는 사설의 부연·확장이 가능한 원리와 연창구조적 특성이 온전히 드러나기 어려울 터기 때문이다. 아울러 연창자의 의도나 지향의식이라는 것도 단순히 자의성(恣意性)을 의미하는 것이거나 전승구도상의 동질성만을 의미하는 것이라면, 연창 사설에 결부된 부연·확장의 실질적인 의의는 피상적인 논의의 한계에서 벗어나기 어려울 것이다. 따라서 그 실상이 무엇인지 좀더 분명하게 논의할 필요가 있다.

그런 면에서 새삼 주목을 요하는 것은 '사설치레'를 중심으로 이루어지는 창 부분의 특징이다. 다음과 같은 「춘향가」의 한 대목을 보기로 하겠다.

> 〔아니리〕 "이 애, 네 말이 무식하다. 형산 백옥과 여수 황금이 물각유
> 주라 허였으니, 각각 임자가 다 따로 있느니라. 잔말 말고 어서 불러
> 오너라." "예이."
> 〔잦은 잦은몰이〕 방자, 분부 듣고 춘향 부르러 건너간다. 건거러지고 맵
> 수있고 태도 고운 저 방자, 새소없고 팔랑거리고 우멍스런 저 방자,
> 서황모 요지연에 편지 전턴 청조처럼 말 잘하고 눈치있고 영리한 저
> 방자, 쇠털벙치, 궁초 갓끈 맵수있게 달아 써, 성천 통우주 접저고리,
> 삼승고의, 육날신에, 수지 빌어 곱돌 매고, 청창옷 앞자락을 뒤로 잦
> 혀 잡어매고, 한 발은 여기 놓고, 또 한 발 저기 놓고, 충, 충, 충충
> 거리고 건너간다. 장송 가지 뚝 꺾어 죽장 삼어서 자르르 끌어 이리
> 저리 건너갈 제, 조약돌 덥벅 집어 버들에 앉인 꾀꼬리 탁 쳐 후여
> 쳐 날려 보고 무수히 장난허다가, 춘향 추천허는 앞에 바드드득 들어
> 서, 춘향을 부르되 건혼이 뜨게, "아나, 였다, 춘향아!"
>
> 「춘향가 : 김세종 판, 조상현 창」[11]

방자가 이궁룡의 분부로 춘향을 부르러 가는 대목의 사설이다. 이 대목
에서 특히 '잦은 잦은몰이' 장단에 실려 연창되는 부분은 어떤 서사적 줄
거리가 전개되고 있다기보다는, '치레' 대상에 대한 서술과 묘사만으로 하
나의 장면을 연출하고 있을 따름이다.

우선 서사적 줄거리 진행과는 거의 무관하게 짜여진 위 대목의 사설이
의미를 지닐 수 있는 것, 나아가 청중들에게 별다른 거부감 없이 수용될
수 있는 것은, 「춘향가」라는 작품의 전체 줄거리 체계 위에서다. 즉, 광한
루에 처음 나들이한 이도령이 그때 부근에서 그네를 타고 있던 춘향의 모
습을 보고 반하여 방자로 하여금 그녀를 불러오게 하는 줄거리가 이미 사
전에 인지되그 있는 상황하에서다. 따라서 이 대목의 의미와 수용은 연창

---

11) 앞의 『판소리 다섯마당』, 35면.

자와 청중 모두에게 사전 이해된 줄거리 체계 위에서 부여되는 가능성의 실현인 셈이다.

문제는 이같은 전제적 사실에도 불구하고 이 대목의 사설이 줄거리 진행과는 별다른 상관 없이 극단적으로 부연·확장되어 있다는 사실이며, 그 자체가 하나의 완결성을 지니기도 한다는 데 있다. 춘향을 부르러 가는 '방자의 행색과 거동' 사설은 적지 않은 서술량에도 불구하고 서사적 줄거리 진행과는 거의 무관하며, 갖은 수사와 어휘들을 동원하여 그 행색과 거동을 '치레'하는 데 모든 관심이 집중되어 있다는 면에서 일종의 '구조 내의 독립성'을 부여할 수 있는 것이다. 이러한 연창구조적의 특성으로부터 우리는 판소리 수행이 줄거리 진행 자체에 큰 의미를 부여하는 것이 아니라, 연창자의 개성과 함께 극단적으로 부연·확장된 대목 혹은 장면들의 실현과 향수에 큰 의미를 부여하고 있다는 사실을 확인할 수 있다.

이 점에 대해서는 사실 기존의 연구를 통해서도 이미 다양하게 논의된 바 있다. 기존 논의에 따르면 이와 같은 특성은 대체로 "주어진 장면 장면을 최대한으로 설득력 있게 묘사하려는 창자의 의도"[12]에 기인한 것이라고 할 수 있다. 그리하여 전체 줄거리 체계 면에서는 이른바 부분 간의 '당착적(撞着的)인 현상'을 초래하기도 한다. 이에 대하여 조동일은 판소리의 표현방식·청중과의 관계·창자의 성격 또는 구연상의 사정이 고려된 차원에서 야기되는 '부분의 독자성'[13]으로, 김흥규는 상황이 지닌 의미와 정서를 강화 확장하여 독자적인 미와 쾌감을 추구하려는 '판소리의 지향'[14]으로, 그리고 김대행은 위의 창자의 의도에 기인한 '장면극대화의 현상'[15]으로 각각 설명한 바 있다.

---

12) 김대행, 「판소리 사설의 구조적 특성」, 『한국시가구조연구』, 삼영사, 1976, 207면.
13) 조동일, 「흥부전의 양면성」, 『계명논총』 제5집, 계명대학교, 1969, 71~123면 참조.
14) 김흥규, 「판소리의 서사적 구조」, 『판소리의 이해』(조동일·김흥규 편), 창작과 비
    평사, 1978, 103~127면 참조.
15) 김대행, 앞의 책, 199~207면 참조.

그런데 이와 같은 구조상의 원리와 특성에 주목한다 하더라도 여전히 남는 문제는 이러한 원리와 특성을 초래한 연창자의 의도—그 내밀한 실상이 무엇인가 하는 점이다. 이 점은 일단 기존 논의에서 설명한 바와 같은 '상황적 의미와 정서 추구'나 '장면을 극대화시킴으로써 창의 사설이나 소리가 설득력을 지니게 되는 것'으로 이해될 수 있을 듯하다. 그리하여 "<사랑가>는 화려하고 관능적으로, <십장가> <옥중가>는 처참·비장하게, <어사출도> <박타는 대목>은 신명나게, <방아타령> <짝타령> 기타 재담은 골계적이며 노골적으로……등등의 개별적 발전이 요구되는 것"16)으로 그 실상을 규명할 수도 있을 듯하다.

그러나 이러한 실상 규명은 이른바 거시적 차원에서의 이해라고 할 수 있다. 따라서 그 내밀한 실상이 온전히 드러났다고 하기 어려울 것이다. 말하자면 위에서 살핀 '부분의 독자성'이나 '판소리의 지향' 혹은 '장면의 극대화'와 같은 구조상의 원리와 특성들은 곧 연창의도의 수행이라는 측면에서 공분모를 지니고 있다 하겠는데, 이 연창의도 수행과 연관된 텍스트의 성격이 좀더 분명하게 규명될 때 비로소 그 구조상의 원리와 특성들이 구체적인 의미를 부여받을 수 있으리라 생각한다.

여기에서 우리는 앞에서 고찰한 판소리 '사설치레'의 문맥에서의 기능과 상징적 의미에 주목할 필요가 있다. 주지하는 바와 같이 판소리의 '사설치레'는 줄거리가 전개되는 과정에서 대개 연창자의 연창의도를 실현하는 기능을 수행하는바, '엮음에 의한 구상적 현시'를 바탕으로 이루어지는 그 기능의 세부는 문맥에 따라 상징적 의미를 동반하여 '예축(豫祝)의 푸리성'을 띠기도 하고 '정서의 확충과 해소로서의 풀이성'을 띠기도 한다는 사실이 주목되기 때문이다.

예컨대, 위에서 인용한 「춘향가」의 '방자의 행색과 거동' 대목을 놓고

---

16) 김흥규, 앞의 글, 115면.

보더라도, 줄거리 자체만을 따진다면 지극히 간단한 내용을 그렇듯 갖가지 수사를 동원하여 서술·묘사하는 데 연창의 초점이 맞추어져 있다. 이는 다채롭게 형용되는 '방자의 행색과 거동' 자체를 향수하는 데 일차적인 의미가 있는 것이지만, 궁극적으로는 이도령과 춘향의 결연(結緣)을 예축하기 위한 것이라고 할 수 있다. 이 대목의 '사설치레'가 서사적 줄거리만을 제시하거나 상황 전개의 면만을 전달하기 위한 것이라면 이처럼 장황하고 화려한 서술·묘사가 이루어질 필요가 없을 터기 때문이다. 이 대목 '사설치레'의 문맥적 기능은 바로 이도령과 춘향의 결연을 예축하는 데 있는 것이다.

더욱 중요한 것은 이 대목이 환기하는 정서와 상징적 의미라고 할 수 있다. 이것이 바로 본고에서 제기한 연창의도의 내밀한 실상에 해당되기 때문이다. 이는 한 마디로 그들 남녀 간의 만남에 대한 '기대에 찬 설레임'이 아닐까 생각한다. 이러한 상징적 의미를 '구상적으로 현시'하기 위해 연창자는 태탕한 봄의 정취를 배경으로 방자의 행색과 거동을 그처럼 활기념치는 양태로 형용하고 있는 것으로 보이기 때문이다. 다채롭게 서술·묘사되는 이 대목 '사설치레' 전반이 그렇지만, 이 점은 '장송 가지 뚝 꺾어 죽장 삼어서 자르르 끌어 이리저리 건너갈 제, 조약돌 덥벅 집어 버들에 앉인 꾀꼬리 탁 쳐 후여쳐 날려 보고 무수히 장난허다가'와 같은 부분에서 특히 두드러진다.

요컨대 '방자의 행색과 거동'을 '사설치레'하고 있는 이 대목은 '기대에 찬 설레임'이라는 상징적 의미를 동반하여 그들 이도령과 춘향의 결연을 예축하는 연창자의 연창의도를 수행하고 있다고 하겠다.

이와 같은 연창의도는 '방자의 행색과 거동' 대목 전후에서 이루어지는 '사설치레'들을 통해서도 어렵지 않게 확인할 수 있다. 이 대목 앞에서 이루어지는 '이도령의 호사'라든가 '춘향의 인물됨됨이'와 같은 '사설치레'들 역시 궁극적으로는 이들 두 청춘남녀의 결연을 예축하고 '기대에 찬 설레임'을 표상하는 데 연창의 의도가 놓여 있는 것으로 생각되기 때문이다. 그래서 준수한 용모, 화려한 자태, 단아한 기품, 고매한 자질 등등과 관련된 사실들이라면 죄다 동원하여 그들을 누구나가 부러워할 만한 매력적인 인물로 그려나가는 것으로 보인다. 이 대목 바로 뒤에 이어지는 '춘향의 그른 내력─광한루 추천'과 '춘향집 경관'에 대한 서술·묘사는 이와 같은 '기대에 찬 설레임'의 밀도를 더욱 강화하는 '사설치레'라고 할 것이다.

〔**중중몰이**〕 "니 그른 내력을 들어를 봐라. 니 그른 내력을 들어를 봐라. 계집아으 행실로, 여봐라, 추천을 헐 양이며는 너희집 후원으 그네를 매고, 남이 알까 모를까 헌 데서 은근히 뛸 것이지. 또한 이곳을 논지허면, 광한루 머지 않고, 녹음은 우거지고 방초는 푸르러, 앞내 버들은 청포장 두르고 뒷내 버들은 유록장 둘러, 한 가지는 찢어지고 또 한 가지는 늘어져, 춘비춘홍을 못 이기어서 흔들흔들 너울거리고 춤을 출 제, 외씨 같은 늬 발 맵시는 백운간으 해뜩, 홍상 자락은 펄렁, 선웃임 빵긋, 입속은 해뜩, 도련님이 너를 보시고 불렀지, 내가 무슨 말을 허였다는 말이야? 잔말 말고 건너가자."
「춘향가 : 김세종 판, 조상현 창」[17]

〔**진양**〕 "저 건너 저 건너 춘향 집 보이난듸, 양양은 상풍이요, 점점 찾어 들어가면 기화요초는 선경을 대롱허고, 나무 나무 앉인 새는 호사를 자랑헌다. 옥동도화만수춘은 유랑으 심은 것과 현도관이 분명허고, 형형색색 화초들은 이행이 대로우허고, 문앞으 세류지난 유사무사 양루사요. 들총, 측백, 전나무는 휘휘칭칭 널크러져서 단장 밖으 솟아 있고, 수삼층 화계상에 모란, 작약, 영산홍이 첩첩이 쌓였난듸, 송정 죽림 두 사이로 은근히 보이난 것이 저게 춘향으 집으로소이다."
「춘향가 : 김세종 판, 조상현 창」[18]

---

17) 앞의 『판소리 다섯마당』, 35∼36면.
18) 같은 책, 37면.

방자의 입을 빌어 역시 '구상적으로 현시'되는 위의 '춘향의 그른 내력－광한루 추천'과 '춘향집 경관'은 논리적 차원에서의 의미만을 따진다면 줄거리 전개와는 거의 무관한 상황을 서술·묘사한 것이라고 할 수 있다. 그러나 이러한 '사설치레'를 수행하는 연창자의 연창의도와 치레 사설로부터 환기되는 내밀한 정서 차원에서 본다면, 이들 또한 '기대에 찬 설레임'이라는 상징적 의미를 동반한 채 이도령과 춘향의 결연을 예측하는 것으로 볼 수 있다.

즉, 위의 '중중몰이' 장단에 실려 연창되는 '춘향의 그른 내력'은 정작 '그른 내력'이라기보다는 '춘흥을 못이기어' 추천하러 나오지 않을 수 없는 격정적 정서의 분출이라 할 수 있다. 그리고 '진양' 장단에 실려 연창되는 '춘향집 경관' 또한 '은근한' 사랑의 감정을 예비하며 그것을 다독이는 의도적 부연과 확장으로 볼 수 있다.

따라서 이와 같은 '사설치레'들은 그 자체만의 수행으로도 하나의 의의 있는 부분으로 기능하며, 치레 사설이 환기하는 내밀한 상징적 의미를 통해 연창자의 연창의도를 적절히 수행하는 것으로 보인다. 그리하여 이렇듯 연창자의 의도실현을 위한 구조적 지향만이 추구될 때, 그 표현의 세부나 내용은 때로 '당착적 현상'을 보이기도 한다 하겠다. 춘향의 추천 행위를 나무라는 국면에서 오히려 그녀가 추천을 하지 않을 수 없는 상황을 서술·묘사하고 있는 것이 그 단적인 예라 할 수 있다.

그러면, 예시한 「춘향가」의 몇몇 대목에서 보듯 줄거리 진행과 별다른 상관 없이 부연·확장된 판소리의 사설－사설치레들은 해당 문맥에서 대부분 비슷한 기능과 상징적 의미를 지니는가?

물론 그렇지는 않다. 이들 「춘향가」의 몇몇 대목들은 서사적 줄거리 면에서 이른바 광한루를 중심으로 전개되는 '결연과장'의 사설들이라는 공분모적 성격이 전제되어 있기에, 문맥에서의 기능은 물론 내밀한 상징적 의미까지도 유사할 따름이다. 판소리 사설 전반으로 확대시켜 말한다면, 해당 문맥에서의 기능은 크게 보아 '예축의 푸리성' 혹은 '정서의 확충과 해소로서의 풀이성'이라는 두 갈래 성격에서 벗어나지 않겠지만, 연창자의 연창의도와 결부된 내밀한 상징적 의미는 줄거리 전개 과정에 따라 각기 다르게 나타날 것이 당연하기 때문이다.

이를테면, 앞에서 고찰한 '사설치레'들 가운데 「심청가」에 등장하는 '중의 행색'이나 '심청의 용모'를 대상으로 한 치레는 해당 문맥에서 공히 '예축의 푸리' 기능을 수행하는 것이면서도, '엮음에 의한 구상적 현시'를 통해 환기되는 그 내밀한 상징적 의미는 '위용(威容)의 구상화'와 '자태의 선연(鮮姸)함'이라는 점에서 각기 다르다. 또 「홍보가」에서 먹고 살 길이 없어 형님 집으로 돈과 곡식을 얻으러 가는 '홍보의 행색'과 그렇게 찾아온 홍보를 매몰차게 다루는 '놀보의 홍보 닥달' 역시 '정서의 확충과 해소로서의 풀이' 기능을 수행하는 점에서는 비슷하지만, 홍보의 '남루함'과 놀보의 '개인주의 심성'을 각기 형상화하고 있다는 점에서 그 내밀한 상징적 의미는 다른 것이 그것이다.

물론 문맥적 기능으로 특징지어진 두 성격이 확연히 구분되지 않는 복합적 성향의 '사설치레'들 역시 존재할 수 있다. 가령 「수궁가」에서 뭍에 도착한 별주부의 눈에 비친 '산천경개' 사설치레 대목은 유래를 따져 보면 '푸리'의 성격을 지닌 사설―산천경개푸리가 그 근간을 이루고 있으나, 세부 묘사에 등장하는 사물이나 형상들은 다채로운 변용을 통해 '풀이'의 성격을 띠고 있는 것이 이런 예에 속할 수 있다. 실제로 오늘날 전승되고 있는 창본에서는 이같은 복합적 성향의 '사설치레'가 가장 많다고 할 수 있다. 그러나 이렇듯 다양한 예들이 존재한다 하더라도, 이들은 결국 위에서 논의한 두 특성을 통해 충분히 설명될 수 있는 것이 사실이다.

이상에서 고찰한 사실들을 통해, 창 부분을 중심으로 이루어지는 판소리의 연창 사설은 일단 연창자와 청중들에게 사전 이해된 줄거리 체계 위에서 수행된다는 면에서는 상호의존성을 지니지만, '사설치레'로 대변되는 연창의 실제 단위에서는 줄거리 진행과 별다른 상관 없이 부연·확장된 사설이 연창의 묘미를 불러일으키는 의미 있는 대목인 동시에 이를 문맥에서 단위화하여 독립시킬 수 있다는 면에서는 기능적 자율성을 지닐 수 있음을 확인할 수 있었다. 판소리 연창 텍스트는 이와 같은 연창자와 청중 사이의 '상호의존성'과 문맥 내에서의 '기능적 자율성'이라는 두 특성이 연창의 마당에서 변증법적인 통합을 이룸으로써 의의있는 언어구조체로 탈바꿈한다. 이러한 판소리 텍스트의 연창구조적 특성을 '역동적 유기성'으로 함축할 수 있을 것이다.

② 실현화 과정상의 특징

모든 예술은 정서적 체험이 이루어지는 데서 그 실질적 존재가치를 발휘한다. 연창구조를 통해 실현되는 판소리 역시 마찬가지다. 그런데 판소리는 특히 소리판을 통해 정서적으로 체험될 때 비로소 의미를 지니는 현장 연창예술인 까닭에, 그 실현화 과정상의 특징이 이해·향수의 핵심 요건에 해당한다.

판소리의 문학적 특질을 구명하는 데 중점을 둔 본고에 있어서도 이러한 측면에서의 논의는 매우 중요하다. 연창구조를 통해 실현되는 판소리 연창과 그 정서적 체험은 사설 자체만으로는 필요·충분하지 않기 때문이다. 연창구조와 연관된 판소리의 문학적 특질은 또한 실현화 과정에 관여하는 요소들과의 상관성이 논의될 때 비로소 구체성을 띨 수 있는 것이다. 그런 면에서 "판소리와 판소리 사설이 가진 미학과 생명원리는 그 공연예술성, 즉 사설이라는 텍스트를 중심으로 하여 창자와 고수와 청자 사이에 맺어지는 긴장관계 양상에서 찾아져야 한다."[19]라는 지적은 좋은 참고가 된다.

판소리 사설의 실현화 과정상의 특징을 논의할 경우, 우선적으로 문제가 되는 것은 사설과 음악적 요소와의 관련이다. 판소리는 다른 무엇보다도 '소리[唱]'의 예술이기 때문이다. 나아가 판소리의 정서적 체험도 결국 사설과 소리의 유기적 결합에 의해 이루어지고 의미를 지니기 때문이다.[20]

물론 소리판에서 정서적 체험이 이루어지는 데에는 이밖에도 수행자의 자질과 능력, 고수와의 호흡과 몸짓, 청중들의 태도와 반응, 연창 현장의 분위기 등이 긴밀히 작용한다. 그러나 이처럼 다양한 요소들도 궁극적으로는 사설과 소리의 유기적 결합이 전제된 맥락에서 구체적인 의미를 지닌다고 할 수 있다.

그러면 연창의 필수불가결한 요소인 '소리'와의 연관에서 드러나는 판소

---

19) 전신재, 「판소리 사설의 장르」, 『한림대학논문집』 제4집, 1986, 20면.

20) 판소리가 '소리[唱]'의 예술인 사실과 관련하여 좀더 구체적인 관심과 논의가 필요한 것은 이른바 '아니리'의 어조 문제다. 판소리의 '아니리'는 흔히 '창' 부분과 대조적인 국면에서 파악되며 일상적 어조로 실현되는 부분으로 이해되는 것이 상례다. 그러나 '아니리'의 어조를 이렇게만 이해하는 것은 다소 문제가 있다고 할 수 있다.

전신재는 판소리의 서사극적 성격을 논의하는 자리에서, "요즈음에는 일상적 어투가 사용되고 있는 아니리 부분도 원래는 일상적 어투가 아니라 독특한 고유의 어투가 사용되었던 것으로 짐작된다. 신재효의 「광대가」에 '안이리 쓰는 마리 아릿다온 제비말과 공교로운 잉무쇼리'라는 구절이 있는데, 이에서 우리는 아니리가 원래는 일상적 어투가 아니었음을 암시받을 수 있다. '아리따운 제비의 말'과 '공교로운 앵무의 소리'로 비유되는 아니리는 일상적 어투일 수가 없다. 아니리의 독특한 소리가 현대에 와서 그 고유성이 파괴되었음은 이보형(「한국의 전통문화예술」, 한림대학 아시아문화연구소 제2회 시민공개강좌, 1985. 8.10)도 지적한 바 있다."(전신재, 『판소리의 연극성에 관한 연구』, 성균관대 박사학위 논문, 1988, 52면)라고 하여, '아니리'도 원래는 독특한 고유의 어투로 실현되었을 가능성을 시사한 바 있다. 물론 '아니리' 부분이 '창'으로 실현되는 부분과 어떤 식으로든 차이가 있기는 하다. 그러나 위의 논의에서 시사한 '아니리'의 특성이 구체적으로 밝혀질 경우, '창'과의 상호전환성에 따른 판소리의 연창문학적 성격이 새로운 시각에서 조명될 수도 있을 것이다.

리 사설의 연창구조적 특성은 무엇인가?

우선 판소리의 음악적 요소인 '소리'는 대부분 장단과 조의 결합으로 이루어진다. 이런 면에서 보면 판소리의 '소리'는 곧 '장단을 동반한 음색'을 의미한다고 할 수 있다. 서양음악의 개념을 빌어 얘기한다면 장단은 박자[rhythm · beat]의 문제이고, 조는 선법[旋法 · mode]의 문제라고 할 수 있다. 널리 알려져 있는 바와 같이 판소리의 장단과 조는 매우 다양하여, 일상적 삶의 현실에서 야기되는 천변만화의 감정을 형상화하는 데 효과적인 기능을 수행한다. 이른바 우리 삶의 다양한 애환을 적절히 표출 · 형상화하는 직접적인 매체가 되는 것이다.

나아가 '소리'의 질은 이루 헤아리기 어려울 만큼 다채롭고 풍부하다. 동편제 · 서편제 등과 같은 유파에 따라 다르고, 계면조 · 우조 · 평조 등과 같은 창조에 따라서도 다르다. 또, 진양 · 중몰이 · 중중몰이 · 잦은몰이 · 휘몰이 · 엇몰이의 여섯 가지 기본장단과 이들 각각의 경우에서 파생되는 변형장단에 따라 다르며, 설렁제 · 석화제 등의 가풍(歌風)에 따라서도 다르다. 그런가 하면 통성 · 수리성 · 철성 · 천구성 · 귀곡성과 같은 발성법 내지 성음의 음색에 따라 다르고, 생목 · 속목 · 푸는목 · 감는목과 같은 성음의 변화 혹은 기교에 따라 다르다. 이렇듯 판소리에 있어서 '소리'의 질은 소리의 계통 · 창조 · 장단 · 가풍 · 발성법 · 음색 · 기교 등에 따라 실로 다채롭고 풍부한 것이다.[21]

판소리는 언어적 상관물로서의 사설이 이같은 성격의 '장단을 동반한 음색'과의 결합을 통해 실현된다는 점에서 여타의 연행문학 장르와 차별성을 지닌다. 앞의 「판소리 사설의 유형적 편재양상과 그 이해의 시각」을 살피는 자리에서 논의한 바 있듯, 민요 · 가사 · 사설시조 · 잡가처럼 사설을

---

21) 이와 같은 판소리의 음악적 특성에 대해서는 박헌봉, 『창악대강』(국악예술학교 출판부, 1966), 58~73면과, 전신재, 앞의 『판소리의 연극성에 관한 연구』, 50면을 참조.

일정한 틀이 잡힌 악곡에 실어 실현하는 가창장르와도 다르고, 또 가면극처럼 사설을 몸짓·춤으로 대변되는 동작에 실어 실현하는 연희장르와도 다른, 연창장르로서의 특성을 띠는 것이다. 더욱이 음악적 성격 면에 있어서도, 여타의 연행문학 장르들이 대부분 일정한 선율의 반복을 통해 사설을 실현하는 것과 달리, 판소리는 이른바 '소리'의 다양한 변화와 예술적 표현기교를 통해 실현한다는 점에서 차별성을 지닌다. 따라서 이러한 장르 수행방식과 음악적 성격 면에서의 차별성은 판소리의 독특한 예술성을 대변하는 뚜렷한 징표의 하나라 할 수 있다.

중요한 것은 이와 같은 소리와 사설의 유기적 결합 양상, 그 내밀한 실상이다. 이 문제는 기존 연구에서도 그 특징적 단면이 논의된 바 있다. 이 방면 논의의 길잡이 역할을 한 이보형은 자신의 논의를 다음과 같이 정리하고 있다.

> 이와 같이 판소리의 장단 및 조는 사설의 인물·정경·정조(情調)·작위(作爲)·어조 등 여러 가지 극적 상황에 따라 느리고 빠른 장단에 기쁘고 슬픈 조를 골라서 구성되는 것을 알 수 있다.
>
> 한 마디로 말해서 판소리는 '이면(裡面)에 맞게 소리한다.'는 전통적인 이념대로 철저하게 음악이 극설(劇說)의 내용에 따르는 것임을 알 수 있고, 이것은 서사적인 내용을 가지면서도 음악이 사설 내용에 따르는 것이 별로 두드러지지 않는 한국의 서사무가·서사가사보다 판소리는 훨씬 표출력이 강한 예술이라 하겠다.[22]

위의 논의에서 보듯 판소리의 사설과 소리는 특히 실현화 과정에서 긴밀한 연관하에 놓인다. 즉, '사설의 인물·정경·정조·작위·어조 등 여러 가지 극적 상황'은 '소리의 장단 및 조를 구성'하는 데 유기적으로 관여한

---

22) 이보형, 「판소리 사설의 극적 상황에 따른 장단조의 구성」, 앞의 『판소리의 이해』, 197면.

다. 예컨대 「춘향가」에서 춘향이 이도령과 이별하고 경황없이 들어와 자탄하는 대목에서는 '진양+계면조'로, 방자가 이도령의 분부를 듣고 춘향을 부르러 가는 박진감 넘치는 대목에서는 '자진몰이+우평조'로, 또 이도령이 광한루에 올라 주변에 펼쳐진 화창하고 흥취 넘치는 정경을 노래하는 대목에서는 '중중몰이+우평조'로 구성하는 것이 그것이다.23)

그런데 여기에서 좀더 신중하게 따져볼 필요가 있는 문제는, 위의 논의에서처럼 '철저하게 음악이 극설(劇說)의 내용에 따르는 것'일까 하는 점이다. 이 경우의 '극설'이란 말하자면 '극적인 성격을 지닌 사설'을 의미하는 것이라 하겠는데, 그것이 곧 소리의 성격을 결정한다고 단정적으로 말하기 어려울 것으로 생각되기 때문이다.

물론 빠른 장단으로 실현되는 사설이나 '엮음'의 표현기법이 동원되는 '사설치레' 같은 경우에서는 이러한 논의가 타당성을 지닐 수 있으리라 본다. 앞에서 언급한 바 "자진모리의 소리는 말과 말 새가 촘촘하여 노래보다 말에 더 가까워 진다."24)라는 견해에서 보듯, 상대적으로 음악성의 면보다는 말의 묘미에 치중하는 특성을 지니는 것으로 이해될 수 있기 때문이다.

그러나 이 문제를 판소리 전반으로 확대시켜 놓고 볼 경우, 가령 어느 대목의 사설과 소리의 결합 양상은 연창자에 따라 그 실현 창조가 달라질 수 있다는 사실만을 보더라도 일정한 한계를 지닌 것임을 알 수 있다. 보다 중요한 문제는 이러한 사설과 소리의 유기적 결합에서 추구되는 지향의식의 측면이다. 이는 한 마디로 '일체감(一體感)'을 지향한다고 할 수 있다.

백대웅은 신재효가 그의 「광대가」에서 설정한 미적 기준―소리하는 법례가 시대적인 한계를 지닌 것이기에 보편성을 갖기 어렵다는 논의를 전

---

23) 같은 글, 183~196면 참조.
24) 이혜구, 「한국음악의 특성」, 『한국사상대계Ⅰ』, 성균관대 대동문화연구원, 1973, 689면.

개하면서, "판소리의 사설만 하더라도 현재 그의 사설로 판소리를 부르는 전문가가 단 한 사람도 없다는 것은 그가 판소리 작가로서는 실패했다는 것을 증명한다."[25]라고 한 바 있다. 여기에서 신재효의 사설이 정작 '실패작'인지는 논외로 하더라도[26], 이런 결과에 이른 것은 다른 무엇보다도 사설과 소리의 '일체감' 추구가 어려운 데 그 원인이 있지 않을까 생각한다. 이 '일체감'의 추구로부터 판소리는 이른바 '소리의 이면'을 그리는 일이 가능한데, 신재효의 사설은 '이면'을 그리기가 실로 어렵다는 것을 의미하는 것으로 볼 수 있기 때문이다.

이 문제는 이미 서종문에 의해서도 논의된 바 있다. 그는 "신재효가 개착시킨 판소리 사설들은 표현이 세련되고 언어적 형상이 풍부해졌지만, 그 때문에 창화(唱化)되기에는 ①뜻이 세고 ②서술량의 단위가 너무 길고 ③창조의 음악적 단위와 사설의 단위가 일치하기 어려운 장애를 지니게 된 것"[27]이라고 하면서, 신재효의 개작 판소리 사설들이 판소리로 불리기에 적합한 것인지 의심스러운 것이라고 평가하였다. 이러한 지적 역시 사설과 소리의 '일체감' 추구가 어렵다는 사실을 내포하고 있는 것으로 보인다.

따라서 '일체감'의 추구라는 지향의식의 면을 고려한다면, 판소리에 있어서 사설과 소리의 유기적 연계성이란 엄밀한 의미에서 상호보완적 관계, 즉 사설의 내용이 소리의 성격을 결정하는 데 긴밀히 관여할 뿐 아니라 그 역의 경우도 가능한 상황을 의미하며, 이런 차원에서 바람직한 연창이

---

25) 백대웅, 「명창과 판소리의 미학」, 『세계의 문학』 통권 35호(1985 · 봄), 민음사, 95면.

26) 이 문제는 좀더 진지한 논의가 필요하지 않을까 생각한다. 신재효의 판소리 사설은 합리적이고 사실주의적인 경향을 띠고 있는 것이 두드러진 특징으로 보이는데, 이는 신재효 자신의 판소리에 대한 지향의식과 조선조 말기의 시대적 위상 속에서 추구된 미학의 결과로도 이해할 수 있기 때문이다. 이같은 관점에서의 논의는 정병헌(『신재효 판소리 사설의 연구』, 평민사, 1986)에 의해 자세히 이루어진 바 있다.

27) 서종문, 「<흥보가> '박사설'의 생성과 그 기능」, 『판소리 사설 연구』, 형설출판사, 1984. 160면.

이루어진다고 할 수 있다. 그래야만 연창자의 지향의식―'이면'을 그리는 일이 어느 한 편에 종속되지 않은 상태에서 적절히 추구될 수 있기 때문이다.

그렇다면 이와 같은 사설과 소리의 유기적 연계로부터 추구되는 '일체감'은 연창의 실제에 있어 어떤 양상과 특징을 띠는가?

널리 알려진 「춘향가」의 한 대목을 보기로 하겠다.

> [세마치] 집장 사령 거동을 보아라. 별형장 한 아람을 덤쑥 안어다가 동틀 밑에다 좌르르르르르르, 형장을 고르는구나. 이놈도 잡고 느끈 능청, 저놈도 잡고 느끈 능청, 그 중으 손잽이 좋은 놈 골라 잡고, 갓을 숙여 대상을 가리고, 사또 보는 데는 엄령이 지엄하니 춘향을 보고 속말을 헌다. "이 애, 춘향아. 한 두개만 견디어라. 내 솜씨로 살려주마. 꼼짝 꼼짝 마라. 뼈 부러지리라." "매우 쳐라!", "예이!", "딱!", 부러진 형장 가지는 공중으로 피르르르르르르르르 동틀 밑에 가 떨어지고, 동틀 우으 춘향이는 아프단 말을 도심 싫어 아니허고 고개만 빙빙 두루면서 '일'로 포악헌다. "'일' 자로 아뢰리다. 일편단심 이내 마음 일부종사 허랴는듸, 일개 형장이 웬일이요? 어서 바삐 죽여주오."‥‥‥‥‥   「춘향가 : 김세종 판, 조상현 창」[28]

춘향이 변사또 앞에 끌려가 곤장을 맞는 '집장가(執杖歌)' 대목이다. 이 대목의 창은 '세마치' 장단(또는 앞부분은 '중몰이' 장단이고 실제 곤장을 맞는 부분부터는 '진양' 장단)에 애절한 '계면조'를 결합하여 실현된다.

이 대목의 연창자는 연약한 일개 아녀자인 춘향이 무자비하게 곤장을 맞는 극적 상황을 그려냄에 있어, 우선 이 대목에 등장하는 인물들의 대화를 서로 다른 음색으로써 구별하고, 거기에 의성어와 의태어를 적절히 구사하여 시각적 청각적 이미지를 환기하는 방법을 취한다. 특히 '이 애, 춘

---

28) 앞의 『판소리 다섯마당』, 58면.

향아. 한 두개만 견디어라. 내 솜씨로 살려주마. 꼼짝 꼼짝 마라. 뼈 부러지리라.' 부분은 창도 아니리도 아닌 이른바 '도섭'으로 부름으로써, 그것이 춘향에게단 들리도록 하는 '속말'임을 여타 부분의 사설과 구별하여 실현한다.

아울러 장면의 분위기를 생생하고 박진감 넘치게 형상화하기 위해, '집장사령'이 형장(刑杖)을 안아다가 고르는 장면의 사설—'별형을 한 아람 덤쑥 안어다가 동틀 밑에다 좌르르르르르르'에서처럼 길게 엮어나가는 묘사의 진술방식을 취하는가 하면, 바야흐로 곤장을 치는 장면의 사설—'매우 쳐라!, 예이!, 딱!'에서와 같이 때로는 간략하고 짧은 서술을 통해, 그때그때의 상황과 분위기에 걸맞는 진술방식을 구사한다. 그리하여 등장인물의 세부 언행을 '너름새(발림)'를 곁들여 바로 눈앞에 보이듯이 구상적으로 현시함으로써, 청중들로 하여금 조바심과 안타까움으로 손에 땀을 쥐게 하는 극적 효과를 연출하는 것이다.

이와 같은 양상과 특징은 대목에 따라 연창의 세부가 다를 뿐 판소리 전반에서 두루 확인되는 바다. 따라서 사설과 소리의 유기적 연계와 이로부터 추구되는 정서적 '일체감'은, 결국 언어적 표현 기법 및 효과의 면이 음악적 표현 수단 및 기교와 동시적으로 결합하는 데서 비롯된다고 할 수 있다. 그리고 이러한 결합으로부터 해당 대목의 극적 분위기가 구상적으로 현시됨으로써, 생생한 현장감과 함께 입체적 정서 체험이 가능하다는 데 그 두드러진 특징이 있다고 할 수 있다. 이른바 "'들려주는' 소리를 통하여 '보여주는' 효과"[29]를 불러 일으킨다거나, "창자는 소리로써 장면을 보여주고 청중은 귀로써 장면을 보게 되는"[30] 결과에 이른다는 논의로부터 이를 거듭 확인할 수 있다.

이렇게 볼 때, 사설과 소리의 '일체감'을 추구하는 연창자의 지향의식과

---

29) 서종문, 앞의 「<흥보가> '박사설'의 생성과 그 기능」, 166면.
30) 전신재, 앞의 「판소리의 연극성에 관한 연구」, 20면.

그 유기적 연계 양상 및 특징은 연창자와 청중이 고수의 반주를 매개로 서로 교감하는 현장 연창예술 판소리의 본질적 국면을 대변한다 하겠다. 이 경우 특히 '엮음에 의한 구상적 현시'를 속성으로 하는 판소리 연창 사설―사설치레는 "시공을 초월하여 전달할 수 있는 문자언어로써가 아니라, 음성언어로써 현장에서 일회적으로 형상화해서 청중들에게 전달해야 하기 때문에, 그 한계성을 극복하기 위한 효과적인 방법"31) 가운데 하나인 점에서 주목된다 하겠다.

그런가 하면, 판소리 사설과 소리의 유기적 연계성 및 특징에 관한 논의는 창본 텍스트가 아닌 문자언어로 정착된 경우와의 대비를 통해 보다 분명한 이해의 시각을 갖출 수 있다. 다음과 같은 판본의 경우를 들어 이 문제를 간략히 살펴보기로 하겠다.

집장사령(執杖使令) 거동 봐라. 이놈 잡고 능청능청 등심좋고 빳빳하고 잘 부러지는 놈 골라잡고 오른 어깨 벗어매고 형장(刑杖) 짚고 대상청령(臺上廳令) 기다릴 제,

"분부뫼와라. 네 그년을 사정두고 헛장하여서는 당장에 명(命)을 바칠 것이니 각별(格別)이 매우 치라."

집장사령(執杖使令) 여짜오되,

"사또분부(使道吩咐) 지엄(至嚴)한듸 저만한 년을 무삼 사정(私情) 두오릿가. 이년 다리를 까딱 말라. 만일 요동(搖動)하다가는 뼈 부러지리라."

호통하고 들어서서 금장소리 발맞추워 서면서 가만이 하는 말이,

"한 두 개만 견듸소 어쩔 수가 없네. 요 다리는 요리 틀고 저 다리는 저리 틀소."

"매우 치라."

"예잇 때리요."

딱 부치니 부러진 형장(刑杖) 가비는 푸루루 날라 공중에 빙빙 솟아

---

31) 같은 글, 22면.

상방(上房) 대뜰 아래 떨어지고 춘향(春香)이는 아모쪼록 아푼대를 참으
라고 이를 복복 갈며 고개만 빙빙 두루면서,

 "애고 이게 웬일이여."

 곤장(棍杖) 태장(笞杖) 치는듸는 사령(使令)이 서서 한나 둘 세건마는,
형장(刑杖)버텀은 법장(法杖)이라, 형리(刑吏)와 통인(通引)이 닭쌈하는
모양으로 마조 업데서 하나 치면 하나 긋고 둘 치면 둘 긋고, 무식하고
돈 없는 놈 술집 벼람박에 술값 긋듯 그여노니 한일 자(字)가 되얏구나.
춘향(春香)이는 제절로 서름계워 맞으면서 우는듸,

 "일편단심(一片丹心) 굳은 마음 일부종사(一夫從事) 뜻이오니 일개형
벌(一介刑罰) 치옵신들 일년(一年)이 다 못가서 일각(一刻)인들 변(變)하
릿가." ··········   「열녀춘향수절가 : 완판」[32]

 앞에서 인용한 창본과 대비해 볼 때, 서사적 줄거리 뿐만 아니라 세부
내용에서도 거의 차이가 나지 않는다. 그러면서도 두드러진 차이를 보이는
것은 언어적 표현효과의 면이다. 이른바 수용자에게 본격 실현되기 전단계
라 할 수 있는 텍스트 자체의 실상만을 따져보아도, 이 대목의 분위기를
지배하는 상황적 긴박감이나 긴장감 및 이미지의 생생함과 같은 '현장감'
을 느끼기 어렵다는 것이 그것이다. 그래서 창본에 비해 '연약한 일개 아
녀자인 춘향이 무자비하게 곤장을 맞는 극적 상황'에 대한 실감이 훨씬 덜
하다.

 이러한 차이는 우선 상황 전개 및 서술이 이루어지는 부분의 표현언어
에 말미암는 것으로 보인다. 즉, 두 경우 모두 현재 시제를 사용하고 있음
에도 불구하고, 앞의 창본에서는 '고르는구나.' · '속말을 헌다.' · '포악헌
다.' 등과 같은 '서술 종지형'으로 끝나는 표현을 통해 상황을 전개 · 서술
하는 경우가 대부분인데 반해, 위의 판본은 '기다릴제' · '여짜오되' · '하는
말이' · '두루면서' · '우는듸' 등과 같은 '서술 미완형'의 표현이 사용됨으로

---

32) 조윤제 편, 『교주 춘향전』, 을유문화사, 1979, 109~110면.

써, 세부 장면과 장면 사이, 현재 전개되는 상황과 상황 사이에 개재하는 극적 긴박감과 긴장감 및 분위기의 생생함이 상대적으로 떨어지는 것이 아닌가 생각된다. 이와 같은 표현효과는 '서술 종지형'의 경우가 세부 장면이나 개별 상황간에 간략한 매듭을 이루면서 장면을 전개한다는 점에서 보다 극적인 분위기를 환기할 수 있는 것으로 보이기 때문아다.

또한, 창본의 경우는 상황 전개에 따른 진술 내용이나 등장인물 간의 대화가 각기 다른 음색을 통해 적절히 구분됨으로써, 이 대목이 환기하는 형장(刑場)의 분위기나 이에 따른 정서 체험이 훨씬 직접적이고 사실적인 느낌을 주는 데 반해, 판본의 경우에서는 그러한 효과를 기대하기 어렵다는 점에서도 차이를 보인다고 할 수 있다. 장면 전개 상황이나 분위기를 구상적으로 현시하는 밀도에 있어 창본과 판본은 적지 않은 차이가 있기에, 그 정서적 체험의 밀도 역시 차이를 보이는 것이 아닌가 생각되는 것이다.

물론 이렇듯 미세한 차이를 분별하기에 앞서, 이들 창본과 판본에 내재된 언어적 표현효과의 차이는 무엇보다도 텍스트의 실현화 방식이 다르다는 데서 확연하게 드러난다. 연창에 의해 환기되는 창본의 입체적 표현효과와 율독에 의해 환기되는 판본의 평면적 표현효과는 큰 차이가 날 것이 당연하기 때문이다. 그것은 특히 작중 상황을 눈으로 보고 듣는 것과 읽고 떠올리는 것의 차이에서 분명하게 실감할 수 있을 터다.

따라서 이와 같은 언어적 표현효과 면에서 판본은 '소리'와 함께 실현되는 창본에 비해 표출력이 훨씬 약하다고 할 수 있다. 이 점은 무엇보다도 독서물로서의 존재가치를 지닌 율독 텍스트와 소리 대본으로서의 존재가치를 지닌 연창 텍스트가 지향하는 문학적 존재양식의 차이로 대변될 수 있으리라 본다.

현장 연창예술인 판소리의 텍스트는 이처럼 소리의 대본인 점에서 구체적인 의의를 지닌다. 그렇기에 판소리의 사설은 소리와 결합될 때 비로소 살아있는 언어로서 기능한다. 이들의 결합에 의해 입체적 표현효과가 발휘됨으로써 청중들은 텍스트에 내재된 정서를 형상적으로 체험하기 때문이다. 그런 면에서 사설과 소리의 결합에서 추구되는 '일체감'의 양상과 특징은 그 자체가 실현화 과정상의 특징을 함축하는 것이면서, 연창구조와 결부된 판소리의 본질적 특성의 일면을 대변한다 할 것이다.

한편, 소리판을 통해 이루어지는 정서적 체험은 그 실상이 무엇이며 연창구조와는 어떤 연관하에 놓이는가가 해명될 때 보다 구체적인 이해에 이를 수 있다. 이 문제는 판소리 수행자와 청중 모두에게 일종의 필요·충분조건으로 부여되어 있는 셈인데, 이 역시 사설과 소리의 유기적 결합에 뿌리를 두고 있다는 점에서 실현화 과정상의 중요한 특징 가운데 하나로 생각된다.

김흥규는 판소리의 서사적 구조와 결부된 정서적 체험의 양상을 다음과 같이 논의한 바 있다. 결론에 해당하는 부분만을 옮겨보기로 하겠다.

> 작품의 전반적인 흐름에 주목할 때 판소리의 부분들은 '시초-중간-종말'의 일관된 체험의 조직과는 다른 특유의 서사적 구조를 보여준다. 창과 아니리, 비장과 골계를 반복함으로써 판소리는 정서적 긴장과 이완, 극적 환상어의 몰입과 차단(해방)의 연쇄구조를 엮어 나간다.[33]

판소리의 서사적 구조는 '창'과 '아니리'의 교체·반복을 원리로, 줄거리가 전개되는 과정에서 '비장'과 '골계'를 교차·반복 체험하게 하는 것이 두드러진 특징이라고 했다. 나아가 '창'으로 실현되는 부분에서는 대체로 정서적 '긴장'과 극적 환상에의 '몰입'이 이루어지며, '아니리'로 실현되는 부분에서는 정서적 '이완'과 극적 환상에의 '차단(해방)'이 이루어지는바, 한 마당의 판소리는 이들의 연쇄구조로써 엮어진다고 했다. 이같은 견해는 일반 서사구조체와 차별되는 판소리의 독특한 서사구조를 해명한 탁월한

---

33) 김흥규, 앞의 「판소리의 서사적 구조」, 127면.

논의라고 할 수 있다.

그런데, 이러한 견해가 타당한 것으로 받아들여 질 수 있는 것은 언어적 상관물로서의 사설이 고정되어 있을 경우에 한해서다. 따라서 앞에서 고찰한 바 실제 연창이 이루어지는 경우에 있어서 판소리 사설은 어떤 부분이 반드시 창 혹은 아니리로 실현되어야 한다는 규칙성이 부여되지 않는다는 사실의 측면에서 보면, '비장과 골계를 반복'한다거나 이로써 '정서적 긴장과 이완, 극적 환상에의 몰입과 차단(해방)의 연쇄구조'를 엮어나간다는 견해는 세부적으로 상당한 가변성이 허용되는 거시적 인식의 틀인 셈이다.[34]

특히 '창'으로 실현되는 부분에서의 정서적 체험은 대개 '긴장·몰입'으로 특징지어질 수 있는 것이기는 해도, 연창의 실제에 있어서는 연창자에 따라 매우 다른 양상을 띨 수 있다는 사실을 간과하기 어렵다. 이 점은 전승구도가 각기 다른 다음과 같은 「심청가」 한 대목의 대비를 통해서도 직접 확인할 수 있다.

㉮ 〔자진머리〕 ……심청이 거동 보아라 뱃전으로 우루루루루 샛별같은 눈을 감고 초마폭을 무릅쓰더니 만경창파(萬頃蒼波) 갈매기 격으로 떴다 물에 풍

　　〔중머리〕 묘창해지일속(渺滄海之一粟)이라 워리렁 출렁 간 듸 없네 흐르든 물도 머물럿고 유유헌 갈매기도 빠지든 듸를 굽어보며 까옥깔깔 울어있고 무심한 기러기도 돛대우에 높이떠서 뚜루루낄

---

34) 이 문제와 관련하여 전신재는 김흥규의 견해 가운데 창 부분에서의 '몰입'과 아니리 부분에서의 '차단(해방)'이 대체로 타당하게 적용될 수 있지만, 반드시 그렇게 볼 수 만은 없을 것이라는 견해를 특히 아니리의 성격에 주목하여 논의한 바 있다. 즉, 아니리 가운데에는 '극적 성격'이 강한 것도 있고 '서사적' 성격이 강한 것도 있어, 그러한 정서적 관련이 일률적으로 적용되기 어렵다고 했다(전신재, 앞의 「판소리의 연극성에 관한 연구」, 55~56면 참조). 본고에서 말하는 '상당한 가변성이 허용되는 거시적 인식의 틀'과 상통하는 견해가 아닌가 생각한다.

록 울어있고 사공들도 목이 메여 눈물이 듯거니 맺거니 말 못허
고 서있는듸 영좌(領座)가 우름을 내여 못보것구나 못보것네 사람
의 인정으로는 못보것네 우리가 년년(年年)히 사람을 사다가 이
물에다 제수(祭需)허니 우리 후사(後事) 잘될소냐 여보소 동모네
들 명년부터는 아사지경(餓死地境)을 당허드라도 이놈의 장사를
고만두게 닻감고 노를 저어라 참나무 듸래따래를 잡고 돛을 달아
라 용총줄 벌리고 고작을 채워라 어기야자 어기야자

〔**진양조**〕 둥덩 둥덩 떠나간다 행화는 풍랑을 쫓고 명월은 해문(海
門)에 잠겼도다……　　　　　　「심청가 : 송만갑 판, 김연수 창」35)

㉯ 〔**휘몰이**〕 심청이 거동 봐라. 바람 맞은 사람같이 이리 비틀 저리 비
틀, 뱃전으로 나가더니, 다시 한번 생각헌다. "내가 이리 진퇴함
은 부친의 정 부족함이라." 치마폭 무릅쓰고, 두 눈을 딱 감고,
밧전으로 우루루루루루루, 손 한번 헤치더니, 강상으 몸을 던져,
바 이마에 꺼꾸러져, 물에 가 풍,

〔**아니리**〕 빠져놓으니

〔**진양**〕 행화는 풍랑을 쫓고, 명월은 해문에 잠겼도다. 묘창해지일속
이라, 제문을 물에다가 떨치고, 청천의 외기러기난 북천으로 울고
가고, 창파만경 너른 바다 쌍쌍 백구만 흘리떴다. 우후청강을 못
이기어 비거비래 왕래커날, 선인들 마음이 처량허여 면면히 바라
보며, "아차차차차 불쌍허다. 우리가 장사도 좋거니와, 사람을 사
서 물에다 넣고 우리 후사가 잘 되겠느냐?" 영좌도 울고 집좌도
울음을 울며, "명년부텀은 이 장사를 말자. 닻 감어라, 어그야 에
허 어허 어그야 어흐어." 술렁술렁 남경으로 떠나간다.

　　　　　　　　　　「심청가 : 이날치 판, 한애순 창」36)

　심청이 임당수에 도착하여 이윽고 제물로 바쳐지는 장면 전후의 상황을
서술·묘사한 대목이다. 극적 상황이 전개되면서 심청이 물에 뛰어들고 뒤

---

35) 김연수, 『창본 심청가·홍보가·수궁가·적벽가』, 문화재관리국, 1974, 59면.
36) 앞의 『판소리 다섯마당』, 105면.

이어 처연한 분위기가 구상적으로 현시됨으로써, 이 대목은 대개 연창자와 청중 모두에게 정서적 '긴장'을 불러일으키며 작중 상황에 '몰입'케 하는 효과를 자아내는 부분임에 틀림 없다.

그런데 이 대목을 연창함에 있어서 위의 ㉮·㉯는 상당히 다른 세부적 특징을 보이고 있다. 우선 장단 구성에 있어서 ㉮는 '자진머리→중머리→진양조'로 전개하여, 급박한 장단에서 점차 느린 장단으로 옮겨가면서 이 대목이 지닌 이른바 '상황적 의미와 정서'를 비교적 평명한 흐름을 통해 이끌어 나가고 있다. 반면, ㉯는 '휘몰이→(한 마디의 아니리)→진양'으로 장단을 구성하여 예의 '상황적 의미와 정서'를 급격한 흐름으로 변모시켜 나가고 있다. 특히 ㉯의 경우 '휘몰이' 장단으로 실현되는 마지막 부분의 사설-'물에 가 풍' 다음에 나오는 단 한 마디의 아니리-'빠져놓으니'는, 심청이 물에 빠지기 전후의 상황을 구분하면서 '상황적 의미와 정서'의 흐름을 급격히 차단시키는 효과를 자아내는 의도적 전략의 소산임을 헤아릴 수 있다. 이와 같은 판짜기의 구도와 전략은 ㉮와는 아주 다른 면모라 할 수 있다.

또한, 사설 구성 면에 있어서도 ㉯는 ㉮와 달리 심청이 물에 뛰어들기 전에 '바람 맞은 사람같이 이리 비틀 저리 비틀, 뱃전으로 나가더니, 다시 한번 생각헌다. 내가 이리 진퇴함은 부친의 정 부족함이라. 치마폭 무릅쓰고, 두 눈을 딱 감고…'와 같은 인간적 갈등·고뇌를 그림으로써, 이 대목이 환기하는 극적 상황과 분위기를 보다 절실하게 형상화하려는 태도를 드러내고 있다. 그렇기에 같은 장면을 '샛별같은 눈을 감고 초마폭을 무릅쓰더니…'로 그린 ㉮에 비해, 이 장면을 '귀로써 보는' 연창 현장의 청중들에게 상대적으로 강한 감정적 호소력을 발휘할 수 있는 것이 아닌가 생각한다.

이렇듯이 이 대목은 연창자의 판짜기 구도와 전략에 따라 서로 상당히 다른 정서적 관련을 낳을 것이 자명하다. 따라서 이 대목에서 똑같이 '긴장·몰입’이 이루어진다 하더라도, ㉯의 경우가 청중들로 하여금 ㉮에 비해 상대적으로 훨씬 더 강한 감정의 변이와 고조를 경험하게 되는 것이 아닌가 생각한다.

이와 같은 면을 고려할 때, 판소리 연창을 통해 이루어지는 정서적 체험은 엄밀한 의미에서 ‘사설 내용’과 ‘소리의 성격’이 유기적으로 결합된 상태에서 가능한 것이며, 그 세부 실상도 연창자의 판짜기 구도와 전략—서사적 줄거리 해석과 연출 내용에 따라 거시적 측면에서 정서적 ‘긴장’을 체험하기도 하고 ‘이완’을 체험하기도 하며, 미시적 측면에서는 그 정서적 체험의 양상이나 밀도가 경우에 따라 다르게 나타난다고 이해하는 것이 좀더 포괄적이지 않을까 생각한다. 창 부분에서의 ‘긴장·몰입’과 아니리 부분에서의 ‘이완·차단(해방)’을 체험하는 일은 결국 판소리 연창자가 지향하는 사설의 성격과 소리의 질로부터 비롯되는 것일 터기 때문이다.

이상에서 판소리 사설의 연창구조적 특성과 실현화 과정상의 특징을 ‘사설’과 ‘소리’의 결합 양상 및 연창자의 지향의식을 중심으로 살펴보았다. 그리하여 판소리 텍스트로서의 사설이 연창의 실제에서 어떤 원리와 특성을 바탕으로 ‘역동적 유기성’을 지닌 언어구조체로 실현되며, 그 과정에서 추구되는 사설과 소리의 ‘일체감’ 및 정서적 체험의 내밀한 실상에 대한 이해의 시각을 확충할 수 있었다.

논의 과정에서 드러난 판소리 사설의 연창구조적 특성과 실현화 과정상의 특징들은 요컨대 연창자와 청중이 고수의 반주를 매개로 서로 교감하는 현장 연창예술인 판소리의 본질적 국면을 대변하는 뚜렷한 징표들이라는 데 의의가 있다. 나아가 이와 같은 논의로부터 특히 ‘언어예술로서의 판소리 사설’과 ‘연창예술로서의 판소리’에 대한 구분된 인식이 통합될 수 있는 계기를 마련할 수 있다는 데 보다 큰 의의를 부여할 수 있다고 하겠다.

3) 판소리 사설의 연창구조적 지향

지금까지의 논의를 통해 판소리 텍스트로서의 사설은 단순히 정형적 실체로서 존재하는 언어구조체가 아니라, 연창자와 청중 그리고 전체 줄거리와 연창의 실제 단위 사이의 유기적 관계를 기반으로 존재하는 역동적 연창구조체임을 알 수 있었다. 아울러 그 연창구조적 성격을 틀지우는 요인으로 작용하는 문학적 존재양식 및 실현화 과정상의 특징을 구명함으로써, 연창구조와 결부된 판소리의 본질적 특성을 살펴볼 수 있었다. 이제 이와 같은 논의를 통해 드러난 사실들을 근거로, 판소리 사설의 연창구조적 지향과 그것이 지닌 의의가 무엇인지를 살펴보기로 하겠다.

판소리 사설의 구조적 특성으로 지적된 '역동적 유기성'은 우선 엄격한 형식이나 규범화된 틀에 얽매이지 않으려는 분방함의 발로라고 할 수 있다. 그러면서도 나름대로 하나의 규범화된 틀을 창출한다는 데 두드러진 특징이 있다. '역동적'이라는 말이 이를 잘 함축하고 있다. 이러한 특성을 달리 '구조적 분방성'이라 일컬을 수 있겠는데, 이는 각도를 달리해 보면 미적 지향의식과 상통한다고 할 수 있다. 그런 면에서 판소리 사설의 구조적 특성은 우선 미의식과의 관련을 통해 그 지향적 의미를 살필 수 있으리라 본다.

최진원은 우리 시가의 구조적 특성, 특히 도남(陶南)에 의해 제기된 '전대절 후소절의 분절형식'을 우리 민족이 전통적으로 추구해 온 미의식과 연관지어 다음과 같이 논의한 바 있다.

> 고유섭(高裕燮) 씨는 한국 건축의 특성은 비제할성(非除割性)—중국 일본의 건축 각 부의 세부 비례는 완수(完數)로써 제할되지만 한국의 그것은 제할이 잘 되지 않는다—이라고 지적한 바 있고, 또 흔히 말하기를 '우리의 원초적 미의식은 비인공성(非人工性)이다.'라고 하니, 그렇다면

우리의 미의식 속에는 비균제성(非均齊性)이 있는 것 같다. 분절형식(分節形式)은 이런 미의식에서 말미암은 것이 아닐까.[37]

이 논의는 우리 고전시가의 구조적 특성, 특히 '분절형식'의 문제와 연관된 것이다. 그러나 여기에 등장하는 '비인공성'·'비균제성'과 같은 우리의 독특한 미의식에 초점을 맞추어 보면, 판소리 사설의 '구조적 분방성'은 이와 일맥상통하는 것이 아닌가 생각한다. 그리하여 여기에 판소리 사설이 운문으로서의 성격을 띠고 있다는 사실을 감안한다면, 판소리 연창자가 추구하는 미적 지향의식 역시 이러한 '비인공성'·'비균제성'과 상통하는 감성과 미의식의 발로가 아닐까 생각한다.

나아가, '구조적 분방성'에 잠재된 이와 같은 미적 지향의식은 판소리 연창의 필수불가결한 요건인 소리, 즉 음악성과 연관된 측면을 고려할 때 보다 구체적인 논의가 가능한 것으로 보인다. 이성천은 판소리를 비롯한 우리 전통음악의 미학적 성격을 논의하면서, 그 특성을 다음과 같이 지적하고 있다.

인공성이 순음(純音)에 가깝다면 자연성은 조음(噪音)에 가깝다. 조음에 가깝다고 해서 시끄런 소리는 아니다. 화학적으로 순수한 물은 증류수와 같이 아무 맛도 없지만 물 속에 함유물이 있어야 물맛도 있도 건강에도 좋듯이, 음차(音叉)에서 울리는 순수한 음은 표현력을 전혀 갖지 못한다. 가능한 한 순음을 요구하는 많은 대중에게 같은 소리를 들려주기 위한 공명을 추구해 오고 있는 서양음악과는 달리 조음이지만 수수하고 구수하며 소박한 자연의 소리를 마음과 마음이 통하는 작은 무리들과 함께 듣는 것이 한국음악이다. (중략)
파장수(波長數)에 의한 똑 떨어지는 음높이를 요구하는 확정성(確定性)보다 사람의 귀로 들어서 그저 그만하면 되는 불확정성(不確定性)이

---

37) 최진원, 앞의 『한국고전시가의 형상성』, 172~173면.

> 한국음악의 모습이다. 완당(阮堂)의 서화(書畫)가 자유분방하여 무법(無
> 法)처럼 보이지만 무법이 유법(有法)이듯이 불확정성은 제멋대로가 아닌,
> 내재한 확정성이 있는 것이다.[38]

위의 논의 가운데, 우리의 전통음악은 '수수하고 구수하며 소박한 자연의 소리'로서 '똑 떨어지는 음높이를 요구하는 확정성보다 사람의 귀로 들어서 그저 그만하면 되는 불확정성'을 특성으로 하는바, 그 '불확정성은 제멋대로가 아닌 내재한 확정성이 있는 것'이라는 사실에 주목할 필요가 있다. 이는 판소리의 경우에 그대로 적용될 수 있는 특성으로 생각되기 때문이다. 더욱이 이 글의 논자는 다른 대목에서, "판소리를 판소리답게 부르기 위한 소리가 통성이다. 만들어 낸 소리가 아니라 자연스럽게 발성되는 개성 있는 소리일 뿐 발성법은 아니다."[39]라고 하였는데, 이러한 특성은 판소리 사설의 '구조적 분방성'과 직결되는 미적 지향의식의 단면이라 할 수 있다.

이렇게 볼 때, 판소리 사설의 연창구조적 특성으로 지적된 '역동적 유기성－구조적 분방성'은 곧 '불확정성에 내재된 확정성'과도 상통한다고 할 수 있겠는데, 이는 앞서 제시된 '비인공성'·'비균제성'의 또다른 표현이라고 할 수 있다. 요컨대 이러한 미적 지향의식은 엄격한 형식이나 규범화된 틀에 얽매이지 않으면서도 나름의 규범화된 틀을 창출하려는 판소리 장르담당층의 사유와 미의식의 표상일 수 있다는 데 의의가 있다고 하겠다.

한편, 예술 작품에 있어서 구조의 문제는 "삶을 드러내는 인식의 틀"[40]로서도 중요한 의의를 지닌다. 그런 면에서 판소리 연창 사설의 '역동적 유기성－구조적 분방성'은 또한 장르담당층의 계층적 속성을 반영하고 있

---

38) 이성천, 「한국 전통음악의 마음」, 『한국전통음악논구』(한명희 외 지음), 고려대 민
   족문화연구소, 1990, 160~161면.
39) 같은 글, 158면.
40) 김흥규, 앞의 「판소리의 서사적 구조」, 125면.

음은 물론, 시대의 추이에 따른 현실 대응방식 및 사회적 입지 변화와도 밀접한 연관을 맺고 있는 것으로 보인다.

이 문제는 특히 일정한 전승구도 안에서 재창작의 성격을 띠고 구전심수(口傳心授)되는 판소리의 존재양식적 특성을 염두에 둘 때, 한편으로 그들 장르담당층의 집단적 유대감과 동질성을 유지하면서도, 다른 한편으로 나름의 개성적인 연창 텍스트를 통해 변화하는 시대현실에 대응해 왔다는 데서 논의의 근거를 마련할 수 있다. 즉, 판소리가 애초 그 생산주체인 광대들의 문화와 농민·어민·서리·군교 등을 중심으로 한 중·하층의 문화에 깊이 뿌리를 내리고 있었던 시기로부터, 점차 그 사회적 지지기반이 주로 양반 좌상객을 중심으로 한 상층 지배계층으로 옮겨가게 된 시대의 추이와 관련하여, 연창자의 연창 목적 또한 시대 현실에 부응하는 방향으로 변모해 나갔다는 사실에서 논의 근거를 마련할 수 있다는 것이다.

이같은 사실에 입각할 때, 연창 사설의 '역동적 유기성—구조적 분방성'과 연관된 판소리 연창자의 현실 대응방식과 거기에 투영된 지향적 의미는 크게 두 갈래 측면에서 조명될 수 있으리라 본다. 하나는 '시대에의 적응'이고, 다른 하나는 '시대 속에서의 동경'이 그것이다.

먼저, 판소리의 현장 연창예술적 속성을 누구보다도 민감하게 파악하여 구현해야 하는 연창자로서는 특히 현실의 역동적인 변화에 눈과 귀를 열어놓지 않을 수 없다. 이는 그들 생존의 문제와 직결될 뿐 아니라, 그래야 보다 바람직한 연창이 이루어 질 수 있을 터기 때문이다. 따라서 그들은 시대의 추이를 주시하면서 그 두드러진 변화의 단면들을 텍스트에 반영할 필요가 있었는바, 이러한 의지와 태도는 '시대에의 적응'이라는 지향의식으로 수렴·표출되었던 것으로 보인다.

이와 같은 지향의식의 단면들은 판소리 사설 전반에서 어렵지 않게 확인할 수 있다. 형님집에 돈과 곡식을 얻으러 온 흥보를 매몰차게 두들겨 내쫓는 「흥보가」의 '놀보의 거동' 대목에서 형제간의 우애라는 전통적 윤

리가 희화화되는 가운데 변화하는 세태를 반영한 완고한 개인주의적 심성
이 부각되고 있다든지, 「적벽가」의 유명한 '군사설움타령'에서 일상의 생활
현실에서 야기되는 하층민의 다단한 삶의 애환이 부각되고 있는 것 등이
그러한 예라 할 수 있다.

특히 「수궁가」의 마지막 부분에 등장하는 다음과 같은 '토끼의 기지(機
智)' 대목은 그 대표적인 예라 할 것이다.

> 〔아니리〕 …토끼란 놈이 살아났다고 신명내어 다시 한번 놀아보는데,
> 〔중중머리〕 관대장자(寬大長者) 한고조(漢高祖) 국량(局量) 많기가 날
> 만하며, 운주(運籌) 결승(決勝) 장자방(張子房)이 의사(意思) 많기가
> 날만하며, 신출귀몰 제갈량이 조화 많기 날만하며, 옛 듣던 청산두견
> 자주 운다 각새소리, 타향수궁 갔던 벗님 고국산천이 반가와라. 고산
> 광야 너른 천지 금잔디 좌르르르르 깔린데 이리 뛰고 저리 뛰고 깡
> 짱 뛰어 노닐며 얼시구나 절시구 얼시구 절시구 지화자 좋네 고국산
> 천이 반가와라.   「수궁가 : 유성준 판, 박초월 창」[41]

별주부의 꼬임에 넘어갔다가 사지에서 간신히 벗어난 토끼가 좋아라고
'방정'을 떨다가 다시 나무꾼이 쳐놓은 그물에 걸려들더니, 재차 기지를
발휘하여 살아난 후 '신명내어 노는' 대목의 사설치레다. 물론 이 대목 다
음에 곧바로 독수리에게 붙잡혀 다시 죽음 직전까지 이르며, 거기에서 또
다시 기지를 발휘하여 살아나는 내용이 이어진다.

그런데 위의 창본[42]보다 시대가 앞선 소설본(완판본)이나 신재효본에는
이런 내용이 없다. 김대행은 이 점에 주목하여 "이같은 부연은 내용을 다
채롭게 하려는 창자의 의도에서 나온 것"으로서, "전시대의 판소리 사설보
다 부연되는 판소리의 특성을 일단 부연의 현상이라고 불러둔다."[43]라고

---

41) 정병욱, 앞의 『한국의 판소리』, 423면.
42) 이선유·김연수 창본에도 위의 대목이 들어 있다.

했다. 그러나 이는 '내용을 다채롭게 하려는 창자의 의도'로부터 기인한 것이기도 하겠지만, 다른 각도에서 보면 현실의 역동적인 변화상에 주목하여 이를 반영한 결과로도 이해할 수 있을 것이다.

말하자면 여기에서의 '토끼'를 점차 자아각성이 이루어지는 조선후기 서민으로 보아, 그들의 시대현실에 대응하는 양상과 기지를 형상화한 것으로 볼 수 있다는 것이다. 그리하여 "토끼가 흥에 겨워 뛰노는 모습의 묘사를 통해 역사의 방향을 암시하며, 자기도취와 같은 방심 또한 경계를 게을리하지 않아야 한다."[44]라는 지적에서 보듯, 시대의 추이에 따른 세계관의 변모를 반영하고 있는 것으로 이해될 수 있으리라 생각한다.

따라서 이렇게 볼 수 있다면, 이와 같은 대목은 이른바 장르담당층의 '시대에의 적응'을 내포하고 있다고 하겠고, 이는 연창 문맥이 환기하는 상징적 의미와 함께 작품의 주제적 측면과도 긴밀한 연관하에 놓인다고 하겠다. 그리하여 앞의 「판소리 사설치레의 특성과 위상」을 논의하는 자리에서 언급한 바, 판소리 사설이 시대의 추이에 따라 제의와 같이 합리적으로 설명할 수 없는 삶의 본질적인 형식에 초점을 맞추기보다는 일상의 경험적 현실에서 제기되는 문제를 치례 대상으로 삼아 그것을 여하히 형상화시키느냐의 문제로 방향전환을 이루어 나간 사실을 상기할 때, 이러한 면모는 곧 판소리 연창자의 현실 대응방식과 지향의식의 단면을 대변한다 하겠다.

그런가 하면, 판소리 연창자인 광대는 역사의 전개와 함께 판소리의 사회적 지지기반이 확대되고 그들 자신의 경제적 여건이 변화함에 따라, 비단 '시대에의 적응'에 머물지 않고 상층문화에의 지향의식 또한 연창 사설에 담아내었던 것으로 보인다. 즉, 양반 좌상객들 앞에서 소리하는 기회가 많아지고 계층간 문화적 공존이 점진적으로 이루어지는 시대 분위기에 힘

---

43) 김대행, 앞의 『한국시가구조연구』, 204~205면 참조.
44) 조동일, 『한국문학통사·3』, 지식산업사, 1984, 540면 참조.

입어, 기존의 사설을 변개·첨삭하는 과정에서 특히 상층문화적 요소들을 적지 않게 가미해 나갔던 것으로 보인다. 그렇게 함으로써 보다 나은 사회적 입지를 확립하고자 했던 바, 이러한 의지와 태도는 '시대 속에서의 동경'이라는 지향의식으로 수렴·표출되었던 것으로 보인다.

그 결과 판소리 사설은 이른바 적층의 문학으로서 보다 다채롭고 풍부한 언어와 정서를 확충한 반면, 이질적 성격의 내용들이 텍스트에 혼재하는 양상을 띠게 되었다고 할 수 있다. 그와 같은 단면이 여실히 드러나는 예가 다듬어지지 않은 한문어구나 때로 잘못 읽혀져 전승되는 한문투어가 아닌가 생각한다. 그런 예는 판소리 사설 전반에서 적지 않게 발견되는데, 이는 판소리 지지기반의 확대와 더불어 양반층의 텍스트 참여를 가속화시킨 요인 가운데 하나로 작용했던 것으로 보인다. 다음과 같은 기록에서 이런 사실을 넉넉히 헤아릴 수 있다.

> 일찍이 여러 창우들을 불러 보았는데, 모두 가사가 틀린 것이 많아[皆於我乎歸], 문자를 가르치고 음의 해석을 바르게 하도록 하며, 그 비루하고 속됨이 심한 것을 개찬하여 이를 자주 익히게 하였습니다.
>
> 「증동리신군서(贈桐里申君序)」[45]

정현석(鄭顯奭)이 신재효에게 보낸 글로서, 그의 『교방제보(教坊諸譜)』(1872)에 실려 있는 기록의 일부다. 특히 '모두 가사가 틀린 것이 많아, 문자를 가르치고 음의 해석을 바르게 하도록 했다.'라고 한 데서, 판소리 연창자들이 추구한 지향의식의 단면과 양반 식자층의 판소리 텍스트 참여를 여실히 확인할 수 있다.

시대 변화와 더불어 전개된 판소리 연창자의 상층문화적 지향과 사회적 입지 강화를 위한 '시대 속에서의 동경' 및 양반층의 판소리 텍스트 참여

---

45) 嘗召諸倡 皆於我乎歸 訓以文字 正其音釋 改撰其鄙俚之甚者 使之時習

는 판소리를 한층 문학성이 풍부하며 수준 높은 예술성을 지닌 장르로 탈바꿈하는 계기를 마련했던 것이 사실이다. 그러나 관점을 달리해 보면, 그 과정에서 판소리 본래의 면모가 상당히 변질되었다는 사실 또한 간과하기 어렵다. 앞장에서 살핀 바, 판소리가 애초 제의에 뿌리를 둔 '푸리성'의 사설과 소리로부터 점차 정서의 확충과 해소를 위한 '풀이성'의 사설과 소리로 전화(轉化)해 나간 것이 당대 역사·문화의 필연적 대세라 하더라도, 그것이 반드시 발전적인 면모만을 담고 있는지 의문일 수 있기 때문이다.

그러나 이와 같은 사회적 지지기반 및 향유층의 확대를 계기로 다양한 계층의 문화가 판소리 텍스트를 통해 공존하게 되었고, '시대에의 적응'이라든가 '시대 속에서의 동경'과 같은 판소리 연창자의 지향의식과 함께 이질적 성격의 내용이나 갈등까지도 구조 내에 두루 수렴되는 계기를 맞았다고 할 수 있다. 그리하여 판소리는 탁월한 시대사의 집적이기도 한 장르적 특성을 지니게 되었다고 하겠는데, '역동적 유기성−구조적 분방성'의 연창구조는 이렇듯 다양한 변화에 적절히 대응하는 기틀로 작용하였다는 데 또다른 의의가 있다고 하겠다.

요컨대 이상에서 고찰한 사실들로 미루어, 판소리 사설의 연창구조는 곧 '전승 텍스트 구조의 해체를 지향한다.'고 할 수 있으리라 본다. 판소리가 끊임없이 변화하는 현실의 모습들을 사설과 소리의 결합을 통해 적절히 형상화해 내기 위해서는, 어떤 정형적 실체로서보다는 상황에 따라 가변적일 수 있는 텍스트의 구조적 속성이 마련될 필요가 있었기 때문이다. '역동적 유기성−구조적 분방성'의 연창구조는 이러한 현장 연창예술로서의 판소리를 '판소리답게' 하는 속성소라는 데 궁극의 의의가 있다고 할 수 있다. 그리고 이와 같은 연창구조적 특성을 바탕으로 판소리는 시대의 변화와 향유층의 요구에 부응하는 방향에서 텍스트의 변개·재창작을 거듭해 왔던 것으로 보인다. 이러한 연창구조적 특성은 뿌리깊게는 '불확정성에 내재된 확정성'과 상통하는 '비인공성'·'비균제성'의 전통적 미의식에 맥락이 닿아 있다고 하겠으며, 보다 직접적으로는 시대의 추이에 따른 장르담당층의 현실 대응방식과 지향의식을 투영하는 인식의 틀로서 작용하였다고 하겠다.

지금까지 언어적 상관물로서의 사설 및 연창 텍스트로서의 사설에 초점을 맞추어 판소리의 문학적 특질과 실현화 과정상의 특징을 구명하였다. 이러한 논의를 통해 서두에서 제기한 '언어예술로서의 판소리 사설'과 '연행예술로서의 판소리'에 대한 구분된 인식이 통합될 수 있는 계기를 마련할 수 있었으리라 본다. 아울러 수 차례의 연구사적 검토 과정을 통해 제기되어 온 '판소리는 구비문학적 역동성을 가진 판(현장)의 예술로 그 살아있는 의미와 원리가 구명되어야 한다.'는 문제의 해명에도 일정한 기여를 할 수 있으리라 생각한다.

(이상 1991년)

제2부 판소리 사설의 미학

1. 판소리 사설의 미적 표현기법과 원리

‘표현은 삶을 확축(擴縮)한다.’·‘표현은 경험의 양식이며 존재의 방식 그 자체다.’라는 말이 있다시피, 표현의 문제는 문학이 추구하는 삶의 본질적 문제와 직결된다는 점에서 중요한 의의를 지닌다. 그리고 이러한 표현을 통해 우리의 미적 체험은 객관적 대상물로 양식화—구조화되기에 이르고, 그 과정에서 삶에 대한 좀더 분명한 인식과 자각이 이루어지는 것으로 보인다. 다음과 같은 논의는 이러한 생각을 뒷받침하는 적절한 예라 할 것이다.

> 본래적 삶은 표현 속에서 상승된다. 왜냐하면 삶은 표현 속에서 비로소 실현가능성과 성취가능성을 발견하기 때문이다. 동시에 이 상승은 명료화를 의미한다. 체험은 표현 속에서 구조화되고 전개된다. 그리고 이런 구조 속에서 체험은 비로소 내적 명료성과 형태를 갖게 된다. 즉 체험에 있어서는 의식되지 않던 것이 표현에 의해 의식의 명확한 빛 속에 드러난다.[1]

주지하는 바와 같이 문학에 있어서 ‘경험의 양식화—표현’은 언어를 통해 이루어진다. 언어는 사고와 정서를 특징지우거니와, 문학은 이러한 언어를 통해 형상창조가 가능하다는 점에서 여타의 예술과 구별된다. 문학은 이른바 ‘언어를 표현수단으로 삼아 생의 미적 존재양식을 추구하는 것’이

---

[1] 이영호·이한구, 「인문과학 방법론」, 『인문과학』 제16집, 성균관대 인문과학연구소, 1987, 10~11면.

기 때문이다.

표현의 문제는 이렇듯 언어에 의한 형상창조와 밀접한 연관을 맺는다는 점에서 문학의 특질을 구성하는 중요한 요소 가운데 하나라고 할 수 있다. 그리고 표현상의 특징 및 효과, 즉 표현 속에 잠재된 언어의 내포적 의미와 정서적 감응(感應)을 야기하는 미학적 특성은 표현미학의 관점에서 적절히 조명될 수 있으리라 생각한다.

판소리의 문학적 특질을 구명하는 데 중점을 둔 본 연구에 있어서도, 언어적 상관물로서의 판소리 텍스트에 내재된 표현상의 특징과 그 효과의 문제는 매우 중요한 의의를 지닌다. 판소리—판소리 사설이 하나의 의의있는 양식으로 널리 수용되고 또 다양한 양상으로 실현된 것이라면, 거기에는 궁극적으로 어떤 미적 표현효과가 강하게 잠재해 있을 터기 때문이다. 이 문제는 바로 판소리의 매력이 무엇인가를 밝히는 일과도 직결된다 하겠는데, 여기에서는 이를 우선 표현기법과 원리의 측면에서 살펴보기로 하겠다.

1) 엮음의 수사학

판소리 사설은 서술과 묘사를 주된 진술방식으로 줄거리가 전개된다. 그리고 이같은 서술·묘사가 두드러지는 부분이자 판소리—판소리 사설의 묘미와 특성을 대변하는 '사설치레'는 이른바 '엮음에 의한 구상적 현시'를 속성으로 다채로운 표현효과와 판소리다운 면모를 유감없이 발휘한다.

그런데 판소리 '사설치레'의 속성에 해당하는 '엮음에 의한 구상적 현시'는 앞에서 살펴본 바 창사구성 및 장르수행에 긴밀히 관여하기도 하지만, 동시에 판소리 사설의 표현상의 특징을 함축하고 있다는 면에서 그 자체가 미적 표현기법 및 원리에 해당하는 것이기도 하다. 공분모적 성격을 지닌 사물이나 형상들을 문맥의 구체적 상황 혹은 사태를 제시하는 차원에서 줄줄이 엮어나가는 표현방식과, 그와 같은 '엮음'의 과정을 통해 '치레' 대상을 구상적으로 현시하는 수행양태의 동시적 연관이야말로, 판소리 사설의 미적 표현기법과 원리의 요체에 해당한다고 할 수 있기 때문이다.

이러한 미적 표현기법과 원리는 크게 '엮음'과 '구상적 현시'로 나누어 볼 수 있겠는데, 먼저 '엮음'으로부터 비롯되는 판소리 사설의 미적 표현 효과와 정서적 특질의 면을 살펴보기로 하겠다.

'엮음'이 이루어지는 데에는 일차적으로 열거와 반복의 수사기법이 동원된다. 등가적(等價的) 형상들을 줄줄이 늘어놓으면서 동일 어휘나 어구를 규칙적으로 되풀이 사용하는 표현방식은 판소리 전반에 두루 나타나는 수사기법이기도 한데, 이를 통한 '치레' 대상의 다양하고도 풍부한 묘사·서술은 판소리의 문학성의 일면을 여실히 드러낸다고 할 수 있다.

다음과 같은 「춘향가」의 한 대목을 보기로 하겠다.

〔중몰이〕 어사 변복을 차린다. 어사 변복을 차리는구나. 질 너룬 제량 갓에 죽영 갓끈을 달어 쓰고, 살춤 높은 짐게 망건, 당팔사 당줄 달아 되통 나잖게 졸라 쓰고, 수수한 삼베 도복 분합띠로 둘러 띠고, 사날 초신, 길보신에, 고운 때 묻은 세살 부채, 진짜 밀화 선초 달아 횡횡 두루고 내려올 제, 어찌 보면 과객 같고, 어찌 보면 서당 글 선생도 같고, 또 어찌 보면 공명을 하직허고 팔도를 두루 다니며 친구를 사귀잔듯, 썩 몰라 보게 차렷난듸, 인적적 노중에난 마상으로 오시다가, 광야 행로에는 인마는 뒤로 세우고 완보로 내려올 제, 전라 감영을 들어가서 선화당 구경허고, 남원 주인을 찾어가서 남원으 춘향 내력 종두지미를 안 연후에, 이튿날 발행하야 임실읍을 지나여 노구바구를 얼른 지나…… 「춘향가 : 김세종 판, 조상현 창」[2]

---

2) 판소리학회 감수, 『판소리 다섯마당』, 한국브리태니커회사, 1982, 63면.

‘썩 몰라보게 변복을 한’ 어사의 행색과 거동을 ‘사설치레’한 대목이다. 다양한 표현의 세부를 통해 묘사·서술되는 ‘변복어사’의 행색과 거동이 매우 사실적으로 드러나 있다. 그 형상은 우스꽝스럽기도 하고 의뭉스럽기도 하다. 요컨대 이와 같은 사실적 묘사와 서술을 토대로 ‘변복어사’라는 하나의 구체적 형상을 창조하고 있는 것이 이 대목의 연창의도이자 표현상의 특징이다.

이러한 ‘변복어사’의 형상을 창조하는 데에는 무엇보다도 열거와 반복의 수사기법이 관건의 하나로 작용한다. 공분모적 성격을 지닌 표현의 세부들이 줄줄이 엮어짐으로써, 대상의 이미지를 지속적으로 환기하고 강화·확장하기 때문이다. 그런 면에서 열거와 반복은 ‘엮음’의 기저자질이자 대상의 이미지를 환기·강화·확장하는 수사기법이라고 할 수 있다. 이는 결국 ‘엮음’이라는 수사상의 특징과 그 미적 표현효과를 가능케 하는 요인이자, 하나의 구체적 형상을 창조하는 형식원리로서 기능하기 때문이다.

열거와 반복을 기저자질로 한 ‘엮음’의 미적 표현효과는 이와 같은 기능적 측면에 국한되는 것은 아니다. 환기·강화·확장된 대상의 이미지를 바탕으로 하나의 구체적 형상이 창조되기까지에는, 또한 흥겹고 유연한 정서가 긴밀히 작용하기 때문이다. 변복한 어사의 우스꽝스럽고 의뭉스런 형상도 이와 같은 정서적 특질이 관여함으로써 생동감을 더하는 것이다. ‘엮음’이라는 표현기법이자 원리가 빚어내는 표현효과로부터 우리는 감정의 흐름을 적절히 조절·통제하는 어떤 질서—일종의 내재율(內在律)을 감지할 수 있기 때문이다.

다음과 같은 「수궁가」의 한 대목을 통해 이 문제를 좀더 구체적으로 살펴보기로 하겠다.

〔중머리〕　고고천변일륜홍(杲杲天邊一輪紅) 부상(扶桑)에 높이떠 양곡(暘谷)의 잦은 안개 월봉(月峰)으로 돌고 돌아 ……산은 칭칭칭 높고

경수두풍(鏡水無風)에 야자파(也自波). 물은 풍풍 깊고 만산은 우루루루투루 국화는 점점 낙화는 동동 장송은 낙낙 느러진 잡목 펑퍼진 떡갈 다래몽등 칡넝쿨 머루 다래 어름넌출 능수버들 범난기 오미자 치자 감 대추 갖은 과목(果木) 얼그러지고 뒤틀어져서 구비 칭칭 감겼다. 어선은 돌아들고 벽구는 분비(紛飛) 갈매기 해오리 목포리 원앙새 강상 두루미 수많은 떼꿩이 소호시절(小昊時節) 기관하던 만수문전(萬壽門前)에 봉황새. 양양창파(洋洋滄波) 점점(點點) 사랑홉다 원앙새 칠월칠석 은하수 다리놓던 오작이. 목포리 해오리 너새 증경새 아옥다옥 이리저리 날아들제, 또한 경개를 바라보니 치어다 보니 만학천봉(萬壑千峰)이요 내려 굽어보니 백사지. 땅에 구부러진 늙은 장송 광풍을 못이기어 우줄우줄 춤을출제 시내유수난 청산으로 돌고 이골 물이 쭈루루루루루 저골 물이 콸콸. 열의 열두골 물이 한데로 합수(合水)쳐 천방자 지방자 월특져 구부져 방울이 버큼져 건너 병풍석에다 마주꽝꽝 마주때려 산이 요리 내리 가느라고 크게 월둑져 물결 높이 떨어져 우루루루루루 꽐꽐 뒤둥구러져 산이 울렁거려 떠나간다. 어디메로 가자느냐 아마도 네로구나 요런 경개가 또 있나 아마도 네로구나 요런 경개가 또 있나.

「수궁가 : 유성준 판, 박초월 창」3)

토끼의 간을 구하러 난생 처음 뭍에 올라온 별주부의 눈에 비친 산천경개 묘사 대목이다. 첫 대면이기에 더욱 그렇지만 모든 것이 신기하고 현란하기만 하다. 그리하여 온갖 사물이며 형상들을 동원하여 '사설치레'하는 이 대목은 말 그대로 '장면의 극대화'가 이루어지고 있는 본보기라고 할 수 있다.

이 대목 역시 열거와 반복의 수사기법을 통해 지속적인 이미지의 환기가 이루어지고 있으며, 이를 통해 하나의 구체적 형상을 창조하고 있는 점은 앞에서 살펴본 예와 같다. 그런데 그처럼 신기하고 현란한 산천경개는

---

3) 정병욱, 『한국의 판소리』, 집문당, 1981, 402~403면.

특별히 혼란스럽다거나 산만한 느낌을 주지 않는다. 줄줄이 엮어지는 산천 경개의 다채로운 모습들은 그 실재(實在) 여부와 상관 없이 자연스럽게 수용될 수 있을 뿐 아니라, 오히려 거기에 매료되게 한다. '엮음'의 표현기법이자 원리에 의해 감정의 흐름이 적절히 조절·통제됨으로써, 흥겹고 유연한 정서와 함께 '치레' 대상에 정서적으로 감응(感應)되는 것이다.

이렇듯 흥겹고 유연한 정서는 물론 '엮음'의 기저자질인 열거와 반복에 의해 형성된 리듬의식을 배경으로 환기된 것이다. 그리고 이러한 리듬의식으로부터 우리는 어떤 생동감의 깊이를 느낄 수 있다. 고르지 않은 호흡과 박절이 열거와 반복의 수사기법에 의해 점차 심리적 안정과 질서를 잡아가면서, 장면 세부의 형상과 움직임들이 눈에 선하게 떠오르고, 동시에 그것을 가슴으로 실감케 하기 때문이다.

그런 면에서 이러한 리듬의식과 생동감은 '치레' 대상에의 정서적 감응을 유도하는 촉매 역할을 한다. 지속적인 이미지의 환기 및 강화·확장을 위한 풍부한 묘사·서술도 궁극적으로는 이같은 정서적 감응을 유도하기 위한 전략의 하나라고 할 수 있다. 더욱이 이 대목의 연창에 수반되는 느리지도 빠르지도 않은 '중머리' 장단─원시적 리듬감을 자아내는 타악기의 세련된 북장단이 또한 우리 맥박의 박동 혹은 감정의 흐름을 조절·통제하면서 분위기를 돋우고 생기를 불어 넣음으로써, 예의 흥겹고 유연한 정서는 한층 차원높은 심미의식으로 고양된다고 하겠다.

이렇게 볼 때, 열거와 반복을 기저자질로 한 '엮음'은 현장 연창예술인 판소리의 미학적 특성을 구성하는 긴요한 요소─표현기법이자 원리임에 틀림 없다. 그리고 이는 판소리 장르의 본질적 특성과도 긴밀한 연관하에 놓이는 것으로 보인다. 판소리는 이른바 '시공을 초월하여 전달할 수 있는 문자언어로써가 아니라, 음성언어로써 현장에서 연창 대상을 일회적으로 형상화해서 청중들에게 전달해야 하기에, 그 한계성을 극복하기 위한 효과적인 방법'의 하나가 바로 '엮음'의 표현기법이자 원리일 수 있기 때문이다.

한편, 열거와 반복의 수사기법을 통해 이루어지는 묘사·서술에는 으레 대상의 비사실성(非寫實性)에서 비롯되는 과장(誇張)이 뒤따르게 마련이다. 따지고 보면 판소리 사설은 비사실적 과장 투성이라고 해도 지나친 말이 아니다. '치레' 대상을 문맥이나 논리에 상관 없이 극한적으로 그려나가는 것이 그 단면이다. 이러한 면모 역시 '엮음'이라는 표현기법이자 원리에 뿌리를 둔 판소리 사설의 표현상의 특징이라고 할 수 있다.

다음과 같은 「흥보가」의 '놀보의 심술' 대목은 이러한 비사실적 과장의 대표적인 예 가운데 하나다.

〔잦은 중몰기〕 놀보 심사 볼작시면, 술 잘 먹고 쌈 잘하기, 대장군방 벌목시켜, 오귀방에 이사 권코, 삼살방에다 집짓기고, 남의 노적에 불지르고, 불붙는 듸 부채질, 새 초분으도 불지르고, 상인 잡고 춤추기와, 소대상으 주정 내여 남의 젯상 깨뜨리고, 질 가는 과객 양반 재울 듯이 붙들었다 해 다 지며는 내어 쫓고, 의원 보며는 침 도적질, 지관 보며는 쇠 감추고, 새 갓 보면 땀때 떼고, 좋은 망건 편자 끊고, 새 메투리는 앞총 타고, 만석 당혀 윤듸 끊고, 다 큰 큰애기 겁탈, 수절 과부 무함잡고, 음녀 보며는 칭찬허고, 열녀 보면 해담허기, 돈 세난듸 말 묻기와, 글 씨는듸 옆 쑤시고, 사집병으 비상 넣고, 제 주병에다 가래춤 뱉고, 옹구 진 놈 가래뜨고, 사그짐은 작대기 차고, 우는 애기는 발구락 빨리고, 똥 누는 놈 주저앉히기, 새암 가상이 허방울 놓고, 호박에다가 말뚝박고, 곱사동이는 되집아놓고, 앉은뱅이는 태껸하고, 이런 육시를 헐 놈이 심술이 이래 노니, 삼강을 아느냐, 오륜을 아느냐? 이런 난장을 맞을 놈이!

「흥보가 : 송만갑 판, 박봉술 창」[4]

이런 대목을 대하면 우선 자신도 모르게 어깨춤이 솟아나는 것을 느낄 수 있다. 천하에 '난장을 맞을 짓거리'로 일관된 놀보의 심성과 언행에 선

---

[4] 앞의 『판소리 다섯마당』, 123~124면.

악의 가치판단을 개입시키기보다는, 절로 일어나는 흥겨움에 오히려 추임 새를 하며 달려드는 것이 예사인 것이다. 뿐만 아니라, 여기에는 어떤 논리적 사고—내용의 합리·불합리의 여부를 가리고자 하는 사실판단이 개재될 여지도 없다. 다만 '치레' 대상에 정서적 감응이 이루어지는 가운데 텁텁한 웃음을 자아내게 하는 향수자적 시각만이 성립할 따름이다.

이와 같은 표현효과 역시 일차적으로는 열거와 반복의 수사기법에 말미암은 바라 할 수 있다. 유사한 내용의 열거와 반복은 무엇보다도 그 의미론적 의의를 약화시킨다고 할 수 있기 때문이다.

즉, 놀보의 '난장을 맞을 짓거리'들은 대체로 극악무도한 행태라는 점에서 등가적 성격을 띠고 있는데, 이러한 등가적 행태의 열거와 반복으로부터 표현언어 자체가 지니고 있는 본디의 의미가 약화되어 버리는 효과가 발휘되는 것이다. 대신 상대적으로 강화·확장된 대상의 이미지를 토대로 하나의 구체적 형상—'악행의 전형'이 창조됨으로써, 예의 극악무도한 행태 각각의 의미에 대한 가치판단이나 사실판단에 관심을 기울이기보다는, 오히려 흥겹고 유연한 정서를 바탕으로 거기에 동화—감응되고 마는 미적·정서적 의지만이 작용하는 결과에 이르는 것으로 보인다. 그리하여 이러한 미적 표현효과로부터 극악무도한 놀보의 심성과 언행은 어떤 윤리적 적개심이나 도덕적 불쾌감을 불러일으키기보다는, 그 자체를 상상적으로 체험하는 향수자적 시각만이 성립하게 된다 할 것이다.

이 문제와 관련하여 최진원은 "그것이 비사실임을 뻔히 알면서도 환호를 터뜨리지 않을 수 없는 그곳에는 어떤 미학이 있을 것이다."라고 전제하고, 그 미학적 특징에 대하여 호적(胡適)의 말을 인용하여, "거기에는 무변무진(無邊無盡)한 환상이 있다."라고 한 바 있다.[5] 위에서 말한 '정서적 감응'이란 바로 이러한 '무변무진한 환상'의 일면을 대변하는 것이 아닐까

---

5) 최진원, 「판소리 사설의 표현특징」, 『한국고전시가의 형상성』, 성균관대 대동문화 연구원, 1988, 210면.

생각한다.

물론 이러한 미적 표현효과가 반드시 '흥겹고 유연한 정서'를 바탕으로 해서 드러나는 것만은 아니다. 이와는 상당히 다른 정서, 예컨대 '비통하고 처연한 정서'를 바탕으로 '치레' 대상에 감응되는 경우 역시 얼마든지 가능하기 때문이다. 요컨대 연창 문맥으로부터 환기되는 정서의 성격이나 양상만이 다를 뿐, 그 미적 표현효과는 판소리−판소리 사설 전반에 보편적으로 적용될 수 있는 것이다.

다음과 같은 「심청가」의 몇 대목은 그 단적인 예라 할 것이다.

〔중몰이〕 한숨 쉬어 부는 바람, 삽삽비풍이 되어 있고, 눈물겨워 오난 비는 소소세우 날리도다. 하날은 나직허고 구름은 자욱헌듸, 수풀으 우는 저 새 적막히 머무르고, 북천에 외기러기난 황릉 애원을 슬피 울듯, 구부구부 흐르는 물은 오열하여 흘러가니, 하물며 사람이야 뉘가 아니 슬퍼허리. 폭각질 두세 번에 숨이 진다.

「심청가 : 이날치 판, 한애순 창」[6]

〔중몰이〕 "못 가지야, 못 가지야, 날 버리고 못 가지야. 아이고, 이놈의 신세 보소. 마누라도 죽고 자식까지 마저 잃네." 엎더져서 기절을 하니 동네 사람들은 심봉사를 붙들고. 그 때여 심청이는 선인들을 따라를 간다. 끌리난 치맛자락 거듬거듬이 걸어 안고, 흐트러진 머리채는 두 귀밑에 와 늘었구나. 비와 같이 흐르난 눈물, 옷깃에 모두 다 사무친다. 엎더지며 자빠지며 천방지축 따러간다. 건넌말 바라를 보며, "이진사댁 작은 아가, 작년 오월 단오날에 앵도 따고 노던 일을 니가 행여 잊었느냐? 너희들은 팔자 좋아 부모 모시고 잘 있거라. 나는 오날 우리 부친 이별허고 죽으러 가는 길이로다." 동네 남녀노소 없이 눈이 붓게 모도 울어, 하나님이 아신 배라, 백일은 어디 가고 음운이 자욱헌데, 청산도 찡그난 듯, 간수는 오열허여, 휘늘어져 곱던 꽃이

---

6) 앞의 『판소리 다섯마당』, 90면.

이울고저 빛을 잃고, 요요한 버들가지 졸듯이 늘였구나. 춘조난 슬피 울어 백반제송허는 중에, "묻노라, 저 꾀꼬리, 어느 뉘를 이별허고 환우성을 게서 울고, 뜻밖의 두견이 소리, 피를 내여 운다마는, 야월공산 어디 두고 진정제성 단장성은 네 아무리 불여귀라 가지 우에 앉어 운다마는, 값을 받고 팔린 몸이 어느 년 어느 때나 돌아오리?" 바람에 날린 꽃이 얼굴에 와 부딪치니, 꽃을 쥐어 손에 들고, "약도춘풍불행의면 하인취송으 낙화내라. 한 무제 수양 공주 매화장에 있건마는, 죽으러 가는 몸이 수원수구를 어이하리?" 한 걸음에 눈물을 짓고, 두 걸음에 한숨 쉬어, 울며 불며 끌리어 강두로만 나려간다.

「심청가 : 이날치 판, 한애순 창」[7]

위에 든 예는 각각 심청의 어미 곽씨 부인이 숨을 거두는 대목과, 심청이 뱃사람들에게 팔려 마을을 떠나가는 대목의 '사설치레'다.

두 경우 모두 '비통하고 처연한 정서'를 바탕으로 청중들에게 강렬한 정서적 관련을 일으키거니와, 이러한 경우들 역시 열거와 반복의 수사기법을 토대로 정서적 동화 혹은 감응을 유발한다는 점에서, 그 표현효과는 앞의 '흥겹고 유연한 정서'를 바탕으로 한 경우와 다르지 않다고 하겠다.

열거와 반복을 기저자질로 한 '엮음'은 유사한 내용의 사물이나 형상들이 줄줄이 이어지기에 흔히 지루한 감정을 유발하기 쉽다. 그런데 판소리 사설의 경우는 전혀 그런 느낌을 주지 않는다. 위에서 살핀 것처럼 문맥적 상황에 따라 흥겹고 유연하거나 비통하고 처연한 감정을 수반하는 차이는 있지만, 유사한 사상(事象)들이 줄줄이 이어지는 언어적 표현 그 자체가 오히려 청중들로 하여금 다채로운 미적·정서적 체험을 가능케 함으로써, 판소리가 지닌 매력의 일면을 실감하게 한다.

더욱이 이 경우의 미적·정서적 체험은 혼란스럽거나 산만한 감정의 차원에서 이루어지는 것이 아니라, 나름의 적절한 질서와 통제 속에서 이루

---

7) 같은 책, 100~101면.

어진다는 사실에 주목할 필요가 있다. 이 문제는 곧 앞에서 언급한 일종의 내재율―감정의 흐름을 적절히 조절·통제하는 어떤 질서와도 연관을 맺고 있는 것으로 보인다. 다음과 같은 논의는 이러한 감정적 질서와 결부된 미적 표현효과를 이해하는 데 좋은 참고가 될 수 있을 것이다.

> 한스 폰 뷜로우는 '태초에 리듬이 있었다.'고 말하였는데, 옳은 얘기다. 모든 몸짓과 박절이 고르지 않은 움직임도, 시작될 때에는 반복에 의해 리듬을 갖추는 것이기 때문이다. 박절은 모든 행위와 뒤에 일어나는 그의 변형에, 그리고 존재의 심리적이고 정신적인 영역에로 파급되는 데 필요한 연속성을 결정짓는다. 개체의 리듬이 그 형태를 규정하는 것이다. 그것이 이동성 속의 불변성으로서, 요기(yogi·요가 수행자)들이 '체험된 주기성(週期性)'이라 말하는 것이다.[8]

반복을 토대로 형성되는 리듬의식과 그 효과에 대한 논의다. 반복은 '모든 몸짓과 박절이 고르지 않은 움직임'에 리듬의식을 불어 넣으며 질서화하는 데 긴밀히 관여한다고 했다. 그리하여 '존재의 심리적이고 정신적인 영역에로 파급되는 데 필요한 연속성을 결정지음으로써, 개체의 리듬이 그 형태를 규정'하는 데 결정적 역할을 한다는 것이다. 이러한 반복의 속성이자 효과를 '이동성 속의 불변성―체험된 주기성'이라 말할 수 있다고 했다.

반복은 기본적으로 열거를 전제로 이루어지거니와, 감정적 질서와 결부된 '엮음'의 미적 표현효과는 곧 이러한 '이동성 속의 불변성―체험된 주기성'과 상통하는 것으로 보인다. 다양한 사물이나 형상들을 줄줄이 엮어 나가는 가운데 형성되는 나름의 질서, 즉 감정의 흐름을 적절히 조절·통제하는 일종의 내재율에 해당하는 질서가 이와 상통하는 것일 터기 때문이다.

---

8) 뤽 브느와 지음, 윤정선 옮김, 『징표·상징·신화』, 탐구당, 1988, 18면.

이렇듯이 열거와 반복을 기저자질로 한 '엮음'은 판소리 사설의 미학적 특성을 구성하는 긴요한 표현기법이자 원리의 하나로서, 이로부터 비롯되는 미적 표현효과와 정서적 특질은 판소리의 묘미를 실감케 하는 요소로서 기능한다. 풍부한 묘사와 서술을 동반하여 하나의 구체적 형상을 창조하는 데 관여한다든가, 감정의 흐름을 적절히 조절·통제하는 리듬의식을 불러 일으킨다든가, 또 이러한 리듬의식을 토대로 다채로운 미적·정서적 체험을 유발함으로써 '치레' 대상에 정서적 감응이 이루어지게 하는 것 등은 그 두드러진 단면이라고 할 수 있다. 이와 같은 '엮음'의 표현효과와 정서적 특질은 요컨대 다양성 속에서의 통일성을 추구하는 미적 태도에 말미암은 것이라고 할 수 있으며, 그런 면에서 이는 「판소리 사설의 연창 구조적 특성」을 살피는 자리에서 논의한 '역동적 유기성'과도 맥락이 닿아 있다고 하겠다.

2) 구상적 현시

판소리 사설의 미적 표현기법이자 원리의 하나인 '엮음'의 궁극적 목적은 치레 대상의 '구상적 현시'에 있다. 그런데 여기에서 다시 '구상적 현시' 자체에 주목해 보면, 앞서 말한 바와 같이 이 역시 미적 표현기법이자 원리로서의 특성을 지니고 있다. 말하자면 '엮음'과 '구상적 현시'는 미적 표현기법이자 원리의 면에서는 개별적 특성을 지니고 있지만, 판소리 사설이라는 언어구조체의 관점에서 보면 연창을 통해 실현화하는 그 언어구조체의 미적·정서적 체험에 동시적으로 관여하는 요소인 것이다.

치레 대상을 '구상적으로 현시'하는 데에는 무엇보다도 구체적이고 생동적인 묘사와 서술이 관건으로 작용한다. 요컨대 구체적이고 생동적인 묘사·서술이 곧 '구상적 현시'의 기저자질에 해당하는 것이다. 이제 이와 같은 표현상의 특징으로부터 비롯되는 미적 표현효과와 정서적 특질의 면을 차례로 살펴보기로 하겠다.

판소리 사설에 있어 구체적이고 생동적인 묘사·서술은 우선 작중 인물의 형상을 '사설치레'하는 경우에서 잘 드러난다. 다음과 같은 '심청의 거동과 용모'는 그 대표적인 예 가운데 하나라고 할 수 있다.

〔중중몰이〕 심청이 거동봐라. 가장 단장 헌 일 없이 천자만고 국색이라. 염용허고 앉는 거동, 백석청탄 맑은 물으 목욕을 허고 앉은 제비 사람 보고서 날아난 듯, 황홀한 저 얼굴은 천심이 돋은 달이 수변에 가서 비치난 듯, 말하고 웃는 양은 부용화가 새로 피난 듯, 천상 미간으 두 눈썹은 초생달이 뜬 듯허고, 도화 양협으 고운 빛은 무릉도원이 비치난 듯, 백부 홍화 돋는 양 어허 한 날을 실었었도다.

「심청가 : 이날치 판, 한애순 창」[9]

이미지가 매우 선명하다. 그것은 특히 '백석청탄 맑은 물으 목욕을 허고 앉은 제비 사람 보고서 날아난 듯'과 같은 생동적 묘사에서 두드러진다.

이러한 이미지의 선명성은 우선 이미지 환기의 대상물들이 지닌 색채감에서 비롯되는 것이기도 하지만, '치레' 대상에 대한 적절한 비유—특히 직유가 동원됨으로써 역시 하나의 구체적 형상이 창조된 데서 비롯된 것이기도 하다. 말하자면 구체적이고 생동적인 묘사와 서술이 이루어지는 데에는 우선 적절한 비유법의 구사와 같은 수사상의 특징이 전제되어야 한다는 사실이다. '심청의 거동과 용모'를 형상화하는 데에는 이같은 비유법의 구사가 보다 정서적인 호소력이 크며, 따라서 이를 통해 하나의 구체적 형상—'선연(鮮姸)한 자태'를 창출하는 일이 가능한 것으로 볼 수 있기 때문이다.

---

9) 앞의 『판소리 다섯마당』, 95면.

　이 경우 중요한 것은 대상에 대한 비유가 얼마만큼 참신한가 하는 점이다. 틀에 박힌 표현은 흔히 진부한 느낌을 자아내기에, 이미지의 선명감이나 정서적 호소력을 발휘하기 어렵기 때문이다. 판소리 '사설치레'에는 때로 공식적이고 유형화된 표현들이 등장하기는 하지만, 다양한 사물과 형상들의 연쇄로부터 생동감 넘치는 표현의 묘를 얻는 예가 적지 않다. 이 점은 곧 판소리 사설의 문체적 특징의 일면을 이룬다고 하겠는데, 다음과 같은 「춘향가」의 몇 대목을 통해 그 실상을 확인해 보기로 하겠다.

〔**중머리**〕　어떠한 일미인이 저와 같은 여아이를 앞세우고 나오는데 달도 같고 별도 같고 어여쁘고 태도 곱고 대장부 간장을 녹일 아이, 화림 중을 당도터니 백척채승(百尺彩繩) 그네줄을 휘늘어진 벽도(碧桃)가지 휘휘칭칭 감어매고, 섬섬옥수(纖纖玉手) 번듯들어 양 그네줄을 갈라잡고 선뜻 올라 발구를 제, 한번 굴러 앞이 높고 두번 굴러 뒤가 멀어 앞뒤 점점 높아갈 제, 발밑에 나는 티끌 광풍(狂風) 좇아 휘날리고 머리위에 푸른잎은 몸따라 흔들, 푸른 속에 붉은 치마 바람결에 나부끼니 구만리 백운간에 번갯불이 흐르는듯 꽃도 툭차 떨어치고 잎도 담북 물어뵈니, 이도령이 그 거동을 보고 어안이 벙벙 흉중(胸中)이 삭막(索莫) 사대삭신 육천마디를 벌렁벌렁 떨며……

「춘향가 : 정정렬 판, 김여란 창」[10]

〔**잦은 잦은몰이**〕　방자, 분부 듣고 춘향 부르러 건너간다. 건거러지고 맵수있고 태도 고운 저 방자, 새소없고 팔랑거리고 우멍스런 저 방자, 서황모 요지연에 편지 전턴 청조처럼 말 잘하고 눈치있고 영리한 저 방자, 쇠털벙치, 궁초 갓끈 맵수있게 달아 써, 성천 통우주 접저고리, 삼승고의, 육날신에, 수지 빌어 곱돌 매고, 청창옷 앞자락을 뒤로 잦혀 잡어매고, 한 발은 여기 놓고, 또 한 발 저기 놓고, 충, 충, 충충거리고 건너간다. 장송 가지 뚝 꺾어 죽장 삼어서 자르르 끌어 이리

---

10) 앞의 『한국의 판소리』, 236면.

저리 건너갈 제, 조약돌 덥벅 집어 버들에 앉인 꾀꼬리 탁 쳐 후여
쳐 날려 보고 무수히 장난허다가, 춘향 추천허는 앞에 바드드득 들어
서, 춘향을 부르되 건혼이 뜨게, "아나, 옜다, 춘향아!"

「춘향가 : 김세종 판, 조상현 창」11)

〔중중몰이〕 "니 그른 내력을 들어를 봐라. 니 그른 내력을 들어를 봐라.
계집아으 행실로, 여봐라, 추천을 헐 양이며는 너희집 후원으 그네를
매고, 남이 알까 모를까 헌 데서 은근히 뛸 것이지. 또한 이곳을 논
지허면, 광한루 머지 않고, 녹음은 우거지고 방초는 푸르러, 앞내 버
들은 청포장 두르고 뒷내 버들은 유록장 둘러, 한 가지는 찢어지고
또 한 가지는 늘어져, 춘비춘흥을 못 이기어서 흔들흔들 너울거리고
춤을 출 제, 외씨 같은 늬 발 맵시는 백운간으 해뜩, 홍상 자락은 펄
렁, 선웃임 빵긋, 입속은 해뜩, 도련님이 너를 보시고 불렀지, 내가
무슨 말을 허였다는 말이야? 잔말 말고 건너가자."

「춘향가 : 김세종 판, 조상현 창」12)

　위에 든 예들은 모두 광한루를 중심으로 전개되는 「춘향가」 결연(結緣)
대목 '사설치레'의 몇몇 본보기들이다. '춘향의 추천하는 모습'과 춘향을
부르러 건너가는 '방자의 행색과 거동', 그리고 다시 춘향의 추천 행위를
두고 묘사·서술되는 '춘향의 그른 내력' 등이 이 대목 '사설치레'의 주요
내용이다.

　이러한 경우들 역시 구체적이고 생동적인 묘사와 서술을 통해 '치레' 대
상을 눈 앞에서 보듯이 그려내고 있다. 활기 넘치는 방자의 행색과 거동도
그러하지만, 특히 춘향이 추천하는 모습을 형용하고 있는 두 '사설치레'에
서 그것을 분명하게 실감할 수 있다. 말하자면 이 대목의 '사설치레'는
"그 자리에 없는 사물을 실제로 있는 것처럼 완전하게, 그리고 실제보다

---

11) 앞의 『판소리 다섯마당』, 35면.
12) 같은 책, 35～36면.

더 즐겁게 우리 눈 앞에 떠올리도록 말의 색깔로 옷입혀진 어떤 생생하고 적절한 묘사"[13]가 이루어지고 있다고 할 것이다.

이와 같은 표현상의 특징으로부터 이미지의 선명감은 물론 활기 넘치는 생명감이 주변 경관이나 인물 행위 구석구석에서 배어난다. 이러한 표현효과는 무엇보다도 묘사 · 서술되고 있는 대상 하나 하나와 일종의 감성적인 관계를 맺으려는 의지가 작용하고 있기 때문이 아닌가 생각되는데, 바로 이같은 대상과의 감성적 관계로부터 신선한 이미지가 환기되는 것으로 보인다.

그것은 특별히 화려하다거나 세련된 어휘와 표현기법들을 동원하여 이루어진 것도 아니며, 의미심장한 뜻을 내포하고 있지도 않다. '춘향의 추천하는 모습'과 '방자의 행색과 거동'을 묘사 · 서술하는 데 동원된 표현언어의 세부는 대체로 소박한 일상의 형상들이다. 그러면서도 거기에는 우리의 마음을 사로잡는 어떤 신선함이 환기되고 있다. 따라서 대상과의 구체적이고 감성적인 관계가 유지되는 한 미적 표현효과에 말미암은 정서적 감응은 필연적인 것으로 보인다.

이러한 표현효과를 가능케 하는 표현상의 특징을 '사생적 소박성(寫生的 素朴性)'이라 일컬을 수 있지 않을까 생각한다. 요컨대 '치레' 대상의 이미지와 결부된 '사생적 소박성'이 유지됨으로써 구체적이고 생동적인 묘사 · 서술이 가능하기 때문이다. 이는 결국 '치레' 대상에 대한 판소리 수행자의 인식과 태도에서 비롯된 것이라고 하겠는데, 이러한 표현상의 특징으로부터 생생한 이미지와 생동감 넘치는 표현의 묘가 발휘된다는 면에서, '사생적 소박성'은 곧 판소리 사설의 문체적 특징을 구성하는 주요 요인의 하나라고 하겠다.

그런데, 여기에서 생생한 이미지와 생동감 넘치는 표현의 묘가 발휘되는

---

13) Peter Dixon 지음, 강대호 옮김, 『수사법』, 서울대출판부, 1979, 61면.

데에는 특히 의성어와 의태어가 큰 역할을 한다는 사실을 간과할 수 없다. '휘늘어진 벽도(碧桃)가지 휘휘칭칭 감어 매고……머리 위에 푸른 잎은 몸 따라 흔들 푸른 속에 붉은 치마 바람결에 나부끼니 구만리 백운간에 번갯 불이 흐르는듯 꽃도 툭차 떨어치고 잎도 담북 물어뵈니……어안이 벙벙 흉중(胸中)이 삭막(索莫) 사대삭신 육천마디를 벌렁벌렁'·'춘비춘홍을 못 이기어서 흔들흔들 너울거리고 춤을 출 제, 외씨 같은 늬 발 맵시는 백운 간으 해뜩, 홍상 자락은 펄렁, 선웃임 빵긋, 입속은 해뜩'과 같은 부분에서 실감할 수 있는 예가 그것이다.

이러한 수사기법―의성어와 의태어는 묘사·서술하는 대상들의 구상적 이미지와 리듬감을 환기하고 있다는 점에서 이 대목 '사설치레'가 지닌 표현효과의 일면을 대변한다. 대상의 구상적 이미지와 리듬감이라는 것 자체가 바로 청중들로 하여금 문맥적 상황 혹은 분위기에 정서적으로 감응되게 유도하는 미적 자질로 작용하기 때문이다. 판소리 사설은 이와 같은 수사기법을 또한 적절히 활용함으로써 작품의 극적 효과를 높일 뿐 아니라, 줄거리 전개 과정에서 추구되는 연창의도의 실현에도 힘입는 바 큰 것으로 보인다. 다음과 같은 예에서 이 점을 보다 분명하게 확인할 수 있다.

〔잦은몰이〕 이 말이 지듯 마듯 뜻밖에 살개가 파르파르 문빙맞아 뚝떨 어지며 황개 화선(火船) 이십척 거화포(擧火砲) 신기전(神機箭)과 때 때때 나팔소리 두리둥둥 뇌고(雷鼓)치며 좌우각 선부대가 동남풍에 불을 모아 불을 들고 달려들어 조조 백만대병 군병에다 한번을 불이 비썩 천지가 떠그르르 강산이 무너지고 두번을 불이버썩 우주가 바 뀌는듯 세번을 불로 치니 화염이 충천 풍성(風聲)이 우루루루 물결은 출렁 전선 뒷동 돛대 와지끈 용총 활대 노상 욱대 우비 삼판다리 족 판 행장 망어 갑부대가 물에 풍 기치(旗幟) 펄펄 장막 쪽쪽 화전(火 箭) 궁전(弓箭) 당파 창과 깨어진 통노구 거말장 마탄쇠 나팔 북 징 깽과리 웽기령 젱기령 와그르르 철철 산산히 깨어져서 풍파강상에

> 화광이 훨훨 수만 전선이 간곳 없고 적벽강이 뒤끓으니 불빛이 난리
> 가 아니냐.   「적벽가 : 송만갑 판, 박봉술 창」[14]

유명한 '적벽대전'을 사설치레한 대목의 일부다. 상황 전개의 박진성과 극적 장면의 사실성이 필수적으로 요청되는 부분이라고 하겠는데, 이 대목의 묘사·서술은 다른 무엇보다도 의성어와 의태어가 적절히 구사됨으로써 장면의 세부 하나 하나에 생동감이 넘친다. 그리하여 여기에 '잦은몰이' 장단이 가세함으로써 청중들은 그야말로 생생한 현장감을 피부로 느끼지 않을까 생각한다.

그런 면에서 의성어와 의태어를 빈번히 사용하는 수사기법은 판소리 사설의 '사생적 소박성'에 내재된 표현효과—대상의 생생한 이미지와 생동감 넘치는 표현의 묘를 환기하는 주요 요인이라고 할 수 있다. 따라서 '사생적 소박성'이 판소리 사설의 문체를 구성하는 주요 요인 가운데 하나라고 한다면, 특히 대상의 구상적 이미지와 리듬감을 환기하는 의성어와 의태어는 그 '사생적 소박성'에 내재된 미적 표현효과를 가능케 하는 주요 요인이라 하겠다.

한편, '구상적 현시'의 기저자질에 해당하는 구체적이고 생동적인 묘사·서술은 또한 다음과 같은 미적 표현효과와 정서적 특질의 면 또한 내재하고 있는 것으로 보인다.

> **[잦은 중중몰이]** "아이고, 이것이 웬 말이냐? 워따, 동네 사람들, 우리
> 마누라가 죽었소 허허허어, 참으로 죽었소? 아이고, 마누라. 죽을 줄
> 알았으면 약지러 가지 말고 머리맡에 앉었다 극락세계로 가라고 염
> 불이나 해 줄 것을. 약능활인이요 병불능살인이라더니 약이 모두 원
> 수로다." 약그릇을 번뜻 들어 방바닥에 부딪치고, 섰다 꺼꾸러져 떼

---

14) 앞의 『한국의 판소리』. 450~451면.

그르르르르 궁글러보고, 가슴을 쾅쾅 치고, 머리도 찌걱찌걱, 두 발을
둥둥둥둥, 여광여취, 실성발광, 남지서지를 가르쳐, "아이고, 마누라.
마오. 죽지 마오. 평생의 정한 뜻을 사생동거 보잤더니, 염라국이 어
디라고 날 버리고 가랴시오? 아이고, 마누라, 마누라, 마누라, 마누라,
이게 웬일이요?" ………목제비질을 덜컥덜컥, 이리저리 헤매이며, "아
이고, 마누라! 아이고, 이를 어쩔거나!"
「심청가 : 이날치 판, 한애순 창」15)

'잦은 중중몰이' 장단에 실려 연창되는 위 대목은 심봉사가 부인 곽씨를
잃고 '실성발광 미치는' 장면을 묘사·서술한 대목이다.

이와 유사한 표현상의 특징을 보이는 '사설치레'는, 같은 「심청가」에서
심청이 뱃사람들에게 팔려가는 대목의 심봉사 자진(自盡)−'살기도 나는
귀찮허고 눈 뜨기도 내사 싫다 비문 안고 엎더져 나리둥글 치둥굴며 머리
도 질끈 가삿을 쾅쾅 두 발을 굴며 남지서지를 가르치는구나'라든가, 「춘
향가」에서 딸이 삼십도의 곤장을 맞아 죽었다는 말을 전해 듣고 역시 자
진하는 월매의 모습−'질청에 상주상님 장청에 나리님네 내딸 춘향 살려주
오 제 낭군 수절헌 게 그게 무삼 죄가 되여 이 형벌이 웬일이요 나도 마
자 죽여주오 여광여취 실성발광 남지서지를 가르쳐 내려둥굴 치둥굴며 죽
기로만 작정허는구나'와 같은 대목에서도 찾을 수 있다.

이런 대목들은 요컨대 사람살이에서 야기되는 고난이자 고통의 극한상
황을 그려나가되, 현실적이면서도 감성적인 형상들을 두루 동원하여 철저
한 인간적 계기를 마련하고 있다. 말하자면 곡진한 데다가 생동감이 넘치
는 묘사와 상황 진술을 통해 '치레' 대상에 보다 직접적인 감응이 이루어
지게 하는 것이다.

이와 같은 표현상의 특징과 효과로부터 우리는 판소리 사설이 추상적인

---

15) 앞의 『판소리 다섯마당』, 90~91면.

논리나 무미건조한 설교를 앞세우기보다는, 분방한 사고와 격정적 정서의 표출을 통해 우리 감성에 직접적으로 호소하는 서술 태도를 지향하고 있음을 알 수 있다. 따라서 이러한 서술 태도 속에서 정태적이거나 장식적인 표현은 지양된다. 그 표현의 세부는 다르지만 특히 방자·월매·심봉사 등 솔직하고 발랄한 '평민적 인물형상'들에서 이 점을 실감할 수 있다.

그런 면에서 상황적 정서 혹은 감정 표현에 매개항을 두지 않는 이와 같은 표현상의 특징을 '직정적 표출(直情的 表出)'이라 할 수 있지 않을까 생각한다. 절박한 상황에 대한 감정 표현은 그것을 있는 그대로 솔직·대담하게 드러내는 데서 논리 이전의 공감을 유발할 수 있기 때문이다. 이러한 표현상의 특징 및 효과 역시 판소리 사설의 특징적 일면임에 틀림 없다 하겠다.

이렇게 볼 때, 판소리 사설의 미적 표현기법이자 원리의 하나인 '구상적 현시'는 대부분 구체적이고 생동적인 묘사·서술을 통해 이루어진다고 하겠는데, 여기에는 특히 적절한 수사·사생적 소박성·직정적 표출 등과 같은 표현상의 특징 및 효과들이 관여하여 청중들로 하여금 '치레' 대상에 미적·정서적으로 감응되게 한다 하겠다.

다음과 같은 논의는 이와 같은 표현상의 특징 및 효과에 내재된 문학성을 살피는 데 좋은 참고가 될 수 있을 것이다.

> 문학형상은 추상적 논의나 무미건조한 설교가 아니라 항상 구체적이고 감성적이다. 현실생활을 반영할 때 문학형상은 언제나 객관적 대상의 외부 윤곽과 내재된 특징을 생동적이고 구체적으로 묘사함으로써 피와 살이 있고 소리와 색깔이 있으며 사실처럼 느낄 수 있게 하여 독자에게 마치 그 소리를 듣고 그 사람을 보며 그 자리에 있는 듯한 느낌을 준다. …… 예를 들어, 「수호전」에서 무송(武松)이 호랑이를 때려잡는 장면을 묘사한 대목을 보면, 대단히 구체적이고 생동감 있게 쓰여 있다. 먼저 무송이 '세 사발 마시고는 산을 넘지 못한다'는 말을 믿지 않고 한껏 취하도록 마신

다. 이어서 웃통을 벗어들고 봉(奉)을 어깨에 걸치고 비틀비틀 경양강(景
陽崗)으로 걸어 올라가 마침내 대담하게 잠을 잔다. 그런데 갑자기 호랑
이가 뛰쳐나오매 무송은 놀라 깨고 서로 치고 받고 싸우다 뜻밖에도 호신
용 봉을 쿠러뜨려버리고 나중에는 어쩔 수 없이 맨손으로 호랑이와 싸우
게 된다.…… 작품에 묘사된 일거 일동과 얼굴 표정 하나 하나가 눈 앞에
살아 움직이듯 선명하여, 사람을 도취시키는 매력이 있다.[16]

위에서 논의되고 있는 것처럼, 문학형상은 '구체적이고 감성적'이어야
바람직하다. 그리고 이러한 문학형상을 창출하는 과정에 있어서 구체적이
고 생동적인 묘사·서술은 '피와 살이 있고 소리와 색깔이 있으며 사실처
럼 느낄 수 있게 하여 독자에게 마치 그 소리를 듣고 그 사람을 보며 그
자리에 있는 듯한 느낌'을 불러일으킴으로써, '사람을 도취시키는 매력'을
줄 수 있다고 했다.

이러한 표현상의 특징 및 효과는 특히 현장 연창예술인 판소리의 미학
을 구성하는 긴요한 요건이기도 하다. 그것은 결국 분방한 사고와 감성에
호소하는 미적·정서적 태도에서 비롯된다고 할 수 있다. 그런 면에서 이
러한 표현상의 특징 및 효과는 역시 앞의 「판소리 사설의 연창구조적 특
성」을 살피는 자리에서 논의한 '분방한 자연스러움'의 미학과도 상통한다
하겠다.

---

16) 侯健 외 2인 지음, 임춘성 옮김, 『문학이론학습』, 제3문학사, 1989, 146면.

2. 판소리 사설의 표현미학적 특징

표현기법과 원리의 면만을 따진다면 판소리―판소리 사설의 매력은 온전히 드러나지 않는다. 그것은 특히 논리적인 면에서 볼 때 불합리와 당착 투성이다. 그러면서도 거기에는 우리를 감동케 하는 어떤 '힘'이 있다. 이러한 '힘'의 실상과 관련된 몇 국면을 백대웅은 다음과 같이 지적한 바 있다.

> 확실히 판소리에는 우리를 감동시키고 감탄케 하는 '힘'이 있다. 저절로 웃음을 자아내게 하는 해학과 기지들, 논리와는 상관없이 튀어나오는 비유법들, 인간 본연의 생동감과 발랄함, 발전을 거듭하는 극적 구성, 장단과 사설이 효과적인 결합을 하는 붙임새와 시김새, '이면'을 표현하는 여러 조의 활용, 생활인들의 소박한 철학, 연주형태의 일체감, 임기응변으로 나오는 연기나 몸짓 등이 그 힘의 단편적인 현상들이다.[1]

백대웅이 말하는 이와 같은 '힘'은 곧 판소리의 미학이다. 그것은 물론 텍스트 자체만으로 성립하는 것은 아니지만, 텍스트의 언어성과 미적 표현 효과를 떠나서 성립하기 어렵다. 문제는 이러한 미학을 가능케 한 요인들에 대한 논리적 해명에 있다.

음악성의 면에서 본다면 그것은 이른바 '이면'을 그리는 과정을 깊이 있게 분석함으로써 해명 가능할 것이다. 그리고 문학성의 관점에서는 '표현 속에 잠재된 언어의 내포적 의미와 정서적 감응을 야기하는 미적 표현효과'를 규명함으로써 적절히 해명될 수 있을 것이다. 말하자면 그것은 표현

---

1) 백대웅, 『한국 전통음악의 선율구조』, 대광문화사, 1982, 10면.

상의 특징들르부터 환기되는 정서의 실상이 규명될 때 비로소 구체성을 띨 수 있는 것이다.

여기에서는 이 문제를 연창의도를 형상화하는 방식 및 미적·정서적 체험이 이루어지는 과정에 관여하는 표현효과에 초점을 맞추어 논의하기로 하겠다.

1) 소리의 '이면'과 사설의 '표상성'

'표현 속에 잠재된 언어의 내포적 의미와 정서적 감응을 야기하는 미적 표현효과'의 문제를 염두에 둘 때, 판소리 사설의 표현미학적 특징은 우선 연창사설 자체가 '표상(表象)'하고 있는 바가 무엇인가를 구명함으로써 해명될 수 있으리라 본다. 문학작품에 있어서 표상의 문제는 언어성과 긴밀한 연관을 맺고 있는 까닭에, 판소리 사설에 내재된 미적 표현효과를 밝히는 관건이 될 수 있을 뿐 아니라, 판소리 연창자가 텍스트를 통해 구현하고자 하는 연창의도와도 직접적인 연관하에 놓이기 때문이다.

그런데 이러한 사설의 표상성은 판소리가 특히 문학과 음악의 복합체라는 점에서 음악성과 관련된 미적 표현효과 또한 논의되어야 바람직하다. 음악성과 관련된 미적 표현효과를 판소리에서는 '이면'이라고 하거니와, 소리의 '이면'은 곧 사설의 '표상성'과 상통한다고 할 수 있다. 그러면 판소리에서의 '이던'이란 구체적으로 무엇인가?

판소리 연창자들은 흔히 소리에 예술성이 깃들기 위해서는 '이면을 잘 그려야 한다.'고 말한다. '이면'을 잘 그려야 소리에 '그늘'(심화된 정서)이 생길 수 있기 때문이다. 여기에서 '이면'이란 "사설의 철학적 해석을 음악으로 표현하는 것"·"이야기의 내용을 상징적인 소리로 그려내는 음악 행위"2)를 의미하는 것으로 보인다. 그리하여 "판소리의 이면은 관념화되는 것이 아니라 감각적 대상 속에 내재하는 것이며, 그 힘은 음악에서 생기고 의미가 생기게 하는 힘은 사설에서 생긴다."[3]라고 일컬어진다. 이런 사실들로부터 판소리의 '이면'은 곧 문학적 내용과 음악적 요소의 결합에서 추구되는 미적 표현효과의 단면을 지칭하는 것이라 할 수 있다.

판소리의 '이면'은 예컨대 다음과 같은 논의를 통해 좀더 구체적인 이해가 가능하다. 「춘향가」 '박석티 고개'의 경우를 들어 논의한 다음의 글에 주목해 보기로 하겠다.

> '박석티 고개'는 어사가 된 이도령이 남원땅을 굽어보는 고개 위에서 부르는 노래이다. 이 노래의 앞부분은 어사가 방자와 농부들을 만나서 춘향의 그간 사정을 탐문하는 대목이고, 뒷부분은 춘향 집에서 어사가 월매와 향단이를 만나는 대목으로 이어진다. 박석티 고개에서 그동안의 과정을 회상하는 이도령의 심경은 착잡할 수 밖에 없다. 춘향과의 사랑에 대한 추억, 그 동안 자신의 무관심에 대한 반성, 변사또에 대한 증오심, 엄정 공평해야 하는 어사의 신분 따위가 '박석티 고개'에 나타날 수 있는 이면의 내용들이다. 이러한 내용들을 음악적으로 표현화하려고 할 때 어떠한 극적 구조와 인물 설정에서 어떤 내용들이 강조되고 표현되어야 하는가 하는 문제가 중요하다.[4]

위 논의에서 볼 수 있듯, 「춘향가」 '박석티 고개'에 나타날 수 있는 '이면'의 내용들은 '춘향과의 사랑에 대한 추억, 그 동안 자신의 무관심에 대한 반성, 변사또에 대한 증오심, 엄정 공평해야 하는 어사의 신분' 등이다. 요컨대 판소리에 있어서 '이면'이란 연창사설에 내재된 '상징적 의미'의 면을 음악적 '소리'로써 적절히 형상화하는 것을 뜻한다고 할 수 있는 것이다.

---

2) 백대웅, 「명창과 판소리의 미학」, 『세계의 문학』 35호, 1985 · 봄, 93면, 99면.
3) 이국자, 『판소리 연구』, 정음사, 1987, 24면.
4) 백대웅, 앞의 「명창과 판소리의 미학」, 100면.

그렇기에 판소리의 '이면'은 연창자의 텍스트 이해와 해석, 그리고 이를 소리로써 형상화하는데 직접 간접으로 관여하는 사승(師承)의 전승구도에 따라 각기 다를 수 있다. 뿐만 아니라, 소리꾼들의 독창적인 '더늠'의 개발도 이러한 '이면'에 대한 깊이 있는 안목이 전제되어야 가능하다는 사실을 헤아릴 수 있다.

음악성에 결부된 판소리의 '이면'은 문학성의 측면에서는 언어성과 미의식으로부터 비롯되는 미적 표현효과와 상통하는 것으로 보인다. 중요한 것은 이러한 미적 표현효과로부터 환기되는 정서의 특질을 파악하는 일이다. 다음과 같은 논의는 이 문제를 살피는 데 큰 도움을 줄 수 있을 것으로 본다.

> 한 작품이 언어적 표현이라는 것을 전제할 때 그리고 그러한 작품은 어떤 사실, 경험 혹은 생각 또는 의도의 표현일 수 밖에 없다는 것을 인정할 때, 작품의 해석, 즉 작품의 의미는 물리적 혹은 논리적 언어 자체의 설명에 있지 않고 그것이 표상하는 바를 그 밖에서 찾아야 함은 당연할 것 같다. ……한 작품의 해석이란 눈앞에 있는 작품이란 언어의 창문을 통해서 위와 같은 것들을 찾아내는 일이 된다.[5]

여기에서 주목되는 것은 '작품의 해석, 즉 작품의 의미는 물리적 혹은 논리적 언어 자체의 설명에 있지 않고, 그것이 표상하는 바를 그 밖에서 찾아야 함은 당연할 것 같다.'라는 말이다. 판소리 사설의 경우 앞에서 논의한 문맥에서의 내밀한 상징적 의미나 다양한 표현기법들에 의해 환기되는 정서의 실상들이 곧 이같은 '언어의 표상성'과 상통하는 것으로 생각되기 때문이다.

최진원은 판소리 사설의 표현상의 특징과 관련하여 다음과 같이 논의한 바 있는데, 이는 '판소리 사설의 표상성'을 살피는 데 있어서 하나의 지침

---

5) 박이문, 「인문과학과 해석학」, 『인식과 실존』, 문학과 지성사, 1982, 39면.

이 될 수 있을 것으로 본다.

> 판소리 사설에는 의미[所記]를 넘어선 그 어떤 효과[能記]—의미와는 직접 관계가 없는 심상(이미지)과 상상을 불러 일으키는 효과—가 강하게 풍긴다. 이것을 '표징(表徵)'이라고 부르고자 한다.6)

여기에서 '표징'으로 일컫고 있는 말이 곧 본고의 '표상'과 상통하는 말로 볼 수 있다. 이와 같은 관점에서 볼 때, 판소리 사설의 '표상성'이란 이른바 '엮음에 의한 구상적 현시'에 의해 창조된 대상의 구체적이고 복합적인 이미지—'언어적 표현으로부터 환기된 미적·정서적 표현효과'라 할 수 있으며, 이것이 바로 판소리 사설이 추구하는 표현미학적 특징이라 할 수 있다.

따라서 판소리 사설에서 주목해야 할 것은 역시 '엮음에 의한 구상적 현시'를 통해 창조되는 하나의 구체적 형상이며, 그 형상에 내재된 '표상'의 실체를 규명하는 것이 미적 표현효과를 살피는 적절한 방법이라 할 수 있다. 그런 면에서 앞장에서 살핀 표현기법과 원리에 관련된 문제들도 사실 이러한 '표상'의 실체를 규명하는 데 기여할 때 비로소 구체적인 의의를 지닌다고 할 것이다.

요컨대 문학 텍스트에서 문제가 되는 것은 항상 언어적 표현의 이면에 잠재해 있는 정서적 관련이다. 그런 의미에서 '표상'은 언어를 바탕으로 하지만 언어 밖에 존재하는 그 무엇이다. 그리고 이를 규명하는 작업은 텍스트의 문학성, 나아가 텍스트의 향수 문제와도 직결된다는 점에서 중요한 의의를 부여할 수 있다.

이제 이상에서 살핀 '소리의 이면'과 '사설의 표상성'에 대한 이해를 바

---

6) 최진원, 「판소리 사설의 표현특징」, 『한국고전시가의 형상성』, 성균관대 대동문화연구원, 1988, 214면.

탕으로, 다음 두 갈래로 틀지울 수 있는 판소리 사설의 표현미학적 특징에
대해 논의하기로 하겠다.

2) 잠재의식의 실재의식화

미적 대상에 대한 우리의 경험에 있어서 항상 문제가 되는 것은, 그것
이 가시적 실체에 관한 것이든 비가시적 관념에 관한 것이든, 명료한 개념
을 통해 논리적으로 설명 가능한가 하는 문제라고 할 수 있다. 판소리 사
설의 미적 표현효과 역시 이러한 논리적 설명의 차원에서 해명될 필요가
있는 경우가 대부분이다. 그것은 우선 열거와 반복의 수사기법을 통해 미
적 경험의 대상을 줄줄이 엮어나가는 '사설'의 특성과, 그 대상을 구체적
이고 생동적인 묘사·서술을 통해 구상적으로 현시하는 '치레'의 표현효과
를 어떻게 명료하게 설명할 수 있는가 하는 관점에서 출발할 수 있다.

가령, '인물의 행색과 거동'을 치레하는 예는 판소리 사설에서 가장 빈
번히 등장하는 유형 가운데 하나다. 「춘향가」의 경우만을 예로 든다 하더
라도, 광한루에 나들이하는 '이도령의 복색치레'에서처럼 화려한 장식과 기
품있는 태도를 그려나가기도 하고, 춘향을 부르러 가는 '방자의 행색과 거
동'에서처럼 수수하게 차려입은 모습과 활기에 찬 동태를 그려나가기도 하
는 것이 그것이다.

그런데 이러한 '인물의 행색과 거동'에서 우리는 대부분 홍겹고 유연한
정서가 환기되고 있음을 실감한다. 이같은 정서가 환기되는 데에는 예의
열거와 반복에서 비롯되는 리듬의식이 관여하기도 하고, 이른바 '그 자리
에 없는 것을 실제로 눈앞에서 보는 듯한 생생함'을 자아내는 구체적이고
생동적인 묘사·서술이 관여하기도 한다.

그러면 이와 같은 미적·정서적 표현효과를 어떻게 논리적으로 설명할

수 있는가? 다음과 같은 '중의 행색과 거동'을 사설치레하는 예를 살펴보기로 하겠다.

> 〔엇몰이〕 중 올라간다, 중 하나 올라간다. 저 중이 어떤 중인고 행색을 알 수 없네. 연년 묵은 중, 허허디 헌 중, 화주승인데 절 중창하랴 허고 권선문 메고 시주집 찾어 갔다 절 찾어 가는 길이라. 청산은 암암허고 설월은 돋아올 제, 세경으 비낀 길로 인도한 곳을 올라간다. 저 중의 호사 보소. 굴갓 쓰고, 장삼 입고, 염주를 목에 걸고, 단주 팔에 걸어, 백저포 장삼을 진홍띠 둘러 띠고, 소년 당상헌 별랑을 귀 우에 떡 붙이고, 용두 새긴 육환장, 쇠고리 길게 달어 처절 철철철 흔들 흔들 흐늘거리고 내려오며, 육관대사 성진이 용궁에 문안 갔다 과약주 취케 먹고 팔 선녀 희롱하던 성진 대사으 거동이라.
>
> 「심청가 : 이날치 판, 한애순 창」[7]

'중타령'으로 널리 알려진 사설치레다. 여기에 인용한 것은 「심청가」의 것이지만, 이처럼 '중의 행색과 거동'을 사설치레하는 예는 「흥보가」·「변강쇠가」 그리고 판소리계 소설 「옹고집전」에도 두루 등장한다.

그런데 '중의 행색과 거동'을 이처럼 다채롭고도 화려하게 '치레'하는 이유는 무엇인가?

이 문제는 우선 연창자의 연창의도와 깊은 관련을 맺고 있는 것으로 보인다. 연창자는 요컨대 이 대목에 등장하는 '중'의 형상을 열거와 반복의 수사기법을 동원하여 다채롭고도 화려하게 '치레'함으로써 그 모습을 구상적으로 현시하고, 이렇게 현시된 대상의 이미지를 바탕으로 하나의 구체적인 형상을 창조하고자 하기 때문이다. 특히 '중의 호사' 부분에 보이는 화려한 치장과 '처절 철철철 흔들흔들 흐늘거리고 내려오는' 거동에 드러난 생동적 묘사는, 홍겨운 리듬의식과 함께 대상의 이미지와 형상을 보다 선

---

7) 판소리학회 감수, 『판소리 다섯마당』, 한국브리태니커회사, 1982, 96면.

명하게 부각시키기 위한 표현기법적 전략이라 할 수 있다.

이와 같은 연창자의 의도와 전략에 의해 청중들은 '중'에 대한 어렴풋한 관념이나 이미지를 점차 명료한 대상물로 의식의 표면 위에 떠올릴 수 있게 되고, '엮음에 의한 구상적 현시'라는 감각적 경험의 기제를 통해 그 '치레' 대상을 형상적으로 인식·체험할 수 있는 것으로 보인다. 그리하여 마침내 이러한 형상적 인식과 체험의 과정을 통해 소리판 청중들의 미분화(未分化)된 심미적 충동은 구체적 표현형태들을 빌어 의식의 표면 위에 감각적으로 실재(實在)하게 되는 것으로 보인다.

이와 같은 미적 표현효과 및 형상적 인식·체험의 양상을 '잠재의식의 실재의식화'[8]라 할 수 있지 않을까 생각한다. 즉, 평상시에는 막연하고 어렴풋이만 자각되고 있던 범칭적 '중'에 대한 관념이나 이미지가, '엮음에

---

8) 여기에서 사용하는 '잠재의식(潛在意識)'·'실재의식(實在意識)'이라는 용어에 대해 간략히 정리해 둘 필요가 있을 것 같다.

　심리학에서는 '의식'을 "내부적인 사상(事象)과 외부적인 사상에 대한 자각의 상태"(Wallace 외 2인 지음, 이관용 외 3인 옮김, 『심리학 개론』, 도서출판 율곡, 1990, 102면)로 규정하고 있다. 본고에서 사용하는 '잠재의식'이나 '실재의식'은 모두 이러한 '사상(事象)'에 대한 자각의 상태'인 점에서는 공통적이다. 그러나 '잠재의식'의 경우는 그 사상에 대한 자각의 내용을 아직 분명한 개념으로 의식의 표면에 떠올리기 어려운 미분화(未分化)된 성격의 자각이라 할 수 있으며, '실재의식'의 경우는 이와 상대적인 면에서 그 자각의 내용을 보다 분명한 개념으로 의식의 표면에 떠올릴 수 있거나 평상적으로 떠올려져 있는 분화(分化)된 성격의 자각이라는 면에서 서로 차별될 수 있다.

　그렇기에 븐고에서 말하는 '잠재의식'은 흔히 콤플렉스(complex)와 같이 억압되어 있는 의식의 단면을 일컫는 경우에 사용하는 개념과는 그 성격을 달리하며, 그런 면에서 '븐명하게 지각되지 않은 채 활동하고 있는 정신세계의 어렴풋한 의식'을 의미하는 것에 가깝다고 할 수 있다. 그리고 '실재의식'의 경우는 이와 상대적인 국면에서 '보다 분명한 지각이 가능한 의식'을 의미하는 것으로 사용한다. 아울러 본고에서 이들 두 의식 간의 전이과정을 논의하는 경우, 어떤 경험적 사상(事象)에 대한 지각이 어떤 계기에 의해 상대쪽 의식상태로 전이해 가는가에 초점을 맞추기로 한다.

의한 구상적 현시'에서 비롯되는 미적 표현효과로 말미암아 비로소 분명한 형상으로 의식의 표면 위에 떠올려져, 마침내 어떤 '위력을 지닌 존재'로 지각되기에 이르는 것으로 보이기 때문이다.

위의 「심청가」에 등장하는 '중'은 다음 대목에서 심봉사에게 눈을 뜨는 방법을 일러주는 역할을 하며, 「흥보가」의 경우에 있어서도 흥보에게 집터를 잡아주는 역할을 한다는 사실이 그 전후 문맥에서 확인되는 논리적 근거다. 이러한 사실은 물론 앞에서 논의한 판소리 사설치레의 「문맥에서의 기능과 상징적 의미」 가운데 하나인 '예축(豫祝)의 푸리성'과 직결되는 면모이기도 하다.

따라서 이 대목의 사설치레가 다채롭고도 풍부한 묘사·서술을 통해 표상하는 바는 '중'의 구상적 이미지와 형상을 토대로 한 모종의 잠재되어 있는 '위력'의 환기라고 할 수 있겠으며, 이를 위해 그렇듯 다양한 사물과 현상들로 표현의 세부를 확충한 것으로 이해될 수 있다. 그리고 이 때 개개의 세부 표현들은 그 자체의 의미보다는 '중'의 형상이라는 전체적 이미지를 환기하는 매개 역할을 한다는 데 그 의의가 있다고 할 것이다.

이와 같은 판소리 사설의 미적 표현효과는 '인물의 행색과 거동'을 사설치레하는 경우에서만 드러나는 것은 아니다. 판소리 사설치레는 다양한 유형적 성격을 띠고 텍스트에 편재되어 있거니와, 다시 다음과 같은 '경관형용'의 예를 통해서도 이러한 미적 표현효과가 발휘되는 것을 확인할 수 있다.

〔진양〕 이윽고 퇴령(退鈴)소리 하인물려라 청령(廳鈴)나니, 도련님이 좋아라고 방자불러 앞세우고 춘향집을 건너갈 제, 청조(靑鳥)의 편지보고 주문왕(周文王)의 요지(瑤池) 찾듯 차츰차츰 찾아갈 제, 춘향문전 당도허여 대문안을 들어서 좌우를 살펴보니, 동편에는 죽림이요 그 앞에 연당 있고, 연당 갓의 벽오동(碧梧桐)은 청풍(淸風)이 건듯, 맑은 이슬이 뚝 떨어지니, 잠든학(鶴)이 놀래깨어 다리수업(修業)을 허노라고, 한 날개는 사리우고 또 한 날개 반만 펴고 징검구붓 뚜루루

> 루 끼룩. 그도 또한 경(景)이로구나. 가만가만 들어갈 제, 그때에 춘
> 향이는 촛불을 돋우켜고 칠월편(七月篇)을 읽는 소리 방갑고도 아름
> 답다.   「춘향가 : 정정렬 판, 김여란 창」[9]

「춘향가」의 '초당풍경'을 사설치레한 대목이다. 최진원은 이 대목에 대해 "곧 벌어질 사랑, 그 낭만적 분위기가 아늑하게 풍긴다."[10] 라고 한 바 있는데, 이것이 곧 이 대목의 연창의도이자 미적 표현효과의 단면이라 할 수 있다.

이와 같은 '경관형용'의 경우 역시 다채롭고도 풍부한 묘사·서술을 통해 확충된 정서를 바탕으로 예의 미분화된 심미적 충동을 의식의 표면 위에 실재화시킨다는 면에서, 그 미적 표현효과 및 형상적 인식·체험의 양상을 '잠재의식의 실재의식화'로 틀지울 수 있을 것이다. 그리고 이러한 표현상의 특질을 통해 이 대목이 표상하는 바는 '기대에 찬 설레임'이라고 할 수 있을 것이다. 신방(新房)에 들기 전이라는 문맥적 상황으로 미루어 그 사랑을 예축하는 내밀한 상징적 의미가 바로 이 '기대에 찬 설레임'과 상통하는 것일 수 있기 때문이다.

그런데 이러한 미적 표현효과가 가능한 것은 특히 '치레' 대상에 대한 지속적 이미지 환기로부터 비롯되는 시각체험과 청각체험에 의해서다. 따라서 이를 위해 이 장면이 화려하고 아늑한 분위기를 자아내도록 다양한 사물과 현상들을 동원한 셈인데, '동편에는 죽림이요 그 앞에 연당 있고, 연당갓의 벽오동은 청풍이 건듯, 맑은 이슬이 뚝 떨어지니, 잠든 학이 놀래 깨어 다리수업을 허노라고, 한 날개는 사리우고 또 한 날개 반만 펴고 징검구붓 뚜투루루 끼룩'과 같은 경관형용에서 그것을 실감할 수 있다.

말하자면 다양한 사물·현상들이 환기하는 이미지를 통해 무엇인지 분

---

9) 정병욱, 『한국의 판소리』, 집문당, 1981, 247면.
10) 최진원, 앞의 「판소리 사설의 표현특징」, 214면.

명하게 의식되기 어려운 우리의 몽롱한 잠재의식을 일깨워, 청중들로 하여 금 상상적 체험과 정서적 감응력에 의존하여 그것의 실재의식화를 유도하는 것이다. 바로 이같은 미적·정서적 체험으로부터 때로 비사실적이거나 과장된 내용 혹은 장면이 전개된다 하더라도 청중들은 그것을 논리적으로만 사고하지 않는다. 청중들의 의식 속에는 일종의 상상적 체험을 바탕으로 한 공감의 주력(呪力)－정서적 감응력과 같은 것이 자연스럽게 형성되기 때문이다.

따라서 이와 같은 미적 표현효과는 '치레' 대상의 개별적 사물·현상들에 대한 사실판단에서 비롯되는 것이 아니라, 감정 혹은 정서의 흐름을 적절히 조절·통제하는 일종의 내재율을 바탕으로, 그 표현의 세부들이 "하나 하나의 개별성을 넘어서서 그 어떤 전체성에 흡수되는"[11] 표상의 미학으로 틀지워지는 것이라 하겠다.

이러한 미적 표현효과는 「수궁가」에서 난생 처음 뭍에 올라온 별주부의 눈에 비친 '산천경개'나, 판소리 전편에 걸쳐 나타나는 음식·기물·화초치레 등에서, 개체적 경관의 세부들에 대한 논리적 사고와 판단 이전에 이미 '치레' 대상에 정서적으로 감응되고 마는 다양한 실례들을 통해서도 충분히 입증될 수 있을 것이다.

그런 면에서 새삼 주목되는 것은 이와 같은 '잠재의식의 실재의식화'에 수반되는 표현상의 특징들이다. 그것은 열거와 반복 외에 대부분 '왜곡과 극대화'·'변형과 굴절'의 표현방식을 취하는 것이 일반적이다. 다음과 같은 「심청가」의 '뺑덕어미의 인물과 행실'은 앞에서 살핀 「흥보가」의 '놀보의 심성과 언행'과 더불어 이를 대표하는 사설치레라 할 것이다.

> 뺑덕어미라 하는 홀어미가 있는데, 생긴 형용 하는 행실 만고사기(萬古史記) 다 보아도 짝이 없는 사람이라. 인물을 볼짝시면, 백등칠일(白登

---

11) 같은 글, 215면.

七日) 보냈으면 묵돌정병(冒頓精兵) 풀터이요, 육궁분대(六宮粉黛)가 보
았으면 무안색을 하겠구나, 말총같은 머리털이 하늘을 가리키고, 되박이
마 횃눈썹에 움푹준 주먹코요, 메주볼 송곳턱에 써렛니 드믄드믄, 입은
큰 궤 문 열어 논 듯하고, 혀는 짚신짝 같고, 어깨는 키를 거꾸로 세워
논 듯, 손길은 소댕을 엎어 논듯, 허리는 짚동 같고, 배는 폐문(閉門) 북
통만, 엉덩이는 부잣집 대문짝, 속옷을 입었기로 거기는 못 보아도 입을
보면 짐작하고, 수종다리 흑각(黑角) 발톱, 신은 침척(針尺) 자가웃이라야
신는구나. 인물은 그러하고 행실로 볼짝시면, 밤이면 마을들기, 낮이면 잠
자기와, 양식 주고 떡 사먹기, 의복 전당 술먹기와, 제메를 올리려도 담
뱃대는 빼지 않고, 몸볼적에 차던 서답 조왕 앞에 끌러놓기, 밥푸다가 이
잡기와, 머슴 잡고 어린양 하기, 젊은 중놈 보면 웃기, 코 큰 총각 술 사
주기, 인물 행실 이러하니 눈있는 사람이야 누가 돌아 보겠느냐.

「심청가 : 신재효본」12)

　

일반적으로 연창되는 창본의 사설들보다 '엮음에 의한 구상적 현시'의
특성을 보다 여실히 살필 수 있다는 점에서 신재효본을 인용했다.

　위의 '뺑덕어미'의 생긴 모습이나 행실은 말 그대로 지독하고 극성스럽
기 짝이 없다. 그런데도 이러한 치레 사설을 대하면 그저 흥겨운 리듬의식
과 함께 나도 모르게 정서적으로 감응된다. 아무런 전제가 필요 없는 웃음
이 터져나오는 것이다. 여기에는 이른바 '그것이 비사실임을 뻔히 알면서
도 환호를 터뜨리지 않을 수 없는 그 어떤 미학'이 잠재해 있는 것이다.
이같은 '뺑덕어미의 인물과 행실'은 "놀부의 심술에다 방자의 몰골을 합쳐
놓은 듯한 감을 느끼게 하는 것으로서, 이러한 과장은 인물묘사에만 있는
것이 아니라 모든 경우에 두루 적용되는, 무엇이든지 극한적으로 떠벌리는
것이 그 특색"13)으로 일컬을 수 있을 것이다.

　사실 여기에 동원된 사물이나 형상들은 왜곡과 극대화의 전형이다. 일상

---

12) 강한영 교주,『신재효 판소리 사설집(전)』, 교문사, 1984, 213면, 215면.
13) 최진원, 앞의 「판소리 사설의 표현특징」, 209면.

의 주변에서 경험 가능한 사상(事象)들을 비유의 대상으로 삼기는 했지만, 이를 특유의 미감과 정서를 환기하는 차원에서 극단적으로 변용·굴절시켜 표현하고 있는 것이다. 그런 면에서 이 때의 풍부한 묘사·서술은 사고의 과정을 감각적 경험의 과정으로 대치하는 기능을 수행한다고 할 수 있다. 그리고 이와 같은 묘사·서술로부터 비사실적 과장이나 문맥간의 당착과 모순이 초래되기도 하지만, 하나의 구체적 형상을 창조하는 데 긴요한 역할을 한다고도 할 것이다.

앞의 「판소리 사설의 미적 표현기법과 원리」를 살피는 자리에서 언급했듯, 등가적(等價的) 사물이나 형상들의 열거와 반복은 언어 자체에 내포된 의미를 약화시키는 반면 대상의 이미지나 정서를 강화·확장하는 표현효과를 발휘한다. 여기에 '비사실적 과장'으로 대변되는 '왜곡과 극대화'·'변형과 굴절'의 표현방식이 가세함으로써, 특유의 강렬한 이미지를 동반한 형상이 창출된다. "과장법은 단순히 감정을 불러일으키거나 어떤 행동의 극악무도함을 과장하는 수단만은 아니다. 그것은 또한 이야기 전체를 통하여 서서히 강화되어 온 여러 태도를 한곳에 집중시키는 구실을 할 수도 있을 것이다."[14]라는 견해는 이런 경우에 적용될 수 있는 적절한 지적이 아닐 수 없다.

그런데 이와 같은 경우에 있어서도 역시 중요한 것은 '치레' 대상의 이미지 환기를 통해 무엇을 표상하고자 하는가를 살피는 일이다. 따지고 보면 사고의 과정을 감각적 경험의 과정으로 대치시키는 기능을 하는 풍부한 묘사·서술도 결국 이 대목의 표상을 구체화하기 위한 표현상의 특징이라 할 수 있다.

요컨대 위의 '뺑덕어미의 인물과 행실'은 궁극적으로 인간의 언행 및 심성과 결부된 '추(醜)'를 표상하고 있다고 할 수 있다. 용모 구석구석이며

---

14) Peter Dixon 지음, 강대호 옮김, 『수사법』, 서울대출판부, 1979, 64면.

행실 하나하나가 모두 비속한 그 무엇을 형상화하고 있다는 사실이 이를 잘 말해 준다. 그러나 그럼에도 불구하고 그것이 우리에게 어떤 거부감이나 불유쾌한 감정을 주지 않는 것은, '추(醜)'의 형상을 통한 '인간성의 이면 긍정'이라는 정서적 효과를 강하게 자아낼 수 있도록 표현상의 세부를 확충시켰기 대문이다. 그리하여 이러한 정서 체험으로부터 우리는 우리 모두에게 미분화된 상태로 잠재되어 있는 비속성(卑俗性)에 대한 의식의 단면들을 실재화시켜, 거기에 정서적으로 몰입하게 되는 것이다.15)

그런 면에서 '왜곡과 극대화'·'변형과 굴절'의 표현방식을 통해 추구되는 판소리 사설의 '비사실적 과장'은 결국 이로부터 환기되는 미적 표현효과를 통해 표상성을 구체화하고, 동시에 현실에 존재하는 제재들의 미적 변용과 굴절을 통해 '일상성의 탈피—새로운 미적·정서적 체험'을 가능케 한다는 데 그 의의가 있다고 하겠다.

한편, 이와 같은 미적 표현효과는 다음과 같은 사설치레의 경우 분방하고도 자연스러운 사고와 정서표출을 통해 역시 잠재의식의 단면을 실재의 식화하고 있는 것으로 보인다. 그렇게 함으로써 우리로 하여금 특히 사람살이의 개연성 속에서 '경험적 진실성'의 단면을 추체험(追體驗)할 수 있게 하는 것으로 보인다.

　[아니리] ……춘향이 이 말을 듣더니 얼굴이 푸르락 노르락 하여지며

---

15) 이와 같은 '뺑덕어미의 인물과 행실'을 분석한 논의 가운데 참고가 되는 것은 김대행의 견해다. 그는 「판짜기의 홍미 지향과 어조」(『시가 시학 연구』, 이대출판부, 1991)라는 글을 통해, "판소리 장르의 판짜기를 이루는 기본적인 원리 가운데 하나는 웃음 지향에 홍미의 근원을 두고 있음이 분명하다."(114면)라는 시각 위에서 텍스트 내에서의 뺑덕어미의 등장 이유를 "이런 류의 인물은 대상을 고난으로 몰아가는 악인이 아니고, 자신이 조소의 대상이 됨으로써 이를 즐기는 사람들로 하여금 우월성의 확인을 통한 쾌감을 느끼게 하는 인물"(115면)로 풀이한 바 있다. 텍스트의 구조적 특성 및 정서적 효과와 결부된 논의로서 주목된다 하겠다.

사생결단(死生決斷)을 하기로 드는디,

〔**진양**〕 분같은 얼굴은 저절로 숙여지고, 구름같은 머리는 스스로 흩어지고 앵도같은 입술은 외꽃같이 노래지고, 샛별같은 두 눈은 동튼듯이 뜨고, 도련님만 물끄럼이 바라보며, 아무말도 못하고 한숨만 후유, 얼굴이 방재사색(方在死色)이로구나, 도련님이 겁이나서 춘향의 목을 부여안고, 아이고 이사람 죽네. 춘향아 정신차려라. 내가 가면 아주 가는게 아니다. 춘향이 그제야 정신이 나서, 후우. 도련님 답답하니 저만침 가시오. 무엇이 어쩌고 어째요, 이별말이 웬 말이요, 참말이요 농담(弄談)이요. 우리 당초 말을 헐 제 이별하자고 말하였오. 작년 오월 십오일에 나의 집을 나와겨서, 도련님은 저기 앉고 춘향 나는 여기 앉어 무엇이라고 말하였오. 천지(天地)로 맹서(盟誓)하고 일월(日月)로 증인(證人)삼아, 상전(桑田)이 벽해(碧海)되고 벽해가 상전이 되도록 떠나사지 마자터니, 말경(末境)에 가실 때는 뚝떼어 버리시니, 이팔청춘(二八靑春) 젊은 년이 독수공방(獨守空房) 어이 살으라고, 못허지 못허여, 나를 두고는 못가리다. 여보시오 도련님. 공연(空然)한 사람을 사자사자 졸으더니 평생신세(平生身勢)를 망치오그려.

「춘향가 : 정정렬 판, 김여란 창」16)

이별 앞에 선 '춘향의 반응'을 사설치레한 대목이다.

이도령으로부터 '이별일 밖에 없다.'라는 소리를 듣자마자 '얼굴이 푸르락 노르락 하여지며 사생결단을 하기로' 덤벼들며 '분같은 얼굴은 저절로 숙여지고, 구름같은 머리는 스스로 흩어지고 앵도같은 입술은 외꽃같이 노래지고, 샛별같은 두 눈은 동튼듯이 뜨고' 이내 '무엇이 어쩌고 어째요?'를 따지는 춘향의 모습은, 텍스트 앞부분에서 요조숙녀의 한 전형으로 그려졌던 것과는 퍽이나 대조적이다. 그리하여 '이팔청춘 젊은 년이 독수공방 어이 살으라고, 못허지 못허여, 나를 두고는 못가리다. 여보시오 도련님. 공연한 사람을 사자사자 졸으더니 평생신세를 망치오그려.'라고 절규하는 모

---

16) 앞의 『한국의 판소리』, 261면.

습은 이른바 '여중군자(女中君子)'로서는 썩 내비치기 어려운 형상이다.

그런데 이러한 춘향의 형상은 역시 우리를 어떤 논리적 사고나 사실판단으로 이끌기보다는 곧바로 공감의 차원으로 이끌어가는 매력을 자아낸다. 그 매력은 요컨대 '솔직'과 '순박'에서 비롯되는 것이 아닐까 생각한다. '그런 상황에서는 그럴 수밖에 없는' 인간 존재의 거짓없는 극한을 노출시키고 그 한계를 자각게 함으로써, 단순한 상상에만 머무르게 하지 않는 '절박함'을 환기하기 때문이다. 따라서 우리는 이러한 '절박함'을 사람살이의 개연성 손에서 그리고 경험적 진실성에 입각하여 추체험함으로써, 춘향의 처지와 심경에 정서적으로 동화－감응된다 할 것이다. 이른바 사랑하는 사람과의 이별이라는 절박한 상황 앞에서 그럴 수 있다는, 우리 역시 그러하리라는 '잠재의식의 실재의식화'를 체험하게 되는 것이다.

그렇기에 이와 같은 사설치레에는 일상적 삶의 애환과 건강성이 배어 있다. 이 대목이 환기하는 정서의 밑바닥에는 인간적 계기를 긍정하고 이를 직정적(直情的)으로 표출함으로써 현실에 대한 일정한 태도를 확립하려는 의지가 관여하고 있다. 인간적 계기에 충실하다는 것 자체가 삶에 대한 건강한 시선을 유지하고 있음을 의미하며, 이로써 인정에 곡진한 표현의 묘와 효과를 거둘 수 있기 때문이다. 따라서 이와 같은 사설치레에서는 정태적이거나 장식적인 표현이란 찾아보기 어렵다. 이러한 표현상의 특징은 「심청가」에서 부인 곽씨를 잃고 실성하는 장면, 또 딸이 뱃사람들에게 팔려가는 장면의 '심봉사 자진' 대목을 통해서도 이미 확인된 바 있다.

이처럼 판소리 사설－사설치레 가운데에는 '엮음에 의한 구상적 현시'를 통해 우리 내면의 미분화된 심미적 충동을 구체적 표현 형태들을 빌어 의식의 표면 우에 감각적으로 실재하게 하는 미적 표현효과가 발휘되는 예가 적지 않다. 이러한 미적 표현효과 및 '치레' 대상의 형상적 인식·체험의 양상을 '잠재의식의 실재의식화'로 틀지울 수 있을 것이다. 판소리 사설－사설치레는 이와 같은 표현미학적 특징을 토대로 해당 대목의 연창의도를 실현하는바, 여기에는 연창 문맥으로부터 환기되는 내밀한 상징적 의미 및 미적·정서적 표현효과—표상의 면이 긴밀히 관여한다 하겠다.

3) 실재의식의 잠재의식화

한편, 판소리 사설—사설치레 가운데에는 이상에서 살핀 '잠재의식의 실재의식화'와는 상대적인 양상, 즉 '실재의식의 잠재의식화'로 틀지울 수 있는 미적 표현효과 및 '치레' 대상의 형상적 인식·체험의 양상을 확인할 수 있는 예 또한 적지 않은 것으로 보인다. 말하자면 '엮음에 의한 구상적 현시'라는 동일한 표현상의 특징을 통해 하나의 구체적 형상을 창조하면서도, '치레' 대상에의 정서적 감응을 의도하는 내밀한 방식은 '잠재의식의 실재의식화' 경우와 대조적인 양상을 띠는 예들을 확인할 수 있는 것이다.

다음과 같은 「적벽가」의 한 대목을 보기로 하겠다.

〔잦은몰이〕　가련할손 백만대군은 날도뛰도 오도가도 오무락 꼼짝달싹도 못하고 숨막히고 기막히여 살도 맞고 창에도 찔려, 앉아죽고 서서죽고 웃다죽고 울다죽고 밟혀죽고 맞아죽고 애타죽고 성내죽고 덜렁거리다죽고 복장(腹臟) 덜킥 살에 맞아 물에 풍 빠져죽고, 바사져 죽고 찢어져 죽고 엎어져 죽고 자빠져 죽고 무서워 죽고 눈빠져 죽고 등터져 죽고 오사(誤死) 급사(急死) 몰사(沒死)하야 다리도 직신 부러져 죽고 죽어 보느라고 죽고 무단히 죽고 함부로 덤부로 죽고 땍때그르르 궁굴러 가다 아 낙상사(落傷死)하여 죽고 가슴쾅쾅 뚜드리며 죽고 실없이 죽고 가엾이 죽고 꿈꾸다 죽고 한놈은 떡 큰놈을 입에다 물고 죽고 또한 놈은 주머니를 부시럭 부시럭거리더니 어따 이제기를 칠 놈들아 나는 이런 다급한 판에 먹고 죽을라고 비상(砒霜)사 넜더니라 와삭와삭 깨물어 먹고 물에가 풍. 또 한놈은 돛대끝으로 뿍뿍뿍 기어올라 가더니마는 아이고 하느님 나는 삼대독자의 아들이

오 제발덕분 살려주오 뚝떨어져 물에가 풍. 또 한놈은 뱃전으로 우루루루 퉁퉁퉁퉁 나가더니 고향을 바라보며 아이고 아버지 어머니 나는 한일없이 죽습니다 언제 다시 뵈오리까 물에가 풍. 또 한놈은 그통에 한가한 체라고 시조(時調) 반장 빼다가 죽고, 즉사몰사 대해수중 깊은 물에 사람을 모두 국수풀듯 더럭더럭 풀며 적급조 총괴 약통 납날개 도래송곳 돛바늘 적벽풍파에 떠나갈제 일등명장 쓸데가 없고 날랜 장수도 무용지물이로구나.

「적벽가 : 송만갑 판, 박봉술 창」[17]

이른바 '병정 죽음타령'으로 알려진 사설치레다.

여기에 등장하는 병사들의 죽음은 단순히 전쟁과 관련된 것이라기보다는, 실로 '죽음의 전시장'이라는 느낌을 자아낼 만큼 어안이 벙벙한 그런 죽음의 형상들이다. '전쟁터의 죽음'이 아니라 '죽음의 전쟁터'를 방불케 하는 온갖 죽음의 형상들이 난무해 있다 할 것이다.

어느 죽음 하나 유별나지 않은 경우가 없지만, 특히 '또한 놈은 주머니를 부시럭 부시럭거리더니 어따 이 제기를 칠 놈들아 나는 이런 다급한 판에 먹고 죽을라고 비상 사 넜더니라 와삭와삭 깨물어 먹고 물에가 풍'과 같은 경우나, '또 한놈은 그통에 한가한 체라고 시조 반장 빼다가 죽고', '대해수중 깊은 물에 사람을 모두 국수풀듯' 죽어나가는 경우 등을 대하면, 그것이 정작 '죽음'을 형용하고 있는 것인지 의심스러울 정도다. 이른바 '죽음의 비참'이 희화화되어 있는 것이다.

그렇기에 이와 같은 사설치레를 통해 환기되는 정서의 실상을 따져보면, 예의 '치레' 대상의 형상적 인식 · 체험을 가능케 하는 '엮음에 의한 구상적 현시'에 의해 '죽음의 비참'이라는 실재성(實在性)은 어느 결에 증발되어 버리고 그 어떤 생동감 넘치는 '무변무진(無邊無盡)의 환상'에 휩싸이는 표현효과가 우러나는 것을 실감한다. 그리하여 이러한 표현효과로부터

---

17) 앞의 『한극의 판소리』, 450~451면.

죽음에 대해 우리가 평상적으로 자각하고 있는 실재의식은 오히려 뭐가 뭔지 모르는 미분화(未分化)의 잠재의식 상태로 옮겨가 버리고 만다.

이와 같은 판소리 사설―사설치레의 미적 표현효과 및 '치레' 대상의 형상적 인식·체험의 양상을 '실재의식의 잠재의식화'라 할 수 있으리라 생각한다. 즉, 우리가 평상적으로 자각하고 있는 어떤 관념이나 이미지가 '엮음에 의한 구상적 현시'에서 비롯되는 미적 표현효과로 말미암아 모호하거나 불분명한 그 무엇으로 지각되면서 잠재의식화하는 특징을 띤다는 것이다. 위에서 인용한 '병정 죽음타령'의 경우, 등가적 형상의 지속적인 열거와 반복 속에서 이른바 '죽음'이라는 언어의 일차적 의미는 부지불식 간에 약화되어 버리고, 희화화된 '죽음의 형상'에 관련된 정서 체험만이 두드러지는 것이 이와 같은 미적 표현효과 및 형상적 인식·체험의 단면이다.

물론 이러한 '실재의식의 잠재의식화' 양상의 경우 역시 '치레' 대상에의 정서적 감응이 이루어지는 것은 마찬가지다. 하지만 이 경우의 정서적 감응은 '치레' 대상에의 동화(同化) 양상을 띠기보다는, 대개 일정한 거리를 두고 향유하는 것이 특징인 점에서 다소 차이가 있다. 말하자면 이중의 시각이 성립해 있다고 할 수 있다. 인간의 죽음이란 분명 비통하고 처연한 것임에 틀림없기에 이를 어느 국면에서는 의식하면서도, '치레' 사설이 환기하는 미적 표현효과에 의해 그 실재성을 모호한 상태로 덮어둔 채 오히려 흥겹기까지한 정서적 관련을 일으킨다는 점에서다.

이와 같은 판소리 사설―사설치레의 예 역시 판소리 전반에서 어렵지 않게 찾을 수 있다. 다음과 같은 「적벽가」의 '조조의 패주' 대목 또한 대표적인 예 가운데 하나라고 할 수 있다.

> [**진양**]　바람은 우루루루 지동치듯 불고 궂은 비는 퍼붓는데 갑옷 젖고
> 기계 잃고 어디메로 가야만 살리. 조조 군중에 영을 보아 촌락노략
> 양식얻고 말도 잡어 약간 구급(救急)허고 젖은 옷 쇄풍에 달고 겨우

기어 내려갈제 한 고장을 바라보니 한수 여울 흐른 물이 이릉(彛陵)
으로 다웠난디 적적산곡 청계상에 쌍쌍백구만 흩었구나. 두 쭉지를
쩍 벌리고 펄펄 수루루루 둥덩 우후청강 좋은 흥미 묻노라 저백구야
너는 어이 한가허여 홍요월색(紅蓼月色) 어인일고. 어적수성(魚笛數
聲)이 적막헌디 뉘기약을 기다리나. 범피 창파 홀로떠서 오락가락 선
유하고 나는 어이 분주허여 천리전장 나왔다가 백만군사 몰사를 시
키고 풍파의 곤한신세 반생반사 되얐으니 무슨 면목으로 고향을 갈
꺼나 애처롭고 분한뜻을 어이하며는 갚드란 말이냐.
「적벽가 : 송만갑 판, 박봉술 창」18)

‘궂은 비 퍼붓는’ 가운데 패주하여 달아나는 생사불명의 상황에서도 ‘적
적산곡 청계상에 쌍쌍백구만 흩었구나. 두 쭉지를 쩍 벌리고 펄펄 수루루
루 둥덩 우후청강 좋은 흥미 묻노라 저백구야 너는 어이 한가허여 홍요월
색 어인일고. 어적수성이 적막헌디 뉘기약을 기다리나’와 같은 흥취를 누
리고 있으니, 상식적으로 본다면 황당무계한 일이지만, 거기에는 어떤 ‘급
박함 속에서의 여유’가 흥건하게 깔려 있다. 그리하여 이러한 ‘여유’ 속에
서 전쟁에서의 ‘패주’라는 실재의식은 잠재의식화되어 버리고 마는 것이다.
　이러한 미적 표현효과는 「심청가」에서 심청이 팔려가는 대목에서 이루
어지는 ‘심청의 탄식’에서도 여실히 드러나며, 「춘향가」의 ‘집장가’ 대목은
하나의 전형을 이룬다고까지 할 수 있다. 상대적으로 짧은 ‘심청의 탄식’
대목을 들어 이 문제를 좀더 구체적으로 살펴보기로 하겠다.

　〔중몰이〕 ……그때여 심청이는 선인들을 따라를 간다. 끌리난 치맛자락
　거듬거듬이 걸어 안고, 흐트러진 머리채는 두 귀밑에 와 늘었구나.
　비와 같이 흐르난 눈물, 옷깃에 모두다 사무친다. 엎더지며 자빠지며
　천방지축 따러 간다. 건넌말 바라를 보며, “이 진사 댁 작은 아가,

---

18) 같은 책, 454면.

> 작년 오월 단오날에 앵도 따고 노던 일을 니가 행여 잊었느냐? 너희들은 팔자 좋아 부모 모시고 잘 있거라. 나는 오날 우리 부친 이별허고 죽으러 가는 길이로다." 동네 남녀노소 없이 눈이 붓게 모도 울어, 하나님이 아신 배라, 백일은 어디 가고 음운이 자욱헌데, 청산도 찡그난 듯, 간수는 오열허여, 휘늘어져 곱던 꽃이 이울고저 빛을 잃고, 요요한 버들가지 졸듯이 늘였구나. 춘조난 슬피 울어 백반제송허는 중에, "묻노라, 저 꾀꼬리, 어느 뉘를 이별허고 환우성을 게서 울고, 뜻밖의 두견이 소리, 피를 내여 운다마는, 야월공산 어디 두고 진정제성 단장성은 네 아무리 불여귀라 가지 우에 앉어 운다마는, 값을 받고 팔린 몸이 어느 년 어느 때나 돌아오리?" 바람에 날린 꽃이 얼굴에 와 부듯치니, 꽃을 쥐어 손에 들고, "약도춘풍불행의면 하인취송으 낙화내라. 한 무제 수양 공주 매화장에 있건마는, 죽으러 가는 몸이 수원수구를 어이하리?" 한 걸음에 눈물을 짓고, 두 걸음에 한숨 쉬어, 울며불며 끌리어 강두로만 나려간다.
>
> 「심청가 : 이날치 판, 한애순 창」[19]

뱃사람들을 따라 '끌리난 치맛자락 거듬거듬이 걷어 안고' 팔려가는 상황에서, '비와 같이 흐르난 눈물, 옷깃에 모두다 사무친다.'고 하면서도 '엎더지며 자빠지며 천방지축 따러간다.'와 같은 웃지 못할 서술이 이루어지고 있으며, '휘늘어져 곱던 꽃이 이울고저 빛을 잃고, 요요한 버들가지 졸듯이 늘였구나. 춘조난 슬피 울어 백반제송허는 중에'·'바람에 날린 꽃이 얼굴에 와 부듯치니, 꽃을 쥐어 손에 들고, 약도춘풍불행의면 하인취송으 낙화내라.'와 같은 묘사를 통해서는 아예 춘흥(春興)까지를 노래하고 있다.

이와 같은 '엮음에 의한 구상적 현시'는 이 장면에서의 비통하고 처연한 정서를 환기한다는 차원에서만 이해되기 어렵다. 그런 차원에서 수용될 수 있는 면이 전혀 없는 것은 아니지만, 그보다는 오히려 이러한 표현언어들을 통해 그렇듯 비통하고 처연한 작중현실의 상황을 잠재의식화하는 차원

---

19) 앞의 『판소리 다섯마당』, 100~101면.

에서 사설치러가 이루어지고 있다고 보는 것이 온당할 것으로 생각된다. 그렇기에 "판소리에 있어서의 비장(悲壯)은 서사적 흐름이 요구하는 부분적 기능 이상을 가진 것으로 확장되면서 일종의 서정적 체험을 형성하고, 이를 통해 사람들의 일상이 가진 평범한 욕구와 좌절 사이의 간극을 절실한 직접적 음성으로 재현함으로써 삶의 일반적 조건과 괴로움을 형상적으로 추체험(追體驗)하는 데까지 이르도록 하는 일체화(一體化)의 흡입력을 발휘한다."20)와 같은 논의가 가능하고도 적절한 것으로 보인다.

「춘향가」의 '집장가' 대목도 이와 크게 다르지 않는 미적 표현효과가 발휘되고 있다고 할 수 있다. 최진원은 '집장가'의 표현상의 특징에 대해 그 느낌을 일단 '곤혹과 의문'으로 틀지우고, "하여튼 집장가를 대하면 수형(受刑)의 실제(현실)에서 '멀어지는 감'을 느끼게 되는 것은 분명하다." · "그것에서 느낄 수 있는 것은 그 어떤 낭만적 분위기일 따름이다."21)라고 하였는데, 이 역시 '실재의식의 잠재의식화' 양상을 보이는 미적 표현효과의 단면을 적절히 지적한 것으로 생각한다.

그런데, 최진원은 이와 같은 미적 표현효과가 "'서사극의 소외효과(疎外效果)'와는 성격을 달리하는 것이며, 그것은 결국 '몰입(沒入)'의 기능을 지니는 것이 아닌가 한다."22)라고 결론지었는데, 이 점은 경우에 따라 선별적으로 적용될 필요가 있지 않을까 생각한다.23) 즉, 이 경우의 '몰입'이라는 것이 단순히 '치레' 대상에의 감정이입을 의미하는 것이 아닌 한, 앞의 '병정 죽음타령'을 논의한 데서 언급한 '이중의 시각'—예컨대 그것이 분명 비통하고 처연한 것임에 틀림없다는 것을 의식하면서도 어떤 미적

---

20) 김흥규, 「판소리에 있어서의 비장」, 『구비문학』 3집, 한국정신문화연구원 어학연구실, 1980, 28면.
21) 최진원, 앞의 「판소리 사설의 표현특징」, 212~213면.
22) 같은 글, 222면.
23) 판소리 사설의 서사극적 소격효과(疎隔效果)에 대한 자세한 논의는 전신재, 「판소리의 연극성에 관한 연구」, 성균관대 박사학위 논문, 1988, 45~62면을 참조

표현효과에 의해 그러한 의식의 자각상태를 잠재의식화해 버리고 오히려 흥겹기까지 한 정서적 관련을 일으키는 것을 고려한다면, 일률적으로 '몰입'이라고 단정하기 어려울 것으로 본다.

한편, 이같은 '실재의식의 잠재의식화' 양상을 띠는 판소리 사설―사설치레 가운데에는, 다음과 같이 현실적 간난의 문제를 제기하면서도 그것을 여유있는 웃음으로 용해해 버리는 경우를 또한 볼 수 있다. 「홍보가」의 경우를 통해 그 실상을 확인해 보기로 하겠다.

〔잦은몰이〕　놀보놈의 거동 봐라. 지리산 몽둥이를 눈 위에 번듯 들고 네 이놈 홍보놈아 잘 살기 내 복이요 못 살기도 니 팔자. 굶고 먹고 내 모른다. 볏섬 주자헌들 마당에 뒤주안에 다물다물 들었으니 너 주자고 뒤주 헐며, 전간 주자헌들 천록방(天祿房) 금궤 안에 환을 지어 떼돈이 들었으니 너 주자고 궤돈 헐며, 찌깅이 주자헌들 구진방(舊陳房) 우리안에 떼 돼야지가 들었으니 너 주자고 돝 굶기며, 싸래기 주자헌들 황계백계 수백마리가 턱턱하고 꼭꼬 우니 너 주자고 닭 굶기랴. 몽둥이를 들어매고 네 이놈 강도놈. 좁은 골 벼락치듯 강짜 싸움에 기집 치듯 담에 걸친 구렁이 치듯 후닥닥 철퍽. 아이구 박 터졌오. 이놈. 후닥닥. 아이구 다리 부러졌오 형님. 홍보가 기가 맥혀 몽둥이를 피하느라고 올라갔다가 내려왔다가 대문을 걸어놓니 날도 뛰도 못하고 그저 퍽퍽 맞는데 안으로 쫓겨 들어가며 아이구 형수씨 날 좀 살려주오. 아이구 형수씨 사람 좀 살려주오.

「홍보가 : 송만갑 판, 박록주 창」[24]

앞에서 살핀 바 있는 자신의 집에 돈과 곡식을 얻으러 온 홍보를 매몰차게 다루는 '놀보의 거동' 대목이다.

앞의 「판소리 사설치레의 특성과 위상」 부분에서 논의한 바와 같이, 이 대목은 이른바 형제간의 '우애'와 같은 교훈적 이념을 전달하고 있지는 않

---

24) 앞의 『한국의 판소리』, 368~369면.

다. 놀보의 심성을 형상화하고 있는 위의 대목은 요컨대 '우애'와 같은 전통윤리가 희화화된 형태의 '완고한 개인주의적 심성'을 표상한다고 할 수 있다. 그리하여 홍보의 '가난'과 관련된 어떤 문제의식도 개재해 있지 않으며, 더욱이 놀보의 포악한 심성에 대해 논리적으로 사유한다거나 분개해 하는 등의 가치의식이 개재해 있지도 않다. 이른바 풍부한 묘사·서술을 동반한 '엮음에 의한 구상적 현시'로부터 홍겹고 유연한 정서가 환기되는 가운데 박진감 넘치는 '잦은몰이' 장단이 가세함으로써 텁텁한 웃음만을 자아내게 할 뿐이다.

의미의 면을 따져 본다면, 이 대목은 동생 홍보를 매몰차게 다루는 '놀보의 거동'도 거동이지만, 실재적이며 지극히 현실적인 동인(動因)은 곧 홍보의 '가난'이다. 그런데 이 '가난'에 대한 실재의식은 다만 어렴풋한 의식으로 존재할 뿐 거의 문제의식으로 부각되지 않는다. 연창 사설의 미적 표현효과로 인해 실재의식이 잠재의식화 하는 양상을 띠는 것이다.

이와 같은 표현미학적 특징은 위에 인용한 대목 앞부분에 등장하는 '홍보의 행색치레' 대목에서, '서리 아침 찬 바람'이 부는 계절에 '살 떨어진 부채'를 홍보에게 들리움으로써 측은한 생각에 앞서 우스꽝스러운 웃음을 자아내게 하는 데서도 잘 드러난다. 그것이 가령 찢어지게 가난한 현실 상황에 직면해 있으면서도 '어줍잖은 양반 행세'를 하는 홍보를 비꼬는 것일 수 있겠지만, 이 경우에도 역시 그러한 형상으로부터 환기되는 우스꽝스러운 웃음은 억누르기 어렵다.

더군다나 다음과 같은 '홍보의 수숫대집—홍보의 가난상'을 사설치레하는 예를 대하면, 현실적 간난과 그 다단함을 이른바 정서의 확충과 해소의 '풀이성'으로서 일탈해 버리는 향수자적 시각만이 성립하고 있음을 실감하게 된다.

홍부는 집도 없이 집을 지으려고 집재목을 내려갈 양이면, 만첩청산

들어가서 소부등 대부등을 와드렁 퉁탕 버혀다가 안방, 대청, 행랑, 몸채
내외 분합 물림퇴에 살미살창 가로닫이 입구자로 지은 것이 아니라, 이놈
은 집재목을 내려하고 수수밭 틈으로 들어가서, 수수대 한 뭇을 베어다가
안방, 대청, 행랑, 몸채 두루짚어 말집을 꽉 짓고 돌아보니 수수대 반뭇
이 그저 남았구나. 방안이 넓던지 말던지, 양주(兩主) 들어 누워 기지개
켜면 발은 마당으로 가고, 대고리는 뒷곁으로 맹자 아래 대문하고, 엉덩
이는 울타리 밖으로 나가니, 동리 사람이 출입하다가 이 엉덩이 불러들이
소 하는 소리, 흥부 듣고 깜짝 놀라 대성통곡 우는 소리……
　　집안이 먹을 것이 있던지 없던지, 소반이 네발로 하늘께 축수하고, 솥
이 목을 매여 달렸고, 조리가 턱걸이를 하고, 밥을 지어 먹으려면 책력을
보아 갑자일이면 한 때씩 먹고, 새양쥐가 쌀알을 얻으려고 밤낮 보름을
다니다가, 다리에 가래토시 서서 파종(破腫)하고 앓는 소리, 동리 사람이
잠을 못자니, 어찌 아니 설울손가.　　　　　　　　　　「경판 흥부전」[25]

　　이 경우 역시 현재 연창되는 창본의 사설들 가운데서는 그 형상이 실감
나게 그려지는 예가 드물므로, 편의상 연대가 앞선 필사본으로 알려진 경
판(京板)의 사설을 인용했다.

　　여기에서 제기되고 있는 일차적인 문제는 바로 '가난'이다. 그런데 그
'가난'에 대한 실재의식은 우스꽝스러운 형상들의 열거와 반복 속에서, 그
리고 그것을 바로 눈앞에서 보는 듯한 생동적인 묘사·서술과 굴절·왜곡
된 표현언어 속에서 용해되어 버린다.

　　여기에는 말 같지도 않은 수숫대 한 뭇으로 집을 얽으면서도 '반뭇이
그저 남았구나'와 같은 여유가 있으며, '방안이 넓던지 말던지, 양주 들어
누워 기지개 켜면 발은 마당으로 가고, 대고리는 뒷곁으로 맹자 아래 대문
하고, 엉덩이는 울타리 밖으로 나가니, 동리 사람이 출입하다가 이 엉덩이
불러들이소 하는 소리, 흥부 듣고 깜짝 놀라 대성통곡 우는 소리'·'새양

---

25) 김동욱 외 편저, 『한국고전소설선』, 새글사, 1965, 151~153면.

쥐가 쌀알을 얻으려고 밤낮 보름을 다니다가, 다리에 가래토시 서서 파종하고 앓는 소리, 동리사람이 잠을 못자니, 어찌 아니 설울손가'와 같은 비사실적 과장의 한 극단이 있다. 그래서 엄연한 현실로 존재하는 '통곡소리'나 '설움'은 거의 들리지도 느껴지지도 않는다.

그런 면에서 특히 이와 같은 미적 표현효과 및 '치레' 대상의 형상적 인식·체험의 양상—'실재의식의 잠재의식화' 양상에 내포된 해학성은 다만 '가난'을 희화화하는 데 그치지 않는다는 점에 주목할 필요가 있다. 여기에는 또한 서민 특유의 건강한 웃음이 배어 있으며, 이런 웃음이야말로 일상적 삶의 애환으로부터 벗어나 순간적으로나마 해방되는 즐거움을 맛보게 하기 때문이다.

따라서 이러한 웃음—해학을 유발하는 언어적 표현 자체가 곧 판소리 사설—사설치레가 환기하는 정서의 특질이자 미학의 일부라고 하겠으며, 청중들로 하여금 일상적 삶의 건강성을 회복하게 하는 촉매가 된다고 할 것이다. 나아가 이와 같은 웃음—해학은 바로 삶에 대한 태도와 여유를 표상한다고 하겠다.

이상에서 살펴 본 것처럼, 판소리 사설—사설치레 가운데에는 앞에서 논의한 '잠재의식의 실재의식화'와는 상대적인 양상, 즉 '실재의식의 잠재의식화'로 틀지울 수 있는 미적 표현효과 및 '치레' 대상의 형상적 인식·체험의 양상을 띠는 예 또한 적지 않다. 우리가 평상적으로 자각하고 있는 어떤 관념이나 이미지가 '얽음에 의한 구상적 현시'에서 비롯되는 미적 표현효과에 의해 모호하거나 불분명한 그 무엇으로 지각되면서 잠재의식화하는 양상을 띠는 경우가 그것이다. 그러나 이 경우 역시 해당 문맥의 연창의도를 실현하는 기능을 하며, 이러한 기능 수행에 연창 문맥으로부터 환기되는 내밀한 상징적 의미 및 미적·정서적 표현효과—표상의 면이 긴밀히 관여한다는 점은 '잠재의식의 실재의식화' 경우와 다르지 않다고 하겠다.

4) 표현미학적 지향

이상에서 논의한 사실들을 요약·정리하면서 판소리 사설―사설치레의 표현미학적 특징에 내재된 지향의식의 면을 간략히 논의하면 다음과 같다.

문학 작품에 있어서 미적 경험이 문제가 되는 것은 대부분 형식이나 내용 자체에서보다는, 이를 통해 환기되는 대상의 이미지와 형상이다. 나아가 이러한 이미지와 형상을 창조하는 방식은 여러 가지가 있겠으나, 판소리의 경우는 특히 사설―사설치레의 속성에 해당하는 '엮음에 의한 구상적 현시'가 긴요한 역할을 하는 것으로 보인다.

'엮음에 의한 구상적 현시'의 두드러진 표현상의 특징은 다양한 사물·현상들의 열거와 반복 및 구체적이고 생동적인 묘사·서술에 의해 지속적인 이미지의 환기가 이루어지고, 그것이 강화·확장되는 가운데 하나의 구체적 형상이 창조됨으로써, '치레' 대상에 정서적으로 감응(感應)되게 하는 표현효과가 발휘된다는 데 있다. 그런 면에서 '엮음'과 '구상적 현시'는 이러한 표현효과를 가능케 하는 판소리 사설의 미적 표현기법이자 원리에 해당한다고 할 수 있다.

나아가, 이와 같은 미적 표현효과로부터 '치레' 대상에 정서적 감응이 이루어지는 결정적인 요인은, '엮음에 의한 구상적 현시'의 내용 대부분이 우리의 일상적 삶 속에 내재되어 있는 사물·현상들에 대한 시각을 재구성하여 삶의 진실한 단면을 형상화하고 있기 때문이라고 할 수 있다. 그런 면에서 볼 때, 판소리 사설―사설치레를 구성하는 다채로운 표현의 세부들은 추상적 관념이나 무미건조한 설교를 앞세우기보다는, 구체적이고 생동적인 묘사·서술과 우리의 감성을 자극하는 상황적 진술을 통해, '치레' 대상과 직접적이며 감성적인 관계를 맺도록 유도하는 것이 특징이다. 이러한 특징은 요컨대 현장 연창예술인 판소리에서 추구되어야 할 바람직한 미적·정서적 태도―지향의식의 결과라고 할 수 있다.

이와 같은 지향의식의 결과로부터 판소리 사설─사설치레 가운데에는 '잠재의식의 실재의식화'와 '실재의식의 잠재의식화'로 틀지울 수 있는 미적 표현효과 및 '치레' 대상의 형상적 인식·체험의 양상을 실감할 수 있는 예들이 텍스트 전반에 두루 편재되어 있다. 이른바 '엮음에 의한 구상적 현시'를 통해 우리 내면의 미분화된 심미적 충동을 구체적 표현 형태들을 빌어 의식의 표면 위에 감각적으로 실재하게 하는 양상을 띠거나, 우리가 평상적으로 자각하고 있는 어떤 관념이나 이미지가 예의 '엮음에 의한 구상적 현시'에서 비롯되는 미적 표현효과에 의해 모호하거나 불분명한 그 무엇으로 지각되면서 잠재의식화하는 양상을 띠는 경우가 그것이다. 판소리는 이와 같은 두 의식화의 과장이 교체·반복되는 가운데 한 마당이 구성된다고 할 수 있다.

이러한 판소리 사설─사설치레의 표현미학적 특징은 '표상', 즉 연창 문맥으로부터 환기되는 내밀한 상징적 의미 및 미적·정서적 표현효과와 긴밀한 연관하에 놓인다. 그리고 이러한 '표상'의 면을 음악적 요소와 결합하여 실현화하는 것이 곧 판소리 연창자들이 말하는 '이면을 그리는' 행위라고 할 수 있다. 그런 면에서 판소리 사설─사설치레의 표현미학적 특징은 결국 해당 대목의 연창의도를 실현하는 기능을 수행한다는 데 그 의의가 있다. 그리고 '소리의 이면'과 '사설의 표상성'에 의한 구체적 형상창조가 그 수행의 관건이라고 할 수 있다.

한편, 이러한 형상창조에 관여하는 '엮음에 의한 구상적 현시'의 내용들은 대부분 우리가 일상적으로 경험할 수 있는 사물이나 현상들이 미적으로 변용되거나 심하게 왜곡·굴절된 양상을 띠는 것이 두드러진 특징이다. 이는 요컨대 '일상성의 탈피'를 통해 새로운 미적 경험을 의도하고 현실적 삶의 논리를 재구성함으로써 삶의 진실한 단면을 형상화하려는 표현미학적 지향의식의 결과라고 할 수 있다.

일상사적 곤심의 대상들을 주요 소재로 철저한 '인간적 계기'를 마련하고, '치레' 대상과의 감성적 관계를 맺으려는 '분방한 자연스러움'의 미의식을 통해 '사생적 소박성'이나 '직정적 표출'과 같은 표현방식들이 동원되는 것은 바로 이러한 지향의식의 소산일 수 있다. 판소리의 사설이 '인정에 곡진한' 표현의 묘를 얻을 수 있는 것도 이러한 표현상의 특징들로부터 '경험적 진실성'을 확충할 수 있기 때문일 것이다. 판소리 연창자들이 전통적으로 '이면을 잘 그려야 한다'고 일컫는 말의 실질적인 의미 내용이 바로 이것일 터다. 이러한 특징들은 결국 '현장성의 획득'으로 수렴될 수 있을 것이다.

판소리는 공감이 이루어지지 않고서는 그 존재가치가 확보되기 어려운 예술이다. '판'을 이루는 다양한 요소들의 결합, 특히 연창자와 청중이 실현화 과정을 통해 교감하고 때로 의식적 동질성을 확보할 때 비로소 '판'으로부터 현시된 시공이 확보되고 그 예술적 진가가 발휘되기 때문이다. 그렇기에 판소리 연창을 통해 미적·정서적 감응이 이루어지는 경우, 그것은 하나의 경험적 진실성을 확보할 수 있기에 공감이 이루어지고, 따라서 청중들은 사물·사태에 대한 경험과 삶에 대한 인식을 다시 새롭게 재구성할 수 있는 계기를 맞게 되며, 그 결과 현실적 삶의 논리를 재구성 할 수 있게 되는 것이 아닌가 생각한다.

이렇게 볼 때, 판소리 사설은 '치레 대상에 대한 감성적 인식과 직관적 표현을 지향한다.'고 할 수 있다. 다시 말해, 사물이나 사태의 본질직관에 의한 이성적 합리성을 추구하기보다는, '형상사유에 의한 경험적 진실성의 확충을 지향한다.'고 할 수 있다. 그러나 이 말은 사물이나 사태의 본질적 국면을 도외시한다는 의미에서가 아니라, 그것을 구상적 매개물로 환치하여 재구성한다는 의미에서다. 이와 같은 지향의식의 차원에 입각할 때 모름지기 '문학은 단순한 현실의 반영이 아니라 현실의 수렴·확산'일 수 있을 것이다. 현장 연창예술인 판소리의 사설은 어떤 문학 텍스트들보다도 이를 잘 대변하고 있다고 하겠다.　　　　　　　　　　　　(이상 1991년)

3. 판소리 '인물치레'와 사설의 특성

판소리는 '소리'의 예술인 동시에 '사설'의 예술이다. 풍부한 음악적 표현력을 지닌 소리가 문학적 사설에 실려 연창의 현장에서 형상적으로 실현될 때 그 진가가 발휘되기 때문이다. 그런 의미에서 판소리의 예술성을 구명하는 작업은 어떤 경우든 이러한 '형상적 실현'의 문제와 연관된 차원에서 이루어져야 할 것으로 생각한다.

판소리를 실현화하는 데에는 몇 가지 구비요건이 전제된다. 널리 알려진 바 소리꾼·고수·청중은 그 인적인 구성요건이며, 창·아니리·발림(너름새)·북장단·추임새는 그 수행상의 구성요소라 할 수 있다. 동리 신재효(桐里 申在孝·1812~1884)는 그의 「광대가」에서 '소리하는 법례'라 하여 '인물치레'·'사설치레'·'득음'·'너름새'의 네 가지를 든 바 있다. 이 네 가지 소리하는 법례는 곧 연창자인 광대가 청중과 만나 판소리 사설을 실현화하는 데 따르는 네 가지 구비요건을 말한다고 할 수 있다.

이러한 신재효의 판소리관 내지 판소리 광대관은 판소리 연구가 본격화되기 시작한 이래 많은 영향력을 행사해 왔다. 그의 관점은 판소리의 실현화 문제와 결부되어 있으면서도 특히 소리꾼인 광대에 초점이 맞추어진 구비요건이라는 점에서, 위에서 말한 판소리의 구성요건 및 구성요소와는 또다른 의의를 지닌 것으로 평가될 수 있다.

여기에서 주목하고자 하는 것은 '인물치레'다. '인물치레'에 관해서는 사실 그 동안 적잖이 논의되어 왔고, 그런 가운데서도 특별히 주목을 끌 만한 문제거리로 부각되지도 않았다. 특히 이 용어를 공식적으로 확인할 수 있는 것은 현재로서는 「광대가」 문맥에서일 뿐이므로, 요컨대 신재효의 판소리관을 구명하는 일과 어떤 식으로든 연관을 맺지 않을 수 없는 것으로도 보인다. 그런 점에서만 본다면 이 글에서 제기하는 '인물치레'의 문제 역시 전혀 새로운 것이라고 할 수는 없다.

그러나 이 문제를 다시 새삼스럽게 거론하는 것은 일차적으로 이 용어가 내포하고 있는 의미의 모호성이 보다 분명한 시각에서 해명될 필요가 있기 때문이다. 나아가 이러한 개념적 명료성을 토대로 신재효의 판소리관을 검토하는 일은 물론, '인물치레'와 결부된 판소리의 특성을 구명하는 일이 가능하리라 생각하기 때문이다.

따지고 보면 '인물치레'가 판소리에서 어떤 구체적인 의의를 지니기 위해서는 이를 「광대가」 문맥에만 국한하여 이해하는 데서 벗어나 판소리 일반의 문제로 확대시켜 논의할 필요가 있다. 그래야만 비로소 의의있는 작업이 될 수 있기 때문이다. 그런 면에서 볼 때 기존 연구는 대부분 신재효의 견해를 어떻게 이해할 것인가에 초점을 맞춘 것이지, '인물치레'라는 용어 자체의 개념적 성격이나 신재효의 시각 자체를 검토하는 일, 그리고 이를 판소리 일반의 문제로 확대시켜 논의한 경우는 거의 없었다고 할 수 있다.

판소리에서의 '치레'는 이른바 '소리'와 '사설'의 유기적 결합을 통해 일정한 서사적 줄거리를 형상적으로 실현하는 판소리 예술의 본질적 국면과 밀접한 관련을 맺고 있는 것으로 보이거니와, 이 글에서 제기하는 '인물치레'의 성격과 특징에 관한 문제 역시 여타의 구비요건과 더불어 판소리의 특성을 구명하는 관건의 하나로 부각될 수 있으리라 본다. 다음의 몇 항목을 통해 이상에서 제기한 문제들을 차례로 논의하기로 하겠다.

1) '인물치레'의 개념적 복합성

판소리 '인물치레'에서 문제가 되는 것은 우선 개념적 성격이다. 기존의 논의는 이 문제를 「광대가」 문맥으로부터 곧바로 이끌어 내고 있으나, 이러한 전제를 떠나 일단 객관적인 측면에서 이 용어를 검토하는 일이 필요할 것으로 생각한다. 또 '인물'에만 초점을 맞추기보다는 '치레'라는 말에도 관심을 기울일 필요가 있다고 본다. '인물치레'라는 말은 '인물'과 '치레'의 복합어이기 때문이다.

먼저, 판소리를 수행하는 데 있어서 '인물'이 문제가 되는 것은 연창자인 소리꾼과 판소리 레퍼토리에 등장하는 인물 두 가지다. 그러나 따지고 보면 이들 두 인물은 전혀 다르면서도 판소리가 연창되는 상황에서는 같다. 즉, 판소리 연창자는 판소리를 수행하는 주체라는 점에서는 판의 현장에 실재하는 인물이지만, 정작 판소리를 수행하는 과정에서는 그 자신 연창 레퍼토리에 등장하는 인물들이 되어 그들의 역할을 한다는 점에서는 허구적인 존재이기도 한 것이다. 문제는 '인물치레'의 '인물'이 누구인가가 중요한 것이 아니라, 이들을 구분해서 살피는 일이 어떤 의미를 지니는가 하는 데 있다.

그런 면에서 '인물치레'의 '인물'이 연창자를 의미하는 경우 제기될 수 있는 문제는, 그의 외양상의 용모와 판소리 수행 자질이라고 할 수 있다. 그러나 판소리 연창자가 반드시 출중한 용모를 갖추어야 한다는 전제조건이 성립되지 않는 한 외양상의 용모는 별 의미가 없을 것이므로, 이 경우 문제가 되는 것은 연창자의 판소리 수행 자질이다. 나아가 여기에서의 자질은 곧 판소리를 품격 높은 예술로 수행해 낼 수 있는 전반적인 능력을 가리키는 것으로 이해될 수 있다.

반면, 이 때의 '인물'이 판소리 레퍼토리에 등장하는 인물 즉 작중인물을 의미하는 경우에 제기될 수 있는 문제는, 요컨대 작중인물의 성격을 형상화하는 일이라고 할 수 있다. 판소리 연창자는 이른바 연창 레퍼토리에 등장하는 각양각색 인물들의 성격을 혼자서 적절히 형상화해 내야 하므로, 이 문제는 판소리 수행의 성패와도 직결되는 매우 중요한 의미를 지닌다고 할 수 있다.

이런 사실들로부터 '인물치레'의 '인물'은 판소리 연창자의 판소리 수행 능력에 관련된 자질을 의미하는 것이면서, 동시에 성격 형상화 문제와 관련된 작중인물을 의미하는 것으로 일단 이해될 수 있을 것이다. 이와 같은 '인물'의 개념적 성격은 이어지는 '치레'와의 의미적 연관을 통해 보다 구체적으로 드러난다.

'치레'라는 말은 오늘날 이해의 시각에 따라 상당히 큰 편차를 보이며 사용되는 말이다. 이 말 역시 복합적인 의미를 내포하고 있기 때문이다. 예컨대 '옷치레'·'몸치레'와 같은 경우에서는 '꾸밈·치장'을 의미하며, '잔병치레'와 같은 경우에서는 '치러냄'을 의미하는 것이 그것이다. 이와 같은 의미의 복합성은 '치레'라는 명사에 대응되는 동사형태가 '차리다[꾸미다·갖추다]'와 '치르다[(일을)해내다]'의 두 가지로 존재할 수 있다는 사실을 상기할 때 더욱 분명해 진다.[1]

그러나 어느 경우이든 '치레'의 개념적 성격에 잠재해 있는 공통적 의미자질이 어떤 '행위' 내지 '수행'과 관련된 사실이라는 점을 염두에 둔다면, '꾸밈·치장'과 '치러냄'의 양태(樣態) 모두를 두루 포괄하는 개념으로 이해하는 것이 온당하리라 생각한다. 다시 말해 '치레'의 개념을 '다양한 형상을 꾸미어 치러내는 양태'를 의미하는 것으로 이해할 때, 그 개념적 복합성을 온전히 드러낼 수 있다는 것이다.

그런 면에서 '인물치레'의 '치레'를 단순히 '꾸밈·치장'의 의미로 이해하여 이른바 인물의 '용모'를 지칭하는 것으로만 보는 것은 곤란하다고 생

---

1) '치레'의 개념적 성격에 관한 자세한 논의는 이 책의 앞부분 「예비적 고찰—'사설'과 '치레'」의 '치레의 개념과 속성' 항목을 참조하기 바람.

각한다. 그것은 위의 용례에서 보듯 어느 한 쪽의 의미만을 지니고 있지 않은 것이 분명하기 때문이다.

따라서 이상과 '인물'과 '치레'의 개념적 성격을 근거로 할 때, 판소리의 '인물치레'는 흔히 알려져 있듯 '판소리 연창자의 용모' 혹은 '판소리 수행 능력과 관련된 연창자의 전반적인 자질'을 의미하는 것으로 이해하기보다는, '판소리 연창자가 작중인물의 성격을 다양하게 꾸미어 치러내는 양태' 즉 '연창자의 작중인물 수행 양태'를 의미하는 것으로 이해하는 것이 온당하리라 생각한다. 그것은 특히 '치레'라는 말이 이 경우 단순히 '꾸밈·치장'의 의미만을 내포하고 있는 것이 아니라, '치러냄'의 의미를 동시에 내포하고 있다는 점에서 그러하다. 이러한 '인물치레'의 개념적 성격은 역시 '치레'라는 말이 사용된 판소리의 '사설치레'가 이른바 '길게 늘어놓는 언어 표현을 통해 다양한 형상을 꾸미어 치러내는 양태'[2]를 의미하는 것으로 이해될 수 있다는 데서도 거듭 확인될 수 있다.

2) 신재효의 시각과 그 검토

'인물치레'라는 용어와 개념에 관한 기존 논의는 앞에서 말한 것처럼 신재효의 「광대가」를 중심으로 이루어져 왔다. 「광대가」 해당 문맥을 들어 신재효의 시각 및 기존 논의를 검토하면 다음과 같다.

> 그러흐나 광디행세 어렵고 쪼어렵다 광디라 흐는거시 졔일은 인물치레
> 둘지는 스셜치레 그직츠 득음이요 그직츠 너름시라 너름시라 흐는거시
> 귀셩씨고 딥시잇고 경각의 쳔티만상 위션위귀 쳔변만화 좌숭의 풍유호걸

---

2) '사설치레'에 관한 자세한 논의는 이 책의 앞부분 「판소리 '사설치레'의 특성과 위상」의 '사설치레의 개념적 성격과 특징' 항목을 참조하기 바람.

귀경ㅎ는 노쇼남녀 울게ㅎ고 웃게ㅎ는 이귀셩 이닙시가 엇지아니 어려우
며 득음이라 ㅎ난거슨 오음을 분별ㅎ고 육율을 변화ㅎ야 오즁에셔 나는
쇼리 농낙ㅎ여 즈아닐졔 그도쏘흔 어렵구나 스셜이라 ㅎ는거신 져금미옥
죠흔말노 분명ㅎ고 완연ㅎ게 식식이 금승첨화 칠보단중 미부인이 병풍뒤
의 나셔난듯 삼오야 발근달이 구름박긔 나오난듯 시눈쓰고 웃게ㅎ기 더
단니 어렵구나 <u>인물은 쳔셩이라 변통할슈 업건이와</u> 원원흔 이쇽판니 쇼
<u>리ㅎ는 법예로다</u>   「광대가」3)

　　신재효가 말하는 위의 네 가지 '쇼리ㅎ는 법예'는 곧 연창자인 광대가
청중과 만나 판소리 사설을 실현화하는 데 따르는 네 가지 구비요건을 말
한다. 따라서 이는 판소리 광대의 자질과 관련된 면에서는 광대의 구비요
건에 해당하는 것이면서, 동시에 판소리의 속성과 관련된 면에서는 그 실
현화 과정상의 구비요건에 해당하는 것이라고 할 수 있다.

　　그런데 위의 밑줄친 부분에서 보듯 '인물치레'에 관한 「광대가」의 설명
은 매우 간략하다. 그것은 광대의 '쇼리ㅎ는 법예' 가운데 '졔일' 요건에
해당하는 것인바, '쳔셩이라 변통할슈 업다'라는 것이 전부다. 여타의 요건
으로 든 '스셜치레'·'득음'·'너름시'에 대한 설명이 개별적 특성은 물론
실현화 과정에서 요구되는 문제들까지를 비교적 자세하게 언급하고 있는
데 비한다면 실로 간략한 것이다.

　　그러면 신재효가 이처럼 '인물치레'에 대해 별다른 설명을 덧붙이지 않
은 이유는 무엇인가?

　　그것은 한 마디로 그럴 필요를 느끼지 않았기 때문이라고 할 수 있다.
이 문제는 '인물치레'에 대한 신재효의 개념인식을 살펴볼 때 더욱 분명하
게 드러나는 것으로 보인다. 즉, 그가 말하는 '인물치레'의 '인물'은 판소
리 광대를 의미하는 것이기에, 또 '치레'는 '치장·갖춤'이라는 의미에서의

---

3) 원문은 강한영 교주, 『신재효 판소리 사설집(전)』(교문사, 1984, 669면)의 것을 인
　용하되, 적절히 띄어썼다.

'용모'를 일컫는 것이기에 별다른 설명의 필요를 느끼지 않았기 때문이라고 할 수 있다. 요컨대 신재효가 말하는 '인물치레'란 '광대의 타고난 용모'를 지칭하는 것 외에 다른 의미이기 어렵다. 따라서 '천성이라 변통할 슈 업다'라는 말 외에 어떤 설명을 덧붙이는 것 자체가 오히려 군더더기일 수 있다.

이와 같은 「광대가」의 '인물치레'와 관련하여, 기존 논의 가운데에는 다음과 같은 이해의 시각과 문제점을 지적한 것들이 있다. 대표적인 논의의 몇 예를 들어보기로 하겠다.

> '인물'은 천생이라 변통할 수 없다고 하였다. 그러나 판소리가 하나의 극적인 효용을 가지고 있는 것이니만큼 등장인물의 중요성은 마치 연극에 있어서의 배우와 같은 것이다. 그렇기 때문에 신재효는 광대가에 있어서 광대의 4대법례 중 인물을 제일조건으로 삼았던 것이다. 그러나 천생인 인물은 어찌할 수 없는 것이니, 광대는 사설과, 득음과 너름새, 이 세 가지에 정진하여야 한다고 볼 수 있다.[4]

> 신재효는 각 법례에 대한 구체적 설명에서 인물치레를 인물로, 사설치레를 사설로 쓰고 있는데, 이는 「광대가」를 단가로 지은 것이기 때문에 장단을 배려한 생략일 뿐, 실제는 치레가 포함된 것으로 보아야 한다.……인물치레는 창자의 용모에 대한 설명인데 판소리 광대는 관례상 화장을 하거나 장식구을 달지 않는 만큼 더이상 용모를 미화할 방법은 없다.[5]

> 인물치레라고 하면 우리는 우선 등장인물에 대한 치레―등장인물에 대한 표현 내지 묘사를 핍진하게 하는 능력과 관련된―를 연상하게 된다. 왜냐하면 치레란 낱말이 '잘 매만져서 모양을 내는 것. 어느 일에 실속보

---

4) 강한영, 「신재효의 판소리 사설 비평관」―그의 춘향가를 중심으로, 『판소리연구』 제2집, 판소리학회, 1991, 295면.
5) 이동근, 「판소리 전승에 대한 관견」, 『새터 강한영 교수 고희기념 한국 판소리·고전문학연구』, 아세아문화사, 1983, 151면.

다 더 낮게 꾸며 드러내는 것'을 뜻하기 때문이다. 그런데 '천생이라 변통할 수 없는 인물'의 '인물'은 곧 등장인물이 아닌 배우 자신을 가리키는 말이 된다. 이에서 혼란이 야기된다. 변통할 수 없는 천부적인 것에다 아무리 치레한들 무슨 소용이 있겠는가. 따라서 이 경우의 치레란 것은 잘못 첨가한 군더더기말임이 분명하다. '제일은 인물치레'란 표현은 '제일은 인물이요'로 표현했어야 옳다. 신재효는 그렇다면 광대의 제일 구비요건으로 인물을 꼽았다고 할 수 있다. (주: 창우가 이면에 맞게 사설치레·소리치레·너름새치레를 할 경우, 인물치레는 기실 자연적으로 따라서 이루어진다고 할 수 있다. 사설치레·소리치레·너름새치레들 속에서 인물치레는 저절로 행해지게 마련이다. 그러므로 이 곳에서의 '인물치레'란 표현은 처음부터 걸맞지 않는 것이라 하겠다.)[6]

위의 논의들을 보면 대체로 신재효가 말하는 '인물치레'가 판소리 연창자의 용모를 뜻하는 것임을 거듭 확인할 수 있다. 나아가 다소의 견해차는 있지만 이와 같은 의미에서의 '인물치레'란 판소리 수행과 관련하여 별다른 의의를 지니기 어렵다는 점 역시 공통적으로 내포하고 있는 것으로 보인다.

특히 간단한 사실지적에 그친 것이기는 해도 '인물치레라고 하면 우리는 우선 등장인물에 대한 치레—등장인물에 대한 표현 내지 묘사를 핍진하게 하는 능력과 관련된—를 연상하게 된다.'라는 성현경의 견해는 이 방면의 논의 가운데 거의 유일한 것이 아닌가 생각한다. 이러한 견해는 '인물치레'가 판소리 수행과 관련하여 어떤 구체적인 의의를 지닐 수 있는가 하는 가능성의 문제를 제기하였다는 점에서 주목을 요하기 때문이다.

그러나 이러한 이해의 시각과 문제점 지적은 나름대로 의의있는 것이기는 해도, '인물치레'의 문제에 대한 근본적인 해결책은 아닐 듯하다. 그것

---

6) 성현경, 「정현석과 신재효의 창우관 및 4법례」, 『신재효 판소리 연구』, 판소리학회, 1990, 137면.

은 특히 '치레'에 대한 개념인식의 차이에서 비롯되는 것이 아닌가 생각되는데, 이 문제는 무엇보다도 신재효의 개념인식과 판소리관 자체를 검토하는 일로부터 그 해결의 실마리를 찾을 수 있지 않을까 생각한다.

신재효의 관점에 따르면 '인물치레'란 '판소리 연창자가 훌륭한 용모를 갖추는 것'을 의미한다. 그러나 훌륭한 용모가 판소리를 수행하는 일과 전혀 무관한 것은 아니겠지만, 그 '쇼리ᄒᆞ는 법예'로서나 예술성의 문제와 관련지워 볼 때 '졔일'의 기준으로까지 평가될 수는 없을 것이다. 여기에서 우리는 판소리의 예술성이나 광대의 구비요건에 대한 신재효의 인식이 판소리 자체의 실상을 대변하거나 광대의 객관적 평가기준이 될 수 있는가에 대해 한번쯤 재고해 볼 필요가 있다고 생각한다.

그런 면에서 주목되는 것이 백대웅의 견해다. 백대웅은 신재효의 창작 단가 「광대가」가 그 나름의 광대의 구비요건과 판소리를 비평하는 가운데 설정한 미적 기준을 내재하고 있음을 지적한 다음, "당대에는 그가 말한 광대의 네 가지 조건이 어느 정도의 보편성을 가졌는지 알 수 없으나, 이러한 그의 주관적 견해는 시대를 초월해서 통용되는 판소리 이론이 될 수 없다는 한계점을 분명히 인식할 수 있어야 한다."고 강조하면서, '인물치레'만 하더라도 역대 명창들 가운데 정상인 이하의 용모와 비정상적 신체를 가진 이가 상당수에 이름을 실증적으로 밝힌 바 있다.[7]

이러한 백대웅의 견해는 시사하는 바 크다. 그것은 곧 「광대가」에서 '쇼리ᄒᆞ는 법예'로서 제시된 네 가지 구비요건들이 '시대를 초월해서 통용되는 판소리 이론이 될 수 없다는 한계점'의 측면에서 뿐만 아니라, 거기에 동원된 용어들에 대한 신재효의 개념인식이 모두 객관성을 지닐 수 있는가에 대한 물음을 가능하게 하기 때문이다.

따지고 보면 신재효가 '쇼리ᄒᆞ는 법예'로 제시한 용어들이 그 자신의 독

---

7) 백대웅, 「명창과 판소리의 미학」, 『세계의 문학』 통권 35호, 민음사, 1985·봄, 94~96면 참조

창적 소산인가 하는 점도 불분명하다. 어떻든 신재효의 '인물치레'에 대한 인식은 모호한 느낌을 준다. 이미 백대웅이 실증적으로 밝히고 있듯, 판소리의 예술성과 관련된 광대의 구비요건으로서는 객관적 기준이 되기 어려운 것이 아닌가 생각되기 때문이다. 더욱이 '인물치레'라는 용어가 신재효 자신이 독창적으로 사용한 말이 아니라고 할 경우, 그 개념은 전혀 달리 이해되어야 마땅할 것이다.

그런 면에서 볼 때, 신재효는 '인물치레'의 '인물'을 판소리 연창자라는 관점에서만 이해한 것은 물론, '치레'에 있어서도 그 개념적 복합성 가운데의 일면—'치장·갖춤'이라는 의미에서의 '용모'로만 이해한 것으로 보인다. 그렇기에 실제 판소리 연창과 관련된 국면에 있어서는 별다른 의의를 지닐 수 없는 것이 아닌가 생각한다.

따라서 앞의 개념적 성격을 논의하는 자리에서 언급한 것처럼, 판소리 연창에서 거의 필수적으로 요청되는 것이 작품에 등장하는 다양한 인물들의 성격을 문맥적 상황에 따라 적절히 형상화하는 것이라는 사실에 비추어, '인물치레'를 역시 '판소리 연창자가 작중인물의 성격을 다양하게 꾸미어 치러내는 양태—연창자의 작중인물 수행양태'를 의미하는 것으로 이해하는 것이 바람직할 것으로 본다.

한편, 이와 같은 '인물의 성격'을 형상화하는 데에는 '사설—사설치레' 역시 필수적으로 관여한다. 말하자면 인물의 성격을 다양하게 꾸미어 치러내기 위해서는 '져금미옥 죠흔말노 분명ᄒ고 완연ᄒ게 식식이 금승쳠화 칠보단중 미부인이 병풍뒤의 나셔난듯' 이미지의 사실성과 선명성이 강조된 차원의 언어적 표현이 동원되게 마련이라는 사실이다. 그런 면에서 본다면 '오음을 분별ᄒ고 육율을 변화ᄒ야 오중에셔 나는쇼리 농낙ᄒ여 즈아니는' 고도의 음악성을 지닌 소리의 측면 즉 '득음'이나, '귀셩끼고 밉시잇고 경각의 쳔틱만승 위선위귀 쳔변만화 좌승의 풍유호걸 귀경ᄒ는 노쇼남녀 울게ᄒ고 웃게ᄒ는' 이른바 "시각적 행동만을 의미하는 것이 아니라 행동에 수반되는 소리까지 포함하는 연기능력"8)에 해당하는 '너름새'도 인물의 성격을 형상화하는 일과 무관하지 않다.

따라서 이들 판소리 수행과 관련된 구비요건들은, 개개의 국면에 있어서는 나름대로 변별적인 기능을 지니고 있지만, 연창의 실제에 있어서는 상호 보족적인 관계를 통해 긴밀히 유대한다는 점에서, 이들이 '판'을 통해 상호 유기적인 연관을 맺을 때에야 비로소 그 구체적 의미를 부여받을 수 있다는 사실이 강조되어야 할 것이다.9)

이렇게 볼 때, '인물치레'에 대한 신재효의 인식은 재고의 여지가 있는 것으로 보인다. 그것은 결국 '인물'과 '치레'에 대한 개념인식의 차이에서 비롯된 것이라고 할 수 있다. 이 두 개념이 내포하고 있는 복합적 성격을 고려하지 않는 한 '인물치레'는 판소리의 예술성과 관련된 연창자의 구비요건으로서, 또 판소리 수행과 관련된 구비요건으로서 그 객관성을 확보하기 어려울 것이다.

이와 같은 사실은 판소리 속성과의 관련 및 실현화 과정상의 특징을 살펴봄으로써 좀더 분명한 관점을 확보할 수 있을 것이다.

3) 판소리 속성과의 관련

판소리는 소리꾼 혼자서 작중인물의 성격과 양태를 그려나간다. 연창 사설에 장단과 조를 결합하여, 또 온갖 음색을 동원하여 이를 그려나감으로

---

8) 이동근, 앞의 「판소리 전승에 대한 관견」, 152면.
9) 성현경은 앞에서 인용한 논의의 '주' 부분에서, "창우가 이면에 맞게 사설치레·소리치레·너름새치레를 할 경우, 인물치레는 기실 자연적으로 따라서 이루어진다고 할 수 있다. 사설치레·소리치레·너름새치레들 속에서 인물치레는 저절로 행해지게 마련이다. 그러므로 이곳에서의 '인물치레'란 표현은 처음부터 걸맞지 않는 것이라 하겠다."라고 하였는데, 본고는 이와 견해를 달리한다.

써 진가가 발휘된다. 그렇기에 이러한 판소리 수행은 광대의 구비요건으로서 뿐만 아니라, 판소리의 예술적 특성과도 긴밀한 연관하에 놓인다. 판소리 연창에서 흔히 볼 수 있는 이러한 경우의 예를 하나 들어보면 다음과 같다.

〔아니리〕 “아가, 춘향아, 정신차려라. 어미 왔다.” “아이고, 어머니시요? 어머니 밤중에 어찌 나오셨소?” “오냐, 왔단다.” “오다니, 뉘가 와요?” “밤낮 주야 기다리고 바래던 너으 서방인지, 서울 사는 이몽룡인지, 잘 되고 잘 되여 여기 왔다. 너 좀 봐라.” 춘향이가 옥방에서 이 말을 듣더니마는,

〔중몰이〕 “아이고, 이거 웬 말씀이요? 아까 꿈에 보이던 님이 생시 보기 의외로시. 이 애, 향단아. 등불 조만끔 밝히어라. 애를 끓어 보이던 임이 생시에나 다시 보자.” 칼머리를 두손으로 부여잡고 형장 맞인 다리 끌며 뭉그적 뭉그적, 옥문 설주 부여잡고 바드드드드득 일어서며, “아이고 서방님. 어찌하여 못 오겼소? 분고계고 글 읽노라 틈이 없어 못 오셨소? 여인신은 금실위지, 나를 잊어 이제 왔소? 올라가실 때는 그리도 곱든 얼굴, 발써 훤헌 장부가 되였겼소” 어사또 기가 막혀 춘향 손을 부여잡고, “니가 이거 웬일이냐? 부드럽고 곱든 얼굴, 피골이 상접쿠나. 어, 분하다, 분해여.” “나는 이게 내 죄요마는 귀중하신 서방님이 이 모냥이 웬일이요?” 춘향모 곁에 섰다가, “아이고, 조 격에 서방이라고 환장허네그려.” “어머님, 그리 마오. 어머님이 정한 배필, 좋고 긇고 웬말이요? 잘 되야도 내 낭군, 못 되여도 나으 낭군. 고관대작 나는 싫고 만종록도 나는 싫소 나는 아무 여한이 없나니다. 내일 본관 사또 생신 잔치 끝에 나를 죽일랴고 영 내리거든 칼머리나 들어주오. 나를 죽여 내치거던 아무 손도 대지 말고 서방님이 감장허되, 전라도 땅은 송기 나요, 서울로 올라가서 서방님 선산 하으 깊이 파고 나를 묻어 주오. 정초, 한식, 단오, 추석, 선대감 제사 잡순 후으 주과포 따로 채려놓고, ‘춘향아, 청초는 우거진듸 앉었느냐 누었느냐? 내가 와 주는 술이니 퇴치 말고 많이 먹어라’ 그 말씀만 허여 주면

아무 여한이 없겠네다." 어사또 기가 막혀, "우지 마라. 내 사랑, 춘향
아, 우지 말어라. 내일 날이 밝거드면 생예를 탈지 가마를 탈지 그 속
이야 뉘가 알랴마는, 천붕우출이라, 하늘이 무너져도 솟아날 궁기가
있는 법이니라. 우지를 말라며는 우지 마라."

「춘향가 : 김세종 판, 조상현 창」[10]

위의 「춘향가」 한 대목을 연창함에 있어서 소리꾼은 춘향, 이도령, 월매
의 역할을 혼자서 치러내야 할 뿐 아니라, 그 각각의 성격을 제대로 형상
화하기 위해서는 고도의 음악적 수련과 연창 사설에 대한 깊이 있는 이해
와 같은 예술적 수행능력을 갖추어야 한다.

즉, 이 대목을 연창하는 소리꾼은 사설과 소리의 유기적 결합을 통해
춘향의 옥중신세와 이도령과 해후하는 심경, 그에게 당부하는 상황의 말을
여실히 형상화해야 함은 물론, 월매와 춘향, 월매와 이도령, 또 춘향과 이
도령 사이를 오가며, 이들 인물의 성격과 현재의 처지, 상황 대처방식 등
을 각각 절실하게–인물의 '성격에 맞게' 그려내야 한다. 그리하여 여기에
간단한 몸짓이나 동작을 결합함으로써 하나의 구체적 형상 및 장면을 연
출하게 되는 것이다.

이와 같은 '인물치레'의 면모는 '치레' 대상에 따라 세부 양상만을 달리
할 뿐, 일정한 서사적 줄거리를 유지하면서도 실현화 과정에서 부분적 개
별성이 허용되는 연창 텍스트 곳곳에서 드러난다. 판소리가 연창의 현장성
을 배경으로 실질적 존재가치를 지니는 서사적 창악이라는 사실에 비추어,
그 서사적 줄거리를 구성하는 다양한 사건 및 인물의 개성을 형상적으로
드러내는 일이야말로 판소리 연창에서 절실하게 요구되는 사안이기 때문
이다. 판소리 각 마당에 으레히 등장하는 작중인물의 용모·행색·심성·
언행 등에 대한 '치레'라든가, 특정 상황이나 사태를 배경으로 이들의 성

---

10) 판소리학회 감수, 『판소리 다섯마당』, 한국브리태니커회사, 1982, 70면.

격이 각기 개성적 양상을 띠는 경우 등의 '치레'에서, 이들 작중인물의 성격이 형상적으로 실현되는 것이 그것이다.

한 마당의 판소리 혹은 연창의 실제 단위를 이루는 한 대목의 판소리 수행에 있어서 이점은 거의 필수적으로 요청된다고 할 수 있다. 그리고 이러한 면모가 여타의 연행예술과 구별되는 판소리 특유의 일면일 것임은 분명하다.

그런데, 이러한 소리꾼의 작중인물 성격 형상화 문제와 관련된 '인물치레'는, 그것이 일차적으로 '길게 늘어놓는 언어적 표현을 통해 다양한 형상을 꾸미어 치러내는 양태'이기도 하다는 점에서, '사설치레'와 공분모적 성격 또한 내포하고 있는 것으로 보인다. 판소리에서 인물의 성격을 형상화하기 위해서는 불가불 언어적 표현―'사설'이 동원되지 않을 수 없기 때문이다. 그러나 이점은 앞에서 논의한 바 이 경우의 '치레'가 특히 '판소리 연창자가 작중인물의 성격을 다양하게 꾸미어 치러내는 양태―연창자의 작중인물 수행양태'의 측면에서 이루어지고 있다는 데 초점을 맞출 경우, '치레'의 성격 자체가 다르다는 점에서 '사설치레'와는 변별되는 특성 또한 뚜렷이 내포하고 있다고 할 수 있다.

말하자면 이 경우의 '사설'은 다만 '인물치레'를 실현화하는 구성요소 가운데 하나로서 기능한다는 점에서 일정한 의의를 지니는 것이지, 보다 광범위한 국면에서의 언어적 표현 내지 이를 수행하는 양태 전반과 공분모를 이루고 있는 것은 아니라는 것이다. 물론 구성 사설의 측면만을 따진다면 대부분의 '인물치레'에 동원되는 사설은 당연히 '사설치레'의 범위 안에 포함된다고 할 수 있다. 그러나 그 '사설'의 기능적 의미는 각기 다르다고 할 수 있기에, 공통점과 차이점을 동시에 지니고 있는 것이다. 따라서 '인물치레'에 동원되는 '사설'은 그 실현화 과정에 유기적으로 관여하는 음악적 측면의 '소리'나, 이른바 '행동에 수반되는 소리까지를 포함하는 연기능력'에 해당하는 '너름새'와 더불어, 하나의 기능적 요소로서의 의의를 지닌다고 할 것이다.

그런 면에서, "판소리의 사설은 대화 중심으로 되어 있는데, 이 대화는 창자 한 사람이 처리함에도 불구하고 여러가지 방법으로 음질을 다르게 하여 입체적 효과를 낸다."11)라는 견해나, "판소리가 청중을 사로잡는 부분은 창자가 등장인물로 변신하여 그 등장인물의 심경을 1인칭으로 창하는 동안이다."12)라는 견해 등에 제시된 판소리의 특성은, 이러한 '인물치레'의 성격 형상화 측면에서 제기되는 특성과도 상통하는 것이라 할 수 있다.

이와 같은 판소리 속성과의 관련에서 드러난 '인물치레'의 특성은 또한 그것이 소리판의 현장에서 실현화할 때 어떤 양상을 띠는가 하는 국면을 살펴봄으로써 보다 구체적인 이해의 틀을 마련할 수 있을 것이다.

4) 실현화 과정상의 특징

소리꾼에 의해 판소리가 실현되는 과정에서 핵심적인 요소로 관여하는 것은 무엇보다도 장단·조를 동반한 음악적 형상으로서의 '소리'와, 그 소리의 대본을 이루는 언어적 형상으로서의 '사설'이라고 할 수 있다. 판소리의 '인물치레'는 요컨대 소리꾼이 이같은 '사설'과 '소리'의 유기적 결합을 통해 판소리 연창 레퍼토리에 등장하는 인물의 성격을 형상적으로 실현하는 양태를 가리킨다는 점에서, 그 실현화 과정상의 특징이 중요한 문제로 부각될 수 있다.

소리꾼이 연창 레퍼토리에 등장하는 인물의 성격을 드러내는 방법에는 크게 두 가지가 있을 수 있다. 하나는 그것을 직접 서술하여 알리는 것이

---

11) 전신재, 「판소리 사설의 장르」, 『한림대논문집』 제4집, 한림대학교, 1986, 21면.
12) 전신재, 『판소리의 연극성에 관한 연구』, 성균관대 박사학위논문, 1988, 23면.

며, 다른 하나는 작중인물의 말과 행위를 통하여 그것을 형상적으로 드러내는 것이다. 두 경우 모두 일차적으로 소리꾼의 연창 사설에 의해 이루어지는 것이기는 하지만, 널리 알려진 바와 같이 전자의 경우는 대개 '아니리'의 방식을 통해 이루어지고, 후자의 경우는 '창'의 방식을 통해 이루어진다는 점에서, 이 두 경우는 매우 다른 양상을 보여준다. 이 가운데 '창'을 통해 이루어지는 경우가 인물의 성격을 보다 형상적으로 드러낼 것임은 두말할 필요가 없을 것이다.

중요한 것은, 이들 인물의 성격을 형상화하는 구체적인 전략이다. 이점에 있어서 '인물치레'는 우선 그 사설 구성이 매우 다채로운 양상을 띤다. 대개의 경우 열거와 반복의 수사기법을 동원하여 '치레' 대상이 되는 인물의 성격을 다양하게 현시하며, 또 풍부한 묘사와 서술을 통해 그것이 구체적이고도 생동적으로 드러나게 하는 것이 두드러진 특징이라고 할 수 있다. 다음과 같은 예를 보면 이점을 실감할 수 있다.

〔아니리〕 ……홍보가 할 일 없이 치장을 차리고 형님댁을 건너 가는디,
〔잦은몰이〕 홍보가 건너간다 홍보가 건너간다. 홍보 치레를 볼작시면 철대 떨어진 헌 파립 버릿줄 총총 매여 조새갓끈을 달아서 떨어진 헌 망근 밥풀관자 종이당줄 두퉁나게 졸라매고 떨어진 헌 도포 실띠로 총총 이어 고푼 배 눌러띠고 한손에다가 곱돌조대를 들고 또 한손에다가는 떨어진 부채 들고 서리 아침 찬 바람에 옆걸음쳐 손을 불며 가만가만 건너간다.

………………………………

〔잦은몰이〕 놀보놈의 거동 봐라. 지리산 몽둥이를 눈 위에 번듯 들고 네 이놈 홍보놈아 잘 살기 내 복이요 못 살기도 니 팔자. 굶고 먹고 내 모른다. 볏섬 주자헌들 마당에 뒤주안에 다물다물 들었으니 너 주자고 뒤주 헐며, 전간 주자헌들 천록방(天祿房) 금궤안에 환을 지어 떼돈이 들었으니 너 주자고 궤돈 헐며, 찌깅이 주자헌들 구진방(舊陳房) 우리안에 떼 돼야지가 들었으니 너 주자고 돝 굶기며, 싸래기 주

> 자헌들 황계백계 수백마리가 턱턱하고 꼭꼬 우니 너 주자고 닭 굶기
> 랴. 몽둥이를 들어매고 네 이놈 강도놈. 좁은 골 벼락치듯 강짜 싸움
> 에 기집 치듯 담에 걸친 구렁이 치듯 후닥닥 철퍽. 아이구 박 터졌
> 오. 이놈. 후닥닥. 아이구 다리 부러졌오 형님. 홍보가 기가 맥혀 몽
> 둥이를 피하느라고 올라갔다가 내려왔다가 대문을 걸어놓니 날도 뛰
> 도 못하고 그저 퍽퍽 맞는데 안으로 쫓겨 들어가며 아이구 형수씨
> 날 좀 살려주오. 아이구 형수씨 사람 좀 살려주오.
>
> 「홍보가 : 송만갑 판, 박록주 창」[13)

홍보가 놀보집으로 돈과 곡식을 얻으러 가는 대목의 행색묘사와, 그의 집에 온 홍보를 매몰차게 다루는 놀보의 거동 대목이다.

열거와 반복의 수사기법을 동원하여 홍보의 군색한 행색, 놀보의 포악한 언행과 매정하기 짝이없는 심성, 그리고 놀보의 몽둥이질에 하릴없이 당하는 홍보의 상황을 '치레'하고 있다. 등장인물의 행색·언행·심성·거동이 풍부하고도 사실적인 묘사와 서술을 통해 구체적이며 생동적으로 드러나 있는 것이다. 그리하여 이러한 '치레'들을 통해, 고픈 배를 움켜쥐는 절박한 현실 앞에서도 부질없이 양반 흉내를 내는 우스꽝스럽기 짝이없는 홍보의 성격을 형상적으로 드러내며, 우애라는 전통윤리가 희화화된 모습으로 표출된 완고한 개인주의적 성향의 놀보의 언행과 심성 등을 형상적으로 드러냄으로써, '치레' 대상의 성격과 관련된 하나의 구체적 형상을 창조하고 있다.

이와 같은 예에 드러난 '인물치레' 사설은 이른바 표현 속에 잠재된 언어의 내포적 의미와 정서적 체험을 가능케 하는 미적 표현효과로 말미암아 작중인물의 성격을 형상적으로 실현화하는 데 결정적 역할을 한다. 그런 점에 중요한 의의가 있다.

그런데, 이와 같은 '인물치레' 사설은 앞서 언급한 것처럼 '소리'의 대본

---

13) 정병욱, 『한국의 판소리』, 집문당, 1981, 367~369면.

인 점에서 또한 구체적인 의의를 지닌다. 판소리의 '사설'은 '소리'와 결합될 때 비로소 살아있는 언어로서 기능하기 때문이다. 그리하여 이들의 결합에 의해 인물의 성격이 보다 입체화된 양상을 띠게 됨으로써, 청중들은 그 언어적 표현에 내포된 정서를 차원높은 심미의식 속에서 체험하게 되는 것이다.

널리 알려진 바와 같이, 거시적으로는 창과 아니리를 교체하여 수행한다든지, 다양한 인물들의 성격을 구별하기 위해 창조(唱調)를 달리하는 일, 또 인물의 성격이 현시되는 극적 상황에 따라 각기 다른 장단을 구사하는 일 등은 그 기본적인 전략인 동시에 판소리가 차원높은 예술성을 지니게 되는 요인으로 작용하기도 한다. 나아가 사설과 소리의 결합에서 추구되는 일체감의 특징 역시 이러한 국면에서 제기될 수 있는 판소리의 본질적 특성의 하나가 아닌가 생각한다. 이는 결국 연창자의 판짜기 전략을 드러내는 것이면서, 사설과 소리의 질을 가늠하는 계기를 마련해 줄 수 있는 것으로 보이기 때문이다.

사설과 소리의 유기적 일체감을 추구하는 판소리의 '이면'은 그런 의미에서 소리꾼이 '인물치레'를 실현화하는 과정에서 제기되는 중요한 특징 가운데 하나다. '이면'을 그리는 과정, 즉 '인물치레'의 경우 인물의 성격이 내포된 사설을 상징적인 소리로써 그려내는 과정을 통해, 청중들로 하여금 그 성격을 감각적으로 포착할 수 있게 하기 때문이다. 달리 말하면 이면을 잘 그려야 소리에 '그늘—심화된 정서'가 담길 수 있기 때문이라고도 할 수 있다.

예컨대 앞에서 인용한 「흥보가」에서, 양반 흉내를 내는 흥보의 행색은 그 자체만의 현실적 생존 문제를 따진다면 연민의 정을 자아낼 만큼 측은하기 짝이 없다. 그런데 그와 같은 절실한 생존의 현실이 사설 내용에 보이는 바 행색 하나 하나에 드러난 가당치 않은 양반의 모습으로 인해 저절로 웃음이 터져나오게 함으로써, 그리고 이를 홍겨운 '잦은몰이' 장단에 실어 연창함으로써, 전혀 다른 정서적 체험이 이루어지게 하고 있다.

　말하자면 이 대목의 지향적 의미가 흥보의 절박한 생존 현실 자체를 문제삼는 데 있다기보다는, 그러한 현실에 직면에 있으면서도 어줍잖은 양반 흉내를 내는 모습을 다양한 행색을 통해 그려냄으로써, 현실의 절박함으로부터 일정한 거리를 둔 상태에서 이를 객관화하는 동시에 오히려 이와 동떨어진 행동을 하는 인물의 성격을 형상적으로 제시하고 있는 것이다. 특히 '떨어진 헌 도포 실띠로 총총 이어 고픈 배 눌러 띠고 한손에다가 곱돌조대를 들고 또 한 손에다가는 떨어진 부채 들고 서리 아침 찬 바람에 옆걸음쳐 손을 불며 가만가만 건너간다.'와 같은 부분은, 그 구상적 이미지와 더불어 이러한 면모를 여실히 드러낸다.

　따라서 이 대목의 '이면'은 이와 같은 지향적 의미를 제대로 형상화하는 차원에서 그려나가야 한다는 점에서, 위에서 말한 '소리의 이면'과 그 결과로서의 '그늘'의 문제란 '인물치레'의 경우에 있어서는 작중인물의 성격 형상화 과정에서 제기되는 미적 표현효과 가운데 하나라고 할 수 있다.

　한편, 이와 같은 작중인물의 성격을 형상화하는 과정에서 제기되는 또다른 문제 가운데 하나는, 흔히 그 인물의 성격이 작품 전반을 통해 '통일'되어 있지 않다는 사실이다. 그 동안의 연구를 통해서도 이점은 널리 지적된 바 있다.

　가령, 춘향은 작품의 서두에서 이른바 재색(才色)을 겸비한 '화중군자(花中君子)'의 요조숙녀로 그려지는데, 이도령과 인연을 맺고 어우러져 노는 대목에서는 능숙한 사랑을 하는 기생이기도 하고, 또 앞에서 인용한 옥중 사설 대목에서는 죽음을 목전에 둔 채 마지막 당부의 말을 하며 하염없이 우는 그녀에게 이도령이 '내일 날이 밝거드면 생예를 탈지 가마를 탈지 그 속이야 뉘가 알랴마는, 천붕우출이라, 하늘이 무너져도 솟아날 궁기가 있는 법이니라. 우지를 말라며는 우지 마라.'라고 몇 번이나 암시를 주는 데도 전혀 깨닫지를 못하는 우둔한 인물로 그려지는 것이 그것이다.

이같은 면모는 심봉사가 '누대명문지족'인데도 맹인잔치에 참석코자 황성길을 올라가는 도중 개울에서 목욕하다 옷을 잃고 무릉태수 앞에 발가벗고 나서는 인물로 그려지거나, 어느 촌가 부인네들과 농탕한 수작을 벌이면서 방아를 찧는 경우의 예를 통해서도 어렵지 않게 확인할 수 있다. 다음과 같은 이별 대목의 춘향은 그 대표적인 예에 해당한다고 할 것이다.

> 〔**진양**〕　와락 뛰여 일어서며 발길에 밟히는 초마자락도 쫙쫙 찢어서 도
> 　　련님 앞에다 내던지고, 명경 체경도 두루쳐 번뜻 안어다가 문밖 사우
> 　　에다 와당땅 때려서 와그르르르르르르 탕탕 부딪치고, "아이고, 여보,
> 　　도련님! 이제 허신 그 말씀이 재담이요, 농담이요, 실담이요, 패담이
> 　　요? 사람 죽는 구경을 도련님이 허시랴오? 우리 당초 만날 적에 전
> 　　년 오월 단오야으 방자를 앞세우고……말을 허오, 말을 허여. 공연한
> 　　사람을 살자 조르더니 평생 신세를 망치네그려."
> 　　　　　　　　　　　　　　　　　　　　　　「춘향가 : 김세종 판, 조상현 창」14)

이와 같은 춘향의 언행에서 '화중군자'의 요조숙녀다운 면모는 전혀 찾아볼 수 없다. 작품의 서두에서 제시된 인물의 성격과는 판이한 양상을 띠는 것이다.

이러한 성격의 가변성은 판소리가 일종의 서사적 줄거리를 가진 이야기라는 점에서 매우 중요한 의미를 지닌다. 서사적 줄거리를 가진 이야기에 등장하는 인물은 일반적으로 그 성격의 '일관성'이 유지되는 것이 통례기 때문이다. 또 등장인물의 말과 행위를 통해 드러나는 성격은, 변화가 이루어지는 경우라 하더라도 대개 '기질적 개연성'의 토대 위에서 일어나는 변화여야 한다. 이같은 경우는 이른바 성격의 '발전'이라고도 말할 수 있다. 이는 근본적으로 어떤 인물이 작중에서 수행하는 기능, 즉 작중에서의 기

---

14) 판소리학회 감수, 앞의 『판소리 다섯마당』, 45면.

능적 의미에 그 뿌리를 두고 있다고 할 수 있다.

그런데 판소리에 등장하는 인물은 이러한 성격의 일관성이나 발전과는 상당한 낙차를 보이는 차원에서 예의 성격변화가 어렵지 않게 일어난다. 이점 역시 소리꾼이 '인물치레'를 실현화 과정, 즉 인물의 성격을 형상화하여 드러내는 과정에서 제기되는 특징적 단면이라 할 수 있다.

그렇다면 이러한 성격의 가변성은 구체적으로 어떤 맥락을 통해 이루어지며, 여기에 내포된 의의는 무엇인가?

이와 같은 성격의 가변성이 허용되는 것은 무엇보다도 청중의 선이해(先理解) 때문이다. 소리판의 청중들은 현재 연창되고 있는 대목이 해당 레퍼토리의 전 문맥에서 어느 위치에 놓여 있는가를 잘 알고 있다. 말하자면 서사적 줄거리는 이미 알고 있다는 전제에서 모든 것이 가능한 것이다. 그런 의미에서 판소리 연창자는 이러한 청중의 선이해를 토대로 연창에 임한다는 면에서 의존적 성격을 지닌다. 그러나 판소리의 연창은 또한 연창자의 의도와 지향에 의해 그 줄거리의 가변성이 허용되기도 한다는 면에서는 자율성을 지니기도 한다.

중요한 것은, 이러한 청중에 대한 의존성과 연창자의 자율성이 상호 모순의 성격을 띠거나 충돌하지 않는다는 사실이다. 그것은 말하자면 소리판에서 변증법적 통합을 이룸으로써 연창자와 청중 사이에 공감의 세계를 열며, 그런 면에서 판소리의 연창이 역동적 유기성을 띠게 되는 하나의 동인으로 작용한다. 이러한 실현화 과정을 통해 소리판의 청중과 연창자는 단순한 형식논리의 차원을 넘어서서 교감하는 관계를 맺는다. 판소리가 소리판을 배경으로 한 현장 연창예술인 것은 바로 이러한 역동적 유기성에 그 뿌리를 두고 있다.

그렇기에 '인물치레'의 경우에 있어서도, 역동적 유기성이라는 실현화 과정상의 특징을 바탕으로 문맥적 정황에 걸맞는 성격을 가장 절실하고도

효과적으로 전달하기 위해, 텍스트 전반과 관련된 '일관성'의 문제는 청중들과의 묵계하에 일단 관심 밖에 놓아 둔다. 청중들로 하여금 최상의 심미적 체험을 가능하게 하기 위해서다.

물론 이와 같은 실현화 과정상의 특징과 전략이 가능한 것은 근본적으로 '구조 내의 독립성'과 같은 판소리 장르의 속성 때문이다. 기존 연구를 통해서도 이미 다양하게 논의된 바 있듯, "주어진 장면 장면을 최대한으로 설득력 있게 묘사하려는 창자의 의도에 기인한 장면극대화의 현상"15)이라든가, "상황이 지닌 의미와 정서를 강화·확장하여 독자적인 미와 쾌감을 추구하려는 판소리의 지향"16)이 이를 잘 대변한다.

중요한 것은 이러한 속성들이 소리꾼의 판짜기 전략과 직결되어 있다는 점이다. 판소리가 끊임없이 변모하는 현실의 다양한 모습들을 사설과 소리의 결합을 통해 적절히 형상화하기 위해서는, 어떤 고정된 실체로서보다는 상황에 따라 가변적일 수 있는 텍스트의 내재적 속성이 마련될 필요가 있었고, 그런 점에서 판소리 전승 텍스트는 현장 연창예술에 상응하는 모습으로 변모하는 과정에서 변개·재창작을 거듭했던 것으로 보이기 때문이다. 작중인물의 성격변화는 바로 이러한 현실의 경험들을 수렴하는 과정에서 이루어진 소리꾼의 의도적 전략이라는 점에 그 의의가 있다고 할 수 있다. 따라서 소리꾼으로서는 인물의 성격에 대한 일관성을 고려하기보다는 문맥적 상황에 따라 가장 실감을 주는 성격을 제시함으로써, 청중들로 하여금 그것을 형상적으로 체험하게 하는 데 관심의 초점을 맞춘다고 할 것이다.

이별 앞에 선 춘향이 말 그대로 사생결단을 하려는듯 달려드는 진솔한

---

15) 김대행, 「판소리사설의 구조적 특성」, 『한국시가구조연구』, 삼영사, 1976, 207면.
16) 김흥규, 「판소리의 서사적 구조」, 『판소리의 이해』(조동일·김흥규 편), 창작과 비평사, 1978, 127면.

모습에서, 또 당장은 죽음에 직면해 있으나 이미 어사출도가 예견되어 있는 상황에서 춘향이 거지차림의 낭군을 걱정하며 이 일 저 일 애절하게 당부하는 순진하다 못해 아둔하기까지 한 모습에서 그것을 실감할 수 있다. 이러한 성격들은 사람살이의 개연성 속에서 제기되는 경험적 진실성을 내포하고 있기에, 보편적 공감의 영역을 확장해 나갈 수 있는 것이다.

이렇게 볼 때, 판소리의 '인물치레'는 우선 작중인물의 말과 행위들을 통해 당대 인간의 심성과 기질적 특성들을 드러내고, 이를 바탕으로 시대적 삶의 여건과 그 예술적 형상화를 의도함으로써, 일상적 삶의 논리와 그 재구성의 의지를 경험적 진실성의 토대 위에서 실현화한다는 데 그 궁극의 의의가 있는 것으로 보인다.

김흥규는 「춘향가」의 이별 대목과 관련하여, "이 부분에서 우리가 느낄 수 있는 강렬한 현실감은 일차적으로는 생생한 수사력에 힘입는 것이지만, 근본적으로는 이러한 인물의 경험적 부피 때문이다."[17]라고 한 바 있다. 여기에서 말하는 '인물의 경험적 부피'는 곧 인간적 계기라는 토양 위에서 성립하는 '경험적 진실성'의 한 단면이라 할 것이다.

요컨대, 이상에서 살펴 본 '인물치레'의 실현화 과정상의 특징들―'사설'과 '소리'의 유기적 결합에 관련된 소리꾼의 다양한 전략, 해당 대목의 '이면'을 적절히 그려냄으로써 심화된 정서를 체험하게 하는 일, 그리고 연창 텍스트 및 소리판의 역동적 유기성에 바탕을 둔 작중인물의 성격 형상화와 성격의 가변성에 내포된 특성들은, '인물치레'가 판소리 수행의 결정적 요건이자 본질적 국면을 대변하는 요소 가운데 하나임을 여실히 보여준다고 하겠다.

---

17) 김흥규, 「판소리 및 판소리계 소설의 세계상」, 『민족문화연구』 제17집, 고려대 민족문화연구소, 1983, 12면.

5) 판소리 '인물치레'의 위상

판소리는 '소리'의 예술인 동시에 '사설'의 예술이다. 음악적 형상으로서의 '소리'와 언어적 형상으로서의 '사설'은 판소리를 실현화하는 핵심 요소에 해당하기 때문이다. 그런데 이러한 핵심 요소는 연창의 현장에서 형상적으로 실현될 때 비로소 구체적인 의미를 지닌다. 그것은 판소리가 본질적으로 '판'을 통해 생명력을 얻고 나름의 존재가치를 발휘하는 현장 연창예술인 점에서 더욱 분명하게 드러난다.

판소리에서의 '치레'란 소리꾼이 이와 같은 '소리'와 '사설'을 유기적으로 결합하여 연창의 현장에서 '형상적으로 실현하는 양태'를 일컫는 것이라고 할 수 있다. 이와 같은 '치레'는 말하자면 '소리'와 '사설'이 판소리에서 구체적인 의의를 지닐 수 있도록 생명력을 불어넣는 촉매 역할을 하는 것이다. 따라서 이러한 '치레'의 속성을 내재하고 있는 '인물치레'의 경우, 판소리 레퍼토리에 등장하는 인물들의 성격을 소리꾼이 형상적으로 실현하는 양태를 일컫는 것으로 이해해야 온당할 것으로 본다.

판소리는 '인물치레'를 통해 일상적 삶의 현실에서 제기되는 갖가지 상황과, 그 상황 속에 놓인 인물들의 사고 및 행동방식 등을 풍부한 사설과 온갖 음색을 동원한 소리로써 핍진하게 그려냄으로써, 주위에 모인 청중들과 공감의 영역을 확장해 나가는 현장 연창예술로서의 면모를 유감없이 발휘했던 것으로 보인다. 판소리 '인물치레'의 의의와 위상을 바로 여기에서 확인할 수 있다.

그런가 하면, 판소리 '인물치레'를 통해 체험되는 정서는 요컨대 추상적인 이념이나 무미건조한 설교가 동반되는 것이 아니라, 대부분 구체적이고 감성적인 사물이나 형상을 동반한다는 데 그 특징이 있다. 말하자면 인간을 논하거나 그 사고와 행위에 대해 설교하는 것이 아니라, 다양한 인간들의 실존을 형상적으로 제시함으로써, 그들이 처한 상황과 심경을 미적·정서적 국면에서 추체험(追體驗)하게 하는 데 목적이 있는 것이다.

특히, 작중인물의 성격 형상화 문제는 이와 같은 미적·정서적 체험을 가능하게 하는 요건으로 작용한다. 그리하여 이러한 형상적 체험으로부터 반복되는 일상의 각박함에서 벗어나 새로운 각성이 이루어지도록 의도하고, 이를 통해 경험적 진실성에 바탕을 둔 삶의 논리를 재구성하는 데 활력을 불어 넣어준다고 할 수 있다.

이상에서 본고는 판소리 '인물치레'의 성격과 특징에 관한 몇 갈래 실상 구명 과정을 통해, '인물치레'를 보다 포괄적인 시각에서 논의할 필요성과 그 논리적 이해의 한 틀을 제시했다고 본다. 본고가 나름의 의의를 지닌다면 바로 이점에 있다고 하겠다.

(1993년)

4. 판소리 사설의 형상성과 미학

1) 논의의 목적과 방향

판소리는 우리를 매혹시킨다. 연창되는 사설의 세부와 음악적 수행이 한데 어우러질 때, 그리고 그러한 어우러짐이 연창의 현장감을 동반하여 생생한 체험으로 전해져 올 때, 우리는 미묘한 정서의 굽이들과 함께 거기에 매료된다.

판소리가 우리를 매혹시키는 요인은 여러 측면에서 이야기될 수 있다. 질박하면서도 섬세한 맛을 내는 '소리'가 느리거나 빠른 '장단'과 밝거나 어두운 분위기를 자아내는 '조' 등과 어울려 인간 목소리의 무한한 예술성과 잠재력을 실감케 한다든가, 다시 이와 같은 음악적 요소들은 사설 내용이 빚어내는 여러 상황과 유기적 연관하에 놓임으로써 미적·정서적 체험을 입체화한다는 것, 또 소리판의 분위기나 청중의 성격에 따라 대개 연창자의 연창 레퍼토리가 정해지고 그 수행의 실상이 판가름난다는 것 등이 그 대표적인 국면이다.

요컨대 판소리는 '사설을 연행의 마당에서 소리로써 실현화하는 유기적 양식'이라 하겠는데, 그 예술성은 크게 보아 '소리의 예술'·'사설의 예술'·'현장의 예술'이라는 측면에서 그 특유의 미학을 구명할 수 있을 것이다.

이 글은 이와 같은 판소리의 예술성 가운데 특히 언어적 상관물로서의 '사설'이 내포한 문학성을 구명하는 데 목적이 있다. 바꾸어 말하면, 판소리가 우리를 매혹시키는 요인은 '사설의 미학'에 있다고도 할 수 있겠는데, 이 사설이 내포하고 있는 미적 표현효과 및 정서의 특질을 '언어성'에 초점을 맞추어 고찰하고자 한다.

한편, 판소리에서 미적·정서적 체험이 고조되는 부분은 특히 다양한 사물이나 사태들이 줄줄이 엮어지면서 구체적 장면 또는 상황을 연출하는 대목, 즉 '사설치레'가 이루어지는 대목이다. 사설치레는 '사설'과 '치레'의 복합어로서, '줄줄이 엮어나가는 언어 표현을 통해 다양한 형상을 꾸미어 치러내는 양태'라고 할 수 있다.

작품에 등장하는 각양각색 인물들의 개성적 용모나 행색·심성·언행 등을 구상적으로 현시하는 '인물형상치레', 팔려가는 심청의 심경·흥보의 가난상·적벽대전에서의 병정죽음타령 등 줄거리의 한 대목을 극대화하면서 그때의 정경이나 상황을 구상적으로 현시하는 '정황치레', 또 산천경개·초당풍경 등 특정 경관의 분위기와 정감을 구상적으로 현시하거나 세간·기물·화초·음식 등 일상사와 관련된 온갖 물상들을 구상적으로 현시하는 '경물치레' 등이 그 대표적인 예라고 할 수 있다.

판소리의 문학성은 바로 이와 같은 사설치레 대목이 환기하는 정서의 특질과 긴밀하게 연관된다. 나도 모르게 눈물을 글썽이게 하는가 하면, 저절로 터져나오는 웃음을 가누기 어렵게 하기도 하며, 탄성을 터뜨리며 환호하게 하기도 하고, 무한한 환상에 사로잡히게 하기도 한다. 그런가 하면, 이러한 탄성과 도취와 환상의 이면에는 지극히 고상한 인간의 심성과 고개를 내저을 만한 비속성이 잠재해 있기도 하며, 세속적 욕망과 현실적 삶의 고난이 빚어내는 갈등이 적나라한 모습으로 노출돼 있기도 하다.

사설치레가 환기하는 이와 같은 정서의 특질은 '표현 언어의 이면에 잠재해 있는 미적 표현효과—구상적 이미지를 바탕으로 한 형상성'에 말미암는다고 할 수 있다.[1] 따라서 이러한 사설의 형상성을 구명하는 일은 판소리 텍스트의 문학성을 구명하는 적절한 거점 가운데 하나일 수 있다. 요컨대 판소리 사설치레가 환기하는 정서의 특질을 표현 언어의 형상성에 초점을 맞추어 구명함으로써 그 문학성의 일단을 밝히고자 하는 것이 이 글의 구체적인 논의 방향이며 방법이라고 할 수 있다.

2) 인물형상치레와 인간풍정

작중인물의 개성을 형상적으로 드러내는 일은 판소리 연창에서 절실하게 요구되는 사안 가운데 하나다. 판소리는 특히 연창 레퍼토리에 등장하는 각양각색 인물들의 성격과 양태를 실감나게 그려내는 데서 그 진가를 발휘하기 때문이다.[2]

중요한 것은 이들 인물의 개성을 형상화하는 구체적인 전략이다. 이 점에 있어서 '인물형상치레' 사설들은 대부분 열거와 반복의 수사기법을 동

---

1) 최진원은 "판소리 사설에는 의미[所記]를 넘어선 그 어떤 효과[能記]—의미와는 직접 관계가 없는 심상(이미지)과 상상을 불러 일으키는 효과—가 강하게 풍긴다. 이것을 '표징(表徵)'이라고 부르고자 한다."라고 하면서, 판소리 사설의 표현 효과와 특징을 '표징'의 관점에서 구명한 바 있다(「판소리 사설의 표현 특징」, 『한국고전시가의 형상성』, 성균관대 대동문화연구원, 1988, 207~223면 참조). 필자 또한 이 문제를 '표현미학과 표상성'에 초점을 맞추어 고찰한 바 있다(앞의 「판소리 사설의 표현미학적 특징」 참조). 이 글에서는 이러한 기존 논의를 토대로 하면서, 사설의 미학과 관련된 '정서의 특질'에 초점을 맞추어 좀더 구체적인 논의를 펴고자 한다.

2) 이 문제와 관련하여 잠시 언급해 둘 필요가 있는 것은 '인물치레'의 개념이다. 요컨대 '인물치레'는 앞에서 언급한 '치레'의 개념적 복합성을 근거로 할 때, 다만 '판소리 연창자의 용모'를 뜻하는 것으로 이해하기보다는, '판소리 연창자가 작중인물의 성격을 다양하게 꾸미어 치러내는 양태, 즉 연창자의 작중인물 수행 양태'를 의미하는 것으로 이해하는 것이 보다 온당하리라 생각한다. 이 글에서는 '인물형상치레'라는 용어를 이와 같은 맥락에서 사용했음을 덧붙여 둔다. 이 문제와 관련된 자세한 논의는 박영주, 「판소리 '인물치레'의 성격과 특징」(『동리연구』 창간호, 동리학회, 1993)을 참조

원하여 '치레' 대상이 되는 인물의 개성을 구상적으로 현시하며, 풍부한 묘사와 서술을 통해 그것을 생동적으로 드러내는 것이 두드러진 특징이라고 할 수 있다.

심청이 열다섯이 되었을 때 건넌마을 장승상댁 부인이 심청을 수양딸로 삼고자 하여 대면하는 대목에서 이루어지는 '심청의 용모와 거동'을 보기로 하겠다.

〔중중몰이〕 심청이 거동봐라. 가장 단장 헌 일 없이 천자만고 국색이라. 염용허고 앉는 거동, 백석청탄 맑은 물으 목욕을 허고 앉은 제비 사람 보고서 날아난 듯, 황홀한 저 얼굴은 천심이 돋은 달이 수변에 가서 비치난 듯, 말하고 웃는 양은 부용화가 새로 피난 듯, 천상 미간으 두 눈썹은 초생달이 뜬 듯허고, 도화 양협으 고운 빛은 무릉도원이 비치난 듯, 백부 홍화 돋으는 양 어허 한 날을 실었도다.

「심청가 : 이날치 판, 한애순 창」3)

이미지가 매우 선명하다. 그것은 특히 '백석청탄 맑은 물으 목욕을 허고 앉은 제비 사람 보고서 날아난 듯'과 같은 사실적·생동적 묘사에서 두드러진다. 이같은 이미지의 선명성은 우선 이미지를 환기하는 소재들의 색채감에서 비롯되는 것이기도 하지만, '치레' 대상에 대한 적절한 비유가 동원됨으로써 하나의 구체적 형상이 창조된 데서 비롯된 것이기도 하다. 열거와 반복의 수사 기법에 힘입은 사실적이고도 생동적인 묘사·서술을 통해 심청의 '선연(鮮妍)한 자태'를 구상적으로 현시―형상화하고 있는 예가 이를 잘 말해 준다.

작중인물의 용모나 행색·심성·언행 등을 '치레'하는 예는 판소리 사설에서 가장 빈번히 등장하는 유형의 하나다. 「춘향가」의 경우만을 예로 든

---

3) 판소리학회 감수, 『판소리 다섯마당』, 한국브리태니커회사, 1982, 95면.

다 하더라도, 그것은 광한루에 나들이하는 '이도령의 복색치레'에서처럼 화려한 장식과 기품있는 태도를 그려 나가기도 하고, 춘향을 부르러 가는 '방자의 행색과 거동'에서처럼 맵시있게 차려 입은 모습에 활기 넘치는 동태를 그려 나가기도 한다. 그런가 하면, '어사 변복치레'와 같은 경우에서는 선뜻 누구인지 분간하기 어려운 의뭉스런 행색을 띠기도 한다.

그러면, 이와 같은 수사적 특징을 바탕으로 한 인물의 형상성은 구체적으로 어떤 표현효과와 정서적 특질을 내포하고 있는 것일까?

〔잦은 잦은몰이〕 방자, 분부 듣고 춘향 부르러 건너간다. 건거러지고 맵수있고 태도 고운 저 방자, 새소없고 팔랑거리고 우멍스런 저 방자, 서황모 요지연에 편지 전턴 청조처럼 말 잘하고 눈치있고 영리한 저 방자, 쇠털벙치, 궁초 갓끈 맵수있게 달아 써, 성천 통우주 접저고리, 삼승고의, 육날신에, 수지 빌어 곱돌 매고, 청창옷 앞자락을 뒤로 잦혀 잡어매고, 한 발은 여기 놓고, 또 한 발 저기 놓고, 충, 충, 충충거리고 건너간다. 장송 가지 뚝 꺾어 죽장 삼어서 자르르 끌어 이리저리 건너갈 제, 조약돌 덥벅 집어 버들에 앉인 꾀꼬리 탁 쳐 후여쳐 날려 보고 무수히 장난허다가, 춘향 추천허는 앞에 바드드득 들어서, 춘향을 부르되 건혼이 뜨게, "아나, 옜다, 춘향아!"

「춘향가 : 김세종 판, 조상현 창」[4]

방자가 춘향을 부르러 가는 대목의 사설치레다. 다양한 사물과 형상들이 줄줄이 엮어지면서 방자라는 인물의 행색과 거동이 구상적으로 현시되고 있다. 다소 경망스럽고 짓궂게 보이기는 해도, 아기자기하고 맵시 있게 차려 입은 방자의 행색과 활기 넘치는 거동에서 저절로 솟구치는 생동감을 느낄 수 있다.

이러한 인물의 이미지와 생동감은 이른바 '엮음에 의한 구상적 현시'라

---

4) 같은 책, 35면.

는 사설치레 특유의 표현기법과 그 효과에 말미암는다고 할 수 있다. 방자의 행색과 거동에 관련된 구체적 사물과 형상들이 줄줄이 엮어짐으로써, 방자라는 인물에 대한 막연한 관념이나 이미지를 점차 명료한 감각의 대상물로 의식의 표면 위에 떠올릴 수 있고, 그리하여 감각적 경험의 차원으로 부각된 '치레' 대상의 이미지를 향수할 수 있기 때문이다. 말하자면, 어렴풋한 의식으로만 존재하던 우리의 미분화(未分化)된 심미적 충동이 이와 같은 '치레'를 통해 구상적 이미지로 우리 의식의 표면 위에 실재(實在)하게 되는 것이다. '치레' 대상만이 다를 뿐 판소리 사설 전반에서 두루 확인할 수 있는 이와 같은 미적 표현효과를 '잠재의식의 실재의식화'라 할 수 있을 것이다.

방자의 행색과 거동에서 느낄 수 있는 생동감은 바로 이러한 미적 표현효과를 배경으로 이루어지는 정서 체험이라고 할 수 있다. 특히 그의 행색과 거동 하나 하나에 깃든 발랄함과 경쾌함이 '잦은 잦은몰이' 장단에 실려 연창될 때. 그리고 태탕한 봄날의 정경 속에서 활기넘치는 양태들로 형용될 때, 이는 묘한 욕망의 분출―흥분을 불러 일으킨다.

그것은 아마도 청춘 남녀 간의 만남이라는 문맥적 상황으로부터 '기대에 찬 설레임'과 같은 정서가 환기되기 때문이 아닐까 생각한다. 그리하여 궁극적으로는 이도령과 춘향의 결연(結緣)을 예축(豫祝)하는 내밀한 상징적 의미까지를 내포하는 것이 아닐까 생각한다. 이 점은 특히 '장송 가지 뚝 꺾어 죽장 삼아서 자르르 끌어 이리저리 건너갈 제, 조약돌 덥벅 집어 버들에 앉인 꾀꼬리 탁 쳐 후여쳐 날려 보고 무수히 장난허다가, 춘향 추천허는 앞에 바드드득 들어서' 부분에서 두드러진다.

그런데, 작중 인물의 성격을 형상화한 사설치레 가운데에는 일견 납득하기 어려운 언어 표현들로 뒤범벅을 이루는 예들을 볼 수 있다. 인물의 용모나 행색·슨성·언행 등을 구상적으로 현시하되, 대개 상상을 초월하는 과장과 왜곡을 통해 그 비소성을 드러내거나, 일상적 규범을 극단적으로 굴절시켜 극악무도한 행태를 그려나가는 표현 방식을 취하고 있는 경우가 그것이다. 따라서 논리적인 면에서 본다면 불합리와 당착 투성이인 경우가 대부분이다. 그러면서도 거기에는 우리의 감성을 뒤흔드는 어떤 미학이 있다. 문제는 이러한 불합리와 당착의 비논리성에 깃든 미학을 논리적으로 구명하는 데 있다.

「심청가」의 '뺑덕어미의 용모와 행실', 「흥보가」의 '놀보의 심성과 언행'은 그 대표적인 예라고 할 수 있다.

> 뺑덕어미라하는 홀어미가 있는데, 생긴 형용 하는 행실 만고사기(萬古史記) 다 보아도 짝이 없는 사람이라. 인물을 볼짝시면, 백등칠일(白登七日) 보냈으면 묵돌정병(冒頓精兵) 풀터이요, 육궁분대(六宮粉黛)가 보았으면 무안색을 하겠구나, 말총같은 머리털이 하늘을 가리키고, 되박이마 횃눈썹에 움푹준 주먹코요, 메주볼 송곳턱에 써렛니 드문드문, 입은 큰 궤 문 열어 논 듯하고, 혀는 짚신짝 같고, 어깨는 키를 거꾸로 세워 논 듯, 손길은 소댕을 엎어 논듯, 허리는 짚동 같고, 배는 폐문(閉門) 북통만, 엉덩이는 부잣집 대문짝, 속옷을 입었기로 거기는 못 보아도 입을 보면 짐작하고, 수종다리 흑각(黑角) 발톱, 신은 침척(針尺) 자가웃이라야 신는구나. 인물은 그러하고 행실로 볼짝시면, 밤이면 마을들기, 낮이면 잠자기와, 양식 주고 떡 사먹기, 의복 전당 술먹기와, 제메를 올리려도 담뱃대는 빼지 않고, 몸볼적에 차던 서답 조왕 앞에 끌러놓기, 밥푸다가 이잡기와, 머슴 잡고 어린양 하기, 젊은 중놈 보면 웃기, 코 큰 총각 술 사주기, 인물 행실 이러하니 눈있는 사람이야 누가 돌아 보겠느냐.
>
> 「심청가 : 신재효본」[5]

[잦은 중몰이] 놀보 심사 볼작시면, 술 잘 먹고 쌈 잘하기, 대장군방 벌

---

5) 강한영 교주, 『신재효 판소리 사설집(全)』, 교문사, 1984, 213~215면. 이 신재효 본은 엄밀히 따지자면 창본이라 하기 어려운 점이 있으나, 일반적으로 연창된 사설들보다 '엮음에 의한 구상적 현시'를 여실히 드러내고 있다는 점에서, 논의의 편의를 위해 이를 인용하기로 한다.

목시켜, 오귀방에 이사 권코, 삼살방에다 집 짓기고, 남의 노적에 불
지르고, 불 붙는 듸 부채질, 새 초분으도 불 지르고, 상인 잡고 춤추
기와, 소대상으 주정 내여 남의 젯상 깨뜨리고, 질 가는 과객 양반
재울 듯이 붙들었다 해 다 지며는 내어 쫓고, 의원 보며는 침 도적
질, 지관 보며는 쇠 감추고, 새 갓 보면 땀때 떼고, 좋은 망건 편자
끊고, 새 메투리는 앞총 타고, 만석 당혀 윤듸 끊고, 다 큰 큰애기
겁탈, 수절 과부 무함 잡고, 음녀 보며는 칭찬허고, 열녀 보면 해담
허기, 돈 세난듸 말 묻기와, 글 씨는듸 옆 쑤시고, 사집병으 비상 넣
고, 제주병에다 가래춤 뱉고, 옹구 진 놈 가래 뜨고, 사그짐은 작대
기 차고, 우는 애기는 발구락 빨리고, 똥 누는 놈 주저앉히기, 새암
가상이 허방울 놓고, 호박에다가 말뚝 박고, 곱사동이는 되집아놓고,
앉은뱅이는 태견하고, 이런 육시를 헐 놈이 심술이 이래 노니, 삼강
을 아느냐, 오륜을 아느냐? 이런 난장을 맞을 놈이!

「흥보가 : 송만갑 판, 박봉술 창」6)

극대화된 과장·왜곡·굴절을 통해 '추한 몰골', '악행의 전형'이 구상적
으로 현시되고 있다. 그런데도 이런 대목에 이르면 어떤 전제가 필요 없는
웃음이 터져나오면서 '치레' 대상에 감응(感應)되는 정서를 체험한다. 고개
를 내저을 만큼 지독하고 무잡스러운 뺑덕어미의 용모와 행실, 천하에 '난
장을 맞을' 짓거리로 일관된 놀보의 심성과 언행에 선악의 가치판단을 개
입시키기보다는, 절로 일어나는 흥겨움에 오히려 추임새를 하며 달려드는
것이 예사인 것이다. 뿐만 아니라 여기에는 어떤 논리적 사고―그것이 불
합리한 것인지 어떤지 하는 사실판단이 개재될 여지도 없다. 다만 정서적
몰입이 이루어지는 가운데 텁텁한 웃음을 자아내는 향수자적 시각만이 성
립할 따름인 것이다.

이렇듯 '추한 몰골'이나 '악행의 전형'이 현시되는 데 오히려 추임새를
하며 달려드는 것은, 무엇보다도 그것이 우리에게 어떤 거부감이나 불유쾌

---

6) 판소리학회 감수, 앞의 책, 123~124면.

한 감정을 불러 일으키지 않기 때문일 것이다. 그리고 이러한 감정은 이들 인물형상을 구성하는 표현의 세부들이 사람살이의 개연성에서 제기되는 사상(事象)들에 토대를 두고 있는 데서, 또 우리 내면에 잠재해 있는 비소성이나 악행의 충동을 구상적으로 들추어 낸 것인 데서 유발되는 것으로 보인다. 그 인물형상이 극단적으로 과장·왜곡되거나 미적으로 변용·굴절된 모습으로 드러나 있기는 해도, 표현의 세부를 구성하는 제재들 대부분이 일상에 밀착된 사물과 형상들이라는 점에서 친숙하게 수용될 수 있으며, 따라서 생활 주변에서 경험 가능한 것들이라는 사실이 이를 잘 말해 준다.

아울러, 여기에 동원된 풍부한 묘사·서술은 사고의 과정을 감각적 경험의 과정으로 전이시키는 표현효과를 발휘한다. 극단적으로 과장·왜곡되거나 미적으로 변용·굴절된 형상들이 열거와 반복의 수사기법을 통해 줄줄이 엮어지는 데서 언어의 일차적 의미는 약화되고, 대신 구상적 이미지들만이 강화·확장되기 때문이다. 말하자면, 등가적(等價的) 형상들의 열거와 반복은 그 의미론적 의의를 약화시킨다고 할 수 있겠는데, 상대적으로 강화·확장된 이미지를 배경으로 이른바 '추한 몰골'이나 '악행의 전형'이 창조되는 것이다.

이와 같은 '치레' 과정을 통해 역시 막연하거나 어렴풋한 의식으로만 존재하던 우리의 미분화된 심미적 충동은 구상적 이미지로 의식의 표면 위에 실재하게 되는 표현효과가 발휘된다고 하겠다. 그리하여 거기에 어떤 사실판단이나 가치판단을 개입시키기보다는, 절로 일어나는 흥겨움을 배경으로 '치레' 대상에 감응되는 미적·정서적 체험이 이루어지는 것으로 보인다.

그런 의미에서 위의 극단적으로 과장·왜곡·굴절된 '뺑덕어미의 용모와 행실'·'놀보의 심성과 언행'은 관습적 규범이나 미의식에 대한 일종의 일탈이자 기만이다. 이 대목의 사설치레는 바로 이러한 의도적 일탈과 기만을 통해 대상—인물의 강렬한 이미지와 형상을 창출하고 있는 것이다. 이와 같은 사설치레에 내재하는 미적 표현효과는 우리로 하여금 관습화된 규범이나 디의식에서 벗어나게 함으로써, 새로운 정서 체험을 가능하게 한다는 데 그 의의가 있다고 할 것이다.

한편, 작중 인물의 성격을 형상화하는 과정에서 주목되는 또다른 문제 가운데 하나는, 흔히 그 인물의 성격이 작품 전반을 통해 '통일'되어 있지 않다는 사실이다. 기존 연구를 통해서도 이 점은 널리 지적된 바 있다.

가령, 춘향은 작품의 서두에서 재색(才色)을 겸비한 '화중군자(花中君子)'의 요조숙녀로 그려지는데, 이도령과 인연을 맺고 어우러져 노는 대목에서는 능숙한 사랑을 하는 기생이기도 하고, 또 옥중사설 대목에서는 죽음을 목전에 둔 채 마지막 당부의 말을 하며 하염없이 우는 그녀에게 이도령이 '내일 날이 밝거드면 생예를 탈지 가마를 탈지 그 속이야 뉘가 알랴마는, 천붕우출이라, 하늘이 무너져도 솟아날 궁기가 있는 법이니라. 우지를 말라며는 우지 마라.'라고 몇 번이나 암시를 주는 데도 전혀 깨닫지 못하는 우둔한 인물로 그려지는 것이 그것이다. 이같은 사실은 심봉사가 '누대명문지족'의 점잖은 위인인데도, 맹인잔치에 참석하기 위해 황성길을 올라가는 도중 개울에서 목욕하다 옷을 몽땅 잃어버리고 무릉태수 앞에 발가벗고 나서는 인물로 그려지거나, 어느 촌가 부인네들과 농탕한 수작을 하면서 방아를 찧는 장면을 통해서도 쉽사리 확인할 수 있다.

그런데 당착에 가까운 이러한 사설치레에서도 우리는 어떤 거부감이나 불합리를 전혀 의식하지 않는다. 오히려 '치레' 되고 있는 인물의 심성이나 언행에 으레 맞장구를 치며 동화한다. 거기에는 정서적 공감을 유발하면서 우리의 감성을 자극하는 어떤 미학이 잠재해 있는 것이다.

다음과 같은 이별 대목의 춘향을 보기로 하겠다.

〔**진양**〕 와락 뛰여 일어서며 발길에 밟히는 초마자락도 **쫙쫙** 찢어서 도
　　　련님 앞에다 내던지고, 명경 체경도 두루쳐 번뜻 안어다가 문밖 사우
　　　에다 와당땅 때려서 와그르르르르르르 탕탕 부둪치고, "아이고, 여보,
　　　도련님! 이제 허신 그 말씀이 재담이요, 농담이요, 실담이요, 패담이
　　　요? 사람 죽는 구경을 도련님이 허시랴오? 우리 당초 만날 적에 전
　　　년 오월 단오야으 방자를 앞세우고……말을 허오, 말을 허여. 공연한
　　　사람을 살자 조르더니 평생 신세를 망치네그려."

「춘향가 : 김세종 판, 조상현 창」[7]

　이도령으로부터 '이별일밖에 없다.'라는 말을 듣자마자 사생결단을 하기
로 달려드는 춘향의 모습이 구상적으로 현시되고 있다. 이와 같은 춘향의
심성과 언행에서 이른바 '화중군자'의 요조숙녀다운 면모는 전혀 찾아볼
수 없다. 한 마디로 작품의 서두에서 설정된 인물의 성격과는 판이한 양상
을 띤다 할 것이다.

　성격의 가변성은 판소리가 일종의 서사적 줄거리를 가진 이야기라는 점
에서 나름의 중요한 의미를 갖는다. 서사적 줄거리를 가진 이야기에 등장
하는 인물은 일반적으로 그 성격의 '일관성'이 유지되는 것이 통례기 때문
이다. 또, 변화가 이루어지는 경우라 하더라도 서사에 있어서는 '기질적 개
연성'의 토대 위에서 일어나는 변화여야 한다. 이같은 경우는 성격의 '발
전'이라고도 할 수 있다.

　그런데 판소리에 등장하는 인물은 이와 같은 성격의 일관성이나 발전과
는 상당한 낙차를 보이는 차원에서 예의 성격변화가 일어난다. 오로지 문
맥적 정황에 걸맞는 성격을 절실하게 형상화하는 데에만 관심을 집중하는
것이다. 이른바 "주어진 장면 장면을 최대한으로 설득력 있게 묘사하려는
창자의 의도에 기인한 장면극대화의 현상"[8]이라든가, "상황이 지닌 의미와

---

7) 판소리학회 감수, 앞의 책, 45면.
8) 김대행, 「판소리 사설의 구조적 특성」, 『한국시가구조연구』, 삼영사, 1976, 207면.

정서를 강화·확장하여 독자적인 미와 쾌감을 추구하려는 판소리의 지향"9)은 이러한 특성의 일면을 적절히 지적한 논의들이다.

어떻든 위의 이별 앞에 선 춘향의 형상은 우리를 어떤 논리적 판단에 이끌리게 하기보다는, 곧바로 정서적 공감의 차원으로 이끌어가는 매력을 자아낸다. 그 매력은 요컨대 솔직·순박한 인물형상에서 비롯되는 것이 아닐까 생각한다. 감정 표현에 어떤 매개항도 두지 않은 채 직면해 있는 현실의 심경을 꾸밈 없이 드러내는 데서 논리 이전의 공감을 유발할 수 있기 때문이다. 아울러 이와 같은 정서의 밑바닥에는 인간적 계기를 긍정하고 이를 직정적(直情的) 표현들을 통해 형상화함으로써, 현실에 대해 일정한 태도를 확립하려는 의지가 관여하고 있기 때문인 것으로 보인다.

부인 곽씨를 잃고 '실성발광 미치는' 다음과 같은 '심봉사 자진' 대목에서도 이를 여실히 확인할 수 있다.

〔잦은 중중몰이〕 "아이고, 이것이 웬 말이냐? 워따, 동네 사람들, 우리 마누라가 죽었소. 허허허어, 참으로 죽었소? 아이고, 마누라. 죽을 줄 알았으면 약지러 가지말고 머리맡에 앉었다 극락세계로 가라고 염불이나 해 줄 것을. 약능활인이요 병불능살인이라더니 약이 모두 원수로다." 약그릇을 번뜻 들어 방바닥에 부둣치고, 섰다 꺼꾸러져 떼그르르르르 궁글러보고, 가슴을 쾅쾅 치고, 머리도 찌걱찌걱, 두 발을 둥둥둥둥, 여광여취, 실성발광, 남지서지를 가르쳐, "아이고, 마누라. 마오. 죽지마오. 평생의 정한 뜻을 사생동거 보았더니, 염라국이 어디라고 날 버리고 가라시오? 아이고, 마누라, 마누라, 마누라, 마누라, 이게 웬일이요?"……목제비질을 덜컥덜컥, 이리저리 헤매이며, "아이고, 마누라! 아이고, 이를 어쩔거나!"

「심청가 : 이날치 판, 한애순 창」10)

---

9) 김흥규, 「판소리의 서사적 구조」, 『판소리의 이해』(조동일·김흥규 편), 창작과비평사, 1982, 127면.
10) 판소리학회 감수, 앞의 책, 90~91면.

　일상적 삶의 현실에서 맞닥뜨릴 수 있는 극한상황을 노출시키되, 특히 직정적 표현들을 통해 철저한 인간적 계기를 형상화하고 있다. 이와 같은 표현상의 특징과 정서는 다만 표현의 세부가 다를 뿐, 예컨대 「춘향가」에서 이별을 알아챈 월매가 통곡하는 모습이나, 자신의 딸이 삼십도의 곤장을 맞아 죽었다는 말을 전해 듣고 자진하는 모습에서도 실감할 수 있는 바다.

　요컨대, 이와 같은 인물형상들에는 단순히 상상에만 머무르게 하지 않는 생생한 현실감, 다시 말해 그러한 정서 체험을 가능하게 하는 표현 효과가 내재해 있다. 그것은 대부분 우리 일상에서 개연성으로 존재하는 것들이기에, 경험적 진실성을 바탕으로 공감의 영역을 확장해 나갈 수 있기 때문일 것이다.

　그런 의미에서 이러한 인물형상들에는 일상적 삶의 애환과 함께 건강한 정서가 배어 있다. 인간의 거짓 없는 극한을 노출시키고 그 한계를 자각게 함으로써, 본래의 건강한 정서를 회복시킬 수 있는 여지를 열어주기 때문이다. 이 대목의 사설치레들이 인정에 곡진한 표현 효과를 거둘 수 있다면, 바로 이와 같은 인간적 계기의 토양이 마련되는 데서 일 것이다.

　김홍규는 「춘향가」의 이별 대목과 관련하여, “이 부분에서 우리가 느낄 수 있는 강렬한 현실감은 일차적으로는 생생한 수사력에 힘입는 것이지만, 근본적으로는 이러한 인물의 경험적 부피 때문이다.”[11]라고 한 바 있다. 여기에서 말하는 ‘인물의 경험적 부피’는 곧 인간적 계기의 토양에서 형성된 경험적 진실성의 한 단면이라고 하겠다.

　이상에서 살펴 본 것처럼, ‘인물형상치레’는 대부분 분방하고 자연스러운 사고와 표현들을 통해, 내면에 잠재되어 있는 우리 의식의 단면들을 구

---

11) 김홍규, 「판소리 및 판소리계 소설의 세계상」, 『민족문화연구』17집, 고려대 민족문화연구소, 1983, 12면.

상적 이미지로 실재화시키는 것이 그 두드러진 특징이다. 그리하여 인간의 심성과 기질적 특성을 형상화하고, 경험적 진실성에 입각한 정서 체험이 이루어지게 한다.

주목할 단한 사실은 구상적 이미지들로 현시된 인물형상 거의 모두에, '인간풍정(人間風情)－인간적 계기의 토양'[12]이 짙게 깔려 있다는 사실이다. 바로 위에서 살핀 '춘향의 발악'이나 '심봉사 자진'에서 이를 구체적으로 확인할 수 있었거니와, 앞에서 살핀 '뺑덕어미의 용모와 행실'·'놀보의 심성과 언행'·'방자의 행색과 거동'·'심청의 용모와 거동'과 같은 예에서도 이를 확인할 수 있다. 이른바 일상에 밀착된 사물과 형상들이 환기하는 이미지를 배경으로, 사람살이의 개연성 속에서 제기되는 가치·욕구·갈등이 다양하게 '치레' 되고 있는 것이 그것이다. 이와 같은 미적 표현효과와 정서적 특질은 곧 판소리 사설에 내재된 미학의 일면을 대변한다고 하겠다.

3) 정황치레와 감정의 전복

서사적 줄거리가 전제된 문맥에서 어떤 정경이나 상황을 구상적으로 드러내는 일 역시 판소리 연창에서 절실하게 요구되는 사안 가운데 하나다. 그 정황을 구상적으로 현시하는 과정에서 판소리의 묘미를 느낄 수 있기 때문이다. 이 점은 판소리가 연창의 현장성을 배경으로 한 서사적 창악이라는 사실에 비추어 볼 때 더욱 그러하다.

---

12) 최진원은 송강 시가를 논하는 글에서 '인간풍정(人間風情)이 물씬 풍긴다.'·'인간풍정－인간적 계기의 토양이 깔려 있다.'라고 하여, 송강 시가의 특질 가운데 하나로 '인간풍정'을 든 바 있다(「송강시가의 풍류」, 앞의 『한국고전시가의 형상성』, 137~143면 참조). 이와 같은 '인간풍정'은 달리 말해 표현 언어가 환기하는 정서적 특질을 의미하는 것이라고 할 수 있겠는데, 그 소재나 정서의 층위는 다르겠지만, 판소리 사설의 경우도 이와 상통한다고 보아 이 용어를 옮겨와 사용하기로 한다.

그런데 특히 이러한 '정황치레' 대목들 가운데에는, 앞의 인물형상치레에서 두드러졌던 미적 표현효과 및 정서와는 상반된 양상, 즉 '잠재의식의 실재의식화'와 상반되는 '실재의식의 잠재의식화' 양상을 띠는 예들이 적지 않다. 따라서 그 미학도 다르게 나타난다.

홍보가 놀보집으로 돈과 곡식을 얻으러 가는 대목의 예를 들어보기로 하겠다.13)

〔아니리〕 홍보가 할 일 없이 치장을 차리고 형님댁을 건너 가는디,
〔잦은몰이〕　홍보가 건너간다 홍보가 건너간다. 홍보 치레를 볼작시면 철대 떨어진 헌 파립 버릿줄 총총 매여 조새갓끈을 달아서 떨어진 헌 망근 밥풀관자 종이당줄 두통나게 졸라매고 떨어진 헌 도포 실띠로 총총 이어 고푼 배 눌러띠고 한손에다가 곱돌조대를 들고 또 한손에다가는 떨어진 부채 들고 서리 아침 찬 바람에 옆걸음쳐 손을 불며 가만가만 건너간다.　　　　「홍보가 : 송만갑 판, 박록주 창」14)

먹고 살 도리가 없어 형님댁을 건너가는 홍보의 군색하고 남루한 행색이 '치레'되고 있다. 이러한 홍보의 행색은 현실적 생존의 문제 그 자체만을 따진다면 연민의 정을 자아낼 만큼 측은하기 짝이 없는 것이라고 할 수 있다. 그런데 그와 같은 절박한 생존 현실 앞에서 웃음을 금치 못할 양반 흉내를 내고 있기에, 전혀 다른 정서 체험이 이루어지게 한다. 말하자면, 이 대목의 지향적 의미는 고픈 배를 움켜 쥐는 홍보의 절박한 생존 현

---

13) 이 대목의 사설치레는 관점에 따라서는 '인물형상치레'의 예로 볼 수도 있을 것이다. 그러나 문맥적 상황과 의미에 비중을 둘 때, 앞에서 논의한 인물형상치레와는 접근의 시각을 달리할 필요가 있으리라 본다. 이 대목은 구상적으로 현시되는 홍보의 행색도 행색이지만, 도대체 먹고 살 도리가 없어 형님댁으로 뭔가를 얻으러 가는 홍보의 절박한 현실 상황 자체, 그리고 그런 상황에서 벌이는 홍보의 행태에 초점이 맞추어져 있기 때문이다.
14) 정병욱, 『한국의 판소리』, 집문당, 1981, 367면.

실 자체를 형상화하는 데 있다기보다는, 그러한 현실에 직면에 있으면서도 부질없이 양반 흉내를 내는 어줍잖은 모습을 구상적으로 현시하는 데 있는 것이다.

따라서 이러한 흥보의 형상으로부터 절박한 개인의 현실은 다만 객관화되거나 무화(無化)되고 말아, 거의 의식되지 않는다. 오히려 그러한 현실과는 동떨어진 국면에서 우스꽝스러운 흥보의 형상 그 자체만을 향수하게 되는 감정적 전복상태를 체험하게 된다. 이와 같은 표현효과 및 정서 체험은 특히 '떨어진 헌 도포 실띠로 총총 이어 고푼 배 눌러띠고 한손에다가 곱돌조대를 들고 또 한손에다가는 떨어진 부채 들고 서리 아침 찬 바람에 옆걸음쳐 손을 불며 가만가만 건너간다.'와 같은 부분에서 두드러진다. 달리 말하면, 이러한 미적 표현효과 및 정서 체험을 의도하기 위해, 예컨대 흥보에게 '서리 아침 찬 바람'부는 계절에 '떨어진 부채'를 들리운다고 할 수 있다.

다음과 같은 「적벽가」의 한 대목을 보면 이런 사실을 보다 분명하게 확인할 수 있다.

〔잦은몰이〕 가련할손 백만대군은 날도 뛰도 오도 가도 오무락 꼼짝달싹
　도 못ᄒ고 숨막히고 기막히여 살도 맞고 창에도 찔려, 앉아 죽고 서
　서 죽고 웃다 죽고 울다 죽고 밟혀 죽고 맞아 죽고 애타죽고 성내죽
　고 덜렁거리다죽고 복장(腹臟) 덜컥 살에 맞아 물에 풍 빠져죽고, 바
　사져 죽고 찢어져 죽고 엎어져 죽고 자빠져 죽고 무서워 죽고 눈빠
　져 죽고 등터져 죽고 오사(誤死) 급사(急死) 몰사(沒死)하야 다리도
　직신 부러져 죽고 죽어 보느라고 죽고 무단히 죽고 함부로 덤부로
　죽고 때때그르르 궁굴러 가다 아 낙상사(落傷死)하여 죽고 가슴 쾅
　쾅 뚜드리며 죽고 실없이 죽고 가엾이 죽고 꿈꾸다 죽고 한놈은 떡
　큰놈을 입에다 물고 죽고 또한 놈은 주머니를 부시럭 부시럭거리더
　니 어따 이 제기를 칠 놈들아 나는 이런 다급한 판에 먹고 죽을라고

비상(砒霜) 사 넜더니라 와삭와삭 깨물어먹고 물에가 풍. 또 한놈은 돛대끝으로 뿍뿍뿍 기어올라 가더니마는 아이고 하느님 나는 삼대독 자의 아들이오 제발덕분 살려주오 뚝떨어져 물에가 풍. 또 한놈은 뱃 전으로 우루루루 퉁퉁퉁퉁 나가더니 고향을 바라보며 아이고 아버지 어머니 나는 한일없이 죽습니다 언제 다시 뵈오리까 물에가 풍. 또 한놈은 그통에 한가한 체라고 시조(時調) 반장 빼다가 죽고, 즉사몰 사 대해수중 깊은 물에 사람을 모두 국수풀듯 더럭더럭 풀며 적급조 총괴 약통 납날개 도래송곳 돛바늘 적벽풍파에 떠나갈제 일등명장 쓸데가 없고 날랜 장수도 무용지물이로구나.

「적벽가 : 송만갑 판, 박봉술 창」[15]

'병정죽음타령'으로 일컬어지는 적벽대전 대목의 사설치레다.

여기에서 갖가지 형상들로 '치레'되는 병사들의 죽음은 전쟁의 비참한 현실과 관련되어 있다기보다는, 오히려 죽기 위한 전쟁 또는 죽음의 전시 장이라는 생각을 자아낼 만큼 어안이 벙벙하게 만든다. 특히 '또 한놈은 주머니를 부시럭 부시럭거리더니 어따 이 제기를 칠 놈들아 나는 이런 다 급한 판에 먹고 죽을라고 비상 사 넜더니라 와삭와삭 깨물어 먹고 물에 가 풍'과 같은 경우나, '또 한놈은 그통에 한가한 체라고 시조 반장 빼다 가 죽고', '대해수중 깊은 물에 사람을 모두 국수풀듯' 죽어나가는 경우를 대하면, 그것이 정작 '죽음'을 형용하고 있는 것인지 의심스러울 정도다.

인간의 죽음이란 분명 비통하고 처연한 것임에 틀림 없다. 더욱이 전장 에서의 죽음은 인간의 잔혹성을 그대로 드러내는 것이기에, 비참하기 이를 데 없다. 그런데 이러한 정황치레에서는 '죽음의 비참'이라는 실재성은 증 발되어 버리고, 그 어떤 생동감 넘치는 이미지의 세계에 휩싸이는 정서적 관련이 이루어진다. 요컨대 '죽음의 비참'이 희화화(戱畫化)되면서 감정의 전복상태를 체험하게 되는 것이다. 그래서 통상적 의미의 전쟁이나 죽음이

---

15) 같은 책, 450~451면.

전혀 현실성을 지니지 못한다.

이와 같은 정서적 관련이 이루어지는 데에는, 우선 이 대목의 지향적 의미가 긴밀히 관여한다. 전쟁의 비참한 실상이나 죽음을 이성적으로 '사고'하게 하는 것이 아니라, 관심의 방향을 전혀 엉뚱한 쪽으로 돌려, 그러한 사고를 무력화시키는 것이 그것이다. 말하자면 '전쟁터의 죽음'을 형상화하는 것이 아니라, '죽음의 전쟁터'를 방불케 하는 온갖 우스꽝스럽고 잡스러운 죽음들을 줄줄이 늘어놓음으로써, 감정의 평형상태를 깨뜨린다고 할 것이다.

'치레' 대상을 희화화하는 수법이야말로 이러한 감정의 전이상태를 유도하는 효과적인 방식이 아닐 수 없다. 아울러 여기에 동원된 풍부한 묘사·서술 역시 사고의 과정을 감각적 경험의 과정으로 전이시키는 데 긴밀히 관여한다. 열거와 반복에 힘입은 생동적 묘사·서술이 지속적으로 이루어지는 데에서 '죽음의 형상'이라는 언어의 일차적인 의미―그 의미론적 의의가 약화되고, 의미와는 거리가 있는 구상적 이미지들만이 강화·확장된다고 할 수 있기 때문이다.

그리하여 이러한 정서 체험의 과정을 통해, 죽음에 대해 우리가 평상적으로 자각하고 있는 실재의식은 오히려 뭐가 뭔지 모르는 미분화된 상태의 잠재의식으로 옮겨가 버리고 만다. 지극히 현실적일 수 있는 문제가 감정의 전복상태 속에서 분명하게 지각되지 않은 채, 다만 어렴풋한 의식으로만 남아 있는 상태에 이르게 되는 것이다. 이와 같은 정서적 특질을 가능하게 한 미적 표현효과를 요컨대 '실재의식의 잠재의식화'라고 할 수 있을 것이다.

다음과 같은 「적벽가」의 '조조의 패주' 대목 또한 그 대표적인 예 가운데 하나라고 할 수 있다.

〔**진양**〕   바람은 우루루루 지동치듯 불고 궂은비는 퍼붓는데 갑옷젖고

기계잃고 어디메로 가야만 살리. 조조 군중에 영을보아 촌락노략 양
식얻고 말도잡어 약간 구급(救急)허고 젖은옷 쇄풍에 달고 겨우 기어
내려갈제 한고장을 바라보니 한수여울 흐른물이 이릉(彛陵)으로 다었
난디 적적산곡 청계상에 쌍쌍백구만 흩었구나. 두쭉지를 쩍벌리고 펄
펄 수루루루 둥덩 우후청강 좋은 흥미 묻노라 저백구야 너는어이 한
가허여 홍요월색(紅蓼月色) 어인일고. 어적수성(魚笛數聲)이 적막헌
디 뉘기약을 기다리나. 범피 창파 홀로떠서 오락가락 선유하고 나는
어이 분주허여 천리전장 나왔다가 백만군사 몰사를 시키고 풍파의
곤한신세 반생반사 되얐으니 무슨 면목으로 고향을 갈꺼나 애처롭고
분한뜻을 어이하며는 갚드란 말이냐.
「적벽가 : 송만갑 판, 박봉술 창」16)

'궂은 비 퍼붓는' 가운데 만신창이가 되어 패주해 달아나는 생사불명의
상황에서도 '적적산곡 청계상에 쌍쌍백구만 흩었구나. 두 쭉지를 쩍 벌리
고 펄펄 수루루루 둥덩 우후청강 좋은 흥미 묻노라 저 백구야 너는 어이
한가허여 홍요월색 어인일고. 어적수성이 적막헌디 뉘기약을 기다리나'와
같은 흥취를 누리고 있다.

상식적으로 본다면 황당무계한 일이지만, 거기에는 어떤 '급박함 속에서
의 여유'가 흥건하게 깔려 있다. 요컨대 급박하기 이를 데 없는 상황에서
오히려 이와 정반대의 상황에서나 가능한 여유로운 정황들을 줄줄이 엮어
나감으로써, 관심의 방향을 전혀 엉뚱한 쪽으로 돌려 놓는 것이다. 그리하
여 이처럼 구상적으로 현시된 여유로운 정경들 속에서 마침내 전쟁에서의
'패주'라는 실재의식은 잠재의식화되어 버리고 만다.

최진원은 「춘향가」에 등장하는 '집장가'의 경우를 들어 이러한 느낌을
일단 '곤혹과 의문'으로 틀지우고, "하여튼 집장가를 대하면 수형(受刑)의
실제(현실)에서 멀어지는 감을 느끼게 되는 것은 분명하다." · "그것에서 느

---

16) 같은 책, 454면.

낄 수 있는 것은 그 어떤 낭만적 분위기일 따름이다."[17]라고 한 바 있다. 이러한 견해 역시 위에서 살핀 미적 표현효과 및 정서적 특질과 상통하는 면을 지적한 것으로 생각한다.

한편, 판소리의 '정황치레' 가운데에는 현실적 간난의 문제를 제기하면서도 그것을 특히 여유 있는 웃음으로 용해해 버리는 경우를 볼 수 있다. 따라서 눈앞에 실재하는 현실상황이 역시 무의미화하는 양상을 띤다. 이 경우의 웃음은 대부분 치레 대상의 희화화로부터 비롯된다고 하겠는데, 이 '희화화된 웃음—해학성'이야말로 판소리의 미학을 구성하는 핵심 요소 가운데 하나라고 할 수 있다.

홍보의 '수숫대집'과 '가난상'을 치레하는 대목을 통해 이 문제를 좀더 구체적으로 살펴보기로 하겠다.

> 홍부는 집도 없이 집을 지으려고 집재목을 내려갈 양이면, 만첩청산 들어가서 소부등 대부등을 와드렁퉁탕 버혀다가 안방, 대청, 행랑, 몸채 내외 분합 물림퇴에 살미살창 가로닫이 입구자로 지은 것이 아니라, 이놈은 집재목을 내려하고 수수밭 틈으로 들어가서, 수수대 한 뭇을 베어다가 안방, 대청, 행랑, 몸채 두루짚어 말집을 꽉 짓고 돌아보니 수수대 반뭇이 그저 남았구나. 방안이 넓던지 말던지, 양쥬(兩主) 들어누워 기지개켜면 발은 마당으로 가고, 대고리는 뒷곁으로 맹자아래 대문하고, 엉덩이는 울타리 밖으로 나가니, 동리 사람이 출입하다가 이 엉덩이 불러들이소 하는 소리, 홍부 듣고 깜짝놀라 대성통곡 우는 소리, "애고답답 설운지고 어떤 사람 팔자 좋아 대광보국숭록대부(大匡輔國崇祿大夫) 삼태육경(三台六卿) 돼어나서, 고대광실 좋은 집에 부귀공명 누리면서 호의호식 지내는고, 내팔자 무슨 일로 말한한 오막집에 성소광어공정(星疎光於空庭)하니, 지붕 말래 별이 뵈고, 청천한운세우시(靑天寒雲細雨時)에 우대량이 방중이라, 문밖에 세우오면 방안에 큰비 오고 폐석(弊席) 초갈(草葛) 찬 방안에, 헌 자리 벼룩 빈대 등이 피를 빨아먹고, 앞문에는 살만남고, 뒷

---

17) 최진원, 앞의 「판소리 사설의 표현특징」, 212~213면.

벽에는 외(椳)만 남아, 동지섯달 한풍이 살쏘듯 들어오고, 어리자식 젖달
라고 자란 자식 밥달라니, 차마설워 못살겠네.” 가난한 중에 우엔 자식은
풀마다 낳아서 한 설흔나믄 되니, 입힐길이 전혀 없어 한 방안에 몰아넣
고 멍석으로 쓰이고 대강이만 내여놓으니, 한년석이 똥이 마려우면 뭇녀
석이 시배(侍陪)로 따라간다. ……집안이 먹을 것이 있던지 없던지, 소반
이 네발로 하늘게 축수하고, 솥이 목을 매여달렀고, 조리가 턱걸이를 하
고, 밥을 지어 먹으려면 책력을 보아 갑자일이면 한때씩 먹고, 새양쥐가
쌀알을 얻으려고 밤낮 보름을 다니다가, 다리에 가래토시 서서 파종(破
腫)하고 앓는 소리, 동리사람이 잠을 못자니, 어찌 아니 설울손가.

「경판 홍부전」[18]

문면에서 제기되고 있는 일차적인 문제는 ‘가난’이다. 그런데 이 ‘가난’
에 대한 실재의식은 실로 우스꽝스러운 형상들이 줄줄이 엮어지면서 어느
사이엔지 증발해 버린다.

이와 같은 형상들에는 수숫대로 집을 얽으면서도 ‘반뭇이 그저 남았구
나’와 같은 여유가 있으며, ‘방안이 넓던지 말던지, 양주 들어누워 기지개
켜면 발은 마당으로 가고, 대고리는 뒷곁으로 맹자 아래 대문하고, 엉덩이
는 울타리 밖으로 나가니, 동리 사람이 출입하다가 이 엉덩이 불러들이소
하는 소리, 홍부 듣고 깜짝 놀라 대성통곡 우는 소리’·‘새양쥐가 쌀알을
얻으려고 밤낮 보름을 다니다가, 다리에 가래토시 서서 파종하고 앓는 소
리, 동리 사람이 잠을 못 자니, 어찌 아니 설울손가’와 같은 비참한 현실
의 희화화가 있다. 그리하여 이같은 여유와 희화화로 인해 엄연한 현실로
존재하는 홍보의 ‘통곡소리’나 ‘설움’은 거의 들리지도 느껴지지도 않는다.
이른바 감정의 전복이 이루어지는 것이다.

---

18) 김동욱 외 편저, 『한국고전소설선』, 새글사, 1965, 151~153면. 현재 연창되는 창
　　본의 경우에서는 그 형상이 실감나게 그려지는 예가 드물기에 편의상 창본이 아
　　닌 텍스트를 인용하되, 비교적 연대가 앞선 필사본으로 알려진 경판(京板)의 것을
　　택하였다.

그런데, 바로 이러한 감정의 전복을 통해 우리는 일상적 삶의 애환으로
부터 벗어나 순간적으로나마 해방되는 즐거움을 맛본다. 그러면서 삶에 대
한 태도를 재정비한다. 터져나오는 웃음이 동반된 해학성은 이처럼 삶에
대한 태도와 긴밀히 연관되어 있다는 데 그 의의가 있다. 거기에는 우리의
일상 속에 내재된 삶의 건강성과 그 회복 가능성이 용해되어 있기 때문이
다. 그런 의미에서 해학성은 감정의 경직이나 평형상태를 깨뜨려, 현실에
보다 탄력적으로 대처하게 하는 효과를 발휘하는 것으로 보인다. 그리고
이러한 해학적 효과에 힘입어 현실적 삶의 논리를 재구성하기에 이르는
것으로 보인다.

　웃음의 효과와 관련된 앙리 베르그송의 다음과 같은 견해는 이 경우 좋
은 참고가 될 수 있을 것이다.

> 삶이나 사회가 우리들 모두에게 요구하는 것은 현재 상황의 우여곡절
> 을 분간해 내는 부단히 깨어 있는 주의, 더 나아가 우리가 그러한 우여
> 곡절에 적응할 수 있도록 해 주는 심신의 유연성이다. 긴장과 유연성, 이
> 것이 바로 삶이 이용하는 상보적인 두 힘이다. 웃음은 자칫 고립되고 둔
> 화될 위험이 있는 하찮은 부분의 활동들을 부단히 깨어 있게 하고 서로
> 관계를 유지하게 하여, 결국 사회 집단의 표층에 기계적인 경직성으로서
> 남아 있을 수 있는 모든 것들을 유순하게 하는 것이다.[19]

　위의 견해에 따르면, 웃음의 효과는 '한 인간이 사회로부터 격리되어 가
는 것을 막는 작용이며, 경직성을 유연성으로 교정하고 각 개인을 다른 사
람과 조화할 수 있도록 재적응시켜, 결국 날카로운 모서리들을 둥글게 하
는 데 있다.'라고 할 수 있다.

　위의 '정황치레'에서 환기되는 정서의 특질 역시 이러한 웃음의 효과ㅡ

---

19) 앙리 베르그송 지음·정연복 옮김, 『웃음』, 세계사, 1992, 24~25면에서 부분적으
　　로 발췌함.

미학과 상통하는 것이 아닌가 생각한다. 그런 면에서 위의 '정황치레'에 배어 있는 웃음은 건강하다. 이같은 웃음의 심미적 관점이 무시된 채, 그 것을 사회적 대응의 문제 혹은 현실비판의 의지와 관련된 문제로만 이해 한다면 잘못일 것이다.

이렇게 볼 때, 판소리 '정황치레' 사설들은 대부분 치레 대상의 **희화화** 를 통해 감정의 전복을 의도하고, 그러한 정서 체험의 계기 속에서 우리가 평상적으로 자각하고 있는 삶의 애환이나 갈등을 미분화된 상태의 의식으 로 환원해 버리는 것이 두드러진 특징이라고 할 수 있다.[20] 이와 같은 미 적 표현효과와 정서적 특질 역시 판소리 사설에 내재된 미학의 일면을 대 변한다고 할 것이다.

4) 경물치레와 정서적 충일감

줄거리가 전개되는 과정에 등장하는 특정 경관 및 물상들을 '치레'하는 예도 판소리 사설에서 흔히 나타난다. 그런데, 이 경우 갖가지 사물과 형 상들을 동원하여 치레 대상을 구상적으로 현시하는 점은 마찬가지지만, 앞 의 '인물형상치레'나 '정황치레'에서 확인할 수 있었던 미적 표현효과 및 정서와는 사뭇 다른 양상을 띠는 예가 적지 않다. 따라서 이와 같은 '경물 치레'의 경우 또한 특유의 미학이 내재해 있다고 할 수 있다.

사설의 세부만이 다를 뿐 판소리 텍스트에 두루 등장하는 '산천경개' 치 레의 예를 통해 이 문제를 살펴보기로 하겠다.

---

20) 물론 이같은 특징들이 '정황치레'로 분류할 수 있는 사설들 모두에서 일률적으로 나타나는 것은 아닐 것이다. 따라서 이 문제는 좀더 포괄적인 논의를 필요로 한다 고 하겠다.

〔중머리〕　고고천변일륜홍(杲杲天邊一輪紅) 부상(扶桑)에 높이떠 양곡 (凉谷)의 잦은안개 월봉(月峰)으로 돌고돌아 ……산은 칭칭칭 높고 경수무풍(鏡水無風)에 야자파(也自波). 물은 풍풍 깊고 만산은 우루 루루루루 국화는 점점 낙화는 동동 장송은 낙낙 느러진 잡목 펑퍼진 떡갈 다래몽등 칡넝쿨 머루 다래 어름넌출 능수버들 범난기 오미자 치자 감 대추 갖은 과목(果木) 얼그러지고 뒤틀어져서 구비 칭칭 감 겼다. 어선은 돌아들고 백구는 분비(紛飛) 갈매기 해오리 목포리 원 앙새 강상 두루미 수많은 떼꿩이 소호시절(小昊時節) 기관하던 만수 문전(萬壽門前)에 봉황새. 양양창파(洋洋滄波) 점점(點點) 사랑홉다 원앙새 칠월칠석 은하수 다리놓던 오작이. 목포리 해오리 너새 증경 새 아옥다옥 이리저리 날아들제, 또한 경개를 바라보니 치어다 보니 만학천봉(萬壑千峰)이요 내려 굽어보니 백사지. 땅에 구부러진 늙은 장송 광풍을 못이기어 우줄우줄 춤을출제 시내유수난 청산으로 돌고 이골 물이 쭈루루루루루루 저골 물이 콸콸. 열의 열두골 물이 한데로 합수(合水)쳐 천방자 지방자 월특져 구부져 방울이 버큼져 건너 병풍 석에다 마주꽝꽝 마주때려 산이 요리 내리 가느라고 크게 월둑져 물 결 높이 떨어져 우루루루루루루 꽐꽐 뒤둥구러져 산이 울렁거려 떠나 간다. 어디메로 가자느냐 아마도 네로구나 요런 경개가 또있나 아마 도 네로구나 요런 경개가 또있나.

「수궁가 : 유성준 판, 박초월 창」[21]

　토끼의 간을 구하러 난생 처음 뭍에 올라온 별주부의 눈에 비친 '산천 경개'를 사설치례한 대목이다. 첫 대면이기에 더욱 그렇지만, 모든 것이 신 기하고 현란하기만 하다. 그래서 온갖 사물과 형상들이 동원되어 치례되는 이 대목은 말 그대로 장면의 극대화가 이루어지고 있는 본보기라고 할 수 있다.

　그런데, 그 신기하고 현란한 산천경개는 무엇보다도 혼란스럽거나 산만

---

21) 정병욱, 앞의 책, 402~403면.

한 느낌을 주지는 않는다. 경관을 구성하는 다양한 사물과 형상들이 환기하는 이미지가 홍겹고 유연한 정서를 바탕으로 아늑히 전해져 올 따름이다. 그리하여 다소 몽롱한 의식 속에서 그 이미지들이 환기하는 경관에 흐는히 젖어들게 한다. 물론 전체 경관을 구성하는 개별적 세부 하나 하나를 따져보면 그야말로 비사실적이며 과장된 표현 투성이다. 게다가 대부분 우리에게 친숙한 상투적 표현들이다.

중요한 것은 그 개별적 세부들이 줄줄이 엮어지며 제시되는 전체 경관의 형상이 묘한 정서적 충일감을 자아낸다는 사실이다. 거기에는 감정의 흐름을 적절히 조절·통제하는 어떤 질서가 내재해 있는 것이다.

이와 같은 양상들은 예컨대 '용궁경개'를 사설치레하는 경우나, 판소리 텍스트에 두루 등장하는 '세간·기물·화초·음식' 등 일상사와 관련된 물상들을 구상적으로 현시하는 사설치레들에서도 잘 드러난다. 나아가 사설 자체만을 놓고 본다면, 그 표현의 세부들은 민요·무가·가사·사설시조·잡가·가면극과 같은 판소리 이외 장르들의 가사(창사)나 대사 속에도 유형적으로 편재해 있다.

널리 알려진 '초당풍경' 사설치레의 경우를 더 들어보기로 하겠다.

〔**진양**〕　이윽고 퇴령(退鈴)소리 하인 물려라 청령(廳鈴)나니, 도련님이 좋아라고 방자불러 앞세우고 춘향집을 건너갈제, 청조(靑鳥)의 편지 보고 주문왕(周文王)의 요지(瑤池) 찾듯 차츰차츰 찾아갈제, 춘향문전 당도허여 대문안을 들어서 좌우를 살펴보니, 동편에는 죽림이요 그앞에 연당있고, 연당갓의 벽오동(碧梧桐)은 청풍(淸風)이 건듯, 맑은 이슬이 뚝 떨어지니, 잠든학(鶴)이 놀래깨어 다리수업(修業)을 허노라고, 한날개는 사리우고 또한날개 반만펴고 징검구붓 뚜루루루 끼룩. 그도 또한 경(景)이로구나. 가만가만 들어갈제, 그때에 춘향이는 촛불을 돋우켜고 칠월편(七月篇)을 읽는소리 방갑고도 아름답다.
　　　　　　　　　　　　　　　　　　　　「춘향가 : 정정렬 판, 김여란 창」[22)]

춘향의 별초당을 구상적으로 현시하는 이 대목은 참으로 정감이 넘친다. 그리하여 예의 아늑하고 몽롱한 의식 속에서, 표현의 세부들이 환기하는 이미지와 경관을 향수하며 정서적 충일감을 맛보게 한다.

각도를 달리해 보면, 이렇듯 아늑한 분위기를 자아내기 위해 현실적으로 존재하기 어려운 여러 정경들을 한 자리에 동원했다 하겠는데, 특히 '동편에는 죽림이요 그 앞에 연당 있고, 연당갓의 벽오동은 청풍이 건듯, 맑은 이슬이 뚝 떨어지니, 잠든 학이 놀래깨어 다리수업을 허노라고, 한날개는 사리우고 또 한날개 반만펴고 징검구붓 뚜루루루 끼룩' 부분에서 이 점을 실감할 수 있다. 따라서 형상화하고자 하는 경관이 비사실적이고 과장된 표현들로 구성되어 있다 하더라도, 우리는 그것을 논리적으로만 사고하지는 않는다. 오히려 상상적 체험을 통해 어떤 공감의 마력에 사로잡힌다.

최진원은 이 대목에 대해 "곧 벌어질 사랑, 그 낭만적 분위기가 아늑하게 풍긴다." · "(표현의 세부들은) 개별적으로는 사실적(寫實的) 묘사겠지만, 그러나 그 하나 하나는 개별성을 넘어서서 그 어떤 전체성에 흡수되고 있다."23)라고 한 바 있는데, 여기에서 지적되고 있는 미적 표현 효과는 위의 정서적 충일감과 상통하는 것이라 하겠다.

어떻든 이와 같은 '물상치레' 사설이 환기하는 미적 표현효과와 정서적 특질은 앞에서 살핀 '인물형상치레'나 '정황치레'의 그것과는 다르다고 할 수 있다. 말하자면 구상적 이미지를 통해 환기되는 형상들이 우리 내면에 잠재되어 있는 의식, 또는 일상성 속에 실재하는 의식들과 어떤 관련을 맺는 차원에서 의미를 지닌다고 하기 어렵다. 그런 의식 어느 쪽과도 관련돼 있지 않으면서, 다만 정서적 충일감을 만끽하게 하고 있기 때문이다.

이와 같은 미적 표현효과와 정서적 특질은 무엇보다도 구상적으로 현시되고 있는 도현의 세부들이 개체적 차원에서 의미를 지니기보다는 전체적

---

22) 정병욱, 앞의 책, 247면.
23) 최진원, 앞의 「판소리 사설의 표현특징」, 214~215면에서 발췌함.

조화감을 꾀하는 차원에서 의미를 지니는 데서 비롯되는 것으로 보인다. 그리하여 현실적으로는 동일 공간에 존재하기 어려운 사물과 형상들을 줄줄이 엮어나가는 의도적 전략을 통해 우리의 상상력을 자극시키고 마침내 거기에 동화하게 함으로써, 우리 내면에 정서적 일체감을 형성시키기 때문인 것으로 생각한다.

여기에서 좀더 논의할 필요가 있는 것은 이러한 사설치레에 등장하는 표현 언어들이다.

판소리 사설에서 흔히 볼 수 있는 병렬·대비되는 어휘나 구절, 또 수식·형용어구 등을 동반한 장황스런 표현들은, 간결하거나 조리정연한 표현들보다 한층 자연스러운 사고와 정서적 반응을 불러 일으킨다. 그 이유는 아마도 근원적으로 말—소리를 통해 대상과 의미를 형상화해야 하는 구비문학적 특성에 있다고 할 것이다. 가령, 많은 청중을 상대로 구두 표현을 할 때 우리는 흔히 장황스런 말투를 사용하게 마련인데, 이런 말투가 오히려 청중들에게 자연스럽게 받아들여지는 경우와 상통한다고 할 수 있다.

그런 면에서 판소리 사설의 보편적 특징이 되다시피한 비사실적이며 과장된 표현들은 대상을 인식·향수하는 하나의 수법이다. 그 표현 언어가 환기하는 형상들로부터 보다 구상적인 이미지와 정서 체험이 가능하기 때문이다. 심미적 정서를 환기하는 데 있어서 비사실적이며 과장된 표현만큼 직접적인 효과를 주는 수사(修辭)도 흔치 않을 것이다.

나아가 이 경우에 등장하는 이른바 상투적인 표현들은 흔히 생각하듯 진부함으로 전락하는 것이 아니라, 비개성적이기에 오히려 그만큼 친숙·용이하게 정서적 공감대를 형성·확장시키는 효과를 가져온다고 할 수 있다. 판소리 연창의 마당에서 무엇인가 새로운 것을 이해하고 기억하는 부담을 덜어 줄 수 있으며, 따라서 그만큼 청중들과 자연스러운 교류의 통로를 만들어 낼 수 있기 때문이다. 판소리 연창에서 추구되는 청중들과의 일체감 형성에 이렇듯 표현 언어 역시 긴밀하게 관여한다 하겠다.

이렇게 볼 때, 아늑하고 몽롱한 의식 속에서 정서적 충일감을 맛보게 하는 '경물치레'의 미적 표현효과 및 정서적 특질 또한 판소리 사설에 내재된 미학의 일면을 대변한다고 하겠다.

5) 판소리의 정서적 지향과 문학성

판소리 사설에는 대부분 일상적 삶의 건강성과 웃음, 그리고 우리의 감성을 자극하는 인간적 체취가 짙게 배어 있다. 때로 비애의 정서가 환기되기는 해도, 한없는 슬픔에 잠기게 하기보다는, 그것을 정서적으로 순화한다. 거기에는 경험적 진실성에 뿌리를 둔 인간적 계기의 토양이 짙게 깔려 있는 것이다.

이와 같은 특질들은 요컨대 일상적 삶의 현실에서 제기되는 가치·욕구·갈등과 관련하여, 때로 우리가 막연하게 혹은 어렴풋하게만 의식하고 있던 생각들을 구상적 이미지들을 통해 분명한 시각 체험으로 의식의 표면 위에 실재하게 하거나, 또 때로는 당면해 있는 현실의 문제나 상황들을 감정적 전이와 전복을 통해 미분화된 상태의 의식으로 환원해 버리기도 하며, 아늑하고 몽롱한 의식 속에서 정서적 충일감을 느끼게 하는 사설들에 잘 나타나 있다.

판소리 사설은 이렇듯 이질적인 어조와 표현 방식 및 이미지들을 통해 삶의 다양한 국면을 형상화하고 있다. 그것은 일상적 삶의 현실에 충실해 있으면서도, 구범화된 사고나 정서를 배격하는 차원에서 이루어지는 것이 특징이다. 틀에 박힌 일상에서 벗어나, 그 일상성의 논리를 새롭게 재구성하려는 의지를 보이는 것이 그 단면이다. 때로 고착화되어 가는 일상에 탄력과 활력을 불어 넣는 일이야말로 우리의 삶을 보다 윤택하게 하는 촉매제가 되기 때문이다.

그런 의미에서 판소리 사설에는 분방한 사고와 정서 표출 의지를 통해 새로운 감수성을 추구하려는 성향이 짙게 배어 있다고 할 수 있다. 정서는 곧 마음 속의 현실이기 때문이다. 따라서 이러한 성향이야말로 판소리의 정서적 지향, 그 핵심을 이룬다고 할 수 있다.

판소리의 문학성은 특히 이와 같은 정서적 지향에 근거하고 있는 것으로 보인다. 판소리 텍스트에는 우리의 일상적 삶 속에 내재된 사물과 현상들에 대해 일정한 시각을 확보하고 그것을 재구성하여, 삶의 개연성을 형상화하는 예가 두드러진다. 일찍이 송만재(宋晚載)가 「관우희(觀優戲)·1843」에서 "천하 인물의 정상을 두루 그려내어 그 자연스러운 감동을 주지 않은 것이 없다."[24]라고 평한 것이나, 윤달선(尹達善)이 「광한루악부서(廣寒樓樂府序)·1852」에서 "그 인정물태를 그리는 것이 놀라우리만치 핍진하다."[25]라고 평한 것은, 특히 이러한 판소리 사설의 문학성을 두고 한 말이 아닌가 생각한다. 시대는 달라졌지만, 이같은 평들은 오늘날까지도 여전히 유효한 공감의 영역을 확보하고 있다고 하겠다.

근래 문학 텍스트 연구는 주제적 측면이나 대사회적 국면과 관련된 사상을 천착하는 데 집중된 감이 없지 않다. 이 방면의 연구 역시 중요한 작업임에 틀림 없지만, 그것이 텍스트 자체에 충실한 상태에서 이루어질 때 보다 바람직한 결과를 낳지 않을까 생각한다. 연구 의지와 실질 모두에서 텍스트를 충실히 이해·향수하는 태도가 전제될 필요가 있다는 것이다. 본고는 이러한 문제의식에서 출발하였음을 덧붙여 둔다.

(1998년)

---

24) 盡天下人物之情狀　無不得其自然之韻
25) 其人情物態　咄咄逼眞

5. 「흥보가」의 매력

1) 작품의 경개와 전승 바디

「흥보가」는 널리 연창되는 판소리 다섯 마당 가운데서도 매우 독특한 내용과 구조로 이루어진 작품이다.

「박타령」으로도 불리우는 이 작품은, 가난하지만 마음씨 착한 흥보가 우연한 계기에 제비 다리를 고쳐주었더니, 그 제비가 박씨를 물어다 주어 얻은 박을 타 쏟아져 나온 재물로 부자가 되고, 그 내력을 알게 된 부유하지만 심술궂은 놀보는 제비 다리를 일부러 부러뜨려 고쳐 주고 얻은 박씨를 심었다가, 박 속에서 그를 닥달하러 나온 사람들에게 큰 봉변을 당하고 망하는데, 동생인 흥보의 배려로 마침내 잘못을 뉘우치고 형제가 화목하게 살았다는 줄거리의 이야기를 판소리로 짠 것이다.

이런 줄거리를 가진 「흥보가」는 여러 유형의 전래설화가 복합된 이야기라는 사실이 드러났다. 즉, 대조되는 심성을 가진 형제가 등장하여 흥망이 엇갈리는 사태에 이르는 '선악형제담', 동물이 사람에게 은혜를 입고서 보답한다는 '동물보은담', 신기한 능력을 지닌 물건에서 한없이 재화가 쏟아진다는 '무한재보담' 등 세 유형의 설화가 복합된 양상을 띠고 있다는 것이 그것이다.[1]

이 가운데서도 특히 '선악형제담'은 이야기 줄거리가 대립적 반복의 형

---

1) 「흥보가」의 설화적 근원에 대해서는 인권환, 「흥부전의 설화적 고찰」(『어문논집』 16집, 고려대 국어국문학연구회, 1975)을 참조하기 바람.

식으로 전개되는 '모방담'이라는 사실에 주목할 필요가 있다. 심성 착한 이가 우연히 선행을 하여 큰 복을 받게 되었는데, 그 내력을 알게 된 심성 고약한 이가 의도적으로 비슷한 일을 행하다가 큰 화를 입게 된다는 이야기 골격이 그것이다.

따라서, 「흥보가」 후반부의 놀보 이야기는 전반부인 흥보 이야기가 없으면 별다른 의미를 지니지 못한다. 놀보 이야기는 흥보 이야기의 대립적 반복이라는 데 의의가 있기 때문이다. 이처럼 대립적 반복의 형식을 통해 이야기가 전개되는 것이 「흥보가」의 구조적 특징이라 할 수 있는데, 이와 같은 줄거리 구조를 통해 작품의 흥미가 고조되는 것은 물론, 전달하고자 하는 의미가 확장되고 정서적 감화를 강화하는 효과를 기대할 수 있다.

이런 유형의 이야기는 사실 우리 전래의 민담 가운데서도 어렵지 않게 찾을 수 있다. 전국적인 분포를 보이는 「혹 떼러 갔다 혹 붙이고 온 영감」·「도깨비 방망이」·「단 방귀장수」·「금도끼 은도끼」 등과 같은 민담들이 그 좋은 예다. 그런가 하면 몽고의 민담 「박타는 처녀」라든가, 신라시대의 형제 이야기 「방이설화」와 같은 예에서도 구조적 유사성을 발견할 수 있기에, 이들을 「흥보가」의 근원설화로 들기도 한다.

이처럼 「흥보가」는 사설 내용에 설화적 요소가 풍부하고 향토적 정서가 짙게 배어 있는 작품이어서, 특히 서민들의 삶과 정서에 밀착되어 있는 내용들이 많다. 그래서 전승 판소리 다섯 마당 가운데서도 가장 민속성이 강한 작품으로 일컬어 진다. '제비—박'의 화소 연계로부터 농경생활의 풍토성을 실감할 수 있는 것이 그 단면이라고 할 수 있다.

한편, 「흥보가」는 동편제·서편제·중고제의 세 가닥이 있었으나, 현재 동편제와 서편제의 소리만 전승되고 있다.

동편제의 경우 김세종·정춘풍·송흥록 바디[판]가 주류를 이루었는데, 다른 바디는 전승이 끊어지고, 송흥록 바디만 전승되고 있다. 그런데 이 송흥록 바디는 송만갑을 거쳐 다시 크게 박봉술 창본과 박록주 창본의 두

줄기로 이어졌는데, 박록주 창본은 '놀보가 제비 후리러 나가는 대목'까지
만 짜여져 있어 '놀보 박타는 대목'은 부르지 않는다. '놀보 박타는 대목'
은 입이 걸어야 제대로 엮어내는 재담이 많고 놀이패들의 잡가가 많아, 여
성 소리꾼들이 소리하기를 꺼려했기 때문이라고 한다. 따라서 동편제 「흥
보가」는 박봉술 창본이 이야기의 짜임새와 사설 내용을 충실하게 갖추고
있다.

　서편제의 경우는 정창업으로부터 김창환에게 이어진 바디가 전승되고
있는데, 이를 이어받은 정광수 창본과 박동진 창본이 주류를 이룬다고 할
수 있다. 박동진 창본의 경우 동편제 박봉술 창본에 비해 구성이 복잡하고
사설 분량도 긿다. 이는 후대로 전승되면서 연창자들이 필요에 따라 사설
을 덧보탠 결과로 이해할 수 있다. 대체로 동편제 「흥보가」가 꿋꿋하여 웅
건·호방한 느낌을 주는데 비해, 서편제 「흥보가」는 부드러워 섬세·온아
한 느낌을 주는 것이 특징이다.

　「흥보가」는 다른 작품들에 비해 사설이 짧은 편이어서, 한 마당 모두를
부르는 데 3시간 정도 걸린다. 전승 바디나 창본에 따라 사설과 창조가 다
소 다르게 짜여져 있지만, 이름난 소리대목으로는 대개 '놀보심술'·'돈타
령'·'흥보 매맞는 대목'·'중타령'·'중이 집터 잡는 대목'·'제비노정
기'·'박타령'·'비단타령'·'화초장타령'·'놀보 제비 후리러 나가는 대목'
등을 꼽는다. 「흥보가」를 도막소리로 할 때에는 이 가운데서 골라 하는 예
가 많으며, 역대 명창들이 더늠으로 삼은 소리대목도 많다.

　그런가 하면 「흥보가」의 이름난 소리대목들에는 특히 배를 움켜쥐게 하
는 재담들이 닳이 나온다. 그래서 소리도 잘해야 하지만, 아니리와 너름새
에도 능해야 「흥보가」의 명창으로 알려질 수 있었다고 한다. 「흥보가」가
오랜 세월에 걸쳐 널리 애호를 받게 된 데에는 이런 점에 매력의 한 요인
이 있기 때문이라고 할 수 있다.

2) 흥보·놀보의 인물형상

「흥보가」의 매력은 다른 무엇보다도 작품의 두 주인공인 흥보·놀보의 인물 됨됨이와 행동거지, 그리고 이를 감각적 이미지로 형상화하는 연창의 묘미에서 찾을 수 있다.

흥보와 놀보는 형제 사이면서도 여러 면에서 서로 극명하게 대조된다. 흥보는 심성이 착하지만 놀보는 포악하기 그지없다. 또, 흥보는 찢어지게 가난한 데다 자식들까지 줄줄이 달려 있지만, 놀보는 넉넉한 살림살이에 달린 자식조차 없다.[2] 그래서 흥보는 가족들과 함께 하루 하루 먹고 살아나가는 일이 최대의 관심사요 목표인 반면, 놀보는 넉넉한 경제적 기반 위에서 별반 부러울 것 없이 사는 처지에 놓여 있다. 두 주인공은 형제 사이라지만 경제적으로는 거의 상이한 계층에 가까운 것이다.

사정이 이렇기에 가진 것이라고는 몸뚱이 뿐인 흥보는 걸식을 하기도 하고 심지어 매품팔이까지 한다. 관가에 곡식을 꾸러 가보기도 하고 놀보에게 먹을 것을 얻고자 통사정도 해보지만, 오히려 망신만 당하거나 형에게 흠씬 두들겨 맞는다. 반면, 놀보는 부모가 죽자 재산을 독차지한 채 흥보와 그의 가족을 맨몸으로 내쫓는 것은 물론, 행세깨나 하면서 온갖 심술과 악행을 일삼는다. 그가 경제적으로 넉넉한 것도 따지고 보면 반인륜적 내지 반사회적 행위로 축적한 부 때문이라고 할 수 있다.

흥보의 신분을 몰락 양반으로 보는 견해도 있지만, 이런 사실들로 미루어 보면 놀보와 함께 조선후기 농촌 서민층으로 보는 것이 온당하지 않을

---

2) 작품의 서두부에서 놀보에게는 자식이 없다가, '놀보 박타는 대목'에 이르러 갑작스럽게 많은 자식들이 등장하는 창본도 있다. 요컨대 이 대목의 흥미와 정서 체험을 극대화하기 위해서는, 이야기의 논리적 맥락이야 어찌됐든 놀보에게도 자식들이 많을 필요가 있다고 생각했기 때문이다. 판소리 텍스트에서 흔히 볼 수 있는 이같은 양상을 논자에 따라 '부분의 독자성', '장면의 극대화', '상황적 의미와 정서를 추구하려는 지향'이라 일컫는 것은 잘 알려진 사실이다.

까 생각한다. 다만 농촌 서민층이라 하더라도, 흥보가 생업을 꾸려나갈 수
단을 상실하여 품팔이꾼으로 전락한 극빈농민을 반영한 인물이라면, 놀보
는 당대에 물질적 여유를 누리며 새롭게 부상한 서민부농을 반영한 인물
일 수 있다는 점에서 서로 대조된다고 하겠다.

그런데, 「흥보가」는 이들 두 주인공의 인물 됨됨이와 행동거지를 단선적
으로만 그려내지 않는다. 이 점이 바로 「흥보가」에서 매력을 느끼는 주요
요인 가운데 하나다. 즉, 흥보에 대해 갖은 고난을 겪는 심성 착한 선인이
라는 사실만을 부각시켜 긍정적 인물로만 그린다거나, 놀보에 대해 반인륜
적 행위를 일삼는 포악한 심성의 악인이라는 사실만을 부각시켜 애오라지
부정적 인물로만 그리지 않는 것이다.

그럴 수밖에 없는 사정이나 구체적인 이유야 어떻든, 흥보는 경제적으로
무능력한 데다 먹여 살려야 할 자식들까지 대책없이 많다. 거기에다 사이
사이 양반입네 가부장입네 하면서 허세까지 부리는 인물이다. 반면, 놀보
는 생각하기에 따라서는 유능한 생활력을 바탕으로 변화하는 현실에 적극
적으로 대처해 나가는 면이 없지 않다. 그런 면에서 본다면 놀보를 이른바
자본주의적 생존논리에 충실한 인물로 볼 수도 있다.

따라서 「흥보가」는 흥보의 딱한 처지나 눈물겨운 삶의 현실에 동정적
시선을 갖게 하기는 하지만, 오로지 거기에 시선이 머물게 하여 옹호하려
고만 하지는 않는다. 그의 살아가는 방식이나 현실에 대응하는 태도에 대
해서도 일정한 거리를 두고 곱씹어 보게 하는 것이다. 먹고 살 도리가 없
어 형님 댁으로 돈과 쌀을 얻으러 갈 때의 행색과 거동을 엮어 나간 '흥
보치레' 대목은 그 단적인 예라 할 수 있다.

　〔잦은몰이〕　흥보가 건너간다 흥보가 건너간다. 흥보 치레를 볼작시면
　　　철대 떨어진 헌 파립 버릿줄 총총 매여 조새갓끈을 달아서 떨어진
　　　헌 망근 밥풀관자 종이당줄 두통나게 졸라매고 떨어진 헌 도포 실띠
　　　로 총총 이어 고푼 배 눌러 띠고 한 손에다가 곱돌조대를 들고 또

> 한 손에다가는 떨어진 부채 들고 서리 아침 찬 바람에 옆걸음쳐 손
> 을 불며 가만가만 건너간다.　　　　　「홍보가 : 송만갑 판, 박록주 창」[3]

풍부하고도 사실적인 묘사·서술을 통해 홍보의 군색하고 남루한 형상을 생동적으로 그리고 있다. 이러한 홍보의 형상은 사태의 동인에 해당하는 현실적 생존의 문제만을 따진다면, 연민의 정을 자아낼 만큼 측은하기 짝이 없다고 할 수 있다.

그런데 그와 같은 절박한 생존현실 앞에서 가당치 않은 양반의 행색과 거동을 차리고 있는 행태를 경쾌한 '잦은몰이' 장단에 실어 다채롭게 그려냄으로써, 오히려 현실과 동떨어진 행동을 하는 인물의 성격을 형상적으로 제시한다. 그리하여 청중들로 하여금 홍보가 처해 있는 현실의 절박함으로부터 일정한 거리를 둔 상태에서, 홍보의 인물 됨됨이와 행동거지를 복합적 시선과 감정으로 바라보게 하는 것이다.

놀보 또한 반인륜적 행위를 일삼는 패륜아임에 분명하기에 배타적 시선을 갖게 하기는 하지만, 패륜행위 그 자체만을 문제삼아 온통 비난의 화살을 퍼부어 대지만은 않는다. 말하자면 그의 심성이나 행동방식에 대해 시종일관 경멸감을 품게 하지는 않는 것이다. 유명한 '놀보심술' 대목은 그 대표적인 예자 연창의 묘미를 실감할 수 있는 단면이다.

> 〔잦은 중몰이〕　놀보 심사 볼작시면, 술 잘 먹고 쌈 잘하기, 대장군방 벌
> 목시켜, 오귀방에 이사 권코, 삼살방에다 집 짓기고, 남의 노적에 불
> 지르고, 불 붙는 듸 부채질……우는 애기는 발구락 빨리고, 똥 누는
> 놈 주저앉히기, 새암 가상이 허방울 놓고, 호박에다가 말뚝 박고, 곱
> 사동이는 되집아놓고, 앉은뱅이는 태견하고, 이런 육시를 헐 놈이 심
> 술이 이래 노니, 삼강을 아느냐, 오륜을 아느냐? 이런 난장을 맞을
> 놈이!　　　　　「홍보가 : 송만갑 판, 박봉술 창」[4]

---

3) 정병욱, 『한국의 판소리』, 집문당, 1981, 367~369면.

천하에 난장을 맞을 짓거리로 일관된 놀보의 심성과 언행을 극대화된 과장과 왜곡을 통해 줄줄이 엮어 나가면서, 이른바 '악행의 전형'을 구상적으로 그리고 있다. 이성적인 견지에서 본다면 이런 놀보의 심성과 행태는 도저히 윤리적으로 용납하기 어려운, 사람으로서 할 짓이 아니다.

그런데 실제로는 어떤가? 그처럼 지독하고 무잡스러운 놀보의 심성과 언행이 흥겨운 '잦은 중몰이' 장단에 실려 연창될 때, 우리는 거기에 선악의 가치판단을 개입시켜 비난의 눈길을 보내거나 불유쾌한 감정을 갖기보다는, 오히려 절로 일어나는 흥겨움에 추임새를 하며 달려드는 것이 예사다. 줄줄이 엮어지는 놀보의 악행을 정서적 몰입의 상태에서 다만 유쾌하게 느끼면서 즐기는 향유자적 태도만을 취할 따름인 것이다.

이렇듯 극악무도한 놀보의 악행에 오히려 추임새를 하며 달려드는 것은, 그것이 일상의 테두리 안에서 경험 가능한 행위들에 토대를 두고 있는 데서, 나아가 우리 내면에 잠재해 있는 비소성이나 악행의 충동을 구상적으로 들추어 낸 것인 데서 유발되는 것으로 보인다. 그리하여 놀보의 심성과 언행을 경험적 현실에서 제기되는 개연성의 차원에서 받아들이게 함으로써, 놀보라는 인물 역시 작중 현실과 일정한 거리를 둔 상태에서 복합적 시선과 감정을 가지고 바라보게 한다고 할 수 있다.

이처럼 「흥보가」는 두 주인공의 인물 됨됨이와 행동거지를 어느 한 방향에서만 단조롭게 그려 나가지 않는다. 두 인물의 기본 성격이나 이미지를 송두리째 바꾸어 놓지 않는 범위에서, 그들의 삶과 행동양태를 복합적 시각을 통해 그려 나간다. 그렇게 함으로써 청중들로 하여금 겉으로 드러난 사실의 이면을 생각해 볼 여지를 열어주기도 하고, 다채로운 모습으로 형상화된 인물의 이미지를 연창의 묘미와 함께 느끼고 즐기게도 하는 것이다.

---

4) 판소리학회 감수, 『판소리 다섯마당』, 한국브리태니커회사, 1982, 123~124면.

이렇게 볼 때, 흥보와 놀보는 일차적으로 작품이 전승·향유되던 조선후기 서민사회의 계층적 특성을 반영하고 있는 인물이라고 할 수 있다. 그러면서도 두 주인공은 특정 계층의 처지나 가치의식만을 단조롭게 반영하고 있는 것이 아니라, 일상의 경험적 현실에서 맞닥뜨릴 수 있는 인물의 유형적 특성을 반영하고 있다고 할 수 있다. 흥보가 '착한 심성을 가졌지만 지지리도 가난하게 사는 인물'에, 놀보가 '악한 심성을 가졌지만 떵떵거리며 잘사는 인물'에 대응될 수 있다는 면에서다. 이같은 면에서 본다면, 흥보와 놀보는 시대를 초월하여 존재하는 유형적 인물이라고도 할 수 있다.

3) 미적 표현효과와 정서적 특질

「흥보가」의 매력으로서 또한 빼놓을 수 없는 것은 '웃음'이다. 「흥보가」는 전승 다섯 마당 가운데서도 특히 재담을 곁들인 사설들이 풍부하게 등장한다. 그래서 조선후기 서민층의 삶과 애환을 핍진하게 그려내면서도, 이를 처연한 비애의 정서로 휘감아 눈물짓게 하기보다는, 발랄한 사고와 정서를 통해 웃어 넘기는 가운데 삶의 태도를 새삼 가다듬게 한다.

앞에서 보았던 '흥보치레' 대목만 하더라도, 고픈 배를 가누기에 급급한 상황에서도 양반집 폐품 창고에서나 볼 수 있음직한 장신구들로 행색을 차리는 흥보의 형상을 통해, 저절로 웃음이 터져 나오게 하면서 흥보의 현실 대응 태도를 생각하게 한다. 또 '놀보심술'과 같은 대목에서는 한 술 더 떠서, 놀보의 뒤틀린 심성과 극악무도한 행태마저도 어떤 전제가 필요 없는 웃음과 함께 사람살이의 개연성 차원에서 희석시켜 버린다.

이같은 양상은 유리걸식으로 연명하다 굶주림에 지친 흥보의 여남은 자식들이 부모에게 입맛대로 이것저것 해달라고 조르는 대목이나, 흥보가 놀보 집에 찾아가 먹을 것을 애걸하다가 도리어 몽둥이로 두들겨 맞는 대목,

흥보 박타는 대목 등 작품 전반을 통해 두루 확인할 수 있다.

중요한 것은, 이와 같은 작중 상황을 형상화하는 구체적인 전략이다. 그리고 이 문제는 비단 「흥보가」에 국한되는 것이 아니라, 판소리 일반에서 제기되는 사안이기도 하다. 판소리 연창에서 가장 중요한 것 가운데 하나가 바로 연창이 이루어지는 대목 대목에서 미적 표현효과와 정서적 체험을 극대화하는 일이기 때문이다.

이 문제와 관련하여 판소리 연창자는 우선 사설을 매우 다채롭게 짜나간다. 대부분의 경우 열거와 반복의 수사기법을 동원하여 풍부한 묘사와 서술이 이루어지게 함으로써, 대상의 이미지를 강화·확장하는 것이 특징이다. 그리고 여기에다 사설 내용과 작중 상황에 걸맞는 창조를 결합함으로써, 그 대상을 구체적이고도 생동적으로 그려나가는 것이 특징이다.

「흥보가」를 위시한 판소리는 바로 이와 같은 구체적이고도 생동적인 이미지와 형상을 통해 미적 표현효과와 정서적 체험을 극대화한다. 그리하여 예의 '흥보치레' 대목에서와 같이 세속적 욕망과 현실적 삶의 고난이 빚어내는 갈등을 구상적으로 그려나가기도 하고, '놀보심술' 대목에서와 같이 관습화된 규범이나 미의식으로부터 벗어난 일탈적 정서 체험을 가능하게 하기도 한다.

그런데, 「흥보가」는 이와 같은 상황적 의미와 정서들을 특히 '웃음'을 동반한 상태에서 체험하게 한다는 데 두드러진 특징이 있다. 따라서 일상적 삶의 현실에서 야기되는 심각한 문제들을 제기하면서도, 그것을 진지하게 표현하기는커녕, 청중들로 하여금 어리둥절한 기분이 들게 하는 가운데 텁텁한 웃음으로 용해시켜 버리는 경우가 허다하다. 나아가 이 경우의 웃음은 대부분 대상의 희화화로부터 비롯된다고 할 수 있는데, 이 '희화화된 웃음―해학성'이야말로 「흥보가」의 미적·정서적 특질을 구성하는 핵심 요소라고 할 수 있다.

그러면, 이와 같은 '희화화된 웃음―해학성'에는 어떤 의미가 담겨 있는 것일까? 널리 알려진 흥보의 '수숫대집' 대목은 이 문제를 살필 수 있는 적절한 예 가운데 하나다.

> 흥부는 집도 없이 집을 지으려고……집재목을 내려하고 수수밭 틈으로 들어가서, 수수대 한 뭇을 베어다가 안방, 대청, 행랑, 몸채 두루짚어 말집을 꽉 짓고 돌아보니 수수대 반뭇이 그저 남았구나. 방안이 넓던지 말던지, 양주(兩主) 들어누워 기지개켜면 발은 마당으로 가고, 대고리는 뒷곁으로 맹자아래 대문하고, 엉덩이는 울타리 밖으로 나가니, 동리 사람이 출입하다가 이 엉덩이 불러들이소 하는 소리, 흥부 듣고 깜짝놀라 대성통곡 우는 소리……집안이 먹을 것이 있던지 없던지, 소반이 네발로 하늘께 축수하고, 솥이 목을 매여달렸고, 조리가 턱걸이를 하고, 밥을 지어 먹으려면 책력을 보아 갑자일이면 한때씩 먹고, 새양쥐가 쌀알을 얻으려고 밤낮 보름을 다니다가, 다리에 가래토시 서서 파종(破腫)하고 앓는 소리, 동리사람이 잠을 못자니, 어찌 아니 설울손가.　　　　　「경판 흥부전」[5]

이 대목에서 제기되는 근원적인 문제는 서민들이 피부로 느끼는 '가난'이다. 그런데 그 '가난'에 대한 실제의식은 웃음을 터뜨리지 않을 수 없는 형상들이 줄줄이 엮어지면서 어느 결엔지 증발해 버린다. 조목조목 따져보면 눈물이 앞을 가릴 만큼 비참한 생활상이지만, 그것을 극단적인 과장과 기상천외한 비유로써 희화화함으로써, 터무니없는 웃음을 유발한다. 그래서 이른바 감정의 전복 상태를 체험하게 되는 것이다.

그런데 바로 이러한 감정의 전복을 통해 청중들은 일상적 삶의 애환으로부터 순간적으로나마 해방되는 즐거움을 맛본다. 그러면서 삶에 대한 태도를 가다듬는다. 이렇듯 희화화된 웃음은 각박한 생활 현실이 빚어내는 감정의 경직이나 평형상태를 깨뜨려, 거기에 보다 탄력적으로 대처하게 하

---

5) 김동욱 외 편저, 『한국고전소설선』, 새글사, 1965, 151~153면. 현재 연창되는 창본의 경우에서는 그 형상이 실감나게 그려지는 예가 드물기에 편의상 이를 인용했다.

는 정서적 효과를 발휘하기 때문이다.

　　그런 면에서 「흥보가」 대목 대목에 배어 있는 희화화된 웃음은 건강하다. 그것은 오랜 경험을 통해 다져 온 서민들의 현실 대처방식이자, 고달픈 삶을 헤쳐나가는 슬기로운 방편일 수 있기 때문이다. 따라서 이와 같은 웃음의 심디적 관점이 무시된 채, 그것을 사회적 대응의 문제 혹은 현실비판의 의지와 관련된 문제로만 이해한다면 잘못일 것이다.

　　이처럼 「흥보가」에는 절망적인 현실에 매몰되지 않는 서민 특유의 분방한 사고와 발랄한 정서가 담겨 있다. 그것은 일상적 삶의 현실에 충실해 있으면서도, 규범화된 사고나 정서를 배격하는 차원에서 표출되는 것이 특징이다. 때로 고착화되어 가는 일상에 탄력과 활력을 불어넣는 일이야말로 우리의 삶을 보다 윤택하게 하는 촉매제가 되기 때문이다. 작품 곳곳에 배어 있는 희화화된 웃음은 이러한 사고와 정서의 산물이라 할 것이다.

　　아울러 거시적인 면에서 본다면, 이러한 성향이야말로 판소리의 정서적 지향의 핵심을 이룬다고 할 수 있겠는데, 「흥보가」는 이를 충실히 반영하고 있는 작품이라 할 수 있다. 「흥보가」가 오랜 세월에 걸쳐 널리 연창되고 청중들로부터 인기를 누리게 된 이유의 일단을 또한 여기에서 찾을 수 있을 것이다.

4) 작품에 투영된 의식과 주제

　　줄거리 자체만을 따진다면 「흥보가」는 비교적 단순한 내용으로 짜여져 있다고 할 수 있다. 그렇지만 그 내용의 세부를 살펴보면 단순치 않은 문제들이 여러 갈래로 얽혀 있다.

　　그 가운데서도 특히 주목할 만한 사실은, 조선후기 농촌의 사회적 현실을 배경으로, 그 속에서 살아가는 서민층의 의식세계를 다채롭게 형상화하고 있다는 점이다. 「홍보가」에 형상화된 의식의 세계는 크게 세 측면으로 나누어 생각해 볼 수 있다.

첫째는, 과거로부터 공동체 사회를 지탱해 온 전통적 윤리의식이 여전히 중요하다는 사실을 강조하고 있는 측면이다. 형제간의 우애라든가, 인과응보 사상을 바탕으로 한 권선징악에 이야기의 한 초점이 놓여 있다는 사실이 이를 잘 말해 준다.

둘째는, 기존의 질서와 가치의식이 무너지고 삶의 여건이 급속도로 달라져가는 모습을 반영하고 있는 측면이다. 홍보가 형으로부터 내쫓김을 당해 생존의 위협 앞에 직면하는 것을 비롯하여, 그가 고픈 배를 움켜쥐면서도 양반의 행색을 차리거나 가부장으로서의 권위를 들먹이며 허세를 부리지만 실질적으로는 걸식·품팔이 등으로 연명해 나가는 상황이 그 대표적인 단면들이다.

셋째는, 시대 변화와 함께 새롭게 대두된 가치의식이 전통적 윤리의식과 대비·갈등하는 양상을 표출하고 있는 측면이다. 홍보와 달리 악독한 심성을 지녔지만 어쨌든 넉넉한 경제력을 바탕으로 떵떵거리며 사는 놀보의 처지라든가, 박 속에서 그를 닥달하러 나온 이들에게 놀보가 모든 것을 돈으로 해결하려는 태도를 보이는 장면 등에서 이를 넉넉히 확인할 수 있다.

이처럼 「홍보가」에는 당대 서민층의 삶과 생각을 지배했던 세계관적 요소들과 가치의식의 단면들이 복합적으로 투영되어 있다. 형님 집에 먹을 것을 얻으러 온 홍보를 매몰차게 다루는 '놀보포악' 대목은 그 복합적 양상을 살필 수 있는 적절한 예라 할 수 있다.

〔잦은몰이〕　놀보놈의 거동 봐라. 지리산 몽둥이를 눈 위에 번듯 들고
　　　　네 이놈 홍보놈아 잘 살기 내 복이요 못 살기도 니 팔자. 굶고 먹고
　　　　내 모른다. 볏섬 주자헌들 마당에 뒤주안에 다물다물 들었으니 너 주
　　　　자고 뒤주 헐며……싸래기 주자헌들 황계백계 수백마리가 턱턱하고

꼭끄 우니 너 주자고 닭 굶기랴. 몽둥이를 들어매고 네 이놈 강도놈. 좁은 골 벼락치듯 강짜 싸움에 기집 치듯 담에 걸친 구렁이 치듯 후 닥닥 철퍽. 아이구 박 터졌오. 이놈. 후닥닥. 아이구 다리 부러졌오 형님. 홍보가 기가 맥혀 몽둥이를 피하느라고 올라갔다가 내려왔다가 대문을 걸어놓니 날도 뛰도 못하고 그저 퍽퍽 맞는데 안으로 쫓겨 들어가며 아이구 형수씨 날 좀 살려주오. 아이구 형수씨 사람 좀 살 려주오.　　　　　　　　　　　　「홍보가 : 송만갑 판, 박록주 창」6)

　매정하기 짝이 없는 놀보의 심성과 언행에 초점을 맞추면서, 그의 몽둥 이질에 하릴없이 당하는 홍보의 상황을 예의 희화화된 웃음을 유발하면서 생동적으로 그리고 있다.

　여기에는 '형제 간의 우애'를 저버린 놀보의 패륜행위를 비난하는 시선 이 투영되어 있는가 하면, '너는 너고 나는 나'라는 놀보의 완고한 개인주 의적 성향 또한 투영되어 있으며, 오직 자신의 '경제적 기반과 물질적 자 산'을 보전하는 것만이 현실적으로 중요하다는 의식까지 복합적으로 투영 되어 있다. 그리하여 기존의 질서와 윤리의식이 무너지고 시대 변화와 함 께 대두된 새로운 가치의식 및 세태의 단면을 실감나게 형상화하고 있다.

　그런데, 「홍보가」에 투영된 이와 같은 세계관적 요소들과 가치의식의 문 제는, 무엇보다도 서민층의 현실적 생존과 직결된 물질적 빈곤―가난과 이 를 해결하는 방식에 초점이 맞추어져 있다는 사실에 주목할 필요가 있다. 따지고 보면 가난과 그 해결방식의 문제야말로 「홍보가」 줄거리를 관류하 는 핵심 사안이기도 하기 때문이다.

　'가난'은 특정 시대에 국한되지 않는 인간사의 고통이요 불행이다. 그러 나 이 문제에 대처하고 해결하는 방식은 시대에 따라 세계관에 따라 매우 다른 양상을 띤다. 「홍보가」의 경우는 '선행―제비―박씨(박)―보화'의 화

---

6) 정병욱, 앞의 『한국의 판소리』, 367~369면.

소 연계에서 보듯, 비현실적이며 초월적인 요소들에 의해 사태가 해결된다. 홍보의 선행이 동인으로 작용하는 가운데, '제비-박씨(박)'와 같은 비현실적·초월적인 요소의 개입과, 이에 의한 물질적 보상이 강하게 부각되어 있는 것이다. 그런 면에서 본다면 「홍보가」에는 이른바 낙관적이고도 조화로운 민담적 세계관이 그 밑바닥에 깔려 있다고 할 수 있다.

그렇기는 해도, 「홍보가」 내용의 세부들은 대부분 현실 문맥에 토대를 두고 이야기가 전개되기에, 시대적 삶의 여건 및 사회상과 관련된 문제들이 이야기의 이면에서 자연스럽게 제기된다. 그런 면에서 좀더 진지하게 생각해 볼 필요가 있는 것은, 홍보의 결핍상황과 고난과 보상이라는 것이 대부분 먹고 사는 데 필요한 '물질'과 연관되어 있다는 사실이다. 「홍보가」에 나타난 가난의 문제와 그 해결방식에 담긴 의미 또한 이 '물질'의 중요성에 대한 인식과 상호 연관을 맺는 차원에서 실질적인 의미를 지닌다고 할 수 있다.

삶을 영위하는 데 있어서 물질은 필수불가결한 요소 가운데 하나다. 그리고 물질의 중요성에 대한 인식은 시대와 계층을 초월하여 존재하는 보편적인 것이다. 중요한 것은 물질의 중요성에 대한 인식이 부각되는 계기이다.

이 점에 있어서 「홍보가」는 홍보의 가난이 단순히 형제 간의 우애를 저버린 놀보 탓만이 아니라, 급변하는 당대 농촌의 사회적 현실에도 발생적인 요인이 있음을 이야기의 이면에 담고 있는 것으로 보인다. 정신적·문화적 자산보다는 물질적·경제적 자산이 가치우위를 점하는 시대의 도래와 함께, 기존의 질서가 재편되어 가는 모습을 담고 있기도 한 것이다. 따라서 이제 물질을 소유하지 못한 부류는 신분에 상관 없이 사회에서 소외되는 국면에 이르렀음을 넌지시 비침으로써, 물질의 중요성을 새삼 부각시키고 있는 것으로 보인다.

그런데 이와 같은 시대 현실과 가치의식의 변모에 관심을 두면서도, 「홍보가」는 결국 현실에서 제기되는 가난의 문제를 비현실적·초월적 요소를 개입시켜 해결하는 방식을 취한다. 사리를 따지자면 그처럼 가난한 상황에 이를 수밖에 없는 당대 사회상에 초점을 맞추거나, 보다 적극적인 방식으로 해결책을 모색하는 것이 바람직할 수도 있을 터다. 그러나 「흥보가」는 그런 방식을 취하지 않는다. 더군다나 「흥보가」는 그처럼 심각한 문제들을 진지하게 그려내려고 하기는커녕, 오히려 흥겨운 장단에 실어 희화화된 웃음으로 용해시켜 버린다. 이런 면이 바로 「흥보가」의 두드러진 개성인 동시에 한계의 일면일 수 있을 것이다.

그렇지만 각도를 달리해 보면, '선행-제비-박씨(박)-보화'와 같은 화소 연계 자체가 흥미소로 작용하여, 이야기의 생명력을 강화하는 기능을 해 왔다고도 할 수 있다. 나아가 이와 같은 비현실적·초월적 요소의 개입을 단순히 역사적 한계로서만 이해하기보다는, 이야기 줄거리 자체가 과거로부터 전승되어 온 것인데다, 실질적인 해결책을 강구하기 어려웠던 당대 서민층으로서는 이것이 오히려 자연스러운 사고의 발로일 수도 있다는 측면에서 이해하는 것이 온당하지 않을까 생각한다.

이렇듯이 「흥보가」에는 작품이 전승·향유되던 역사 시기에 추구되었던 다양한 삶의 모습과 가치들, 그리고 서민의 일상생활에서 일어날 수 있는 여러 갈래의 애환과 정서가 짙게 배어 있다. 여기에는 선행과 악행의 대조적 국면을 통해 권선징악을 형상화한 면도 있고, 조선후기 농촌의 사회적 현실과 서민층의 삶을 형상화한 면도 있으며, 전통적 윤리의식과 새로운 가치의식의 대비·갈등을 형상화한 면도 있다.

그래서 「흥보가」는 이를 향유한 역사 시기나 계층에 따라 관심의 초점과 밀도를 달리한 가운데 이해·수용되어 왔으리라 생각된다. 「흥보가」가 오랜 세월에 걸쳐 인기를 누리며 연창·전승되어 온 생명력은 이처럼 다채롭게 이해·수용될 수 있는 주제와 내용적 특성에도 요인의 일단이 있다고 할 것이다. 전승되는 「흥보가」 바디와 창본에도 여러 종류가 있으며,

이들은 각각 내용 면에서 상당한 차이를 지니고 있다는 사실이 이를 잘 말해 준다.

5) 작품의 매력과 성과

이상에서 「흥보가」가 대중의 애호 속에 오래도록 전승·향유된 요인—매력을 특히 등장인물의 형상성과 미적 정서적 표현효과 및 특질 그리고 작품에 투영된 의식과 주제에 초점을 맞추어 살펴보았다.

「흥보가」의 매력은 요컨대 경험적 현실에서 제기되는 사람살이의 문제를 단조롭게보다는 복합적인 시각에서, 어느 단면만을 부각시키기보다는 삶의 총체성에 입각하여 형상화한 데 있는 것으로 보인다. 조선후기 서민사회의 계층적 특성을 반영하고 있으면서도 시대를 초월하여 존재하는 유형성을 지닌 흥보·놀보의 인물 됨됨이와 행동거지가 그러하고, 당대 서민층의 삶과 애환을 핍진하게 그려내면서도 그것을 규범화된 틀을 배격하는 차원에서 특유의 분방한 사고와 발랄한 정서로써 표출해 내는 미적 표현효과와 정서적 특질의 면이 그러하며, 일정 역사 시기에 추구된 인간의 심성과 윤리·가치의식을 형상화하면서도 시대적 계층적 시각에 따라 달리 이해되거나 수용될 여지를 남겨 놓은 내용적 특성과 주제가 그러하다. 그리하여 겉으로 드러난 사실의 이면을 생각해 볼 여지를 열어주기도 하고, 다채롭게 형상화된 대상의 이미지를 연창의 묘미와 함께 느끼고 즐기게도 하는 데 매력의 요인이 있는 것으로 생각된다.

이와 같은 「흥보가」의 매력은 이 작품이 오랜 세월에 걸쳐 널리 연창되고 청중들로부터 인기를 누리게 된 주요 이유면서, 적층의 예술·유동의 예술로 불리어지는 판소리의 본질적 속성을 여실히 대변하는 것이라고 할 수 있다. 「흥보가」의 작품적 성과 또한 여기에서 찾을 수 있다 하겠다.

(1999년)

제 3 부 판소리 서사전승과 연행문학

1. 「흥부전」의 민담적 성격
−구조유형론적 측면을 중심으로−

1) 머리말

민담 연구는 구비문학의 다양한 탐구와 병행하여 비교적 활발하게 전개되어 왔다. 그 과정에서 항상 중요하게 대두되었던 것은 역시 방법론의 문제였다. 우리 문학유산의 정당한 이해와 평가는 무엇보다도 방법론적 성찰에 의해 강화도고 확장되는 만큼, 그 중요성이 새삼 강조될 필요가 있다.

「흥부전」은 판소리계 소설의 하나로서 설화적 요소들을 풍부하게 담고 있는 작품이다. 나아가 설화 가운데서도 특히 민담적 요소들을 바탕으로 형성되어 소설화 과정을 거친 것으로 알려져 있다. 작품의 근원설화를 밝혀 내고 그 장르적 변이과정에 주목한 기존의 논의들이 이를 잘 말해 준다.[1] 이러한 논의들로부터 「흥부전」의 특성과 민담과의 상관성 논의가 구체적인 틀을 갖추게 된 것으로 보인다.

그러나 「흥부전」의 민담적 성격을 구명하는 작업은 작품론적 실상에 충실한 차원에서 보다 다양한 방법론적 성찰과 심화된 논의를 필요로 하는

---

1) 대표적인 논의를 들면 다음과 같다.
　조동일, 「<흥부전>의 양면성」, 『계명논총』 5집, 계명대, 1969.
　인권환, 「흥부전의 설화적 고찰」, 『어문논집』 16집, 고려대 국어국문학연구회, 1975.
　서대석, 「흥부전의 민담적 고찰」, 『국어국문학』 67, 국어국문학회, 1975.
　이문규, 「<흥부전>의 문학적 특질에 대한 고찰」, 『선청어문』 11·12합집, 서울대 국어교육과, 1981.

시점에 와 있다고 본다. 그리하여 작품의 형성 및 변이와 관련된 논의를 구체화하고, 총체적인 특성과 문학성을 구명하는 근거들을 확충해 나가야 할 것으로 생각한다. 물론 이 경우 개별 연구의 방법론 만큼은 예각화할 필요가 있을 것이다.

이 글은 이러한 필요성에 의해, 기존에 이루어진 논의 성과들을 참조하면서 「흥부전」의 민담적 성격을 특히 구조유형론적 측면에서 구명해 보고자 한다. 그러기 위해 우선 이 방면의 대표적인 방법론을 소개하고 비판적으로 검토한 다음, 이를 다시 발전적으로 수용하여 작품 분석 및 성격 구명에 임하기로 한다.

2) 방법적 시각

작품 내재적 사실에 주목하고자 할 경우 바람직한 접근 방법 가운데 하나는 구조 분석을 토대로 한 특성과 의미 구명일 것이다. 그런 면에서 민담에 내재된 고정적인 요소를 찾아내어 작품을 분석하려는 시도가 특히 언어학과 인류학에 공시론적 관점을 제공한 구조주의적 방법을 중심으로 이루어져 왔음을 주목할 수 있다. 구조주의적 사고의 가장 중요한 출발점은 '형태의 단순화'라 할 수 있는데, 이를 통한 민담의 구조 분석은 작품에 대한 포괄적이고도 논리적인 이해를 가능케 한다는 데 의의가 있다.[2]

구조주의 민담론 가운데서도 특히 관심을 끄는 방법론은 A. 던데스의 구조유형론적 연구다.[3] 이 글에서는 이를 방법적 시각의 토대로 삼는다.

---

2) 구조주의 민담론 및 우리 문학에의 적용과 관련된 논의는 조동일, 『구비문학의 세계』(새문사, 1980), 126~144면과 김열규 외 3인, 『민담학개론』(일조각, 1982), 151~153면을 참조

3) A. 던데스의 연구 방법론에 대한 개략적 소개와 검토가 위의 『구비문학의 세계』 (155~159면)와 『민담학개론』(151~152면)에서 이루어진 바 있다. 본고는 이를 참

A. 던데스는 일정한 체계가 없이 여러 화소(話素·motif)가 아무렇게나 연결되어 이루어진 것이라고 생각되어 오던 북아메리카 인디언 민담에 V. 프로프 식의 형태 분석과 K. L. 파이크의 구조주의 언어학 이론 및 술어를 결합·적용하여 그것이 명백히 구조화되어 있음을 밝힘으로써, 민담 연구에 일대 전환의 계기를 마련했다. 이를 간략히 소개해 보기로 하겠다.4)

우선, A. 던데스는 민담 연구에 있어서 형태론이 선행되지 않고서는 엄밀한 의미의 유형론이 성립할 수 없음을 전제하고, V. 프로프의 『민담형태론』(1928)을 방법적 모델로 삼아 논의를 전개했다.

V. 프로프에게 있어서 형태론이란 '구성 요소, 구성 요소 상호 간의 관계, 그리고 구성 요소와 전체와의 상관성에 따른 민담의 기술'을 의미한다. 그리하여 V. 프로프는 그가 '기능'(function)이라고 명명한 형태론적 단위를 규정·분리한 후 러시아 민담을 분석해 나갔다. 그 결과 이야기체 구조의 구성 단위인 '기능'을 분석하는 과정에서, 제한된 수인 31가지의 기능이 존재하며, 이러한 기능들의 연쇄는 고정적이라는 사실을 발견해 냈다. 이는 그가 말하는 '기능'들이 하나의 이야기 속에 필연적으로 등장하는 것은 아니지만, 모두 예측 가능한 질서를 가지고 나타난다는 것을 의미한다. V. 프로프는 그의 형태론을 완성하고 난 후 유형론적 연구를 진행할 수 있었는데, 자신의 형태론을 근거로 모든 러시아 민담(동화)들이 단일하고도 동일한 구조유형에 속한다는 결론을 내렸다.

이러한 V. 프로프의 민담 연구에 주목한 A. 던데스는 V. 프로프의 형태론적 골격을 방법론의 기초로 삼고, 다시 그의 '기능'이라는 용어를 언어학자

조했다.

4) 이하 본고에서 논의 대상으로 삼는 자료와 본문 인용은 Alan Dundes, Structural Typology in American Indian Folktales, in *The Study of Folklore*, ed. Alan Dundes, Englewood Cliffs, N.J. : Prentice-Hall, 1965, 206~215면에 의거함(세부 인용표시는 생략함).

인 K. L. 파이크의 이론과 술어를 채택하여 '단락소'(段落素·motifeme)라는 용어로 변용해 사용하는 방법을 취했다.

A. 던데스에 따르면, '단락소'란 화소(motif)와 변이화소(allomotif)를 연합할 수 있는 용어로서, 한 편의 민담을 구성하는 각 단락의 내용을 추상화하여 단락 상호 간의 관계를 구분지을 수 있는 기저양상을 설정한 개념이라고 할 수 있다. 이 개념에 따르면 한 편의 민담은 단락소의 연쇄로 규정될 수 있다. 그리고 단락소가 적용되는 공간(단락·slots)은 다양한 화소들로 채워지게 되며, 그 공간에 들어올 수 있는 특정의 대체 가능한 화소들은 변이화소로 분류될 수 있게 된다.

A. 던데스가 제시한 이와 같은 논의의 틀은 단락소의 연쇄에 따라 민담의 순차적 구조를 분석해 낼 수 있는 하나의 탁월한 방법이라 할 수 있다. 또 동일한 구조적 형식에 들어 있는 내용의 다양성이 그가 설정한 개념들에 의해 간명하게 정리될 수 있기도 하다.

실제로 그는 이러한 논의의 틀을 통해 북아메리카 인디언 민담에 나타나는 수많은 구조적 패턴들을 식별해 낼 수 있었다. 그 결과 2개의 단락소 연쇄인 '결핍→결핍해소'라는 구조유형과, 4개의 단락소 연쇄인 '금지→위반→결과→(결과로부터의)도피기도'라는 구조유형, 그리고 6개의 단락소 연쇄인 '결핍→결핍해소→금지→위반→결과→도피기도'라는 구조유형이 아메리카 인디언 민담에 존재함을 밝혀 냈다.

예컨대, '한 괴물이 온 세상의 물을 거두어 버린다. 어떤 문화적 영웅이 나타나 그 괴물을 죽이고 물을 방출한다.'라는 패턴의 민담은 '결핍→결핍해소'의 단락소 연쇄로 이루어진 구조유형에 해당한다.

또, '한 소년이 누이에게서 다람쥐가 물가에 있을 때에는 쏘지 말라는 당부를 듣는다. 그러나 그 소년은 물가에 있는 다람쥐를 쏘게 된다. 소년이 물에 떨어졌던 화살을 되찾으려고 했을 때 그만 물고기에 의해 삼켜지고 만다. 결국 그 물고기가 그의 누이를 향해 헤엄쳐 왔을 때 그녀는 물고

기의 배를 갈라 동생을 구해 낸다.'라는 패턴의 민담은 '금지→위반→결과
→도피기도'의 단락소 연쇄로 이루어진 구조유형에 해당한다.

그리고, '한 소녀가 노래하는 귀뚜라미를 발견하고 그것을 집으로 가져
가기를 원한다. 그 귀뚜라미는 그녀와 함께 집으로 간다. 그러나 그녀에게
절대로 만지거나 간지럽혀서는 안된다는 경고를 한다. 귀뚜라미를 가지고
놀던 소녀는 그를 간지럽힌다. 그리하여 귀뚜라미는 그의 배를 터뜨려 죽
고 만다.'라는 패턴의 민담은 '결핍→결핍해소→금지→위반→결과→(도피기
도)'의 단락소 연쇄로 이루어진 구조유형에 해당한다. 물론 마지막 예의
'도피기도' 단락소는 생략되어 있다고 하겠는데, 이는 자료 제공자에게 달
려 있다고 한다.

나아가, A. 던데스는 이들 아메리카 인디언 민담의 구조유형들이 대부분
바람직하지 못한 상태인 '불균형'으로부터 '균형' 상태로의 이행으로 이루
어져 있는 것이 특징이라고 지적하면서, 그렇기에 '결핍→결핍해소'의 구조
유형이 이른바 기저유형에 해당한다고 했다.

한편, 이러한 구조유형론적 방법에 입각하여 민담의 구조를 분석하는 의
의와 효용에 대해 A. 던데스는 다음과 같이 밝히고 있다.

첫째, 하나의 일반적인 구조적 패턴이 분명하게 도해됨으로써, 엄청나게
상이한 내용을 가진 민담들에 대한 유형론적 진술이 가능하다는 사실이다.

둘째, 문화를 꿰뚫고 초월해 있는 형식―그 안에 놓여 있는 내용의 문
화적 편향성(偏向性·determination)을 통찰해 낼 수 있는 새로운 기법이라
는 사실이다. 다시 말해, 여러 문화에 두루 걸쳐 있는 민담이 각 문화에서
지니는 특징을 알아볼 수 있게 한다는 것이다.

셋째, 어떤 문화 변용의 상황을 예측할 수 있다는 사실이다. 이는 민담의
교류와 접촉이 일어난 상황을 분석할 수 있음을 의미하는 것이기도 하다.

넷째, 민속학의 범주에 속하는 장르들의 형태론적 분석을 통해, 장르 상
호간(cross-genre)의 비교가 가능하다는 사실이다.

이 가운데 특히 셋째의 경우, 어떤 두 민담의 구조를 알고 나면 어느 한 쪽의 민담이 다른 한 쪽의 집단에 의해 차용되었을 때 어떤 변화가 일어날 것인가를 정당한 확실성을 가지고 예측할 수 있다고 한다. 뿐만 아니라, 두 민담 간의 두드러진 구조적 상이점 가운데 하나가 '결핍→결핍해소'와 같은 한쌍의 상호연쇄적 단락소 사이에 개재하는 여러 가지 단락소 수와 연관되어 있다는 사실에 주목함으로써, 민담 간의 교류·접촉 상황에 대한 분석이 가능하고 한다. 이처럼 상호연쇄적 단락소 사이에 개재하는 단락소들의 수를 A. 던데스는 '단락소적 깊이'(motifemic depth)라고 불렀는데, 따라서 이 경우 개재 단락소 수가 상대적으로 많은 민담이 그렇지 않은 민담에 비해 '단락소적 깊이가 더하다'고 할 수 있다.

이러한 개념들과 방법적 시각을 통해 민담의 통시적 연구 가능성이 논리적으로 제시되고, 민담의 적층성 및 교류·접촉 상황을 구명할 수 있는 길이 열리게 된 것으로 보인다. 또 '단락소적 깊이'라는 관점으로부터는, 민담의 다양한 변이와 구조 변화가 일어나는 원인을 해명할 수 있는 길이 열리게 된 것으로 보인다.

이렇게 볼 때, A. 던데스의 구조유형론적 연구는 민담 연구에 일대 전환의 계기를 마련한 유용하고도 탁월한 방법 가운데 하나임에 틀림 없다. 그러나 나름의 한계가 없는 것은 아니다.

우선, 그의 연구는 다만 북아메리카 인디언 민담의 형태론적 특징과 기본 단위, 그 기본 단위들의 결합을 지배하는 내적인 법칙성만을 발견하여, 민담의 문법 내지 통사 구조를 밝히는 데 머무르고 만 것이 아닌가 생각한다. 나아가, 구조 분석이 지니는 의의와 효용을 예시하였지만, 민담의 본질을 구명하는 차원에까지 이르지는 못한 것으로 보인다. 줄여 말해, 기본 구조와 법칙을 발견한 점에서는 뚜렷한 성과를 거두고 있지만, 그것이 대부분 사실지적의 차원에 그치고 만 점에서는 나름의 한계 또한 분명하다고 생각한다.

이런 문제점들은 일차적으로 개별 논의가 지닌 어쩔 수 없는 한계라고 할 수 있을 것이다. 그러나 중요한 것은 유형화가 가능한 몇몇 구조와 사실지적만으로는 하나의 문학 장르를 충분히 설명하기 어렵다는 점이다. 그런 면에서 A. 던데스의 방법이 민담의 실체를 보다 충실히 구명하고 의의 있는 작업으로 수렴되기 위해서는, 다음과 같은 몇가지 사실들이 상호보완적 측면에서 검토될 필요가 있으리라 본다.

먼저, A. 던데스 자신 형식의 탐구가 그 자체로서 목적이 아니라 민담의 제 특성을 밝히기 위한 출발점이라고 강조했듯이, "내용을 추상화해서 분석한 결과가 어떤 구체적인 의미를 갖는가"5)를 살펴야만 비로소 의의있는 작업이 될 것이다. 또, 일반적으로 구조는 현실적 삶의 모습을 반영한 것이기에, 구조 분석의 결과로부터 그 현실적 삶의 세부 양상을 구명하는 차원으로 나아가야 할 것이다. 하나의 민담이 어떤 단락소의 인과적 연쇄로 이루어져 있는가 하는 형식적 틀만을 주목할 것이 아니라, 그 틀 속에 내재해 있는 단락소의 교체와 연속으로부터 민담 담당층의 사유방식과 생활 속에 잠재된 가치의식을 탐구하고, 민담 자체의 구조로부터 파악되는 미적 질서와 효과 또한 진지하게 탐구하는 작업이 병행되어야 한다는 것이다.

요컨대 A. 던데스의 방법은 민담 형성의 중요한 여건인 사회문화적 전통과 단절된 채 민담을 하나의 텍스트로만 다루기 쉬운 결점이 보완되어야 할 것이다. 단락소의 연쇄구조는 같지만 그 세부 내용과 표현은 지역적·인종적·역사적 전통에 따라 충분히 다를 수 있으므로, 분석 대상으로 삼은 민담의 담당층이 그것을 창작·향유·전승하는 과정에 개재하는 특징적 요소들을 구명하기 위한 현장론적 관점의 보완이 절실히 요청되는 것이다. 이러한 점들이 보완될 때, 민담 연구는 정태적 구조 분석의 차원

---

5) 조동일, 앞의 『구비문학의 세계』, 144면.

에 머물지 않고 동태적이며 역동적인 구조와 의미를 구명하는 차원에까지
이를 수 있을 것이다. 또, 민담의 특성으로 지적되는 '사실과 상상력의 복
합적 세계'에서 '사실'의 세계만을 강조하는 위험에서 벗어날 수 있을 것
이다.

　이제 이상에서 검토한 점들에 유의하면서, 다음 두 항목을 통해 「흥부전」
의 민담적 성격을 살펴보기로 하겠다.

3) 「흥부전」의 작품구조

　「흥부전」은 이본에 따라 세부 내용이 다소 다르다. 그러나 이야기의 핵
심을 최대로 압축시켜 놓고 볼 경우, 그 줄거리 체계는 이본에 크게 구애
됨이 없이 비슷한 양상으로 나타난다. 작중 인물의 행위와 사건의 순차적
전개에 입각하여 내용을 최대로 요약하고, 그 요약된 각각의 단락에 단락
상호간의 관계를 구분짓는 개념으로서의 단락소를 설정한 다음, 작품 구조
의 면을 논의하면 다음과 같다.

「흥부전」

① 마음씨 착한 흥부와 심술궂은 놀부 형제가 소개됨　　　　상황제시
② 놀부에 의해 내쫓긴 흥부의 가난과 고생상　　　　　　　결　　핍
③ 우연한 기회에 흥부가 제비를 구해주자 박씨를 물어다 줌　중　　재[6]

---

　6) '중재'라는 단락소는 A. 던데스의 논의에서는 거론되지 않은 것이다. '중재'는 특
　　히 같은 구조주의적 학풍에 속하는 C. 브레몽에 의해 보다 진지한 의미의 '기능'
　　으로 거론된 바 있다. C. 브레몽은 이야기가 전개될 수 있는 가능성의 논리를 도
　　식화하여 체계적으로 검증하고, 그 결과를 근거로 엄밀한 구조적 특성에 기반을
　　둔 서사체의 분류 작업을 시행하고자 했다. 그리하여 작중 인물의 행위와 전개되
　　는 사건에 따라 이야기 속의 '행위자'와 '중재자' 사이에는 특징적 관계가 형성될
　　수 있음을 시사했다(cf. Claud Bremond, The Logic of Narrative Possibilities, in *New*

④ 흥부가 박을 타 부자가 됨　　　　　　　　　　　　　결핍해소
⑤ 놀부가 흥부의 치부내력을 알게 되어 그렇게 되기를 원함　결　핍
⑥ 놀부가 제비를 다치게 하고 구해주자 박씨를 물어다 줌　　중　재
⑦ 놀부가 박을 타 봉변을 당하고 망하게 됨　　　　　　　　결핍가중
⑧ 흥부가 놀부 구해주고 놀부는 개심하여 더불어 잘 살게 됨　화　해

위의 줄거리 체계 및 단락소 연쇄를 통해 알 수 있는 것은, 우선 「흥부
전」이 하나의 완결구조를 취하고 있다는 사실이다. 즉, ①의 인물설정에
의한 상황제시가 ⑧에 이르러 인물간의 화해와 행복으로 결말지어 짐으로
써, 하나의 완결구조를 지향하고 있다는 것이다. 이러한 완결구조적 지향
으로 인해 「흥부전」은 거시적인 면에서 하나의 통합적 체계와 질서를 이
루고 있는 작품임을 드러낸다.

그런데 단락소의 대비를 통해 알 수 있듯이, 이 작품의 구조는 다시 ①
－②－③－④의 전반부와 ⑤－⑥－⑦－⑧의 후반부로 양분될 수 있다. 물
론 이야기 형성의 기저는 ①－②－③－④다. ⑤－⑥－⑦은 ②－③－④의
대립적 반복이며, 후반부에 ①에 해당하는 단락소가 보이지 않는 것은 이
미 ①에 서사적으로 함축되어 있기 때문이다. 그래서 전반부에는 없는 ⑧
을 후반부 마지막에 설정함으로써, 이야기 전체를 거시적인 면에서 하나의
통합체로 묶고 있는 것이다.

좀더 구체적으로 살펴보면, 이 작품의 대립적 반복양상은 ②의 '결핍'이
실제적이며 물질적인 것임에 반해 ⑤의 '결핍'은 비실제적이며 정신적인

Literary History, Vol.XI · Spring 1980, The University of Virginia Charlottesville,
Virginia, pp.387~411). 이같은 C. 브레몽의 논의를 발전시키면 '중재자'는 '우호
자' 또는 '적대자'로서 기능할 수 있고, 그 기능의 양상에 따라 각기 다른 결과가
초래될 수 있음을 도식화할 수 있다. 그러나 본고에서는 이같은 관점에서의 논의
는 피하고, '중재'를 하나의 단락소로 설정하여 그 성격을 살피는 데 중점을 두기
로 한다.

것이라는 점, ③의 '중재'가 자연스러운 감정에 의한 원조자적 성격임에 반해 ⑥의 '중재'는 작위적이며 방해자적이라는 점, 그리고 ④가 '결핍해소'임에 반해 ⑦은 '결핍가중'이라는 점 등에서, 대립적 쌍이 비슷한 단락소적 성격을 띠고 나타난다.

이와 같은 작품 구조는 대립을 통해 단조로움에서 벗어나고, 반복을 통해 지속적인 감동을 불러일으키는 미적·정서적 효과를 가져올 수 있다. 민간서사전승에 흔히 나타나는 이러한 대립·반복의 속성은 특히 "긴장을 형성해 낼 뿐 아니라 이야기의 줄거리를 살찌게 한다."[7]고 지적되기도 한다.

그런데 「흥부전」의 경우는 단순한 대립·반복이 아닌 발전적 대립·반복이라는 점에서 그 효과가 훨씬 더 미묘하고 복합적이다. 작품을 유기화하는 단락소들이 대립적 쌍을 이루고 있다 하더라도, ⑤-⑥-⑦의 단락소 연쇄는 ②-③-④의 단락소 연쇄가 강화·확장된 것이라고 할 수 있기 때문이다.

그런 면에서 「흥부전」은 물질적인 측면과 정신적인 측면의 두 갈래 결핍양상과, 개입 과정 및 성격이 다른 두 갈래의 중재, 그리고 이와 같은 중재에 말미암은 두 갈래의 결과적 상황을 통해, 인간 심성의 문제를 제기하고 바람직한 화해를 이끌어 내는 데 이야기의 핵심이 놓여 있는 작품이라 할 수 있다. 이른바 형제간의 '우애'라는 가족윤리를 표면에 내세워 결속과 화해를 의도하면서, 변화하는 현실 속에서 '더불어 잘 사는 사회'를 이루어 나가는 데 요구되는 심성과 가치의식을 투영하고 있는 작품인 것이다.

이렇게 볼 때, 이 작품의 후반부는 전반부가 없으면 별다른 의미를 지니지 못한다. 작품의 전반부를 '흥부이야기' 후반부를 '놀부이야기'라고 할 때, 흥부이야기의 대립적 반복인 놀부이야기가 설정되는 것이야말로 「흥부

---

7) Axel Olrik, Epic Laws of Folk Narrative, 앞의 *The Study of Folklore*, p.133 참조.

전」의 구조적 특징이라고 할 수 있기 때문이다. 이는 곧 민담의 구조와도 상통하는 면이라고 할 수 있다. 이른바 대립적 반복을 통해 의미가 확장되고 이야기의 핵심이 강화되는 것이 민담의 두드러진 특징이기 때문이다. 따라서 이야기는 '흥부이야기'에 해당하는 ①-②-③-④의 기저구조가 중심이 되어 전승된다.

그런가 하면, 「흥부전」처럼 대립적 반복의 구조로 이루어진 민간서사전승들은 대개 시대가 바뀌고 환경이 변화함에 따라, 줄거리가 부연되는 것은 물론 세부적인 표현이 달라지거나 상황설정의 긴밀함이 추구되기도 한다. 이와 같은 이야기의 적층성은 장르 담당층의 세계관 변화와 맞물려 있다 하겠는데, 이는 앞에서 말한 '단락소적 깊이'에 결부된 문제로서, 그 자체가 서사적 변이양상을 내포하고 있다 할 것이다.

4) 구조유형론의 측면에서 본 「흥부전」의 민담적 성격

「흥부전」의 기저구조인 '①상황제시-②결핍-③중재-④결핍해소'의 단락소 연쇄는 통시적인 면에서 고대로부터 전승되어 온 하나의 이야기 유형으로 보인다. 즉, 고대전승에 보이는 신화 주인공의 일대기나 입사의례에 나타나는 '탄생-전이(고난)-신조(神助)-성취'와 같은 단락소 연쇄와 이면적으로 일치한다는 사실이다.

대표적인 예로서 「주몽신화」를 들어보기로 하겠다.

「주몽신화」8)

① 천제자 해모수와 하백의 딸 유화 사이에서 신이한 탄생을 한다.

---

8) 『삼국유사』 권1에 실린 기록을 줄거리 체계의 근거로 삼는다.

② 금와왕의 아들과 병사들에게 쫓기어 도망한다.

③ 어별(魚鼈)이 다리를 놓아 무사히 강을 건넌다.

④ 드디어 도읍을 정하고 나라를 세워 고구려 건국 시조가 된다.

위 「주몽신화」의 줄거리 체계는 「흥부전」의 기저구조인 '①상황제시－②결핍－③중재－④결핍해소'의 단락소 연쇄와 곧바로 일치하는 것은 아니지만, 「흥부전」의 '①상황제시'가 인물이 설정되면서 주인공이 등장하고, '②결핍'의 한 양상이 전이에 의한 고난이며, '③중재'가 천우신조적 매개 과정인 점, '④결핍해소'가 사태해결로 인한 새로운 전기의 도래라는 면에서 서로 대응될 수 있으리라 본다.[9]

특히 '③중재'의 경우, 이규보의 『동명왕편』에는 지모신(地母神) 내지 곡모신(穀母神)적 존재인 주몽의 어머니 유화가 비둘기를 통해 오곡종자를 전해주는 또다른 '신조'가 등장하는데, 이러한 '유화－비둘기－오곡종자'의 화소 연계는 「흥부전」의 '강남왕－제비－박씨'의 화소 연계와 직접 대응되는 것이라고 하겠다.

이렇듯 「흥부전」의 기저구조는 각편적 이야기 체계의 차원을 넘어서는 유형성을 지니고 있는 것으로 보인다. 그리하여 자료의 폭을 좀더 넓혀 살펴보면, 이러한 구조유형은 그 자체가 하나의 이야기로 완결되는 민담이나, 대립적 반복의 구조로 확장되기 전단계의 양상을 보여주는 또다른 다수의 민담들을 통해 확인이 가능하다는 사실을 알 수 있다.

널리 알려진 민담들 가운데, '돌종'·'항아리'·'남비'와 같은 매개물－

---

9) 물론 「주몽신화」의 단락소(탄생－전이(고난)－신조(神助)－성취)와 「흥부전」 기저 구조 부분의 단락소는 개념 면에서 상당한 차이가 있다. 이를 본고에서는 일단 개념 변이의 시각에서 이해하고자 한다. 이야기의 초경험적 신성성에 의해 결속을 다지던 시대의 이야기 기능이, 역사적 추이에 따라 경험적 진실성에 바탕을 둔 교훈과 흥미 본위 기능으로 바뀌어 가는 과정에서 이러한 개념 변이가 일어난 것으로 볼 수 있기 때문이다.

중재요소가 등장하는 민담들이 이를 대변한다. 이들 민담은 대개 심성이 착한 주인공기, 우연한 계기―선행에 의해 '돌종'·'항아리'·'남비'와 같은 신기한 물건을 얻게 되어, 마침내 당면해 있는 현실의 결핍을 해소한다는 줄거리 체계를 이루고 있다. 그러나 욕심이 지나쳐서 원래의 상태로 되돌려지거나 오히려 봉변을 당하는 줄거리가 부가되기도 하는데, 여기에 이야기의 핵심이 강화·확장되는 대립적 반복의 가능성이 내재해 있다.

다음 두 예화를 통해 이 문제를 살펴보기로 하겠다.

「돌 종」[10]

① 그날 그날 품을 팔아 먹고 사는 농부 내외가 있었다.
② 끼니 마련하기가 어려워 굶주리는 노모를 위해 아들을 내다 버리기로 했다.
③ 아이를 버리러 갔다가 숲속에서 우연히 돌종을 발견하여 아이와 함께 집으로 가지고 왔다.
④ 돌종의 아름다운 소리가 임금의 귀에까지 들려 효성을 인정받고 가난을 면하여 행복하게 살았다.

「이상한 남비」[11]

① 집안이 가난해도 글만 읽는 심성 착한 선비가 있었다.
② 고생을 견디다 못한 아내의 성화에 못이겨 쫓겨나듯 집을 나섰다.
③ 우연히 논바닥에서 타 죽어가는 올챙이를 구해주자 후에 개구리가 되어 남비 하나를 가져다 주었다.
④ 무엇이든 넣기만 하면 같은 물건이 가득차는 그 남비로 모든 걱정이 사라졌다.

---

10) 한상수 편, 『한국민담선』, 정음사, 1974, 169~17면. 이 이야기는 『삼국유사』 권5 효선9의 「손순매아(孫順埋兒)」와 구조유형이 일치하는데, 이로써 그 유래가 매우 오래되었음을 알 수 있다.
11) 같은 책, 158~161면.

⑤ 선비의 아내가 날마다 엽전만 삶아내서 남비가 그만 불에 녹아버렸다.

위의 민담들은 옛부터 우리 생활 주변에서 어렵지 않게 확인할 수 있는 유형의 이야기다. 특히 「돌종」과 같은 민담의 구조는 단락소 연쇄 면에서 「주몽신화」나 「흥부전」의 기저구조와 일치하는 유형적 특징을 보여준다. 따라서 이와 같은 구조유형이 보편성을 확보하며 면면히 전승되어 왔음을 알 수 있다.

그런데 「이상한 남비」의 경우, ①-②-③-④ 부분의 단락소 연쇄는 이들과 유형적으로 일치하나, 욕심이 지나침으로 해서 야기되는 ⑤가 덧붙어 있다. 말하자면, 이 이야기는 「돌종」과 같은 이야기에 줄거리가 부가되어 구조적으로 확장된 양상을 띠고 있으며, 그런 면에서 일종의 발전된 형태의 구조유형적 특징을 보여 주고 있다.12) 이와 같은 구조유형적 특징을 지닌 경우로는 「소금이 나오는 맷돌」, 「쌀이 나오는 바위구멍」, 「보물이 가득차는 항아리」 등 다채로운 화소와 함께 전승되는 민담들이 있다.

여기에서 「이상한 남비」의 ⑤부분은 '과욕'이라는 단락소를 설정할 수 있다. 그리고 이 '과욕'의 단락소는 「이상한 남비」와 같이 간략한 줄거리만을 갖추고 있는 것이 아니라, 보다 구체적인 줄거리와 내용의 세부를 갖춘 구조유형의 민담들로 변이·확장되기도 한다. 역시 예로부터 우리 생활 주변에서 어렵지 않게 확인할 수 있는 유형의 이야기인 「도깨비 방망이」, 「금도끼 은도끼」, 「혹부리 영감(혹 떼러 갔다 혹 붙이고 온 영감)」 등과 같은 민담들이 바로 그것이다. 이와 같은 민담들의 구조와 단락소 연쇄는 곧바로 「흥부전」의 구조 및 단락소 연쇄와도 일치하는 특성을 보이는데13),

---

12) 이 문제와 관련하여 인권환(앞의 논문, 32면)은 "주인공의 착한 마음씨나 행위로 인해 한없는 보배가 나오게 된다는 이야기인 무한재보담(無限材寶譚)의 발전된 형태로 보아야 할 것"이라고 한 바 있다.

13) 예시한 「도깨비 방망이」, 「금도끼 은도끼」, 「혹부리 영감(혹 떼러 갔다 혹 붙이고 온 영감)」과 「흥부전」의 구조적 측면에서의 대비는 이미 조동일(앞의 「＜흥부전＞

바로 여기에 「흥부전」의 민담적 성격의 단면이 내재해 있다.

예시한 민담들 가운데 「도깨비 방망이」와 「단 방귀장수」를 들어 이 문제를 좀더 구체적으로 살펴보기로 하겠다.

「도깨비 방망이」14)

① 가난하지만 마음씨 착한 나무꾼이 살고 있었다.

② 땔 나무가 없어 깊은 산속으로 나무를 하러 갔다.

③ 개암을 주워 어른들께 드리려고 간수해 두었는데, 그날 밤 우연히 개암을 깨물어 도깨비들로부터 보물 방망이를 얻어 돌아왔다.

④ 두드리기만 하면 무엇이든 쏟아져 나오는 그 보물 방망이로 큰 부자가 되었다.

⑤ 이웃집 욕심장이가 그 내력을 알게 되어 그렇게 되기를 원했다.

⑥ 개암이 떨어지자 모두 자기 것으로 넣어두고, 밤이 되자 개암을 깨물었는데 도깨비들에게 붙잡히는 신세가 되었다.

⑦ 도깨비들에게 실컷 봉변을 당하고 이상한 사람이 되어버렸다.

「단 방귀장수」15)

① 욕심이 많아 유산을 독차지한 형과 가난한 동생이 있었다.

② 동생은 나무장사로 그날 그날 입에 풀칠을 하며 살았다.

③ 우연히 벌에 쏘여 벌을 쫓아갔다가 꿀통을 발견하여 실컷 먹고 돌아왔다.

④ 방귀만 뀌면 꿀처럼 달아 그것으로 장사하여 큰 부자가 되었다.

⑤ 형이 그 내력을 알고 자신도 그렇게 되기를 원했다.

⑥ 꿀을 발견하지 못하자 하는수없이 생콩을 갈아 한껏 먹었다.

⑦ 방귀장사를 나갔다가 똥물이 쏟아져 나와 큰 봉변을 당했다.

의 양면성」, 104~105면)에 의해 이루어진 바 있다. 본고는 이 문제를 특히 구조유형론의 측면에서 다시 검토하고 그 의미를 논의하기로 한다.

14) 한상수 편, 앞의 『한국민담선』과 임동권, 『한국의 민담』(서문당, 1972)에 실려 있는 이야기를 중심으로 줄거리를 정리함.

15) 임동권, 우의 『한국의 민담』, 70~71면.

위 민담들의 줄거리 체계에서 파악되는 구조 및 단락소 연쇄는, 앞에서 살핀 예화들의 공유분모에 해당하는 ①-②-③-④의 기저구조를 포함하면서, 그 대립적 반복이라 할 수 있는 ⑤-⑥-⑦이 부가·확장된 양상을 띠고 있다. 따라서 「흥부전」에서 확인할 수 있었던 '①상황제시-②결핍-③중재-④결핍해소-⑤결핍-⑥중재-⑦결핍가중'의 단락소 연쇄와 유형적으로 일치함을 알 수 있다.

물론, 몇몇 세부는 이야기에 따라 차이가 나는 점도 없지 않다. 가령 「도깨비 방망이」의 경우, 「단 방귀장수」나 「흥부전」의 경우와 달리, 이야기를 이끌어가는 두 인물이 처음부터 함께 등장하지 않고 ⑤ 부분에 와서야 새롭게 등장한다. 이는 이야기의 기저구조인 ①~④의 확장태임을 드러내는 일면이라 할 수도 있고, 상대자적 인물이 ⑤ 부분에 등장해야 줄거리 전개가 자연스럽고 묘미 또한 배가 되는 이야기 자체의 성격 때문이라고 할 수도 있다. 또, 위의 두 민담은 공히 「흥부전」의 마지막 단락에 해당하는 '⑧화해'에 대응되는 내용이 없다. 「흥부전」의 경우와는 다른 완결 방식이라 하겠는데, 이는 일차적으로 이야기의 성격이나 등장인물 사이의 관계에 따라 그 필요성 여부가 정해지는 것이기도 하고, 이같은 완결 방식으로부터 정서적 여운이 남는 효과가 발휘된다는 점에서 나름의 특징이라 일컬을 수도 있을 것이다.

그러나 이와 같은 구조유형적 동질성 내의 세부 차이는 무엇보다도 이야기 구연자의 개성과 각편적 특징이라는 현장론적 시각에서 접근할 때 보다 온당한 이해에 이를 수 있다. 사실 「도깨비 방망이」의 경우도 각편에 따라서는 '①상황제시' 부분에 이야기를 이끌어 가는 두 인물이 함께 등장하기도 한다. 그리고 '⑦결핍가중' 부분에서는 상대자적 인물이 죽임을 당하는 데까지 이르는 각편도 있다. 나아가 「단 방귀장수」 경우 또한, 각편에 따라서는 「흥부전」의 '⑧화해'에 대응되는 내용이 덧붙어 있는 경우도 있다. 요컨대 이러한 양상은 이야기가 구연되는 현장의 상황 및 구연자의 개성에 따라 줄거리의 세부가 달라지기도 하고 조금씩 굴절되기도 하는 민담적 특성의 일면으로 이해해야 온당한 것이다. 이본에 따라 ‘⑧화해’ 부분이 상당히 다른 내용적 세부들로 구성되거나 심지어 생략되기도 하는 「흥부전」의 경우 역시 이와 다르지 않다.

이렇게 볼 때, 「흥부전」은 특히 작품의 기저구조를 근간으로 한 구조유형 면에서 고래로부터 전승된 신화나 민담의 변이·확장태라 할 수 있다. 다만, 비교적 단순한 줄거리와 내용을 지닌 신화나 민담에 비해 풍부한 현실문맥과 다양한 이야기의 세부를 지니고 있기에, 이른바 ‘단락소적 깊이’가 한층 더하다고 할 수 있다.

그런 면에서 「흥부전」의 ‘단락소적 깊이’는 작품이 유통·향유되던 당대의 경험적 현실과 문화적 세부를 반영하고 있다 하겠는데, 바로 이 점에 있어서 「흥부전」의 ‘단락소적 깊이’는 판소리계 소설의 특성으로 지적되는 이야기의 ‘적층성’16)과 ‘부분의 독자성’17)이 성립하는 역사적 추이를 반영하고 있다고 할 수 있다. 나아가 이는 「흥부전」이 설화의 소설화 과정을 통해 이루어진 작품이라는 사실을 설명할 수 있는 논리적 근거 가운데 하나라고도 할 것이다.

이와 함께, 「흥부전」의 ‘단락소적 깊이’를 구성하는 설화적 모티프와 경험적 현실에 뿌리를 둔 이야기의 세부는, 적어도 「흥부전」이 형성·유통·향유되던 당대 및 그 이전의 생활현실과 향유계층의 사유를 반영하고 있다는 점에서 주목된다.

예컨대, ‘중재’와 ‘결핍해소(결핍가중)’의 매개 요소인 ‘제비－박’의 화소 연계는 농경생활의 풍토성을 대변해 준다고 할 수 있다. 이런 사실은 「주

---

16) 이와 같은 판소리계 소설의 ‘적층성’에 대해서는 특히 작자·작품의 측면에서 이 문제를 구명한 최진원의 「춘향전의 합리성과 불합리성」(『국문학과 자연』, 성균관대 출판부, 1977), 204~213면을 참조.
17) 자세한 논의는 조동일, 앞의 「<흥부전>의 양면성」, 85~86면, 108~110면을 참조.

몽신화」의 경우 '비둘기 - 오곡종자'의 화소연계 속에서 지모신 내지 곡모신적 존재를 상정하게 하거나, 농경문화의 단면을 확인할 수 있게 하는 것과도 일맥상통한다. 또한 민담의 경우에 있어서도, '개구리 - 보물남비'(「이상한 남비」)·'도깨비 - 보물방망이'(「도깨비 방망이」)·'신선 - 금도끼'(「금도끼 은도끼」)와 같은 화소연계에 주목해 보면, 그것이 생활현실과 직결되는 물상들이나 상상적 존재들을 매개하여 '중재 - 결핍해소(결핍가중)'의 이야기 연쇄를 이끌어 내고, 이를 통해 흥미와 교훈을 유도해 낸다는 점에서, 이야기에 용해된 당대인의 일상적 삶의 현실과 인간 심성에 관한 사유의 단면을 살필 수 있게 한다.

이와 같은 맥락에서 「흥부전」의 등장인물 및 사건의 추이에 결부된 단락소 연쇄와 그 대립적 반복의 구조에는, 요컨대 '착한 심성을 지닌 이는 복을 받는다.'·'우연은 작위적 과정을 초월하여 성립하는 그 무엇이다.'라는 기층적 사유가 잠재해 있는 것으로 생각된다. 아울러 이같은 기층적 사유는 「흥부전」과 구조유형 면에서 서로 대응되는 줄거리 체계를 공유하고 있는 민담들 모두에서도 거듭 확인할 수 있는 것으로 보인다.

즉, 앞에서 살핀 「돌종」의 가난한 농부 내외, 「이상한 남비」의 심성 착한 선비, 「도깨비 방망이」의 마음씨 착한 나무꾼, 「단 방귀장수」의 가난한 동생, 그리고 이밖에도 「금도끼 은도끼」·「혹부리 영감(혹 떼러 갔다 혹 붙이고 온 영감)」 등과 같은 민담의 주요인물들은, 모두 착한 심성을 지닌 까닭에 우연한 계기를 통해 현재적 불행에서 벗어나 행복한 삶을 누리게 되며, 반면 작위적인 과정을 통해 그러한 결과에 이르고자 한 인물들은 모두 화를 자초하여 패망하게 된다는 사실이다. 서로 대립되는 인간 심성의 두 측면을 중재자와 매개 요소를 통해 구상적으로 드러낸 다음, 이를 현실 문맥 속에서 사유하게 하면서 정서적 감화를 이끌어 내는 유형구조적 특징을 띠고 있는 것이다. 이와 같은 면들은 한 마디로 경험에 바탕을 둔 생활 속의 정서와 삶의 진실을 반영한 것이라고 하겠다.

그러나 여기에서 중요한 것은, 이러한 기층적 사유가 어떤 불변의 고정된 실체는 아니라는 사실이다. 그것은 시대적 위상에 따라 향유계층의 세계관이나 가치의식이 변모함으로써 이해의 시각 혹은 의미 해석에 차이가 생길 수 있기 때문이다. 물론 이같은 이해·해석의 차이와 다양성의 뿌리에는 여전히 기층적 사유가 잠재해 있는 것이 사실이다. 그렇지만 그 낙차는 경우에 따라 상당히 클 것이다. 따라서 「홍부전」과 같은 적층적 성격을 지닌 작품은 통시적 측면과 공시적 측면의 양면에서 이 문제를 세밀히 살펴 나가야 할 것이다.

5) 맺음말

근래 판소리계 소설의 연구는 근원설화의 문제와 함께 특히 주제영역에 관심을 두고 진행되어 왔다고 할 수 있다. 그러나 작품의 주제는 다양한 방법적 접근과 이해의 심화 과정을 통해 수렴되는 문학성 구명의 한 귀착점이다. 그렇기에 과정을 소홀히 한 채 수렴된 문학성의 단면만을 강조하다 보면, 자칫 작품에 대한 정서적 국면에서의 이해나 향유의 문제를 간과하기 쉽다. 이 글은 이런 점들에 유의하면서 특히 구조유형론을 비판적 측면에서 검토·수용하여 「홍부전」의 민담적 성격을 살펴보았다.

「홍부전」은 작품 내재적 특성─그 가운데서도 특히 전승력이 강한 기저구조와 '단락소적 깊이'를 바탕으로 일반 민중들을 위시하여 다양한 계층에 폭넓게 스용되고 오래도록 향유되어 온 것으로 생각된다. 작품의 형성·전승·변이의 단면을 추찰(推察)할 수 있는 본고의 구조유형론적 특징과 민담적 성격들로부터, 「홍부전」에 내재된 문학성과 서사양식의 변모 양상을 통찰할 수 있는 하나의 계기가 마련되었으리라 본다.

「홍부전」의 문학적 특질을 구명하는 작업은 여전히 다양한 방법론적 성찰을 필요로 하며, 단순한 문맥 하나라도 작품 내재적 실상에 충실한 차원에서 접근·분석할 필요가 있음을 새삼 환기한다. 이 글에서 논의한 사실들이 보다 의미 있는 작업으로 수렴되기 위해서는, 특히 「흥부전」 각 단락을 구성하는 내용의 세부와 그 사회문화적 맥락에서의 검토가 뒷받침되어야 할 것이다. 이와 같은 국면에서의 분석과 고찰이 본고에서 논의한 사실들과 유기적으로 통합됨으로써, 「흥부전」의 문학적 특질에 관한 논의가 보다 심화될 수 있을 터기 때문이다.

(1988년)

2. 민간서사전승의 구조유형학적 연구 방법론과 그 검토

1) 머리말

문학 작품을 논리적으로 이해하는 데에는 필수적으로 방법론의 문제가 뒤따른다. 방법론은 다양한 문학적 감수성의 세계를 열어주는 통로 역할을 하기 때문이다. 그런 의미에서 다양한 방법론적 성찰과 심화된 논의를 통해 우리 문학의 폭과 깊이를 체계적으로 드러내는 일은 모든 문학 연구자들에게 부과된 과제라고 할 수 있다. 체계적으로 정리된 방법론을 통해 해당 문학 장르가 전승·향유되던 시기의 삶과 정서표출 양상을 논리적으로 해명함으로써 우리들 인간에 대한 경험을 넓히고 오늘의 삶과 연관된 인식론적 자각을 가능하게 할 수 있을 것이기 때문이다.

연구 방법론의 모색은 크게 두 방향에서 이루어질 수 있으리라 본다. 하나는 기존의 연구성과들을 통해 드러난 방법론을 검토하여 이를 다시 새로운 차원에서 비판적으로 수용하는 일이며, 다른 하나는 연구자 나름의 독자적인 방법론을 새롭게 개척하는 일이다. 그러나 어느 경우든 이와 같은 두 방향에서의 모색이 병행될 때 바람직한 길을 걸을 수 있을 것이다.

그런데 기존의 방법론을 검토하여 이를 비판적으로 수용하는 경우에 있어서도, 그것이 우리의 자생적인 방법론을 대상으로 하는 경우와 외래적인 방법론을 대상으로 하는 경우로 다시 구분해 볼 필요가 있다. 특히 외래적인 방법론을 검토하는 경우에는 세심한 주의가 필요할 것으로 생각한다.

문화는 공존하는 것이지만, 우리 문화에 대한 주체적 인식을 전제로 하지 않은 채 나의 세계만를 확장해 나가거나, 외래적 인식의 틀과의 공유분모만을 강조하는 것은 위험하다. 그와 같은 태도는 자칫 우리 문화를 왜곡하고 그릇된 이해를 불러오기 쉬울 것이기 때문이다.

이 글은 우리 문학을 연구하는 데 필요한 새로운 방법론을 모색하는 전 단계 작업으로서, 아직 뚜렷한 자생적 방법론이 마련되어 있지 않은 것으로 보이는 우리의 몇몇 고전문학 장르들을 논리적으로 이해하기 위한 인식의 틀을 갖추기 위해, 도움이 될 만한 이 방면 외국의 연구 방법론을 소개하고 이를 비판적으로 검토하는 데 일차적인 목적이 있다. 그리하여 외국의 문학 연구 방법론들을 철저한 여과과정 없이 수용하는 일을 경계하면서, 이 글에서 이루어진 비판적 검토 결과를 토대로 우리 문학 연구에의 적용 가능성과 문제점을 살피는 데 궁극의 목적이 있다.

이 글에서 검토하고자 하는 연구 방법론이 적용될 수 있는 우리 문학 장르는 이른바 신화·전설·민담을 아우르는 개념으로서의 설화와, 서사적 성격을 띤 민요·무가와 판소리 및 판소리계 소설, 그리고 설화계 소설로 일컬을 수 있는 일부 고소설 등이라 할 수 있다. 이 글에서는 이들 장르에 내재된 공분모적 성격이 개인작의 창작 문학이라기보다는 적층적 성격을 띤 공동작이며, 주로 민간에서 전승되는 서사적 성격의 장르라는 점을 감안하여, 이들을 총칭하는 용어로서 '민간서사전승'이라는 포괄적 개념을 사용하기로 한다.

'민간서사전승'에 속하는 우리 문학 장르들은 개별적 정도의 차이는 있지만 대부분 해당 장르 작품들이 활발하게 전승·향유되던 시기의 사고방식과 생활의 실재를 보다 폭넓게 반영하고 있다. 따라서 전통적 생활감각과 인간관 및 세계관의 단면들을 여실히 반영하고 있다는 점에서, 우리의 귀중한 문학유산으로 평가될 수 있는 것들이다.

한편, 이 글에서 검토하고자 하는 A. 던데스의 「북아메리카 인디언 민담의 구조유형학」은 구조유형학적 연구 방법론의 요지를 잘 드러내고 있는 논문으로서, 1963년 미국에서 처음 발표된 이래 이 방면의 연구자들에게 상당한 영향력을 행사하며 주목할 만한 성과의 하나로 평가되어 왔다. 발표 이후 이미 적지 않은 시간이 흘렀고 오늘의 시점에서 비판되거나 보완되어야 할 점들이 많이 드러나기는 하지만, 그 방법론적인 틀은 아직도 이 방면의 연구에 시사하는 바 크다고 할 수 있다. 논의 내용을 면밀히 이해할 필요를 느끼면서도 그 전문이 우리 나라에 번역 소개된 적이 없다는 사실을 감안할 때[1], 다소 때늦은 감은 있지만 이를 완역하고 검토하는 작업은 우리 문학 연구에 나름대로 유익한 결과를 가져올 수 있으리라 생각한다.

　번역 텍스트로는 Alan Dundes, Structural Typology in North American Indian Folktales, *The Study of Folklore*, ed. Alan Dundes, Englewood Cliffs, N.J. : Prentice-Hall, 1965, pp.206~215의 것을 사용하였고, 원문 주는 번역문 해당 어구 우측 상단에 양괄호—(　　)를 사용하여 번호를 명시한 후 번역문 끝부분에 함께 모아놓았으며, 원문 뒤에 첨가된 참고문헌은 대부분 원문 주와 중복되므로 번역을 생략하였다.

---

1) A. 던데스의 이 논문은 이른바 '민간서사전승' 영역에 속하는 장르들을 연구하는 우리나라 학자들에게 그 동안 상당한 관심을 불러 일으켜 두루 알려져 있었던 것으로 보인다. 논문의 요지와 간략한 논평 또는 연구 방법에 대한 개괄적 소개가 국내의 논저 가운데 특히 조동일의 『구비문학의 세계』(새문사, 1980, 155~159면)와 김열규 외 3인의 『민담학개론』(일조각, 1982, 151~152면), 그리고 박영주의 「흥부전의 민담적 성격—구조유형론적 측면을 중심으로」(『성대문학』 제26집, 성균관대 국어국문학회, 1988, 122~125면) 등을 통해 이루어진 바 있다. 그러나 아직까지 그 전문이 번역 소개되거나 본격적으로 검토된 적은 없다.

2) A. 던데스의 「북아메리카 인디언 민담의 구조유형학」 전문 번역

북아메리카 인디언 민담의 구조유형학

알란 던데스(Alan Dundes)

이 논문에서는 언어학적인 형식보다는 민속학적인 형식이 분석될 것이다. 그러나 형식의 연구가 본질적으로 그 자체로서 목적은 아니라는 것을 강조해 두고 싶다. 형식의 도해(圖解)는 기원과 기능을 탐구하기 전에 선행되어야 할 하나의 단계일 뿐이다. 민속학이 무엇인가를 알게 되는 것은 형식의 연구를 통해서다. 민속학이 일단 형식적인 기준에 의해 명확히 규정될 수 있다면, 기원의 탐구라든가 구비전승 과정의 이해 그리고 다양한 기능들을 분석하는 작업은 대단히 용이하게 이루어질 수 있을 것이다.

이 논문에서 언급된 아메리카 인디언들 특유의 이야기 자료와 민속학에 있어서의 구조 분석에 대해 더 깊은 논의를 원한다면 Alan Dundes, The Morphology of North American Indian Folktales, *Folklore Fellows Communications* No.195(Helsinki, 1964)를 보기 바란다.

형태학이 전제되지 않고서는 엄밀한 의미의 유형학이 있을 수 없다. 북아메리카 인디언 민담의 경우, 형태학적인 구성단위와 분석의 결핍은 유형학적인 진술을 당초부터 제외시키는 결과를 가져왔다. 그 형태학적인 공백의 정도는 아메리카 인디언 민담의 줄거리 구성에 관한 우연론자들의 이론이 아직까지도 만연되어 있다는 사실로 설명될 수 있다. 이러한 견해에 따르면 아메리카 인디언 민담들은 산만하기만 하고 일정한 유형을 찾기 어려운 화소들(motifs)이 뭉쳐진 덩어리로 이루어져 있다는 것이다.

영국의 민속학자 요셉 야콥스(Joseph Jacobs)는 1894년에 원시 민담을 일반적으로 논의하는 과정에서 다음과 같이 말한 적이 있다. "이들 이야기를 읽고 난 사람들은 나와 의견을 같이할 것이다. 내 생각에 이 이야기들은 무정형이고 공허하며, 이들과 훌륭한 유럽의 신이담(神異談)들과의 관계는 마치 동물의 세계에 있어서 무척추동물계와 척추동물계의 관계와도 같다.”[1] 또한 프란츠 보아즈(Franz Boas)도 1916년에 이와 비슷한 진술을 한 적이 있다. “유럽의 민간전승은 그 전체적인 스토리들이 일정한 구성단위로 이루어져 있으며 그 결속력 또한 견고할 뿐 아니라 전체적인 구성의 복합성도 매우 오래 전에 이루어진 것이라는 느낌을 준다. 반면 아메리카 자료들을 분석해 보면, 구성의 복합성을 내포하고 있는 스토리들은 최근의 것이며, 그 구성요소들 간의 결속력 또한 거의 찾아볼 수 없을 뿐 아니라, 전래하는 이야기들 가운데 정말로 오래된 부분이라 하더라도 부수적인 사건들과 몇가지 단순한 구성상의 책략들로 이루어져 있다는 것을 증명할 수 있다.”[2] 그러나 최근 멜빌 야콥스(Melville Jacobs)는 보아즈가 언어와 조형 ―시각예술을 연구하는 데 있어서 성공적으로 사용했던 그 구조적 접근 방법을 민속학의 분야에서는 수행하려 하지 않았다는 사실을 비판했다.[3]

구조적인 또는 양식적인 접근 방법이 언어학, 심리학, 민족음악학, 순수 인류학 분야를 휩쓸고 있었던 1920-30년대에, 하나의 학문분야로서의 민속학은 좁은 범위의 역사적 접근으로 방향지워지거나 원자론적인 연구에 머물러 있었던 것이 사실이다.

1934년에 루스 베네딕트(Ruth Benedict)의 『문화의 양식·Patterns of Culture』이 등장했고, 1933년에는 헬렌 로버츠(Hellen Roberts)가 그녀의 연구인 『원시 음악에 있어서의 형식·Folm in Primitive Music』 뿐만 아니라 「원시 음악에 있어서의 양식 현상·The Pattern Phenomenon in Primitive Music」을 출판했다. 언어학 분야에서는 사피어(Sapir)의 『언어·Language』(1921)와 「언어에 있어서의 음성 양식·Sound Patterns in Language」(1925)에 이어, 블룸필드(Bloomfield)의 『언어·Language』(1921)와 스와데시(Swadesh)의 「음운의 원리·The Phonemic Principle」(1934)가 나왔다. 그리고 쾰러(Köhler)

의 『형태심리학 · Gestalt Psycology』(1929)과 코파(Koffa)의 『형태심리학의 원리 · Principles of Gestalt Psycology』(1935)는 심리학 분야에서 이와 같은 이론적 추세를 반영한 것이었다. 1930년대에 있어서 양식의 탐구는 그 자체가 문화의 한 양식이었던 것이다.

그러나 민속학 분야에서는 외견상 전체론적이고 공시적인 접근 방법에 흥미를 나타내지 않았다. 1930년대 중반의 민속학 연구에 있어서 주요 저작은 스티스 톰슨(Stith Thompson)에 의해 이루어진 방대한 규모의 『민속문학 화소목록 · Motif-Index of Folk Literature』이다. 이는 아주 우수한 어휘목록이면서 동시에 민속학에 있어서 원자론적 연구를 역설하면서 제시한 큰 개요였다. 민속학 이론에 있어서 문화적 후진은 불행하게도 1930년대 이래로 그 도를 더해 왔는데, 이러한 사실은 민속학 분야에서 주목할 만한 이론적 진전이 거의 이루어지지 않았다는 데 대한 하나의 이유가 되는 것이다.

이에 대한 극히 드문 예외 가운데 하나는 1928년에 출판된 블라디미르 프로프(Vladimir Propp)의 『민담의 형태학 · Morphology of the Folktale』이다. 프로프에 따르면 형태학이란 "민담의 구성요소와 구성요소 상호간의 관계 그리고 이들 구성요소와 전체와의 연관성에 의거한 민담의 기술"[4]을 의미한다. 프로프는 그가 '기능 · function'이라고 명명한 형태학적 단위를 규정하고 분리시킨 후, 계속하여 유명한 러시아 민담의 아파나시에프(Afanasiev) 선집으로부터 끌어낸 두서없는 한 무더기의 이야기─100가지로 연속되는 『민담 · Märchen』을 형태론적 측면에서 분석해 나갔다.

그리하여 이러한 100가지의 이야기들에 나타난 서사구조의 구성단위들 즉 기능들을 분석하는 과정에서, 프로프는 제한된 숫자 즉 31가지의 기능들이 존재하며, 이러한 기능들의 인과적인 연쇄(sequence)도 고정적이라는 사실을 발견해 냈다. 그러나 이것은 임의로 주어진 하나의 민담 속에 31가지의 가능한 모든 기능들이 필연적으로 등장한다는 것을 의미하지는 않는다. 그보다는, 거기에 등장한 기능들이 어떤 예측 가능한 질서를 가지고 나타났다는 것을 의미한다. 프로프는 그의 형태학을 완성하고 나자, 계속하여 유형학적 연구를 진행시킬 수 있었고, 그 형태학적 근거 위에서 모든 러시아 신이담들은 단일하고도 동일한 구조적 유형에 속한다는 결론을 내렸다.[5]

이와 같은 프로프의 형태학적 연구 틀을 아메리카 인디언 민담에 적용하면서, 나는 내가 '인간 행위의 구조에 관한 통일이론에 관련된 언어'[6]라고 표현한 바 있는 켄네스 파이크(Kenneth L. Pike)의 몇몇 용어와 이론을 차용하였다. 그리하여 프로프의 '기능'이라는 용어를 '단락소·motifeme'로 바꾸어 놓았는데, 이는 곧 화소(motif)와 변이화소(allomotif)의 개념을 연합할 수 있는 용어다. 이같은 관점에서 본다면 민담은 이른바 단락소들의 인과적 연쇄로서 규정될 수 있다. 그리고 단락소가 적용되는 공간[기능 단위로서의 단락·slots]들은 다양한 화소들로 채워지게 되며, 그러한 공간에 들어올 수 있는 특정의 대체 가능한 화소들은 변이화소들로 분류될 수 있게 된다. 프로프와 파이크를 연합한 이와 같은 구조적 모형에 힘입어 나는 북아메리카 인디언 민담들에 나타난 수많은 구조적 패턴들을 명쾌하게 식별해 낼 수 있었다.

아메리카 인디언 민담들은 대부분 불균형으로부터 균형으로의 이행이라는 요소들로 이루어져 있다. 불균형이란 가능한 한 꺼리거나 회피하게 되는 상태를 말하는데, 바로 이같은 관점에 따른다면 그것은 과잉 또는 결핍의 상태로 인식될 수 있다. 불균형의 상태는 어떤 것이 지나치게 많다거나, 다른 어떤 것이 지나치게 적다는 진술로써 나타낼 수 있을 것이다. 놀이·물고기·식용식물·물·조수·계절·태양·빛·불 등과 같은 다양한 객관적 대상물이 등장하는 이야기들 속에서, 이들은 대다수의 인간 또는 대부분의 종족들에게 손에 넣을 수 없는 것으로 드러나는데, 바로 여기에 사회적으로나 보편적으로 느끼는 결핍의 원초적인 진술이 매우 흔하게 나타나 있다.

홍수의 원초적인 상태는 과다의 물 또는 과소의 땅으로 해석될 수 있는데, 어느 쪽이 되었든 불균형의 바람직하지 못한 상태인바, 나는 그것을 '결핍'으로 지칭하고자 한다. '민담은 풍족하던 것이 어떻게 해서 상실되었는가, 혹은 부족하던 것이 어떻게 해서 해소되었는가를 이야기하는 것으로 단순하게 구성될 수 있다.' 바꾸어 말하면, 넘쳐나던 그 무엇이 상실되거나, 잃어버리거나 도둑맞은 그 무엇이 다시 찾아진다는 것이다. 이러한 두 가지 상황은 모두 불균형으로부터 균형으로의 이행이라는 항목에 넣을 수 있다.

아메리카 인디언 민담의 구조적 유형 가운데 하나는 바로 이와 같은 두 가지의 단락소, 즉 '결핍·Lack'(L)과 '결핍해소·Lack Liquidated'(LL)로 구성된다.

「저수(貯水)의 방출」에 관한 맬리사이트족(Malecite)의 각편(Version)을 보면 다음과 같다. '어떤 괴물이 온 세상의 물을 거두어 버린다(L). 어떤 문화적 영웅이 나타나 그 괴물을 죽이자 물이 방출된다(LL).' 다음과 같은 위시램족(Wishram)의 이야기도 이와 똑같은 단락소 패턴에 입각해 있다. '콜럼비아산에 사는 사람들은 눈과 입을 갖지 못했다(L). 그들은 후각에 의존하여 철갑상어를 먹었는데, 코요테(Coyote)가 그들의 눈과 귀를 열어주었다(LL).' 공개되지 않은 어퍼 치할리스족(Upper Chehalis)의 이야기에도 다음과 같은 내용이 나온다. '옛날 옛적에 이 세계가 막 산산조각으로 갈라지기 시작했다. 달리기 경주자들로 구성된 일군의 집단이 그 갈라지기 시작한 세계를 도로 꿰매 붙이기로 결심했다. 마침내 그렇게 해냈고, 그 결과 이 세계를 구했다.'

두 가지의 단락소만으로 구성된 이야기는 그 수가 많지는 않지만, 그래도 얼마쯤은 존재한다. 이와 같은 두 가지의 단락소 연쇄는 아메리카 인디언 민담을 구성하는 최소한의 요건이라고 할 수 있을 것이다.

훨씬 더 일반적인 단락소 연쇄의 예는 다음과 같은 네 가지의 단락소, 즉 '금지·Interdiction'·'위반·Violation'·'결과·Consequence'·'결과로부터의 탈출시도·an Attempted Escape from Consequence'로 이루어진 것이다(이를 줄여서 각각 Int, Viol, Conseq, AE로 지칭하기로 한다). 여기에서 '탈출시도'는 반드시 등장하는 구조적 공간이라기보다는 임의적인 것이다. 이야기는 '결과'와 더불어 끝날 수도 있다. 나아가 '탈출시도'가 있다 하더라도, 그것이 성공할 수도 있고 실패할 수도 있다. 네 번째 단락소인 '탈출시도'의 존재는 특정한 문화나 그 문화에 소속되어 있는 제보자에게 달려 있다고 할 수 있다. 아울러 그 시도의 성공이나 실패 여부 또한 마찬가지의 관점에서 이러한 요소들에 달려 있다고 할 수 있다.

몇가지의 예들을 통해 이러한 민담 패턴의 성격을 입증할 수 있다. 동일한 구조적 형식에 들어 있는 내용의 다양성에 주목해 보라.

스웸피 크리족(Swampy Cree)의 이야기를 보면 다음과 같다. '어떤 작은 소년이 누이에게서 다람쥐가 물가에 있을 때에는 활을 쏘지 말라는 당부를 듣는다(Int). 그러나 그 소년은 물가에 있는 다람쥐를 쏘게 되고(Viol), 그가 물에 떨어졌던 화살을 되찾으려고 했을 때 그만 물고기에게 삼키우고 만다(Conseq). 결국 그 물고기가 그의 누이를 향해 헤엄쳐 왔을 때 그녀는 물고기의 배를 갈라 동생을 구해 낸다(AE).'

릴루에트족(Lilluet)의 이야기에도 다음과 같은 내용이 나온다. '어떤 노인이 고기를 잡고 있는 몇 명의 소년들에게 고래야 오너라 하고 조롱하듯 부르지 말라고 경고한다(Viol). 그러나 소년들은 그 경고를 웃어넘기고는 계속해서 부르게 되고(Viol), 그로 말미암아 고래가 나타나서 소년들을 삼켜버리고 만다(Conseq). 그 고래가 어느 해변 근처를 향해 다가왔을 때 그곳에 있던 사람들이 고래의 배를 갈라 소년들을 구출해 낸다(AE).'

또 에스키코나 평원지대 인디언, 수목지대 인디언 종족들 사이에서도 유사하게 떠도는 오논다가족(Onondaga)의 이야기는 다음과 같다. '한 무리의 아이들이 춤추기를 멈추라는 경고를 받는다(Int). 그러나 아이들은 이를 거절하게 되고(Viol), 그리하여 그들은 산 채로 하늘로 올라가게 되어(Conseq), 황소좌의 일곱개의 별이 되었다.'

이야기가 설명적인 화소와 더불어 끝나는 것은 아메리카 인디언 민담에서는 흔히 있는 일이다. 그러나 이러한 설명적 화소가 이야기 구조상 반드시 있어야 하는 것은 아니다. 말하자면 그것은 문체론적인 종결부호를 붙이는 역할 또는 문학적인 종결부로서의 기능을 하는 것이라고 할 수 있다.

때때로 '금지'는 명시적이기보다는 암시적으로 나타난다. 「구르는 바위·The Rolling Rock」와 같은 이야기에서는, '어떤 술책꾼(trickster)이 바위에게 그가 전에 주었던 선물(예컨대 덮개)을 도로 가져가버림으로써, 또는 바위 위에 배설행위를 함으로써 바위를 화나게 만든다(Viol). 이로 인해 바위는 그의 뒤를 구르며 추격하게 된다(Conseq). 주인공은 통상 그에게 도움을 주는 우호적인 동물들이 개입하여 바위를 깨뜨려 줌으로써 곤경에서 벗어난다(AE).' 또 트링기트족(Tringit)의 이야기에서는, '몇 명의 소년들이 그들이 탄 카누의 한 쪽 옆에서 물 위에 떠도는 해초줄기를 잡아뜯어서는 다시 다른 한 쪽으로 집어 넣는다(Viol). 이로 말미암아 언제까지나 겨울이 계속되는 결과를 가져온다(AE).'

그러나 카슬라메트(Kathlamet) 계열의 종족들 사이의 이야기에서는 '금지'가 명시적으로 나타난다. '마을 사람들에게는 그들의 배설물을 가지고 노는 일이 금지되어 있다(Int). 그런데 어떤 행실 나쁜 소년이 그의 배설물을 가지고 놀게 되어(Viol), 다음날 밤부터 눈이 내리기 시작한다. 겨울이 영원히 계속되고 사람들은 굶어 죽기 시작한다(Conseq). 마을 사람들은 그 행실 나쁜 소년을 얼음 위에 죽게 내버려둠으로써 이러한 결과로부터 벗어난다(AE).'

이와 같은 이야기들 속에는 가지각색의 내용들이 들어 있다. 즉, 엄청나게 많은 변이화소들이 존재하는 것이다. 이것이 몇몇 인류학자들로 하여금 아메리카 인디언 민담들에는 결속력이 결여되어 있다고 믿게 한 이유이다. 그러나, 단락소들의 연쇄는 이와 같은 이야기들에 있어서 정확하게 동일하다. 단락소의 관점에서 말한다면, 그 구성요소들 사이에는 보아즈가 생각했던 것과는 반대로 고도의 결속력이 존재하는 것이다.

보다 오래된 아메리카 인디언 민담일수록 보다 짧은 단락소 패턴들의 결합으로 구성되어 있다고 할 수 있다. 일반적인 여섯 가지의 단락소 결합은 '결핍'·'결핍해소'·'금지'·'위반'·'결과'·'탈출시도'로 구성되어 있다.

오르페우스(Orpheus) 이야기에서는, '한 남자가 아내를 잃는다(L). 그러나 그녀를 다시 얻거나 얻을 수 있게 되는데(LL), 여기에는 그가 금기사항을 어기지 않아야 한다는 조건이 붙는다(Int). 어쩔 수 없는 운명에 떠밀려 그는 그 금기사항을 어기고 마는데(Viol), 그 결과 다시 아내를 잃는다(Conseq).'

다양한 내용이 어떻게 하나의 공통적인 구조적 골격 내에서 생겨날 수 있는가에 대한 하나의 예증으로서, 오르페우스 이야기는 주니족(Zuni)의 「소녀와 귀뜨라미」 이야기와 비교될 수 있다. '한 소녀가 노래하는 귀뚜라미를 발견하고 그것을 집으로 가져가기를 원한다(L). 그 귀뚜라미는 그녀와 함께 집으로 간다(LL). 그러나 그녀에게 자기를 절대로 만지거나 간지럽혀서는 않된다는 경고를 한다(Int). 귀뚜라미를 가지고 놀던 소녀는 그를 간지럽히게 되는데(Viol), 그 결과 귀뚜라미는 자신의 배를 터뜨려 죽고 만다(Conseq).' 이 두 가지의 이야기를 일람표 형식으로 드러내 보이면 다음과 같다.

단 락 소	「오르페우스」	「소녀와 귀뚜라미」
결 핍	남자는 죽은 아내를 저승으로부터 집으로 데려오기를 원한다	소녀는 귀뚜라미를 들로부터 집으로 가져오기를 원한다
결핍해소	집으로 데려올 수 있게 된다	집으로 가져오게 된다
금 지	아내를 돌아봐서는 안된다는 경고를 받는다	귀뚜라미를 만져서는 안된다는 경고를 받는다
위 반	뒤를 돌아본다	귀뚜라미를 만진다
결 과	아내가 죽는다	귀뚜라미가 죽는다
탈출시도	………………	………………

오르페우스 이야기와 같은 예에서도 드러나듯, 결과가 '결핍'의 형식일 수도 있다는 점은 주목을 요한다. 이것은 곧 민담에 있어서 원초적인 결핍이 주어지지 않은 바로 그곳에서 결핍상태를 야기시키는 하나의 단락소 연쇄가 일어난다는 것을 시사하기 때문이다. 결핍이란 으레 현명하지 못한 어떤 행위의 결과이거나, 좀더 엄밀하게 말하면 금지위반의 결과다.

그리하여 「땅속에 잠겨들어가는 사람·earthdiver」 이야기의 몇몇 각편들에서는, '옛날에는 땅이 존재하지 않았다. 지금 땅이 있는 곳은 그때 물로 가득차 있었다.'와 같은 예에서 보듯, 결핍이 원초적으로 기술되어 있다. 반면에 어퍼 치할리스족의 설명에서 볼 수 있는 것처럼, 홍수는 어리석게도 금기사항을 무시해 버린 일로 말미암아 일어날 수도 있다. 이와 같은 후자적 설명의 예를 보면, '트러시(Thrush)에게는 그의 더러운 얼굴을 씻는 것이 허용되지 않는다(Int). 그러나 그는 그의 얼굴을 씻게 되는 데 이끌리고(Viol), 그가 얼굴을 씻고 나자 비가 억수같이 퍼붓기 시작하여 물이 사방에 가득 들어차고 모든 것을 덮어버린다(Conseq). 그런데 통상적인 「땅속에 잠겨들어가는 사람」 이야기의 단락소 연쇄에 있어서, 머스크래트(Muscrat)가 필요한 진흙을 가져오기 위해 네 번 잠겨든다(AE).'

중요한 것은, 이러한 구조적 단락소와 연관된 선택적 대안들이 일종의 역사성을 띤 이야기에만 국한되어 있는 것은 아니라는 사실을 깨닫는 일이다. 다시 말해, 이러한 선택적 대안들은 수많은 이야기들 가운데서도 발견될 수 있는 것이다.

널리 알려져 있는 「눈 요술장이·Eye-Juggler」 이야기를 보면, '어떤 술책꾼이 단순히 그의 두 눈을 잃었다가(L), 다시 되찾는다(LL).' 그러나 평원 인디언 부족들의 수많은 각편들에서는, 이 두 가지 단락소 연쇄가 확장된다. '어떤 술책꾼이 두 눈을 공중에 내던졌다가 그것을 다시 제자리에 가져다 놓는 능력을 지닌 사람의 행동을 모방할 수 있기를 원한다(L). 그에게 그러한 능력이 주어지는데(LL), 그러나 그의 눈을 오직 네 번까지만 던질 수 있다거나 너무 높이 또는 나무 가까이 던져서는 안된다는 경고를 받는다(Int). 그는 이 경고를 어기고(Viol), 그리하여 두 눈을 잃고 만다(Conseq).'

구조적 분석에 입각해 보면, 원초적 결핍과 더불어 시작되는 어떤 이야기에서도 그 이야기가 '금지', 즉 그것의 위반이 결핍을 초래하는 것과 더불어 시작되는 것이 이론적으로 가능하다는 사실을 알 수 있을 것이다. 만약 그렇다면, 선택적인 구조적 패턴들에 대한 지식은 개별 민담들에 관한 역사-지리학적인 가설들을 구성하고 평가하는 데 있어서 상당히 유용하다고 할 수 있다. 그리하여 민속학자들이 과거에 어떤 특정한 이야기의 기저 유형들이라고 간주했던 것은 훨씬 더 일반적인 구조적 패턴의 교체를 이렇게 표명한 것이라고 할 수 있을 것이다.

아메리카 인디언 민담들은 그 단락소들이 특정적이면서도 설명 가능한 연쇄들로 이루어져 있기 때문에 확실히 구조화되어 있는 것은 사실이지만, 그렇다고 해서 실재하는 모든 단락소 패턴들이 위에서 논의되었다고 생각해서는 안 될 것이다. 예컨대, '결핍'·'기만'·'속임수'·'결핍해소'로 이루어진 또다른 일반적 패턴이 존재한다.[7] 어쨌든 이러한 몇가지 예시적 패턴들은 아메리카 인디언 민담들이 구조화되어 있다는 명제를 뒷받침하기에 충분하다.

그러나 구조적인 분석은 그 자체로 목적은 아니어서, 다음과 같은 의문이 제기될 수 있다. 즉, 민담의 구조적인 분석이 지닌 의의와 효용은 무엇인가?

그것은 첫째, 유형학적 진술을 가능하게 한다.

로만 야콥슨(Roman Jakopson)이 아메리카 인디언들의 언어 연구에 대한 보아즈식의 접근 방법을 논평하는 자리에서 주목한 바와 같이, 구조적 유사성이 지적될 수 있는 것이다. 그는 다음과 같이 지적했다. "어떤 문법상의 음소 유형들은 어휘상의 유사성과 일치하지 않고서도 광범위하고도 지속적인 분포를 가지고 있다."[8]

보겔린(C. F. Voegelin)과 해리스(Z. A. Harris)도 이와 비슷한 발언을 했다. 예컨대, 그들은 "어떤 언어들을 구조적인 면에서 서로 비교할 수 있는가의 가능성 문제는 그 언어들의 발생론적 친족관계와는 무관하게 기술될 수 있다."[9]라고 말한 것이 그것이다.

반 겐넵(Van Gennep)이 지적한 바 어떤 일반적인 구조적 패턴이 엄청나게 상이한 내용을 가진 의례들의 다양성을 특징지운다는 사실, 즉 분리·전이·결합이라는 연쇄적 패턴이 출생·사춘기·결혼·죽음 등등과 연관된 의례들에서 발견될 수 있다는 사실과 꼭같이, 실로 다양한 내용을 담고 있는 민담들에 있어서도 일반적인 구조적 패턴들이 명확하게 도해될 수 있는 것이다.

구조적인 분석을 통해 얻어지는 두 번째의 중요한 이점은, 여러 문화의 형식들에 두루 걸쳐 있는 내용의 문화적 편향(偏向·determination)을 통찰해 낼 수 있는 새로운 기법을 얻게 된다는 사실이다.

만약 어떤 민속학자가 모든 이야기들을 주어진 문화 안에서 보고된 동일한 구조로 정렬한다면, 즉 그 이야기들을 단락소별로 차례로 정렬한다면, 그는 어떤 특유의 단락소가 어떤 특정한 화소에 의해 명시될 수 있는가의 여부를 쉽게 알아차릴 수 있을 것이다. 예컨대, '금지-위반' 패턴에 근거를 두고 있는 수많은 샤이엔족(Cheyenne)의 이야기들을 차례로 정렬시키고 난 후, 나는 그 금지가 반드시 어떤 특수한 능력을 네 번보다 더 많이 사용하는 것을 금하고 있다는 사실을 발견했다.

어떤 경우들에 있어서는 이런 특정의 화소가 생겨나는 것을 가능하게 하기 위해 샤이엔족 제보자에 의해 이야기의 내용이 상당히 바뀌는 수도 있었다. 「구르는 바위」에 관한 샤이엔족의 각편을 보면, 바위에 대한 통례적인 위반은 찾아볼 수 없다. 대신에, '어떤 술책꾼이 바위를 건드리지 않고서 명령만으로 이를 넘어뜨리는 재주를 가진 사람을 보고 자신도 그같은 능력을 갖기를 원한다(L). 그는 그러한 능력을 부여받는데(LL), 여기에는 네 번보다 더 많이 사용해서는 안된다는 조건이 붙는다(Int). 그는 수 세는 것을 잊어버리고 그 능력을 다섯 번째 사용하게 되고(Viol), 그리하여 그 바위가 그를 추격한다(Conseq). 쏙독새 한 마리가 나타나 바위를 산산조각 내버림으로써 그를 구해준다(AE).' 이와 비슷한 예로서 「엉터리 주인·Bungling Host」이라는 색다른 각편에서는, 어떤 술책꾼이 그 과정을 네 번보다 더 많이 되풀이하지 않는다는 조건으로 그의 등에 붙은 살을 떼내어 먹을 수 있는 능력을 갖게 된다.

'네 번보다 더 많이는 안된다'는 화소에 대한 문화적 편애는 어떤 하나의 이야기를 읽음으로써 알아차리게 되지만, 그 후에도 다시 알아차릴 수 있는 것은 아니다. 그렇듯 주관적인 경험에 의한 접근방식을 취하는 일은 더 이상 필요하지 않다. 어떤 문화 내에 존속하는 모든 이야기들을 하나의 특정한 단락소 패턴에 근거를 두고 단순히 정렬하거나 또는 차등을 두어 상하로 배열한 후, 어떤 특정한 단락소적 공간을 채우는 다양한 화소들을 찾아내는 일이 필요하다고 할 것이다.

구조적인 분석의 또다른 이점은, 문화변용의 상황에 대한 예측의 영역에 놓여 있다.

유럽 민담들의 구조와 아메리카 인디언 민담들의 구조를 알게 된다면, 우리는 유럽 민담이 아메리카 인디언 집단에 의해 차용되었을 때 어떤 변화가 일어날 것인가를 논리에 입각한 확실성을 가지고 예측할 수 있다. 예컨대, 아르네-톰슨(Aarne-Thompson)의 '이야기 유형 121 : 차례로 몸을 포개어 나무 꼭대기에 올라가는 늑대들'의 주니족 각편은 이와 관련하여 교훈이 될 만한 예다.

유럽쪽 민담에서는, '늑대 몇 마리가 나무 위에 있는 누군가를 잡으려고 차례차례 몸을 포개어 꼭대기로 올라간다. 그러나 제일 밑에 있던 늑대가 도망치는 바람에 그 위의 늑대들이 모두 떨어지고 만다.' 이 이야기의 주니족 각편에서는, '코요테가 몇 개의 옥수수를 얻기 위해 절벽을 오르기를 원한다(L). 그는 동료 코요테들을 불러 모아 집단을 이루게 한 다음, 서로의 꼬리를 붙잡거나 옥수수 속대를 그들의 항문에 꽂아 붙잡게 하는 방법으로 절벽을 오르기로 결정한다(LL). 코요테들은 모두 방귀를 뀌어서는 안 된다는 경고를 받는다(Int). 그러나 맨 마지막에 있는 코요테가 방귀를 뀌는 바람에(Viol), 모든 사슬이 무너져 버리고 만다. 그리하여 모든 코요테들이 죽음을 당한다(Conseq).'

과거의 민속학자들이 북아메리카 인디언 민담들 가운데서 발견되는 유럽 민담들을 단순히 상호 동일한 것으로 간주하는 데 만족했던 것에 반해, 지금은 유럽의 민담들이 전통적인 아메리카 인디언 민담 패턴들 - 이 경우에 있어서는 '금지 - 위반'이라는 단락소 연쇄 패턴 - 의 틀 안에서 어떻게 주조되었는지를 정확히 보여줄 수 있다. 유럽 민담들과 아메리카 인디언 민담들 사이의 가장 두드러진 차이점 가운데 하나가, '결핍과 결핍해소'와 같은 한 쌍의 상호연관적 단락소들 사이에 개재하는 단락소들의 숫자와 관련되어 있다는 사실에 주목하는 것은 흥미로운 일이다. 그렇게 개재하는 단락소들의 숫자는 이른바 민담에 있어서의 '단락소적 깊이·motifemic depth'를 드러내는 척도로 간주될 수 있을 것이다.

아메리카 인디언 민담들은 단락소적 깊이에 있어서 유럽의 민담들보다 그 정도가 훨씬 낮다. 유럽 민담들에 있어서 '결핍'(프로프의 기능 8a)과 '결핍해소'(프로프의 기능 19)는 대단히 세분화되어 있다. 반면에 아메리카 인디언 민담들에 있어서는 '결핍'이 시작되자마자 곧바로 '해소'되고 만다. 아메리카 인디언 민담들이 상대적으로 낮은 '단락소적 깊이'를 가지고 있다는 것은, 아메리카 인디언들에게 있어서 토착적인 민담이든 차용된 것이든 간에 대대로 누적되어 온 민담들이 없다는 데 대한 부분적인 설명이 될 수 있을 것이다. 대대로 누적된 민담들은 흔히 원초적인 결핍과 그 결핍의 최종적 해소라는 골격 안에서 해소되어야 할 광범위하고도 상호 연계되는 일련의 결핍들로 구성되어 있기 때문이다. 이러한 가설들은 일정한 구조적 패턴을 가진 이야기들을 어떤 문화 안에 이식하고, 일정 시대가 지난 다음 그들을 다시 끌어내 봄으로써 시험될 수 있을 것이다.

아마도 구조적인 분석의 가장 흥미로운 공헌은 당초 계획에 없던 장르간(cross-genre)의 비교라는 영역에 놓여 있다고 할 수 있다.

매우 드문 일이기는 하지만 민속학자들이 민속학의 서로 다른 장르들을 비교하려는 시도를 한 적은 있었다. 사실 이와는 반대로 민담 장르와 미신 장르에 관해서는, 최근 몇 년 동안 민속학 연구 분야를 민속문학과 민간풍습의 두 부문으로 분리시키려는 시도가 있어 왔다. 예를 들어 헤르스코비츠(M. J. Herskovits)는 그 자신이 이름붙인 바 이러한 '이원적인 위임통치'[10]를 받아들였고, 배스콤(W. R. Bascom)도 인류학자에게 있어서 민속학은 신화와 민담을 포함하지만 민간풍속이나 민간신앙은 포함하지 않는다는 것을 분명한 진술로써 주장했다.[11]

그러나, 민담과 미신이라는 두 장르를 형태학적으로 분석해 보면, 어떤 일반적인 구조적 패턴이 두 장르 모두의 기저에 깔려 있다는 사실이 드러난다. 최근에 출판된 구조적 연구에서 나는 미신에 대한 다음과 같은 시험적이면서도 포괄적인 개념 정의를 제안한 바 있다. 즉, "미신이란 하나 또는 그 이상의 조건들과 하나 또는 그 이상의 결과들의 전통적인 표현인 바, 그 결과에 대한 조건들 가운데 몇몇은 조짐같은 것이고 또 일부는 원인들이다."[12]

미신의 공식구(formula)는 간략하게 'A라면, B이다 · If A, then B'에 임의적으로 '만약 C하지 않는다면 또는 C 이외에는 · unless C'이 붙는 것으로 기술될 수 있다. 내가 '주술 · Magic'이라고 명명한 미신의 범주 안에서, 하나 또는 그 이상의 조건들을 수행하는 것은 하나 또는 그 이상의 결과들을 야기시킨다. 치피와족(Chipewa)은 예컨대 개나 고양이를 호수 속에 내던져버리는 행위가 폭풍을 일으키게 될 것이라고 믿는다. 그러나 '전환 · Conversion' 미신에서는 바람직하지 못한 결과는 무효화되거나 심지어 역전되기까지 하여, 결국 바람직한 결과가 일어난다. 그런 까닭에 주술 미신에는 조건적인 행위가 존재하는 바, 그 행위가 충족된다면 어떤 결과가 초래된다는 것이다. 하지만 동반적인 전환 미신이 있을 수도 있는데, 그것이 하나의 반대작용(counteractant)을 하는 것으로 수용된다면, 사람들로 하여금 주술 미신의 바람직하지 못한 결과를 회피하거나 무효화하도록 하는 것을 가능하게 해준다. 그렇다면 아마도 민담에 있어서의 '금지—위반' 단락소 연쇄 구조와 미신의 구조를 대비해 보는 일이 가능하리라 본다. 다음과 같은 주니족의 민담과 미신을 고찰해 보라.

민 담		미 신	
금지	한 소녀가 토끼를 사냥하지 말라는 경고를 받는다	조건	만약 어떤 여인이 사슴사냥에서 돌아와 얇은 빵을 먹는다면
위반	그녀는 토끼를 사냥한다		·························
결과	한 식인괴물이 등장한다	결과	그녀는 쌍둥이를 가질 것이다
탈출 시도	쌍둥이 아하이유트가 나타나 그녀를 구해준다	반대 작용	그 빵이 그녀의 집 사닥다리 가로대를 네 번 돌아나오지 않은 것이라면

여기에서 주의할 점은 외견상의 결핍을 ‘금지’ 단락소와 유사한 것으로 착각해서는 안 된다는 것이다. 미신에 있어서 조건은 으레 충족되기 마련인 것으로, 달리 말하면 금지는 위반되기 마련인 것으로 가정된다.

이와 같이 민담과 미신을 비교하는 일은 가능한 것으로 보인다. 나아가 동일한 문화 내의 민담과 미신의 형식들 사이에 존재하는 그 어떤 중요한 상호관계, 특히 다소 임의적인 ‘탈출시도’ 단락소와 미신에 있어서 ‘반대작용’에 해당하는 부분 사이에 어떤 상호관계가 존재하는지를 알아보는 일은 매우 흥미로운 일일 것이다. 그리하여 민담에서 금지위반의 결과로부터 탈출하려는 시도가 압도적으로 많이 나타나는 문화들에서는, 반대작용들이나 전환 미신들에 관한 유사한 중대 사건들이 존재한다는 것을 상기하게 될 것이다.

아울러 이러한 구조적 패턴이 이와 다른 민속학적 장르들에서도 발견될 수 있다는 사실 또한 주목해야 한다. 예컨대, 놀이에서는 불가피하게 법칙들이 존재한다. 만약 그 법칙을 어기게 되면(그리고 법칙을 어기는 것 역시 놀이의 일부분일 것인데), 벌을 받게 된다. 그래서 어떤 특정한 놀이나 그 놀이의 특정 각편에 따르면, 그 벌을 무효화하거나 회피하는 방법들이 존재할 수도 있고 또 존재하지 않을 수도 있다.[13]

구조적 분석의 중요성은 명백하다. 아메리카 인디언 민담의 형태학적 분석은 유형학에 관한 설명적 진술을 가능하게 한다. 이러한 진술은 민속학자들로 하여금 내용의 문화적 편향을 검토하고, 문화 변화를 예측하며, 장르간의 비교를 시도하는 일들을 차례로 가능하게 한다. 지리학적으로 다른 지역, 예컨대 아프리카 같은 곳의 민속을 구조적으로 분석해 보면, 어떤 구조적 패턴들이 보편적인 것인지 그렇지 않은지가 드러날 것이라는 사실을 기대할 수 있을 것이다.

[원문 주]

(1) Joseph Jacobs, The Problem of Diffusion : Rejoinders, *Folklore* Vol.5 (1894), p.137.

(2) Franz Boas, Tsimshian Mythology, *Annual Report of the Bureau of American Ethnology* Vol.31 (1916), p.878.

(3) Melville Jacobs, Folk, in The Anthropology of Franz Boas, ed. Walter Goldschmidt, *American Anthropological Association*, Memoir 89 (San Francisco, 1958), p.127.

(4) Vladimir Propp, *Morphology of the Folktale*, Indiana University Research Center in Anthropology, Folklore, and Linguistics, Publication 10 (Bloomington, 1958), p.18.

(5) Ibid., p.21. 프로프의 연구에 대한 보다 광범위한 논의는 Claude LéviStrauss, L'analyse morphologique des contes russes, *International journal of Slavic Linguistics and Poetics* Vol.3 (1960), pp.122~149를 보라.

(6) Alan dundes, From Etic to Emic Units in the Structural Study of Folktales, *Journal of American Folklore* Vol.75 (1962), pp.95~105.

(7) Alan Dundes, *The Morphology of North American Indian Folktales* (Helsinki,1964), pp.72~75.

(8) Roman Jakopson, Franz Boas' Approach to Language, *International Journal of American Linguistics* Vol.10 (1939), pp.192~193.

(9) C.F.Voegelin and Harris, The Scope of Language, *American Anthropologist* Vol.49 (1947), p.596.

(10) Melville J. Herskovits, Folklore After a Hundred Years : A Problem in Redefinition, *Journal of American Folklore* Vol.59 (1946), p.93.

(11) William R. Bascom, Folklore and Anthropology, *Journal of American Folklore* Vol.66 (1953), p.285.

(12) Alan Dundes, Brown County Superstitions, *Midwest Folklore* Vol.11 (1961), p.28.

(13) 구조적 분석을 경유하여 장르간의 비교를 행하는 작업에 관한 논의는, 동일한 구조적 모형들이 다양한 민속학의 장르들에 활용되고 있는 전공논문에 의해 강화된다. 이에 관해서는 Elli Kaija Köngäs(Maranda) and Pierre Maranda, Structural Models in Folklore, *Midwest Folklore* Vol.12 (1962), pp.133~192를 보라. 대부분의 민속학자들에 의해 그 민속의 형식이 소홀하게 취급되고 있는 민속무용의 구조적 분석을 적용하는 것 또한 장르간의 비교를 고무하게 될 것이다. 이에 관해서는 György Martin and Ernö Pesovár, A Structural Analysis of the Hungarian Folk Dance (A Methodological Sketch), *Acta Ethnographicc* Vol.10 (1961), pp.1~40을 보라. 민담과 놀이 구조의 비교에 관해서는 Alan Dundes, On Game Morphology : A Study of the Structure of Non-Verbal Folklore, *New York Folklore Quarterly* Vol.20 (1964), pp.276~288을 보라.

3) A. 던테스의 구조유형학적 연구 방법론 검토

A. 던테스의 「북아메리카 인디언 민담의 구조유형학」은 크게 보아 다음과 같은 내용들을 중심으로 논의가 전개되고 있다.

그는 먼저 민속학에 있어서 형식의 연구가 지니는 의의를 말한다. 그런 다음, 그 동안의 연구들이 보여준 방법론적 오류와 결함들을 반성하면서, 구조적·양식적 접근 방법과 연관된 여러 학문분야의 경향을 개관한다. 이어서 그는 자신이 추구하는 방법론의 근거와 이론적인 틀을 제시한 후, 이를 토대로 북아메리카 인디언 민담들의 구조유형학적 특징들을 고찰한다. 그리고 다시 그 결과를 토대로 민담 연구에서 구조적 분석이 지니는 의의와 효용의 문제를 살펴보고 있다.

이제 이와 같은 논의 내용들 가운데 특히 그가 추구하고 있는 연구방법론에 연관된 문제들을 중심으로, 이를 다음의 두 항목으로 갈래지어 그 요지를 정리하그 간략히 검토하기로 하겠다.

① 방법론적 반성과 구조유형학적 연구 방법의 틀

A. 던테스는 우선 민속학과 관련된 장르들에 있어서 형식을 연구하는 일이 본질적으로 그 자체로서 목적은 아니며, 기원의 탐구라든가 구비전승 과정의 이해 그리고 다양한 기능들을 분석하는 것 등을 용이하게 하는 선행 단계의 작업임을 강조하고 있다.

아울러 그는 민담 연구에 있어서 형태학이 전제되지 않고서는 엄밀한 의미의 유형학이 있을 수 없음을 강조한 후, 기존의 북아메리카 인디언 민담 연구는 형태학적 구성단위와 분석의 결핍으로 인해 유형학적인 진술을 당초부터 제외시키는 결과를 가져왔다고 지적한다. 그는 이같은 경향에 대해, 민속학의 연구가 그 동안 대부분 좁은 범위의 역사적 접근이나 원자론적 연구에 머물렀을 뿐, 거시적 차원에서의 접근이나 포괄적 이해를 가능하게 할 어떤 논리적인 틀을 갖추는 데 별다른 관심을 기울이지 않았던 데서 비롯된 것으로 보고 있다.

그리하여 A. 던데스는 러시아 민담을 대상으로 한 V. 프로프의 형태학적 서사구조 연구에 주목하여, 그의 형태학적 골격을 방법론의 기초로 삼고, 다시 V. 프로프가 이야기체 구조의 형태학적 구성단위로 설정한 '기능·function'이라는 용어를 언어학자인 K. L. 파이크의 이론과 술어를 채택하여 '단락소·motifeme'[2]라는 개념으로 변용시켜 사용하는 방법을 취함으로써, 그 나름의 새로운 방법론적인 틀을 마련하고 있다.

A. 던데스에 따르면, '단락소'란 '화소(motif)와 변이화소(allomotif)를 연합할 수 있는 용어'인데, 이는 요컨대 한 편의 민담을 구성하는 '각 단락의 내용을 추상화해서 단락 상호간의 관계를 구분지을 수 있는 기저양상을 설정한 개념'이라고 할 수 있다. 따라서 이같은 관점에서 본다면, 민담 혹은 넓은 의미에서의 민간서사전승은 '단락소의 연쇄'로서 규정될 수 있으며, 단락소가 적용되는 공간―기능단위로서의 단락들(slots)은 다양한 화소들로 채워지게 되고, 다시 그 공간에 들어올 수 있는 특정의 대체 가능한 화소들은 변이화소들로 분류될 수 있게 된다.

A. 던데스의 이와 같은 방법론적인 틀은 V. 프로프식의 형태분석과 K. L. 파이크의 구조주의 언어학 용어 및 이론을 연합·적용한 것으로서, 단락소의 연쇄에 따라 민담의 순차적 구조를 분석하는 하나의 탁월한 방법이라 할 수 있다. 그리하여 동일한 구조적 형식에 들어 있는 내용의 다양

---

2) 이 '단락소'라는 용어는 일찍이 조동일에 의해 사용된 것으로, 그에 따르면 "단락의 내용을 한껏 추상화해서 다음 단락과의 대립적 관계의 기본 양상만 드러낸 결과"인 바, 이는 "V. 프로프가 말한 'function', A. 던데스가 말한 'motifeme'에 해당하는 것이기도 하다."라고 한다(「민담 구조와 그 의미」, 앞의 『구비문학의 세계』, 132면·144면 참조). 이 글에서는 조동일의 견해에 따라 'motifeme'이라는 용어를 '단락소'로 번역하여 사용하였다.

성, 즉 여러 유형으로 나뉘어져 존재하는 민간서사전승 대부분을 간명하면서도 포괄적으로 정리·논의할 수 있게 해준다는 점에서 매우 유용한 것으로 평가될 수 있다.

실제로 그는 이와 같은 방법론적인 틀을 통해 그 동안 '일정한 유형이나 체계가 없이 산만하기만 한 화소들이 뭉쳐진 덩어리'라든가, '구성요소들 간의 결속력 또한 거의 찾아보기 어렵다.'라는 등의 견해가 제시된 북아메리카 인디언 민담들의 다양한 구조적 패턴들을 식별해 내면서 그것이 명백히 구조화되어 있음을 밝히는 데 성공함으로써, 이러한 구조유형론이 널리 활용될 수 있는 가능성을 보여주었다. 그런 면에서 그의 연구는 민담, 나아가 민간서사전승의 연구 방법에 일대 전환의 계기를 마련한 연구사적 의의를 지닌다. 이른바 민담의 완전한 생존사를 재구하려는 의도에서 자료를 수집·정리·분석한 역사지리학적 연구의 말폐와, 작품 외적 사실에 지나치게 경도되어 작품의 실상과 멀어지는 일부 전파론적·기능주의적 목적성을 어느 정도 극복한 것으로 평가될 수 있기 때문이다.

그러나 A. 던데스의 이와 같은 구조유형학적 연구 방법론은 하나의 독자적인 연구 영역을 확보할 수 있음에 틀림 없지만, 나름의 한계 또한 없지 않다. 그의 논문에서 드러난 바와 같이, 이러한 방법론에 입각한 연구가 다만 어떤 지역이나 집단에서 전승·향유되는 민담의 형태학적 특징과 그 기본단위들, 그리고 그들의 결합을 지배하는 내적인 법칙성만을 발견하여 민담의 문법 내지 통사구조를 밝히는 데 머무르고 말 경우, 민담이라는 장르에 대한 보다 구체적이고 본질적인 국면에서의 논의가 이루어지기 어려운 한계에 부딪힐 가능성이 높다는 사실이다. 이같은 측면은 다음에서 논의될 민담의 구조 분석이 지니는 의의와 효용의 문제와 긴밀한 연관을 맺고 있는 까닭에, 이를 연계시켜 신중히 검토할 필요가 있으리라 생각한다.

② 민담의 구조 분석이 지니는 의의와 효용

A. 던데스에 따르면, 민담의 구조 분석이 지니는 의의와 효용은 다음 네 가지 사실로 요약될 수 있다.

첫째, 하나의 일반적인 구조적 패턴이 분명하게 도해(圖解)됨으로써, 엄청나게 상이한 내용을 가진 다양한 민담들에 대한 구조유형학적 진술이 가능하다는 사실이다.

둘째, 여러 문화의 형식들에 두루 걸쳐 있는 내용의 문화적 편향(偏向)을 통찰해 낼 수 있는 새로운 기법, 즉 내용은 매우 다르지만 동일한 구조를 지닌 어떤 민담들의 단락소 공간을 채우는 다양한 화소들을 찾아냄으로써, 이들 민담이 각 문화에서 지니는 특징을 알아볼 수 있게 한다는 사실이다.

셋째, 어떤 문화 변용의 상황을 예측할 수 있게 한다는 사실인데, 이는 곧 서로 다른 지역 혹은 집단 상호간의 민담이 접촉·교류한 상황을 분석할 수 있게 한다는 것이기도 하다.

넷째, 민속학의 범주에 소속되는 장르들의 형태론적 분석을 통해, 그들 장르간의 비교를 가능하게 한다는 사실이다.

이와 같은 구조 분석의 의의와 효용은 사실 그 동안의 연구 방법들이 쉽게 개척해 내지 못한 새로운 국면의 논의를 가능하게 한다는 점에서 일단 주목할 만한 성과로 평가될 수 있다.

특히, 어떤 문화 변용의 상황을 예측할 수 있게 한다는 사실은, 보다 확장된 논의를 통해 발전적으로 수용될 수 있는 것으로 보인다. 즉, 어떤 지역 혹은 집단에서 전승·향유되는 두 민담의 구조를 알고 나면, 어느 한 쪽 집단의 민담이 다른 한 쪽 집단에 의해 차용되었을 때 어떤 변화가 일어날 것인가를 정당한 확실성을 가지고 예측할 수 있다는 사실이다. 나아가, 두 민담 간의 두드러진 상이점 가운데 하나가 '결핍－결핍해소'와 같은 한 쌍의 상호연쇄적 단락소 사이에 개재하는 여러 가지 단락소 수와 연관되어 있다는 사실에 주목함으로써, 두 민담의 상호 교류와 접촉 상황을 분석할 수 있다는 사실이다. 이처럼 상호연쇄적 단락소 사이에 개재하는 단락소들의 수를 A. 던데스는 '단락소적 깊이·motifemic depth'라고 불렀는데, 이 때 개재 단락소 수가 상대적으로 많은 민담이 그렇지 않은 민담에 비해 '단락소적 깊이가 더하다.'라는 사실로부터, 민담 간의 유사성과 차별성은 물론, 내용 변이와 구조 변화가 일어나는 원인을 해명할 수 있는 어떤 논리적인 기준을 마련할 수도 있을 것이다.

요컨대, A. 던데스가 분석·제시한 이러한 구조 분석의 의의와 효용으로부터, 민담을 위시한 민간서사전승의 연구가 흔히 구조주의적 맹점으로 지적되는 공시적 관점에서의 연구에만 머물지 않고, 통시적 관점의 연구로까지 나아갈 수 있는 가능성을 열어 주었다고 할 수 있다. 나아가 민간서사전승 일반의 적층문학적 성격과 장르간 교류 및 접촉 양상을 구명할 수 있는 길이 열릴 수 있는 것으로 보인다. 또, 그가 말하는 '단락소적 깊이'의 관점을 적절히 활용하기에 따라서는 민간서사전승에 속하는 장르들의 변이와 구조 변화가 일어나는 원인과 관련하여 의미 있는 탐구 가능성도 제시될 수 있으리라 본다.

그런데 근본적인 문제는 이와 같은 방법론적인 틀의 신뢰도와 발전적인 방향에서의 적용에 있다고 할 수 있다. 다시 말해, 민담을 위시한 민간서사전승의 구조 분석과 이를 근거로 한 유형 분류 및 장르간 대비는, 우선 필요하고도 충분한 자료에 입각하여 수행되고 체계화 과정을 거칠 때 비로소 실상에 부합하는 결과를 낳을 수 있다는 것이며, 궁극적으로는 해당 장르의 본질적 성격과 특징을 구명하는 단계로까지 나아가야 의미있는 성과를 거둘 수 있다는 것이다. 그렇지 않을 경우, 이러한 방법론적인 틀은 작품의 구조유형적 유사성만을 근거로 자칫 실상과 다른 결과를 낳거나, 단순한 사실 지적의 차원에 머물러 지식의 앙상한 구조물로 전락할 위험이 있다.

　실제로 A. 던데스의 연구는 북아메리카 인디언 민담의 형태론적 특징과 기본 단위, 그 기본 단위들의 결합을 지배하는 내적인 법칙성만을 발견하여, 민담의 통사구조를 밝히는 데 머무르고 만 것이 아닌가 생각한다. 아울러 위에서 살핀 구조 분석의 의의와 효용을 예시하였지만, 그 자신 민담의 본질을 구명하는 차원으로까지 논의를 발전시키지는 못한 듯하다. 이러한 문제들은 개별 논의가 지닌 어쩔 수 없는 한계라 하더라도, 그의 구조유형학적인 연구 방법론이 보다 의의있는 작업으로 수렴되기 위해서는 다음과 같은 사실들이 검토·확충되어야 할 것으로 보인다.

　먼저, A. 던데스 자신이 강조하고 있듯이 구조유형학적 연구에 있어서 형식의 탐구는 그 자체가 목적이 아니라 민담을 위시한 민간서사전승의 제 특성을 밝히기 위한 출발점이어야 할 것이다. 이른바 "내용을 추상화해서 분석한 결과가 어떤 구체적인 의미를 갖는가를 살펴야만 비로소 온전한 연구"[3]가 이루어질 수 있기 때문이다.

　또한, 일반적으로 구조는 현실의 삶을 반영하는 것이기에, 구조 분석의 결과로부터 그 현실적 삶의 세부 양상을 구명하는 차원으로 나아가야 할 것이다. 가령, 하나의 민담이 어떤 단락소의 인과적 연쇄로 이루어져 있는가 하는 형식적 틀만을 주목할 것이 아니라, 그 틀 속에 내재해 있는 단락소의 교체와 연속으로부터 민담 담당층의 사유방식과 생활 속에 잠재된 가치의식을 진지하게 탐구하는 작업이 병행되어야 할 것이다.

　줄여 말하면, 민간서사전승의 형성·향유·전승의 중요한 여건인 사회문화적 전통과 단절된 채 그것을 하나의 언어구조체로만 다루기 쉬운 결점이 보완되어야 할 것이다. 단락소의 연쇄구조는 같지만 그 세부 내용과 표현은 지역적·인종적·역사적 전통에 따라 충분히 다를 수 있으므로, 분석 대상으로 삼은 민간서사전승의 담당층이 그것을 형성·향유·전승하는 과정에 개재하는 특징적 요소들을 구명하기 위한 현장론적 관점의 보완이

---

3) 조동일, 앞의 「민담 구조와 그 의미」, 144면.

절실히 요청되는 것이다. 그리하여 이와 같은 사실들이 보완·확충될 때, 민담을 위시한 민간서사전승의 연구는 다만 정태적 구조 분석의 차원에 머물지 않고 동태적이며 역동적인 구조와 의미를 구명하는 차원에까지 나아갈 수 있을 것이다.

4) 우리 문학 연구에의 적용 가능성과 문제점

설화문학을 중심으로 한 민간서사전승의 연구 방법론은 대체로 낭만주의적 진화론(전파론)으로부터, 역사지리학적 연구, 분석심리학적 연구, 구조주의, 기능주의, 민담생태학, 구전공식구 이론, 기호학적 연구, 연행중심의 연구 등에 이르는 궤적을 밟아왔다고 할 수 있다.[4] 그러나 이러한 연구 방법론들은 오늘의 시점에서 볼 때 그 자체만으로 필요하고도 충분한 조건들을 갖추고 있다기보다는, 상호 보완적 측면에서 공존하면서 작품의 총체성을 구명하는 데 나름대로 기여하고 있다고 할 수 있다.

A. 던데스의 구조유형학적 연구 방법론은 이른바 구조주의적 학풍에 속하는 것이라고 할 수 있다. 구조주의 학풍은 사실 새삼스러울 것이 없을 만큼 널리 알려져 있는 것이지만, 작품 자체의 구조 분석과 그 결과를 통한 의미 구명은 문학을 연구하는 데 있어서 필수적인 과정 가운데 하나라는 면에서 여전히 유효한 방법임에 틀림없다. 구조주의적 사고의 가장 중요한 출발점은 '형태의 단순화'라 할 수 있는데, 이를 통한 작품의 구조 분석은 작품 자체에 대한 포괄적이고도 논리적인 이해를 가능하게 하는 의의를 지니고 있기 때문이다.

이런 관점에서 볼 때, 이상에서 소개·검토한 A. 던데스의 구조유형학적

---

4) 이들 각 방법론에 대한 개괄적인 논의는 김열규 외 3인, 앞의 『민담학개론』 전반을 참고하기 바람.

연구 방법론은 우리 문학을 연구하는 데 있어서도 상당히 유용한 논의의 틀을 제공해 줄 수 있으리라 생각한다. 물론 여기에는 이 글의 서두에서부터 강조해 온 우리 문화에 대한 주체적 인식의 문제와, 위에서 검토한 방법론적 맹점 및 한계를 극복할 수 있는 비판적 대안이 마련되어야 한다는 전제가 따른다. 다양한 방법론적 성찰과 심화된 논의를 통해 우리 문학의 폭과 깊이를 체계적으로 드러내는 일도 중요하지만, 외래적인 것의 어줍잖은 수용은 오히려 혼란을 가중시킬 위험이 다분하기 때문이다.

A. 던데스의 구조유형학적 연구 방법론을 우리 문학 연구에 원용한 예는, 특히 조동일의 「민담 구조와 그 의미」[5]와 「영웅소설 작품구조의 시대적 성격」[6], 박영주의 「흥부전의 민담적 성격－구조유형론적 측면을 중심으로」[7] 등의 논의에서 확인할 수 있다. 원용한 내용은 주로 '단락소' 설정과 '단락소적 깊이'의 문제를 살피는 것들이라 하겠는데, 나름대로 비판적 검토 과정을 거쳐 적용하거나, 특히 조동일의 경우는 그 방법론적인 한계를 발전적으로 극복하고 있는 것으로 보인다.

A. 던데스의 글은 주로 민담(folktale)을 논의 대상으로 한 것이다. 그러나 실제로는 신화·전설까지를 포함한 설화 내지 민간서사전승 일반에 두루 통용될 수 있는 방법론적 특징을 지녔다고 할 수 있다. 따라서 이를 적절히 활용하기에 따라서는 우리 문학에서 민간서사전승의 범주에 포함될 수 있는 장르들의 다음과 같은 면들을 구명하는 데 시사하는 바 클 것으로 생각한다.

먼저, 우리 역사 초기의 건국신화, 전국적 분포를 가진 설화, 서사적 성

---

5) 조동일, 앞의 『구비문학의 세계』, 126~144면. 참고로, 이 논문은 원래 「민담 구조의 미학적·사회적 의미에 관한 일고찰」(『한국민속학』제3집, 한국민속학회, 1970) 이라는 제목으로 발표되었으나, 위의 책에 실으면서 제목을 바꾸고 문장과 표현을 다듬은 것이다.

6) 조동일, 『한국소설의 이론』, 지식산업사, 1977, 271~454면.

7) 박영주, 앞의 『성대문학』 제26집, 121~132면.

격을 띤 민요와 무가 등의 장르를 대상으로 한 논의에서, 그 형성·전승·변이 양상과 기능적 의미를 구명하는 데 도움이 될 수 있을 것이다. 또, 판소리 및 판소리계 소설의 형성·전개 과정과 적층성의 문제를 구명하는 작업, 그리고 설화계 소설의 근원설화 연구 및 민담의 소설화 과정에서 제기되는 문제들을 해명하는 데에도 일정한 도움을 줄 수 있을 것으로 본다.

 민간서사전승에 속하는 장르들이 그 장르 담당층과 수용자층에 의해 쉽게 기억되고 전승의 맥을 지속적으로 유지할 수 있는 것은, 무엇보다도 일정한 양식적 요건이 갖추어진 구조적 특성 때문이라고 할 수 있다. 아울러 어떤 민간서사전승이라 하더라도 그것이 연행되는 현장의 분위기와 연행자의 개성에 따라 조금씩 달라질 수 있음에도 불구하고 일정한 공분모적 성격을 유지하고 있는 것은, 그 구조가 유형적 성격을 띠고서 다양성 속에서의 통일을 가능하게 하기 때문이라고 할 수 있다.

 그러나 중요한 것은 그 구조유형이 같다는 단순한 사실 지적의 차원에 머물러서는 의미가 없다는 사실이다. 구조유형학적 연구 방법론을 우리 문학 연구에 발전적으로 활용하기 위해서는, 우선 같은 구조유형에 속하는 작품들의 대비 또는 장르간의 구조적 유사성과 차별성을 밝혀 내는 작업이 이루어져야 할 것이다. 그런 다음, 이러한 분석을 토대로 해당 장르 작품의 형성 고정과 전승·변이 양상, 장르 상호간의 영향 관계와 새로운 단계로의 변모 과정, 그리고 무엇보다도 해당 장르 작품의 구조에 내재된 당대인의 삶의 실상 및 지향의식에 연관된 문제들을 해당 장르가 활발하게 향유·전승되던 시기의 사회문화적 맥락과 현장론적 관점을 고려한 차원에서 신중히 고찰해야 할 것이다. 그리하여 민간서사전승의 범주에 속하는 문학 장르들이 대부분 생활의 실제에 보다 밀착해 있다는 사실을 유념하면서, 그것을 향유하고 전승시킨 담당층의 지혜와 창조력을 밝힐 수 있는 연구로까지 나아가야 할 것이다.

(1993년)

3. 연행문학의 장르수행 방식과 그 특징

1) 논의의 목적과 방향

우리 고전문학 유산은 대부분 장르실현의 현장성이 중요한 동인으로 작용하는 가운데 장르실현 주체에 의해 그 특징이 틀지워지는 문학들로 이루어져 있다. 신화·전설·민담 등의 전승 설화문학은 물론, 민요를 위시한 시가문학 일반, 음악적 요소와 긴밀한 연관하에 실현되는 무가·판소리 문학, 그리고 말과 동작이 한데 어우러진 현장이 장르실현의 토대이자 본령을 이루는 무당굿놀이·탈춤·꼭두각시놀음의 민속극문학 등이 이를 잘 말해 준다. 이와 같은 특성을 지닌 문학 장르들을 흔히 연행문학(演行文學)이라 하거니와, 연행문학은 우리 문학의 뿌리이자 가장 큰 줄기로서 문학사에 자리잡고 있다.

연행문학은 말 그대로 '연행'과 관련된 사실들이 장르 혹은 작품 이해의 핵심적 고리 역할을 한다. 따라서 그 성격과 특징 역시 이 문제를 올바로 이해·구명하는 데서 온전히 드러날 터다. 그런데 그 동안 이 문제에 대한 포괄적 접근이나 개별 장르들의 특성을 일관된 논리나 논의의 틀을 통해 체계적으로 구명하려는 시도는 뜻밖에도 그 유례를 찾기 어려울 만큼 드물다.

물론, 연행문학으로 일컬어지는 역사적 장르들은 전승방식을 준거로 한 개념인 구비문학의 범주에 속하는 경우가 대부분이기에, 구비문학이라는 개념의 틀 안에서 논의를 편 예는 적지 않다.[1] 또 그런 면에서 기존의 논의들은 대개 장르실현과 관련된 '연행'의 면보다는 전승방식과 관련된 '구비성'에 초점을 맞추어 왔으며, 연행문학 일반을 대상으로 한 거시적 논의의 틀보다는 개별 장르의 차원에서 그 성격과 특징을 논의한 경우가 대부분이었다고 할 수 있다.

그러나 설화·민요·시가·무가·판소리·민속극 등 연행문학으로 일컬어지는 개별 장르들의 연구 성과가 적지 않게 축적된 오늘의 시점에서, 이제 이 문제는 '연행'에 초점을 맞춘 다양한 시각과 방법론적 접근을 통해, 보다 구체적인 논의가 이루어져야 마땅하지 않은가 생각한다. 요컨대 장르실현과 관련된 연행의 측면[2]에 주목함으로써, 이 범주에 속하는 국문학 장르들의 특성을 보다 역동적으로 구명할 수 있는 계기를 마련할 수 있을 것이기 때문이다.

한편, 연행문학으로 통칭되는 역사적 장르들은 그 기본적 속성을 바탕으로 한 공통점 외에, 장르 간 변별되는 뚜렷한 차이점 또한 가지고 있다. 그것은 무엇보다도 장르수행 방식이 다르다는 데서 확연히 드러난다.

여기에서 장르수행이란 '해당 장르를 해당 장르이게 하는 속성소를 일정한 원리에 따라 유기적으로 결합하여 실현화하는 데 관여하는 일체의

---

1) 최근에 이루어진 논의의 예로서, 한국구비문학회 주최 동계학술대회(1998.2.19~20) 주제인 「구비문학 연행자 및 연행 양상 연구」를 들 수 있다. 아울러 연행문학과 구비문학의 개념적 차별성에 대해서는 다음 장에서 보다 자세한 논의가 이루어질 것이다. (*한국구비문학회 동계학술대회 주제는 후에 몇 편의 논의가 더 보완되어 『구비문학의 연행자와 연행양상』(도서출판 박이정, 1999)이라는 단행본으로 출간되었다.)

2) 성무경은 「가사의 존재양식 연구」(성균관대 박사학위 논문, 1997)라는 글을 통해 문학 전반을 대상으로 한 새로운 장르 이론과 설명 체계를 모색·전개하면서, 특히 "희곡(극)의 제시형식인 '연행'도 개별적 種 장르의 실현화 문제로 보아, 개별 작품이나 역사적 장르의 실체를 보다 구체적으로 드러내는 해석학적 차원에서 논의되어야 할 것이다."(89~90면)라고 한 바 있다. 이 글에서 말하는 '장르실현과 관련된 연행의 측면'은 이와 같은 '제시형식─연행'의 실상을 장르수행 방식의 관점에서 문제삼아, 이를 체계적으로 이해·구명하고자 하는 것이라고도 할 수 있다.

행위'3)를 의미한다. 그런 면에서 장르수행이라는 말은 장르실현에 관여하는 일체의 요소를 포괄하면서 그 운용까지를 일컫는 개념이라고 할 수 있다. 나아가 장르수행 방식은 개별 장르의 작품들이 미적 가치를 획득하는 구체적 수단이자 목적이라는 데 의의가 있다. 따라서 연행문학은 이 장르수행 방식의 차이점을 준거로 그 공통적 속성과 개별적 특성—하위 장르 간의 차별성을 규명해 나가는 것이 바람직하리라 생각한다.

이 글은 이러한 문제의식을 배경으로, 우선 지금까지 온당한 의미를 부여받지 못한 것으로 보이는 연행문학의 개념을 보다 분명하게 정립하고 그 적용 범주를 살피고자 한다. 이어, 연행문학으로 통칭되는 다양한 역사적 장르들을 장르수행 방식의 차이에 따라 대별하여 그 하위범주로 체계화하고자 한다. 그런 다음, 이들 하위범주에 속하는 역사적 장르들의 장르수행상의 특징—장르수행 원리와 실현화 과정상의 특징을, 특히 문학적 요소가 여타의 요소들과 어떠한 연관하에 실현되는가에 중점을 두어 고찰하고자 한다.

이와 같은 논의를 통해 연행문학의 보편적 성격과 특징을 구명하는 토대를 마련하고, 그 하위범주에 속하는 장르들의 독특한 문학적 관습 및 정서를 온당하게 이해할 수 있는 하나의 논리적인 틀을 제시할 수 있으리라 생각한다.

---

3) 강등학은 「민요의 가창구조에 대하여」(『한국민요의 현장과 장르론적 관심』, 집문당, 1996)라는 글에서, "장르 구성요소들을 일정한 원리에 의해 유기화하여 구연으로 완료하는 모든 행위를 장르수행이라고 한다."(291면)라고 한 바 있다. 이 글에서는 이러한 개념 규정을 참조하였다.

2) 연행문학의 개념과 적용 범주

연행문학이라는 용어가 두루 쓰이게 된 계기는 전경욱의 다음과 같은 논의에 힘입은 바 크다고 할 수 있다. 해당 부분만을 옮겨 보면 아래와 같다.

> 몸짓과 말 즉 행동을 통해서 전달되는 문학을 연행문학이라 한다. 모든 구비문학은 연행문학이다. 구비문학은 아니지만 연극도 연행문학이다. 설화는 이야기꾼의 구연을 통해서 청중에게 전달되는데, 이야기꾼은 이야기 진행의 상황에 따라서 말과 몸짓을 적절하게 구사한다. 민요는 창자가 혼자 부르거나 여럿이 함께 부르며 즐기되, 흥이 나면 춤을 추면서 부르는 것이 일반적이다. 서사무가는 창자가 음악반주에 맞추어 무속신의 유래를 구연함으로써 관중에게 전달되는데, 창자는 말과 창을 섞어 진행하면서 몸짓을 하고 춤도 춘다.
>
> 그런데 한국 연행문학 가운데 연행성이 가장 두드러진 것은 탈춤과 판소리이다. 탈춤은 등장인물의 사설과 몸짓, 춤에 의하여 진행되며, 판소리는 창자의 아니리와 창, 발림에 의해서 관중에게 전달된다. (중략) 이 논문에서는 연희라는 용어 대신 연행이라는 말을 사용한다. 탈춤을 연희한다는 말은 가능하지만, 이야기꾼의 이야기 구연, 민요를 부르는 것, 서사무가의 구연, 광대의 판소리 창을 연희라고 부르는 것은 어울리지 않는다. 구비문학의 모든 장르가 행동을 통하여 전달된다는 것을 통칭할 수 있는 용어로는 연행이라는 말이 적당하다.[4]

위 논의는 구비문학의 생명이 전달의 현장성에 있음을 예의 주시하여, 그 두드러진 특성을 '몸짓과 말 즉 행동에 의한 전달'로 함축하고 있다. 그리하여 이러한 특성에 입각하여 '연행'·'연행문학'의 개념을 규정하고, 그 적용 사례 및 용어의 적합성을 논의하고 있다. 이 점은 특히 '몸짓과

---

4) 전경욱, 「탈춤과 판소리의 연행문학적 성격 비교」, 『문학연구·3』(김동욱 외 4인 공저), 경원문화사, 1984, 239면.

말 즉 행동을 통해서 전달되는 문학을 연행문학이라 한다.’·‘모든 구비문학은 연행문학이다.’·‘구비문학의 모든 장르가 행동을 통하여 전달된다는 것을 통칭할 수 있는 용어로는 연행이라는 말이 적당하다.’라고 한 부분에 잘 드러나 있다.

위 논의를 통해 부각된 ‘연행’·‘연행문학’이라는 용어와 그 개념적 성격은 기존의 용어가 충분히 대변하지 못했던 구비문학의 특성을 함축하면서, 구비문학 일반을 이렇게 통칭할 수도 있다는 점에서 나름의 의의를 부여할 수 있다. 나아가 이러한 개념적 성격을 토대로 해당 장르의 특성을 전달의 현장성에 초점을 맞추어 고찰함으로써, 그 살아 있는 의미와 원리를 구명하는 데 기여한 바 크다고 할 수 있다.

그러나 이와 같은 ‘연행’·‘연행문학’의 개념 규정은 크게 두 가지 면에서 불충분하지 않은가 생각한다. 하나는 그 개념적 성격이 필요하고도 충분하게 드러나 있지 않다는 것이고, 다른 하나는 구비문학과의 개념적 차별성이 제대로 부각되어 있지 않다는 것이다. 따지고 보면, ‘연행’·‘연행문학’의 개념과 관련된 기존의 인식들 역시 여기에서 크게 벗어나 있지 않은 것으로 보인다.

그런데 우리가 ‘연행’ 혹은 ‘연행문학’이라는 용어를 사용할 때에는, 거기에 온당하고도 온전한 개념을 부여할 필요가 있다. 그리고 그 개념적 근거는 당연히 용어 자체에서 비롯된 것이어야 마땅하다. 이 문제는 요컨대 ‘연행’의 개념과 ‘연행문학’의 기본 성격 및 범주를 좀더 포괄적인 관점에서 이해·규정함으로써 해결의 실마리를 찾을 수 있으리라 생각한다. 인용한 전경욱의 논의를 중심으로 이 문제를 차례로 살펴보기로 하겠다.

먼저, 연행 및 연행문학의 개념을 단순히 ‘몸짓과 말 즉 행동을 통해서 전달되는 문학’이라고 규정한 것은, ‘연행’의 다양한 내포와 이 부류에 속하는 문학 장르들의 특성 가운데 ‘행위를 바탕으로 한 공연성’의 면만을 부각시킨 것이라고 할 수 있다. 다시 말해 ‘연행’의 개념을 지나치게 좁게 이해·규정함으로써, 이 부류에 속하는 문학 장르들의 특성을 온전히 드러내지 못한 것으로 보인다.[5] 연행문학으로 통칭되는 역사적 장르들은 장르실현의 현장성이 중요한 동인으로 작용하는 문학임에 틀림없지만, 동시에 장르실현 주체에 의해 그 특징이 틀지워지는 문학이라는 사실 또한 간과해서는 안 될 본질적 특성이다. 따라서 이러한 특성 역시 연행문학의 개념에 충분히 반영되어 있어야 할 것이다.

그런 면에서 좀더 구체적인 이해가 필요한 것은 '演行'이라는 용어다. 이 용어는 흔히 '公演'과 '行動'의 의미만을 축약하고 있는 것으로 생각하기 쉬우나, 내포하고 있는 개념이 이처럼 단순하지만은 않다. 그것은 특히 '演'의 다양한 내포 때문이다.[6] 가령, '三國志演義'의 '演義'[7]와 같은 경우에서 '演'은 '개성적 수식과 부연'의 의미를 지니고 있으며, '演出'[8]과 같은 경우에서는 '개성적 효과 창출을 위한 모색과 배려'의 의미를 지니고 있다. 줄여 달해, 이런 경우의 '演'은 결국 '개성적 실현'과 직결되는 개념이라고 할 수 있다.

---

5) 물론, 전경욱은 이어지는 논의를 통해 "연행자, 연행의 내용, 관중은 연행의 필수 요건이다."(같은 글, 240면)라고 함으로써, 그가 규정한 '연행'의 개념틀을 바탕으로 보다 확장된 논의를 펴고 있다. 따라서 '연행'의 개념을 이렇게 좁게 이해·규정한 것 자체가 논지 전개상 문제가 있다고 할 수는 없다. 여기에서 문제삼는 것은 특정 논의에 국한되지 않는 이른바 필요하고도 충분한 성격이 드러나 있는 '연행'·'연행문학'의 개념임을 덧붙여 둔다.

6) 사전적 의미만을 따져 보아도, '演'에는 크게 두 갈래의 의미가 있다. '歌·舞·唱·說 등의 행위'와 관련하여, 이를 '행하다'·'펴다'·'실현하다'라는 것이 그 한 갈래며, '부연하다'·'뜻을 넓혀 풀이하다'·'알기 쉽게 설명하다'라는 것이 또 하나의 갈라다.

7) 演義의 사전적 의미는 '사실이나 뜻을 수식·부연하여 알기 쉽게 또는 재미있게 진술함.'으로 정리될 수 있다.

8) 演出의 사전적 의미는 '각본 또는 시나리오를 바탕으로 연기·장치·의상·분장·조명·음악 등의 여러 요소를 종합하여 무대 공연이나 영화 제작에 전체적인 효과를 창출하는 일. 또는 그것을 맡은 사람.'이다.

‘演行’에서의 ‘演’ 또한 이와 크게 다르지 않다고 생각한다. ‘演行’을 ‘연출하여 수행하다’, 즉 ‘演出’과 ‘遂行’의 의미를 축약하고 있는 말로 풀이할 수도 있다는 데서 더욱 그러하다. 따라서 ‘演行’이라는 말에는 이처럼 ‘개성적 실현’이라는 의미 또한 분명하게 담겨 있는 복합적 개념임에 주목할 필요가 있다. 그리하여 ‘演行’에 내포되어 있는 ‘행위를 바탕으로 한 공연성’의 면 뿐만 아니라, ‘수행 주체에 의한 개성적 실현’의 면을 주목할 때, 그 개념적 성격이 온당하게 드러나는 것이 아닌가 생각한다.

그러나 이러한 ‘演行’의 개념적 복합성 가운데서도, 특히 ‘演’의 의미는 ‘공연’의 성격보다는 오히려 ‘개성적 실현’의 성격이 강조되어야 바람직할 것이다. ‘공연’의 의미는 사실 ‘行’에도 충분히 내포되어 있으며, ‘개성적 실현’의 문제야말로 이 부류에 속하는 역사적 장르들의 특성과 긴밀한 연관하에 놓이기 때문이다. 가령, 같은 소재나 줄거리로 구성된 이야기라도 이야기하는 사람에 따라 전혀 다른 맛이 나는 것이 그 좋은 예다. 어떤 이야기꾼들은 이야기의 뼈대만을 가까스로 유지한 채, 거기에 개성이 넘치는 표현과 말솜씨로 살을 붙이고 흥미진진한 요소들을 첨가시켜, 아주 색다른 맛을 풍기는 이야기로 재창조하기도 한다. 그리하여 심지어는 기존의 이야기와 골격이 달라진 새로운 이야기를 만들어 내기까지 한다. 더욱이 ‘演行’의 개념에 내포된 ‘개성적 실현’의 측면은 이 부류에 속하는 문학 장르들에서 공통적으로 제기되는 ‘각편’의 발생 근거를 해명하는 데에도 유용한 논리적 관점을 제공해 준다.

그러면, 그 ‘개성적 실현’의 구체적 수단이자 방식은 무엇인가?

이 문제는 ‘演行’의 ‘行’이 내포하고 있는 실질적 의미가 무엇인가를 따지는 일과도 상통한다. 즉, ‘行’을 ‘行動’ 혹은 ‘遂行’으로 이해할 때, 이를 성립시키는 구체적 요소가 무엇인지를 따지는 일이다.

이 점에 있어서 연행문학으로 통칭되는 역사적 장르들은 대개 짤막한 말로부터 길게 이어지는 이야기, 단순한 음영으로부터 성악적인 노래와 소리[9], 간단한 몸짓으로부터 연속성을 지닌 연기·춤 등을 그 수단이자 방식으로 동원한다. 간추리면 '말·이야기·음영·노래·소리·몸짓·연기·춤' 등이라 하겠는데, 이들을 다시 성격별로 묶어 개념화시키면, 크게 '언술'·'곡조'·'동작'의 세 가지로 함축할 수 있을 것이다.[10] 언어적 서술에 해당하는 말·이야기 등을 포괄하는 개념으로서의 '언술'과, 조화되는 음들의 연속으로 이루어지는 음영·창·소리 등을 포괄하는 개념으로서의 '곡조', 그리고 예정되어 있거나 즉흥적으로 행해지는 몸짓·연기·춤 등을 포괄하는 개념으로서의 '동작'이 그것이다.

그리하여 이들 '개성적 실현'의 구체적 수단이자 방식들을 장르수행 요소라고 할 때, 연행문학으로 통칭되는 역사적 장르들은 각기 해당 장르에 두드러진 요소들을 바탕으로 장르수행이 이루어진다 하겠으며, 이 경우 이른바 개별 작품들이 공유하는 관습의 체계 위에서 유기적으로 결합된 요소들이 바로 해당 장르를 해당 장르이게 하는 속성소인 셈이다.

이렇게 볼 때, '연행문학'은 전달의 현장성과 수행 주체의 개성적 실현 및 하위장르 간 차별되는 수행 요소 등을 특성으로 한 문학이라고 할 수 있다. 그리하여 그 개념을 '전달의 현장에서 언술·곡조·동작 등을 유기적으로 결합하여 개성적으로 실현하는 문학'이라 규정할 수 있을 것이다. 여기에서 '전달의 현장성'과 수행 주체의 '개성적 실현'은 연행문학의 공분모

---

9) 여기에서의 '소리'는 논매는소리·서도소리·판소리 등에서의 '소리'와 같은 의미로 사용한다.

10) 조동일은 구비전승(구비문학)을 크게 '말·이야기·노래·놀이'의 4가지 범주로 가르고, 이들 사이의 차이점과 개별적 특성을 간략하게 살핀 바 있다(『구비문학의 세계』, 새문사, 1980, 22~26면). 여기에서 그는 특히 '말'을 구비문학의 기본 요건으로 일컬으면서, 나머지 경우들은 기본 요건에 또다른 요건, 즉 '이야기'는 꾸며 낸 사건, '노래'는 음악적 율동, '놀이'는 맞서서 하는 행동이 각기 추가되어 성립하는 것으로 설명하고 있다. 그러나, 구비문학을 대상으로 한 것이기는 해도, 여기에서 말하는 '말·이야기·노래·놀이'는 이렇게 가르게 된 기준이 제시되지 않아, 문맥 자체만으로는 그것이 장르 개념어인지 수행 방식인지 분간하기 어렵다.

적 속성에 해당하며, 언술·곡조·동작 등이 유기적으로 결합하는 양상 즉 '수행 요소의 차별성'은 이 범주에 속하는 문학장르들을 가르는 지표에 해당한다 할 것이다. 아울러 이와 같은 연행문학의 개념 속에는, 그것이 '문학'인 한 언어예술적 요소가 전제된다는 사실과, 실현화 과정에 어떤 식으로든 '공연'의 요소가 개재[11]한다는 사실 역시 전제되어 있다 할 것이다.

그리고 보면, 앞에서 연행문학을 '장르실현의 현장성이 중요한 동인으로 작용하는 가운데 장르실현 주체에 의해 그 특징이 틀지워지는 문학'이라고 잠정 일컬은 것은, 연행문학의 공분모적 속성만을 드러낸 것이라고 할 수 있다. 따라서 이와 같은 속성을 지닌 문학장르들은 실현화 과정에서 요구되는 구체적 수행 요소 및 이들의 결합 양상에 따라 다시 개별적 특성을 지닌 하위장르들로 세분된다고 하겠다.

한편, 연행문학의 성격과 개념을 이와 같이 이해·규정할 때, 특히 구비문학과의 개념적 차별성이 무엇인지 따져볼 필요가 있다. 연행문학은 흔히 구비문학의 범주에 속하는 장르들이 공통적으로 내재하고 있는 특성을 부각시켜 이를 달리 일컫는 개념으로 이해·사용되거나, 심지어 구비문학에 종속되는 개념으로 간주되기도 하기 때문이다.

근원적으로 모든 문학은 언어성과 구비성에 태생적 뿌리를 두고 있다. 여기에서 언어성은 이른바 문학의 존재양식을 대변하며, 구비성은 전달양식의 기틀을 이루면서 작품의 전승·향수는 물론 창작에까지 깊은 영향을 끼쳐 왔다. 따라서 어떤 문학이든 언어성의 문제를 떠나 존재하거나 이야기하기 어려우며, 역사적으로 존재한 모든 문학장르들의 뿌리에는 각기 비중은 다를지라도 구비성이 잠재해 있다고 할 수 있다.

---

11) 연행문학에 속하는 장르들 가운데에는 혼자서 흥얼거리는 노래—민요와 같은 예가 없는 것은 아니지만, 대부분 여럿이 모인 자리에서 공개적으로 실현되는 것이 상례며, 또 이런 경우라야 그 본질적 특성과 진가가 발휘되기에, 자족성에 머물지 않는 공연성이 실현화 과정에 개재한다고 할 수 있다.

그런데, 두루 아는 바와 같이 '일정한 형식이나 구조를 갖추어서 말로 나타내는 문학' 즉 구비문학이라고 해서, 실제로 '말―언술'만으로 존재하는 것은 아니다. 그것은 일정 공간이나 청중 등 작품 외적 여건이 구비된 현장에서 '실현'될 때 진가를 발휘하기에, 어떤 식으로든 '행위―공연'을 수반한다. 바로 여기에 구비문학이라는 용어와는 개념적 성격을 달리하는 용어의 필요성이 제기되며, 구비문학과 공유하는 속성을 지닌 반면, 이를 아우른 차원에서 그 적용 기준과 범주적 포괄성을 달리하는 용어가 제시될 수 있는 것이다. 연행문학은 바로 이같은 차원에서 성립하는 용어라 할 수 있다.

따라서 기와 같은 관점에 입각할 때, 구비문학은 모두 연행문학에 속하지만, 연행문학이라고 해서 모두 구비문학인 것은 아니다. 가령, 속악가사(속가)나 가곡창사(시조)는 분명 연행될 때 그 진가가 발휘되는 문학임에 틀림없지만, 그렇다고 해서 이들을 무턱대고 구비문학으로 일컬을 수는 없을 것이다. 따지고 보면 구비문학과 연행문학은 그 분류 기준이 다르기 때문이다.

널리 알려진 것처럼 문학은 표현·전승방식의 차이에 따라 크게 구비문학과 기록문학으로 나눌 수 있다. 그런가 하면, 작품의 실질적 수용과 관련된 실현·향수방식의 차이에 따라서는 크게 연행문학과 독서문학으로 나눌 수 있을 것이다. 요컨대 구비문학이 표현·전승방식을 기준으로 한 개념이라면, 연행문학은 실현·향수방식을 기준으로 한 개념인 것이다. 구비문학과 연행문학은 무엇보다도 이처럼 분류 기준이 다른 차원의 개념이라는 데서 차별화된다. 그리하여 그 개념을 적용하는 대상이나 범주가 다를 수 있다.

물론, 분류 기준의 문제를 접어 놓고 보면 구비문학과 연행문학, 기록문학과 독서문학은 상통하는 면이 있는 것도 사실이다. 따라서 속성을 공유하는 면 역시 적지 않다고 할 수 있다. 그러나, 그렇다고 해서 이들 두 개넘이 상호 등가적 성격을 띠고 있다거나, 어느 한 쪽이 어느 한 쪽에 종속되는 개념으로 이해·사용되어서는 곤란하다. 이와 같은 면들은 예의 분류 기준에 따른 개념적 차별성을 전제로 한 차원에서라야 실질적인 의미를 지니기 때문이다.

그리하여 이상에서 논의한 사실들을 바탕으로 할 때, 연행문학의 범주에 속하는 우리 문학사의 장르들로는 속담·수수께끼·설화·민요·무가·판소리·민속극 등의 구비문학을 포함하여, 사뇌가·경기체가·속가·시조(사설시조)·가사·잡가 등 노래로 불리어진 고전시가 일반을 들 수 있을 것이다.

3) 연행문학의 장르수행 방식과 하위범주

'해당 장르를 해당 장르이게 하는 속성소를 일정한 원리에 따라 유기적으로 결합하여 실현화하는 데 관여하는 일체의 행위'를 장르수행이라고 할 때, 앞서 논의한 바와 같이 연행문학으로 통칭되는 역사적 장르들은 '전달의 현장성'과 '개성적 실현'을 공분모적 속성으로 하면서, '언술·곡조·동작' 등의 요소를 유기적으로 결합하여 장르수행에 임한다고 할 수 있다.

그런 면에서 '언술·곡조·동작' 등은 연행문학의 장르수행 요소인 동시에, 해당 장르를 해당 장르이게 하는 속성소라고 할 수 있다. 연행문학은 이들 '언술·곡조·동작' 등이 개별 작품들이 공유하는 관습의 체계 위에서 유기적으로 결합하는 양상에 따라 하위장르들로 세분되기에, 그 결합의 차별적 양상은 곧 하위장르들의 특성을 대변한다고 할 수 있기 때문이다. 따라서 장르수행의 관점에서 보면, 이러한 하위장르 간의 차별성은 곧 장르수행 방식의 차이를 의미한다고 할 수 있으며, 장르수행 방식은 장르수행 요소들의 결합 양상에 따라 결정된다고 할 수 있다.

문제는 장르수행 방식을 결정하는 이들 장르수행 요소의 구체적 결합 양상이다. 이 점에 있어서 연행문학에 속하는 장르들은 몇 가지 유형으로 대별된다. 다시 말해, 전달의 현장에서 작품을 실현하는 수단이자 방식들을 어떻게 운용하느냐에 따라 차별화되는 것이다. 가령, '언술·곡조·동작' 가운데 '언술'을 주요 수행 요소로 하면서 여기에 '동작' 또는 '동작'과 '곡조' 모두를 유기적으로 결합하는 양상을 띠는 경우가 있을 수 있으며, '곡조' 혹은 '동작'을 주요 수행 요소로 하면서 역시 여기에 다른 요소 하나 또는 둘을 유기적으로 결합하는 양상을 띠는 경우가 있을 수 있는 것이 그것이다.[12]

---

12) 이처럼 장르수행 요소 결합 자체만을 따져보면, 산술적으로 가능한 양상은 모두 28가지다. 우선 '언술·곡조·동작' 가운데 어느 한 요소만으로 장르수행이 이루어지는 경우는 연행문학의 개념적 성격에 비추어 성립하기 어렵기에 이를 제외하면, 두 요소 또는 세 요소 간의 비중이 대등하거나 차등의 양상을 띠고 결합하는 경우에 있어서, 두 요소 간에 9가지, 세 요소 간에 13가지, 그리고 한 요소가 상대적으로 가장 우세 또는 열세하고 다른 두 요소가 대등한 비중일 때 6가지가 가능한 것이 그것이다.

그러나 중요한 것은 이러한 경우의 수 가운데 실질적인 의미를 지니는 양상은 그다지 많지 않다는 사실이다. 먼저, 두 요소 또는 세 요소 간의 비중이 완전히 대등한 차원에서 결합되는 경우(10가지)란 다만 개연성으로 존재할 따름이며, 또 어느 한 요소가 가장 우세 또는 열세한 비중을 차지하고 나머지 두 요소 간의 비교가 도식상으로 어려운 경우(6가지) 역시 별다른 의미를 갖기 어렵다. 따라서 산술적으로 가능한 28가지 가운데 실질적인 의미를 지니는 경우는 다만 12가지에 불과하다고 할 수 있다.

그 12가지 양상을 간략히 제시하면, 두 요소가 결합하는 경우에 있어서 어느 한 요소의 비중이 크고 다른 요소의 비중이 상대적으로 작은 양상 6가지와, 세 요소가 결합하는 경우에 있어서 상대적인 비중의 차이를 분별할 수 있는 양상 6가지다. 이를 부등호를 써서 나타내면 다음과 같다.

  *두 요소가 결합된 경우 : 언술>곡조, 언술<곡조, 곡조>동작,
            곡조<동작, 동작>언술, 동작<언술
  *세 요소가 결합된 경우 : 언술>곡조>동작, 언술<곡조<동작,

그리하여 연행문학의 범주에 속하는 장르들을 이와 같은 장르수행 요소의 결합 양상과, 각 요소가 실현화 과정에서 차지하는 비중의 차이를 고려하여 대별해 보면, 다음과 같이 네 가지 유형으로 가를 수 있으리라 생각한다.

첫째 유형은, '언술'을 주요 수행 요소로 하면서 여기에 '동작'을 유기적으로 결합하는 경우다. 이 유형에 속하는 장르들로는 속담·수수께끼를 비롯하여, 신화·전설·민담을 총칭하는 개념으로서의 설화를 들 수 있다.

이 유형을 대표하는 장르는 당연히 설화다. 설화는 일정한 줄거리를 가진 이야기를 말로써 서술하면서, 그 내용과 상관된 여러 동작들―표정·손짓·몸짓 등을 곁들여 실현하기 때문이다. 장르수행의 현장에서 설화를 연행하면서 전혀 무표정하거나 아무런 동작을 취하지 않는 경우란 없다고 해도 과언이 아니다. 설화의 연행은 언어적 서술과 함께 동작이 곁들여져야 제맛이 나기 때문이다. 표현의 묘미를 느낄 수 있는 짤막한 어구로 서술되는 속담·수수께끼의 경우도 동작의 요소가 극히 절제되는 것일 뿐, 그 장르수행 및 실현 양상은 크게 보아 이와 동류로 파악할 수 있을 것이다.

둘째 유형은, '곡조'를 주요 수행 요소로 하면서 여기에 '동작'을 유기적으로 결합하는 경우다. 이 유형에 속하는 장르들로는 민요를 위시하여, 사뇌가·경기체가·속가·시조(사설시조)·가사·잡가 등 노래로 불리어진 고전시가 일반을 들 수 있다.

곡조＞동작＞언술, 곡조＜동작＜언술,
동작＞언술＞곡조, 동작＜언술＜곡조

이와 같은 장르수행 요소의 결합 양상들로부터 연행문학의 범주에 속하는 장르들의 개체적·유형적 성격을 살필 수 있는 근거를 마련할 수 있을 것이다. 아울러, 개개의 양상과 관련된 역사적 장르들의 존재 여부와는 별도로, 연행문학의 범주에 소속시킬 수 있는 장르들의 다양한 존재 가능성을 헤아려 볼 수 있도 있을 것이다.

민요나 고전시가는 일단 노랫말을 일정한 틀이 잡힌 악곡에 실어 노래함으로써 장르가 실현된다고 할 수 있다. 그런데 그 장르수행 과정에서 곡조의 요소가 지배적인 비중을 차지하기는 하지만, 거기에 아무런 몸짓조차도 곁들이지 않는 경우란 드물다. 동작을 의도적으로 자제해야 하는 극히 예외적인 상황을 제외하고는, 연행의 현장에서 음악이나 가사의 가락에 맞추어 자연스러운 손놀림을 하거나 어깨춤을 추거나 규칙성이 가미된 춤을 곁들이는 것이 상례인 것이다. 역시 그래야만 제맛이 난다. 이처럼 장르수행 과정에 동작의 요소가 자연스럽게 수반되는 것은, 따지고 보면 음악이나 가사의 가락이 지닌 속성 때문이기도 하다. 그래서 민요나 고전시가 가운데에는 아예 노래가 춤과 함께 엮어져 연행되는 장르도 있다는 사실이 새삼스러운 일은 아니다.

셋째 유형은, '곡조'를 주요 수행 요소로 하면서 여기에 '언술'과 '동작'을 유기적으로 결합하는 경우다. 이 유형에 속하는 장르들로는 무가·판소리 등을 들 수 있다.

널리 알고 있는 것처럼, 무가나 판소리는 일정한 줄거리로 엮어진 사설을 장단·조 등의 음악적 요소에 실어 노래—소리하면서, 그 사이사이에 사설을 말로써 서술하는 부분을 두며, 사설 전개 상황에 따라 적당한 동작을 곁들여 장르를 실현한다. 그리하여 곡조의 요소를 중심으로 언술과 동작의 요소가 장르수행 과정을 통해 한데 어우러짐으로써, 미묘한 정서의 굽이들을 체험하게 한다. 이 유형에 속하는 장르들의 장르수행 및 실현 양상은 첫째 유형과 둘째 유형을 복합한 양상을 띠지만, 특히 장르수행 과정에서 지배적인 비중을 차지하는 곡조는 그 성격이 둘째 유형의 민요나 고전시가와는 매우 다르다. 그래서 통상적으로 둘째 유형에 속하는 장르들을 '노래'로 일컫는 데 비해, 이 유형에 속하는 장르들을 '소리'로 일컫기도 한다.

넷째 유형은, '동작'을 주요 수행 요소로 하면서 여기에 '언술'과 '곡조'

를 유기적으로 결합하는 경우다. 이 유형에 속하는 장르들로는 무당굿놀이·탈춤·꼭두각시놀음 등의 민속극을 들 수 있다.

무당굿놀이·탈춤·꼭두각시놀음 등의 민속극은 기본적으로 몸짓·춤으로 대변되는 동작에, 서로 주고 받는 대사와, 장단이 수반된 노래를 결합하여 장르를 실현한다. 그러나 동작의 요소가 장르수행의 전반적 과정을 지배하기에, 언술의 요소는 행동화된 언어[13]로, 곡조의 요소는 가무로써 표출되는 가운데, 놀이의 성격을 지닌 전달 내용이 연기의 차원에서 구상적으로 현시된다. 장르수행 요소 자체만을 놓고 보면 셋째 유형과 별반 다를 바 없다 하겠으나, 셋째 유형이 곡조의 요소가 지배적인 비중을 차지하는 데 비해, 이 유형에 속하는 장르들은 동작의 요소가 지배적인 비중을 차지한다는 점에서, 그 장르수행 및 실현 양상은 판이하다.

이처럼 연행문학에 속하는 장르들은 장르 간 차별되는 고유의 특성을 지니고 있음은 물론, 장르수행 요소의 결합 양상에 따라 네 가지로 대별할 수 있는 유형들을 통해 장르수행이 이루어지는 것으로 보인다. 아울러 개별 장르나 유형에 따라 각기 비중은 다르지만, 장르수행에 동작의 요소가 공통적으로 수반된다는 사실 또한 확인할 수 있다. 이와 같은 동작의 요소는 연행문학을 실현화하는 과정에 개재하는 공연성의 면과 긴밀한 연관을 맺고 있기도 하다.

중요한 것은 이들 네 가지 유형이 연행문학 장르수행의 네 가지 방식을 의미한다는 사실이다. 그리하여 이와 같은 장르수행 방식의 차이는 바로

---

13) 성무경은 희곡(극) 양식의 '대사로 이루어진 서술 행위'에 대해, "그 '서술성'은 '행위'로서의 서술성이며, 언제나 '행동하기'라는 환기방식에 직접 지배당하는 까닭에, 희곡물이라는 문학 양식으로 양식화되는 순간 곧바로 '행동 언어(대화)'라는 의미의 '대사'로 전환될 수밖에 없는 것"(앞의 「가사의 존재양식 연구」, 156면)이라고 한 바 있다. 이 글에서 말하는 '행동화된 언어'는 성무경이 말하는 '행동 언어로서의 대사'에 준하는 개념으로 사용한다.

연행문학에 속하는 장르들의 특성을 분별하는 기준이자 하위장르 간의 유형적 차별성을 대변할 수 있다는 면에서, 연행문학의 하위범주를 설정하는 기준으로 삼을 수 있다는 사실이다. 장르수행 방식은 궁극적으로 개별 장르의 작품들이 미적 가치를 획득하는 구체적 수단이자 목적이라는 데 의의가 있거니와, 전달의 현장성과 개성적 실현을 공분모적 속성으로 한 연행문학의 경우는, 특히 이러한 장르수행 방식의 차이를 준거로 개체적·유형적 특징들을 규명해 나가는 것이 바람직할 터기 때문이다.

사실, 오늘날 연행문학으로 통칭되는 역사적 장르들의 장르수행 방식과 관련된 용어는 다소 모호하거나 혼란스러운 감이 없지 않다. 예컨대 '설화의 연희'라든가 '탈춤의 구연' 등과 같은 말은 참으로 어색할 뿐 아니라 선뜻 납득하기 어렵기에 성립하기 어려운 표현이다. 또한 '민요의 구연'·'판소리의 가창'·'잡가의 연창' 등과 같은 말도 굳이 사용하기 어려운 표현이라고 할 수는 없지만, 모호하거나 어색한 느낌을 주는 것이 사실이다. 여기에서 '모호하거나 어색하다'는 말은 곧 민요를 실현하는 방식과 '구연', 판소리를 실현하는 방식과 '가창', 잡가를 실현하는 방식과 '연창'이라는 용어가 적절히 호응하지 않는다는 사실을 달리 표현한 것인 셈이다. 줄여 말하면, 이와 같은 표현에 등장하는 용어들은 해당 장르를 실현하는 방식, 나아가 장르수행상의 특징이나 장르의 본질적 속성을 온전히 드러내지 못한 것이라고 할 수 있다.

그런 면에서 연행문학으로 통칭되는 역사적 장르들을 장르수행 방식의 차이를 고려하여 범주화하고 이들 각각에 적절한 개념을 부여하는 일은, 연행문학 전반을 질서화하고 체계적으로 이해하는 데 긴요한 일이 아닐 수 없다. 즉, '연행'을 상위개념 및 범주로 하면서, 장르수행 방식의 차이에 따라 그 하위범주를 설정하고 각각의 범주에 합당한 개념을 부여할 필요가 있는 것이다. 그렇다고 해서 이들 장르수행 방식이자 하위범주을 일컫는 용어를 새롭게 만들어 내는 일은 새삼스러운 혼란을 불러 일으킬 수 있기에, 이 문제는 해당 장르의 특성과 오늘날 두루 통용되고 있는 용어의 실상을 감안하여 체계화하는 것이 바람직하리라 생각한다.

첫째 유형은 '언술'을 주요 수행 요소로 하여 거기에 '동작'을 유기적으로 결합하는 경우로서, 표현의 묘미를 느낄 수 있는 짤막한 어구나 일정한 줄거리를 가진 이야기를 말로써 서술하면서, 그 내용과 상관된 여러 동작들을 곁들여 실현한다고 했다. 이 유형에 속하는 장르들은 요컨대 장르수행의 초점이 '말로써 서술'하는 데 놓여 있다는 점에서, 구술 연행이 실현화의 관건으로 작용하는 '口演' 방식을 취한다고 할 수 있다. 따라서 속담·수수께끼·설화 등은 '구연장르'로 분류할 수 있다.

둘째 유형은 '곡조'를 주요 수행 요소로 하여 거기에 '동작'을 유기적으로 결합하는 경우로서, 노랫말을 일정한 틀이 잡힌 악곡에 실어 노래하면서, 가락에 맞추어 자연스러운 동작을 곁들여 실현한다고 했다. 이 유형에 속하는 장르들은 장르수행의 초점이 '노랫말을 악곡에 실어 노래'하는 데 놓여 있다는 점에서, 악곡에 맞추어 노래하는 행위가 실현화의 관건으로 작용하는 '歌唱' 방식을 취한다고 할 수 있다. 따라서 민요를 위시하여 노래로 불리어진 고전시가 일반은 '가창장르'로 분류할 수 있다.

셋째 유형은 '곡조'를 주요 수행 요소로 하여 거기에 '언술'과 '동작'을 유기적으로 결합하는 경우로서, 일정한 줄거리로 엮어진 사설을 장단·조 등의 음악적 요소에 실어 노래—소리하면서, 그 사이사이에 사설을 말로써 서술하는 부분을 두며, 사설 전개 상황에 따라 적당한 동작을 곁들여 장르를 실현한다고 했다. 이 유형에 속하는 장르들은 장르수행의 초점이 '일정한 줄거리로 엮어진 사설을 장단·조 등의 음악적 요소에 실어 노래—소리'하는 데 있으면서도, 이를 '사설을 말로써 서술'하는 부분과 교체·연속해 나가는 과정을 통해 실현하며, '동작' 또한 사설 내용이 빚어내는 여러 상황과 유기적 연관하에서 이루어진다는 점에서, 사설·소리·동작의 역동적 유기성이 실현화의 관건으로 작용하는 '演唱' 방식을 취한다고 할 수 있다.

이와 같은 맥락에서 무가·판소리 등은 '연창장르'로 분류할 수 있다.14)

넷째 유형은 '동작'을 주요 수행 요소로 하여 거기에 '언술'과 '곡조'를 유기적으로 결합하는 경우로서, 몸짓·춤으로 대변되는 동작에, 서로 주고받는 대사나 장단이 수반된 노래를 결합하여 장르를 실현한다고 했다. 이 유형에 속하는 장르들은 장르수행의 초점이 '놀이의 성격을 지닌 전달 내용을 몸짓·춤 등의 연기를 통해 구상적으로 현시'하는 데 놓여 있다는 점에서, 놀이화된 연기가 실현화의 관건으로 작용하는 '演戲' 방식을 취한다고 할 수 있다. 그리하여 무당굿놀이·탈춤·꼭두각시놀음 등의 민속극은 '연희장르'로 분류할 수 있다.

이렇듯 연행문학으로 통칭되는 역사적 장르들은 작품의 실현화 양상을 결정하는 장르수행 방식의 차이에 따라 '口演·歌唱·演唱·演戲' 등의 하위범주로 서분할 수 있으며, 개별 장르의 유형적 성격에 따라 각각 이들 하위범주에 분류·소속시킬 수 있으리라 본다. 이상의 논의를 바탕으로 연행문학의 범주에 속하는 여러 영역과 장르간의 경계를 간략히 도식화하여 정리하면 다음과 같다.

<pre>
              ┌─ 구연문학 : 속담·수수께끼·설화 등
              ├─ 가창문학 : 민요를 위시한 고전시가 일반
  연행문학 ───┤
              ├─ 연창문학 : 무가·판소리 등
              └─ 연희문학 : 무당굿놀이·탈춤·꼭두각시놀음 등
</pre>

---

14) 논자에 따라서는 무가와 판소리를 '가창' 장르로 분류하기도 한다. 구체적 논의 대상이나 분류 기준에 따라 견해가 다를 수 있겠지만, 우선 무가나 판소리는 위에서 '가창' 장르로 분류한 민요나 고전시가와는 장르수행 방식이 다를 뿐 아니라, 음악적 성격 또한 다르다는 점에서 서로 차별화할 필요가 있으리라 본다. 요컨대 '연창' 장르라는 명칭은 이와 같은 필요에도 부응하지 않을까 생각한다.

4) 연행문학의 장르수행상의 특징

연행문학은 현장에서 연행될 때라야 비로소 존재 의의와 가치를 지닌다. 따라서 그 특성 역시 연행의 실상과 관련된 국면들을 살피는 데서 보다 구체적으로 드러난다. 연행문학은 예의 장르수행 방식의 차이에 따라 '口演·歌唱·演唱·演戱' 문학으로 분류할 수 있거니와, 이들 하위범주에 속하는 문학 장르들은 각기 독특한 관습의 토대 위에서 장르수행이 이루어진다. 다음에서 그 두드러진 면모를 장르수행 원리와 실현화 과정상의 특징에 초점을 맞추어 살펴보되, 특히 문학적 요소가 여타의 요소들과 어떠한 연관하에 실현되는가에 중점을 두어 고찰하기로 하겠다.

① 구연장르

속담·수수께끼·설화 등의 장르는 언술과 동작의 요소를 통해 장르수행이 이루어진다. 그러면서도 이들 장르는 말로써 서술하는 구술 연행이 실현화의 관건으로 작용하기에, 표현 언어와 내용을 전개해 나가는 방식이 장르수행 과정에서 특히 중요한 문제로 대두된다. 동작에 해당하는 손짓·몸짓·표정 등은 이러한 언술적 측면과 유기적 연관을 맺는 차원에서라야 비로소 실질적인 의미를 지닌다.

표현의 묘미를 느낄 수 있는 짤막한 어구로 이루어진 속담·수수께끼의 경우, 대개 비유적 표현을 통해 교훈적 의미를 전달하거나 숨어 있는 뜻을 찾도록 유도함으로써 장르가 실현된다. 이를테면 '고양이 쥐 생각'이라는 속담이나 '가죽 벗기고 수염 깎고 살은 발라내고 뼈는 버리는 것은?'과 같은 수수께끼를 통해, 표현 언어에 담긴 말의 묘미와 뜻을 되새겨 느끼고 즐기는 차원에서 구연이 이루어지는 것이다.

설화의 경우는 일정한 줄거리의 이야기를 말로써 서술해 나가는 과정에서, 비유적 표현은 물론 의성어·의태어 등을 빈번하게 동원하여 시각적 청각적 효과를 높임으로써, 서술 내용을 한층 입체화시켜 구연한다. 그리하여 전개되는 내용에 흥미와 실감을 더하며, 청중들로 하여금 구연 상황에 집중하기 하는 효과를 자아낸다. 구연 현장의 분위기는 어떤 내용—성격의 이야기인가에 따라 자연스럽게 조성되기도 하지만, 그보다는 오히려 줄거리 전기와 관련된 구연자의 표현 언어와 구사능력에 의해 좌우되는 경우가 더 많다.

그렇기에 장르수행에 있어서 표현 언어나 구연 내용이 세련되거나 정제되어 있지 않다. 구연의 언어들은 대개 앞서 말한 어구들이 자주 되풀이되는 것은 물론, 거칠거나 장황스러운 말투가 태반이기 때문이다. 그래서 가창장르와는 비교하기조차 어려울 뿐 아니라, 연창·연희장르에 속하는 작품들에 비해서도 표현 언어의 세련성이나 정제성은 현저히 떨어진다고 할 수 있다. 요컨대 유창하기는 해도 다듬어지지 않은 것이다.

그렇지만 이런 면이 바로 구연장르를 대표하는 설화의 장르수행상의 특징 가운데 하나다. 그리고 이러한 특징은 구연 과정에서 나름의 의의있는 기능을 한다. "장황스런 말투, 즉 직전에 말해진 것의 되풀이는 화자와 청자 양쪽을 이야기의 본 줄거리에서 벗어나지 않도록 단단히 비끄러 매둔다. 장황스런 말투는 구술문화에서의 사고와 말하기의 특징이라는 점에서, 빈틈없이 조리정연한 것보다 어떤 깊은 의미에서 한층 자연스러운 사고와 말하기가 되는 셈이다."15)와 같은 논의에서 보듯, 줄거리 자체에 결속력을 부여하면서 구연자와 청중 사이의 유대감을 강화하고, 이야기판에 친숙한 분위기를 조성·유지해 나가는 기능을 발휘할 수 있는 것이다.

중요한 것은, 이와 같은 표현 언어와 구술 내용이 전달되는 상황과 문맥이다. 그리고 여기에서 나아가 이를 구연자가 어떤 어조로 실현하느냐에

---

15) 월터 J. 옹 지음, 이기우·임명진 옮김, 『구술문화와 문자문화』, 문예출판사, 1995, 65면.

따라 연행 현장에 모인 청중들의 느낌이나 반응이 전혀 달라질 수 있다는 사실이다. 가령, '고양이 쥐 생각'이라는 속담을 구연할 때, "글쎄 그게 '고양이 쥐 생각'하는 거지 뭐겠어?"라고 할 때와, "이런 경우를 뭐랄까 '고양이 쥐 생각'한다고나 할까?"라고 할 때의 문맥적 상황과 정서적 반응이 다를 수 있는 것이 그것이다. 이와 같은 구연 내용과 어조의 유기적 연관성은 설화의 구연 과정을 통해 보다 분명하게 확인할 수 있다.

같은 소재나 줄거리로 구성된 이야기라도 이야기하는 사람에 따라 전혀 색다른 맛을 풍기는 것은, 일차적으로 그 이야기꾼의 말솜씨와 표현 언어에 깃든 어조 때문이다. 능숙한 구연자는 이야기 내용에 걸맞는 어조를 통해 연행의 분위기와 청중의 정서적 반응을 유도해 나감으로써, 이야기에 흥미와 실감을 더하고 감정의 완급조절을 꾀해 나간다. 그리하여 줄거리의 세부에 따라 구술을 잠깐씩 멈추거나 청중들에게 질문하는 형식을 취하면서 적절히 호흡을 고르기도 하고, 예의 의성어와 의태어 그리고 다양한 비유법을 구사하여 표현의 생동감과 구상적 이미지의 효과를 불러 일으키는 수법들을 동원한다. 요컨대 이야기 내용을 구성지고 실감나게 전개해 나감으로써, 청중들을 구연 상황에 몰두하게 하고 구연 현장의 분위기를 사로잡는 것이다.

이처럼 구연장르에 속하는 문학 양식들은 특히 구술 내용과 어조의 유기적 연관성에 바탕을 두고 장르가 수행되며, 그 수행의 질 또한 유기성의 밀도에 따라 판가름난다고 할 수 있다. 그런 면에서 '구술 내용과 어조의 유기화'는 곧 구연장르의 장르수행 원리에 해당한다고 할 수 있다. 아울러 구연자는 이러한 원리를 상황과 문맥에 적용하여 하나의 의의있는 구조를 창출함으로써 장르를 실현한다고 할 수 있다. 이름하여 규범적 동질성을 지니면서도 상황과 문맥에 따른 개성적 구연구조를 통해 장르를 실현하는 것이다.

문제는 이같은 '구술 내용과 어조의 유기화'를 원리로 한 장르수행의 다양성과 청중의 호응도에 따라, 구연의 성공여부가 판가름나기도 하고 실현화의 질이 결정되기도 한다는 사실이다. 그래서 탁월한 구연자들은 이야기 도중 코먹어리가 등장하는 대목에서는 코먹어리 소리를 흉내내 가면서 구연 내용에 생동감을 불어넣는 것은 물론, 눈살을 찌푸린다든가 갑자기 손뼉을 쳐서 청중들의 주의를 환기하는 등 동작의 요소를 십분 활용하기도 한다. 더욱이 단순한 발화 차원의 구술만이 아니라, 경우에 따라서는 가락을 동원하여 읊조리거나, 아예 타령조와 같은 곡조를 동원하는 경우도 없지 않다. 그렇지만 그런 예가 흔한 것도 아니고, 설사 이루어진다 해도 극히 제한된 부분에 그치는 정도일 뿐이기에, 전체적으로는 이야기 내용을 구술하면서 거기에 어조와 동작을 유기적으로 결합하는 양상을 띠는 것이 지배적이다.

한편, 구연장르에 속하는 문학 양식들은 거의 모두가 구비전승을 통해 생성·존속되기에, 엄밀한 의미의 텍스트라는 것이 없고, 구연자의 기억에 의존하여 장르수행이 이루어진다. 따라서 장르수행과 관련하여 일정한 규범을 갖기 어려우며, 그런 만큼 여타의 연행문학 장르 가운데서도 특히 다양한 각편이 존재하는 것이 특징이다. 물론, 그렇다고 해서 장르수행에 아무런 규범이 존재하지 않는 것은 아니다. 구연장르들은 개개의 구연 자체가 하나의 각편에 해당하기는 해도, 그 내용들은 대개 유형성을 띠고 전승·실현되기 때문이다. 구연 내용, 즉 텍스트가 일종의 잠재적인 규범으로 존재하는 것이다.

따라서, 구연장르의 연행자는 연행 현장의 분위기에 따라 기존 내용에 청중들의 흥미를 끌 만한 요소를 첨가시키기도 하고, 줄거리의 세부를 즉흥적으로 변형시켜 관심의 밀도를 강화하기도 한다. 이른바 연행 상황에 기민하면서도 융통성있게 대처함으로써, 구연 내용에 부합하는 분위기를 조성하고 주도해 나가는 것이다. 구연자는 자신이 구연하는 내용이 청중들에게 적극적 혹은 열광적으로 받아들여 질 때라야 비로소 흥이 나고 구연의 가치가 살아나기 때문이다. 그런 면에서 구연장르의 장르수행에 내재하는 독창성이란 대부분 새로운 이야기의 줄거리를 만들어 내는 데 있다기보다는, 구연 현장에 모인 청중들과 그때그때 정서적 교감을 이루면서 "당시의 상황 속에서 그 당시에만 있는 방식으로 존재"[16]하는 이야기를 구연해 나가는 데 있다고 하겠다.

② 가창장르

민요와 고전시가로 통칭되는 역사적 장르들은 노랫말을 일정한 틀이 잡힌 악곡에 실어 노래하면서, 자연스러운 몸짓이나 춤을 곁들이는 과정을 통해 장르수행이 이루어진다. 그런데, 몸짓·춤과 같은 요소 역시 장르수행에 긴밀히 관여하기는 하지만, 이들 장르는 악곡에 맞추어 노래하는 행위가 실현화의 관건으로 작용하기에, 특히 가창을 틀지우는 악곡의 성격과 이에 따른 노랫말의 질서가 장르수행에 개재하는 중요한 문제라고 할 수 있다.

우선, 동작에 해당하는 몸짓이나 춤은 모든 장르에 공통되는 필수적 요소라고 하기는 어렵지만, 가창장르의 장르수행 양상을 특성화하는 요소임에는 틀림없다고 할 수 있다. 예컨대, 「강강술래」와 같은 민요는 노랫말과 악곡과 춤이 한데 어우러져 연행될 때라야 장르가 실현되는 셈이기에, 어느 한 요소만을 중심으로 장르수행이 이루어질 수 없다. 또, 『고려사』 악지(樂志)를 통해 확인할 수 있는 바와 같이, 대부분의 속악가사 역시 악곡과 춤을 동반한 상태에서 연행될 때 비로소 장르가 실현된다고 할 수 있기에, 동작의 요소가 장르수행에 긴밀하게 관여하는 것만은 분명하다고 할 수 있다. 따라서 가창장르의 장르수행에 있어서 동작의 요소는, 특히 이를 절실히 필요로 하는 장르나 작품들의 실현을 완전하게 하는 충분조건으로

---

16) 같은 책, 68면.

관여한다는 데 중요한 의의가 있다고 할 수 있다.

그러나, 가창장르의 장르수행 양상과 특징은 무엇보다도 노랫말과 악곡의 관계를 통해 구체적으로 드러난다. 가창장르의 개별적 특성은 일차적으로 노랫말과 악곡이 어떻게 결합하느냐에 따라 결정되며, 그 결합에 관여하는 악곡의 성격과 노랫말 배분 규범이 장르수행의 핵심 요건에 해당하기 때문이다.

그런데 가창을 통해 장르수행이 이루어지는 경우에 있어서, 악곡은 이미 일정한 성격으로 틀지워져 있는 것이 상례다. 따라서 새로운 악곡을 창출하여 가창에 임하는 극히 예외적인 경우를 제외하면, 가창자는 다만 자신의 의식 속에 일종의 규범으로 존재하고 있는 악곡에 노랫말을 실어 노래함으로써 장르를 실현한다. 이같은 맥락에서 가창장르의 노랫말은 대개 악곡이 전제된 상황에서 지어지는 동시에 배분된다고 할 수 있으며, 개별 장르의 특성 역시 기본적으로는 악곡에 의해 결정된다고 할 수 있다.[17]

중요한 것은 이와 같은 노랫말과 악곡의 관계가 내포하고 있는 의의와 이에 대한 가창자의 인식이다. 가창이라는 개념 자체가 암시하듯, 노랫말은 악곡과의 유기적 연관하에 놓임으로써 비로소 실질적인 효용성을 지닌다. 그리고 악곡 역시 노랫말의 의미와 통사적 질서에 따라 선율·리듬·박자 등이 형성되거나 변화할 수 있다. 가창장르는 이처럼 노랫말과 악곡의 상호의존적 유기적인 연관성을 바탕으로 장르실현의 틀이 결정되기에, 가창자는 바로 이 점을 예의 포착하여 숙달시킴으로써 장르수행에 임할 수 있다. 아울러 이렇게 해서 숙달된 장르실현의 틀은 가창자의 의식 속에 규범의 형태로 존재하게 된다.

---

17) 강등학은 민요의 가창 문제를 논하면서, "민요의 장르적 특성은 기본적으로 창곡에 의해 결정된다. 그러기에 보통 민요의 장르 구분은 창곡이 그 기준으로 활용된다."(앞의 「민요의 가창구조에 대하여」, 292면)라고 한 바 있다. 본고는 이를 참조하였다. 이하에서 논의되는 가창장르의 특성 및 가창구조에 관련된 서술 역시 이 글에 힘입은 바 크다.

이렇게 볼 때, 가창을 통해 장르수행이 이루어지는 문학 양식들은 기본적으로 악곡에 의해 그 특성이 결정된다고 할 수 있지만, 궁극적으로는 노랫말과 악곡을 유기적으로 결합함으로써 장르가 실현된다는 면에서, '노랫말과 악곡의 유기화'를 장르수행의 원리로 한다고 할 수 있다. 나아가 장르수행의 질 또한 이와 같은 유기성의 여부가 일차적인 판별 기준이 된다고 할 것이다.

그런가 하면, 가창장르에 속하는 문학 양식들은 개별 장르의 작품들이 준거로 하고 있는 악곡에 노랫말이 어떠한 방식으로 배분되느냐에 따라 각기 독자적인 구조를 갖는다. 여기에서의 구조는 위에서 말한 장르실현의 틀을 달리 일컫는 말이기도 한데, 이는 동일한 악곡에 노랫말만을 달리한 각편의 경우 외에는 작품마다 다르다고 할 수 있다.[18] 따라서 가창장르에 속하는 작품들은 바로 이와 같은 가창구조에 따라 차별된다고 할 수 있다. 그러나 가창자의 장르수행 관점에서 보면, 가창구조는 가창자의 의식 속에 이미 규범으로 존재하는 것이 상례이기에, 가창장르의 장르수행은 구연·연창·연희장르에 비해 개성적 실현화의 폭이 상대적으로 제한되어 있는 것이 특징이라고 할 수 있다.

작품을 노래하는 방식은 몇 명이 어떤 순서로 부르는가에 따라 구분된다. 민요의 경우 독창·합창·선후창·교환창으로 나누어지는 것이 통례며, 크게는 독창과 합창을 자체에 아우르고 있다는 면에서 선후창과 교환창으로 나눌 수 있다. 반면, 고전시가의 경우는 사뇌가·경기체가·속가 등과 같이 오늘날 가창을 재연할 수 없는 예가 많고, 가창의 양상을 살필 수 있는 시조(사설시조)·가사·잡가 등은 거의가 혼자서 부른다.

민요와 고전시가가 공히 가창을 통해 장르수행이 이루어지면서도 이처

---

18) 물론, 시조(사설시조)와 같이 음악의 명칭이 문학의 양식 개념어로 쓰이게 된 경우는 개별 작품들 모두가 악곡적 동질성을 띨 수 있기에, 장르 단위에 걸쳐 같은 구조를 취한다고 할 수 있다. 덧붙여, 가곡창과 시조창의 구분은 이 경우 층위를 달리해서 논의할 문제다.

럼 노래하는 방식에 차이가 나는 것은, 요컨대 장르담당층과 전승방식이 다른 데 기인하는 것이 아닐까 생각한다. 즉, 민요는 피지배계층에 의해 향유된 집단의 노래로서, 구비문학의 성격을 지니고 있다. 그러나 고전시가 역시 이같은 구비문학에 뿌리를 두고 있기는 하지만, 대부분 지배계층에 의해 향유된 개인적 서정의 노래로서, 우리 문학사에서 기록문학의 형태로 전승되고 있다. 이와 같은 차이로 인해 민요와 고전시가는 장르수행의 양상에 큰 차이가 날 수 있으며, 노래하는 방식이 그 단면이 아닐까 생각한다.

한편, 가창이 이루어지는 문맥과 현장 상황 등도 개별 장르나 작품의 성격과 맞물려 장르수행의 양상과 특징을 결정하는 요인으로 작용한다. 가창자는 애초 노래판의 상황에 걸맞는 악곡과 레퍼토리를 선택하는 일로부터, 가창 현장의 분위기나 청중의 기호에 부합하는 차원에서 노랫말을 즉흥적으로 지어 부르거나 변개하기도 하고, 리듬이나 박자에 변화를 주어 색다른 분위기를 연출하기도 한다. 이런 사실들이 가창을 개성적으로 수행하는 단면들이기도 하다.

기능적인 면에서 볼 때, 가창은 대개 의식을 치르거나 노동할 때 그리고 놀고 즐기는 자리에서 이루어진다. 의식의 기능을 지닌 노래는 본디 일정한 목적의식이 동반된 상황에서 가창되므로, 노랫말이나 악곡이 고정적 성격을 띤다. 그런데 노동이나 유희의 기능을 지닌 노래는 가창 분위기 자체가 대부분 분방하기에, 그만큼 틀에 얽매이는 경우가 적어 노랫말이나 악곡이 가변적 성격을 띤다. 이런 사실은 민요의 경우에서 두드러지지만, 가창의 양상을 살필 수 있는 시조(사설시조)·가사·잡가 등 고전시가의 경우에서도 확인 가능하다.

그런 면에서 일종의 규범으로 존재하는 악곡의 측면 역시 고정불변의 것만은 아니기에, 가창 현장의 분위기와 상황에 따라 리듬이나 박자에 변화가 있을 수 있다. 그러나 그 변화의 폭은 일반적으로 넓지 않으며, 대개 느리거나 빠르게 또는 높거나 낮게 변화하는 정도에 그친다고 할 수 있다. 그런데 노랫말의 경우는 사정이 다르다. 예의 가창 분위기와 상황에 따라 상당한 변화의 폭을 허용·유지할 수 있기 때문이다.

③ 연창장르

무가·판소리 등의 장르는 일정한 줄거리로 엮어진 사설을 장단·조 등의 창조(唱調)에 실어 노래−소리하는 데 장르수행의 초점이 놓여 있다. 그러면서도 사설·소리·동작의 역동적 유기성이 실현화의 관건으로 작용하기에, 연창 내용을 소리와 동작으로 형상화하여 청중들에게 전달하면서 정서적 공감대를 확산시켜 나가는 문제가 특히 중요하다고 할 수 있다.

무가·판소리 사설은 기본적으로 열거와 반복의 수사기법을 동원하여 줄줄이 엮어 나가는 것이 특징이다. 무가 사설은 대개 신의 내력과 행적, 신과 인간의 대화, 신에 대한 칭송과 환대, 신에게 드리는 인간의 기원 등이 중심 내용을 이룬다. 그리고 판소리 사설은 작품마다 일정한 서사적 줄거리를 바탕으로 한 내용이 갖추어져 있다. 그런데, 이들 연창장르의 사설은 공히 신(신격)이나 인물, 정경과 상황, 경관과 물상 등을 묘사하는 대목에 이르러서는 특히 다양한 비유와 표현 어구들을 줄줄이 엮어 나가면서 대상의 이미지를 구상화한다. 그리하여 하나의 구체적 형상을 창조한다. 연창장르의 장르수행은 바로 여기에 관심이 집중된다. 따지고 보면, 무가든 판소리든 이와 같은 대목들에 이르러 정서가 고양되고 연창의 묘미를 느끼게 된다. 연창자와 청중의 정서적 교감 역시 이런 대목들을 통해 이루어진다고 할 수 있다.

중요한 것은, 이와 같은 정서 체험을 가능케 하는 연창자의 능력과 전략이다. 이 문제에 있어서 연창자는 우선 다양하고도 풍부한 사설을 동원한다. 줄거리 진행과의 상관성 여부를 떠나 사설 자체를 다채롭고 풍부하게 엮어 나감으로써, 연창 현장에 모인 이들로 하여금 정서적 고양 상태를 체험하게 하는 것이다. 무가·판소리 사설의 보편적 특징이 되다시피한 장황하고 과장된 표현이라든가 상투적인 표현 등은 대부분 이런 과정에서 비롯된 것이라고 할 수 있다.

그렇지만 이같은 면모는 장르수행에 관련된 연창자의 능력과 전략의 일종으로서, 앞서 논의한 바 있듯 간결하거나 조리정연한 표현들보다 한층 자연스러운 사고와 정서적 반응을 불러 일으킨다. 이는 근본적으로 말-소리를 통해 대상의 이미지와 내용적 의미를 형상화해야 하는 현장 연창예술의 특성에 기인한다고 할 것이다. 나아가 이 경우에 등장하는 이른바 상투적인 표현들은 흔히 생각하듯 진부함으로 전락하는 것이 아니라, 비개성적이기에 오히려 그만큼 친숙·용이하게 정서적 공감대를 확장시키는 효과를 가져온다고 할 수 있다. 확장된 공감의 영역을 토대로 청중들과 자연스러운 정서적 교감을 이루어 낼 수 있기 때문이다. 무가나 판소리 연창에서 추구되는 청중들과의 일체감 형성에 이렇듯 표현 언어 역시 긴밀하게 관여하는 것이다.

연창을 통해 이루어지는 구상적 이미지의 현시와 형상창조, 그리고 이를 토대로 한 내밀한 정서 체험은, 사설 자체만으로는 가능하지 않다. 무가나 판소리의 연창으로 말하면 오히려 사설보다는 소리에 더 큰 비중이 놓인다고 할 수 있기 때문이다. 더욱이 연창장르의 창조-장단과 조는 매우 다양한 편이어서, 감정의 변화와 갈등의 양상을 형상화하는 데 매우 효과적인 기능을 발휘한다. 무가는 무가 나름의 독특한 음색과 다채로운 장단이 있거니와, 특히 판소리는 질박하면서도 섬세한 맛을 내는 소리가 느리거나 빠른 장단과 밝거나 어두운 분위기를 자아내는 조 등과 어울려, 판에 모인 이들로 하여금 인간 목소리의 무한한 예술성과 잠재력을 실감케 한다.

연창장르는 특히 이와 같은 소리가 사설 내용이 빚어내는 여러 상황과 유기적 연관하에 놓임으로써, 굿판 또는 소리판을 통해 추구되는 의미와 정서적 체험을 입체화한다. 이른바 "들려주는 소리를 통하여 보여주는 효과"[19]를 연출해 내는 것이다. 아울러 이와 같은 장르수행의 과정에서 연창자는 문맥적 상황에 따라 손짓·몸짓·춤·표정 등 동작의 요소들을 적절히 가미함으로써, 해당 문맥의 의미와 정서 체험을 보다 온전하게 한다.

이렇게 볼 때, 연창장르에 속하는 문학 양식들은 특히 사설과 소리의 유기적 결합에 바탕을 두고 장르가 수행되며, 그 장르수행의 질 또한 이러한 유기성이 빚어내는 효과에 의해 판가름난다고 할 수 있다. 그런데 소리를 구성하는 요건들 가운데서도 다양한 감정을 실어내는 창조야말로 판을 통해 추구하는 의미와 정서를 형상화하는 핵심 요건이라는 점에서, 연창장르는 곧 '사설과 창조의 유기화'를 장르수행의 원리로 한다고 할 수 있다. 그리하여 연창자는 이러한 원리를 연창이 이루어지는 문맥과 상황에 적용하여 장르를 실현하면서, 판의 목적에 부합하는 수행을 이루어 나간다고 하겠다.

한편, 각별한 의도나 목적이 전제된 판이 아니고서는, 연창장르는 시작에서 끝이 온전하게 갖추어진 '거리'나 '마당' 전체가 연창되지 않는 것이 특징이다. 무가의 경우 12거리의 사설 모두를 연창하기보다는 굿이 행해지는 목적에 따라 특정 거리만을 부분적으로 연창하는 예가 많으며, 판소리 역시 일정 대목을 중심으로 부분연창을 하는 것이 일반적이다.

무가·판소리 연창자가 다양한 청중을 상대로 굿판이나 소리판을 이끌어 나갈 때 취할 수 있는 방식은, 무엇보다도 판이 이루어진 맥락과 상황적 분위기에 맞는 거리나 대목을 중심으로 하나의 독립된 연창 단위를 이루어 나가는 것이 효과적이다. 이러한 경향은 곧 부분연창의 양식을 낳게 마련인데, 이 부분연창이야말로 무가·판소리의 다양한 향유계층의 요구에 적절히 대응할 수 있는 장르수행 양식이라고 할 수 있다. 물론, 이처럼 각

---

19) 서종문, 「'흥보가' 박사설의 생성과 그 기능」, 『판소리 사설 연구』, 형설출판사, 1984, 166면.

각의 거리나 장면 단위의 독립성이 가능한 것은 근본적으로 연창자와 청중의 상호의존성이라든가, 전체적으로는 일정한 줄거리 체계를 형성하면서도 개별적인 변이를 허용하는 구조적 역동성, 그리고 사설 자체의 기능적 자율성 등을 바탕으로 한 무가나 판소리의 장르적 특성 때문이다.

그렇기에 연창장르는 기본적으로 연창이 이루어지는 판의 성격과 청중의 분위기어 따라 연창의 내용이 정해지고 수행의 실상이 판가름난다. 특히 판소리의 경우는 이와 같은 과정에서 연창자의 개성과 청중의 반응이 보다 분명하게 드러나기도 한다. '비단을 달라는 이에게는 비단을 주고 무명을 달라는 이에게는 무명을 준다.'라는 말에 이런 사실이 잘 함축되어 있다. 무가·판소리와 같은 연창장르는 특히 청중의 욕구와 감정에 항상 밀착되어 있지 않으면 안 되기 때문이다. 그래서 연창장르 역시 사설의 세부나 창조의 구성 면에 있어서 다양한 각편이 존재한다. 즉흥적 변개성 또한 청중의 욕구와 감정에 곧바로 부응하는 연창자의 능력이자 개성적 실현화의 단면이라고 할 수 있다.

그렇지만 아무리 다양한 각편들이 판을 통해 존재한다 하더라도, 무가나 판소리의 연창목록은 기본적인 동질성을 유지한다. 연창자의 개성과 판의 상황에 따라 가변성을 허용하는 연행문학적 역동성을 지니면서도, 연창자의 의식 속에 역시 일종의 규범으로 존재하는 전승구도상의 동질성이 유지되기 때문이다. 무가의 경우 사승관계나 가계를 통해 일정하게 틀이 잡힌 연창목톤이 전수되며, 판소리의 경우는 '대가닥[制]→바디[板]→소리[唱]'의 유기적 연관을 통해 연창목록이 전수된다는 사실이 이를 잘 말해 준다. 그래서 판소리의 경우는 새삼스러운 말이 필요하지 않거니와, 「바리데기」와 같이 전국적인 분포·전승을 보이는 무가에 있어서도, 사설의 세부는 연창자나 지역에 따라 편차가 나지만 그 기본 줄거리 만큼은 유형적으로 동일한 양상을 띤다.

④ 연희장르

무당굿놀이·탈춤·꼭두각시놀음 등의 민속극 장르는 몸짓·춤으로 대변되는 동작에 대사와 음악 반주가 유기적으로 결합하는 과정에서 장르수행이 이루어진다. 그런데 이들 장르는 기본적으로 놀이의 성격을 지닌 까닭에, 놀이화된 연기가 실현화의 관건으로 작용한다. 따라서 연희 내용을 구상적으로 현시하는 과정을 통해 관중들과 정서적 교감을 이루어 나가는 문제가 장르수행에서 특히 중요하다고 할 수 있다.

연희장르의 대사는 연희 자체가 놀이성을 바탕으로 성립·전개되기에, 주로 재담 또는 덕담의 성격을 지닌 표현어구와 내용들을 풍부하게 동원하는 것이 특징이다. 아울러 장면 장면을 효과적으로 표출·전달하기 위해 농도 짙은 비유와 표현어구의 열거 및 반복이 빈번하게 이루어진다. 그래서 언어유희적인 성격이 두드러지며, 수수께끼식의 문답과 생활현장의 싱싱함을 그대로 반영한 욕설과 외설스러운 말 등이 연희자의 입을 통해 스스럼없이 튀어나온다. '아 제미를 붙을 양반인지 좆반인지 허리 꺾어 절반인지 개다리 소반인지 꾸레미전에 백반인지 말뚝아 꼴뚝아 밭 가운데 최뚝아, 오뉴월에 밀뚝아, 잔디뚝에 메뚝아, 부러진 다리 절뚝아, 호도엿장사 오는데 할애비 찾듯 왜 이리 찾소?'와 같은 「봉산탈춤」 양반과장에 나오는 말뚝이의 대사가 그 단적인 일면이다.

우리 연희장르의 언어-대사는 대개 서민적 시각에서 지배계층의 행태와 허위의식을 골계적으로 풍자하는 것이 주를 이룬다. 그래서 대부분 거칠고도 활기에 찬 표현과 내용적 사실을 담고 있다. 이는 민속극으로 대표되는 우리의 연희장르가 서민적 생활현장에서 표현의 기틀을 마련하고 있다는 사실을 잘 말해 준다. 그런 맥락에서 "탈춤은 서민의 삶 속에 상존하여 온 긍정·부정의 세계와 더불어, 현장성 즉 인간의 삶 일체가 형상화된 것"[20]이라는 견해는, 주로 탈춤에 초점이 맞추어져 있기는 해도, 우리의 민속극 일반에 두루 적용할 수 있는 특징을 함축하고 있다 할 것이다.

그런데, 연희라는 장르수행 방식은 거의 전적으로 시각 또는 시각적 효과에 의존하여 이루어진다. 따라서 연희장르의 언어들은 이른바 시각화되고 행동화된 언어라는 사실에 주목할 필요가 있다. 극의 진행이나 줄거리 전개 과정에 등장하는 대사들은 언술 그 자체만으로 필요하고도 충분한 의의를 지니는 것이 아니라, 해당 장면 또는 과장에서 요구되는 구상적 이미지를 현시하는 차원에서, 대개 몸짓·춤과 같은 동작의 요소와 유기적으로 결합될 때 실질적인 효용성을 지니는 것이다. 물론, 대사의 구체적 양상은 연희장르의 양식적 기대 범주인 독백적 일인극으로부터 무언극에 이르기까지 매우 다양하다. 그래서 가령 「강릉 관노가면극」과 같은 무언극의 경우, 문학의 존립 근거에 해당하는 언어예술적 요소가 배제되어 있다는 면에서, 엄밀한 의미에서 문학의 범주에 속하기보다는 민속의 한 부류인 행위전승으로 분류하는 것이 온당할 지 모른다. 그러나 연희를 통해 전달되는 내용이 이른바 '행동화된 언어'의 형식으로 제시된다는 면에서는 문학−연희문학의 한 양식으로 분류할 수 있을 것이다.

그런 면에서 연희장르의 장르수행에 있어서 중심이 되는 것은 동작의 측면, 그 가운데서도 특히 음악 반주에 맞추어 행해지는 노래와 춤−가무라고 할 수 있다. 가무를 하는 행위 자체가 연희 내용을 형상적으로 제시하는 구체적 수단이자 방법에 해당하기 때문이다. 연희장르에 있어서의 가무는 특히 극중인물의 성격을 창조하고 보완하는 데 긴요한 역할을 한다. 특히 가면극에 있어서의 극적 긴장이나 갈등은 대사보다도 가무를 통해 더욱 역동적으로 표출된다.

그래서 연희가 이루어지는 마당에서 관중들의 시선을 집중시키고 연희자와 관중이 정서적 교감을 이루는 주요 순간들이 바로 가무로써 표출되

---

20) 조만호, 『전통희곡의 제식적 미학』, 태학사, 1995, 77~78면.

는 대목이라는 사실은 새삼스러운 사실이 아니다. 요컨대 연희장르에 있어서 대사의 부분들이 주로 극의 내용을 전개해 나가는 기능을 수행한다면, 가무의 부분들은 주로 극이 진행되는 마당의 분위기를 이끌면서 흥을 고조시키는 기능을 수행한다고 할 것이다.

연희장르는 이처럼 생활현장의 언어를 중심으로 한 대사와 가무를 중심으로 한 동작을 유기적으로 결합하여 연희마당의 분위기를 고조시키고 그 흥을 연희자와 관중이 공유하는 가운데 장르가 실현된다. 때로 가면을 쓰거나 인형과 같은 모형을 내세워 일정한 줄거리의 내용을 연희해 나가기도 하지만, 장르수행 과정에서 대사와 동작의 유기성만큼은 기본적으로 준수된다. 그런 면에서 '대사와 동작의 유기화'는 곧 연희장르의 장르수행의 원리에 해당한다고 할 수 있다. 나아가 연희자는 이러한 원리를 '과장'으로 일컬어지는 연희의 실제 문맥에 적용시켜 극중인물의 성격과 형상을 구상적으로 현시해 나감으로써, 시각적 효과를 통한 문맥적 의미와 정서를 관중에게 전달한다. 그래서 연희장르는 구연·가창·연창장르들에 비해 상대적으로 시공적 한계를 극명하게 드러내며, 이 점이 바로 장르수행 및 실현화 과정상의 두드러진 특징이기도 하다.

그런가 하면, 연희방식을 통해 장르수행이 이루어지는 양식들은 연희내용·연희자·무대·관중의 기본요건이 갖추어져야 장르가 성립한다. 그런데 민속극으로 대표되는 우리의 연희장르는 우선 별도의 조건을 갖춘 무대를 마련하여 판을 벌이는 것도 아니며, 관중석과 무대가 특별히 구분되지 않을 뿐 아니라, 연희자와 관중이 전혀 별개의 존재로서보다는 동반자적 유대관계를 유지하는 것이 일반적이다. 특히 가면극의 연희자는 자기의 역할이 끝나면 관중의 일부가 되기도 하는 지극히 친밀하고 개방적인 성향을 띠기도 한다. 이와 같은 특징은, 우리의 연행문학 일반이 그렇지만 특히 연희문학에 속하는 장르들은 관중과의 긴밀한 유대감을 바탕으로 정서적 교감이 이루어져야 비로소 실현화의 의미와 가치가 살아나는 까닭에,

이를 위한 장치·배려의 측면에서 이해될 수 있을 것이다.

나아가, 이와 같은 특징은 연희장르에 속하는 우리의 민속극들이 서양식의 연극 개념에 충실해 있기보다는, 생활현실에서 개연성으로 존재하는 단면들을 놀이의 형태로 표출하는 데 충실해 있음을 말해 준다고 할 수 있다. 그런 만큼 우리 고유의 생활양식과 특징들을 두루 형상화한다고 하겠는데, 장르수행의 핵심 요건을 이루는 놀이화된 연기 역시 이러한 연희 방식상의 특징과 근원적으로 맞닿아 있다고 할 수 있다. 그리하여 이와 같은 점들을 감안해 보면, 민속극으로 대표되는 우리의 연희장르는 사실 서민이라는 특정 계층만을 향유층으로 한 것이 아니라, 연희가 이루어지는 지역에 상주하는 모두를 포함하는 예능물의 성격을 지니고 있다는 발언이 가능할 것으로 생각한다.21)

한편, 무당굿놀이·탈춤·꼭두각시놀음 등의 연희장르는 어떤 개인에 의해 창작된 것이 아니라 민중 공동의 산물로서 형성·전승되어 왔기에, 놀이판의 현장성과 가변성이 장르수행 및 실현화의 또다른 관건이라고 할 수 있다. 그래서 우리의 연희장르는 대개 연희 마당의 상황이나 분위기에 따라 대사가 얼마든지 바뀔 수 있으며, 몸짓·춤과 같은 동작 역시 기본적인 틀만을 유지할 뿐 연희자의 개성에 따라 다채로운 변개가 가능하다. 이와 같은 사실 역시 놀이판에 모인 관중들의 다양한 욕구와 기대를 충족시켜야 하는 현장예술적 면모를 그대로 반영한 결과면서, 공동체 의식을 기반으로 형성·전승되어 온 우리 연희장르의 기본 성격을 여실히 드러내고 있다 하겠다.

---

21) 조만호는 "탈춤은 서민층만을 향유층으로 하는 것이 아니라 탈춤이 연행되는 지역에 상주하는 모두를 포함하는 예능물이기에 서민과 양반 모두 지향하는 양상을 보이고 있음을 알 수 있는바, '사(士)와 서민(庶民)을 합친 민중의 것'이었다."(앞의 책, 98~99면)라고 한 바 있다. 이러한 견해는 비단 탈춤에만 국한해서 적용할 수 있는 것이 아니라, 기본적으로 우리의 민속극 장르 일반에 적용 가능하리라 본다.

5) 맺음말

연행문학이 우리 문학사에서 차지하는 비중과 가치를 감안할 때, 그 포괄적 성격과 특징 그리고 연행문학에 속하는 장르들의 특성을 체계적으로 파악하는 일은 필요하고도 중요한 일이 아닐 수 없다. 이 글은 이 문제를 장르수행 방식에 초점을 맞추어 논의한 것으로서, 연행문학의 개념적 성격으로부터 구비문학과의 개념적 차별성, 장르수행 요소들의 결합 양상에 따른 유형과 하위범주의 문제, 나아가 '구연'·'가창'·'연창'·'연희' 문학으로 분류할 수 있는 연행문학 하위범주들의 장르수행 원리와 실현화 과정상의 특징 등을 간략히 살펴보았다. 그리하여 연행문학으로 통칭되는 역사적 장르들의 독특한 문학적 관습과 정서를 이해하는 하나의 논리적인 틀을 제시하고자 했다.

연행문학은 대개 민속과 함께 전승되는 음악·무용·놀이 등의 연행예술과 그 범주적 위상이 동일하다. 따라서 연행문학의 상위범주는 연행예술인 셈이다. 그러면서 연행문학으로 통칭되는 역사적 장르들은 비교적 다양한 범주적 경계와 이에 따른 개성적이고도 다채로운 성격을 지니고 있다. 아울러 연행문학은 전달의 현장성을 기반으로 그 내용이 연행자에 의해 연출·수행될 때에만 실질적인 존재 가치와 효용성을 지니기에, 장르수행 및 실현화 과정에 결부된 문제가 장르 혹은 작품 이해의 핵심적 고리 역할을 한다. 이는 특정 시·공에서의 연행 자체가 항상 하나의 각편에 해당한다는 사실에 근본 요인이 있다. 그런 까닭에 '전달의 현장성'과 '개성적 실현'이 연행문학의 중심 개념이자 기본 속성을 이루며, 동시에 장르수행의 요건으로 긴밀히 관여하기도 한다.

연행문학은 이야기판·노래판·굿판·소리판·놀이판 등 '판'을 통해 장르가 형성·전승되고 실현된다. 따라서 연행자와 청중 혹은 관중들과의 정서적 일체감을 추구하기 위한 장치와 배려가 장르수행 및 실현화 과정에 수반된다. 연행의 분위기와 좌중의 반응을 고려하여 기존의 줄거리를 변형한다거나, 연행 현장의 상황과 결부된 사실을 변개·첨가하기도 하면서 해당 장르를 실현하는 것이 그 두드러진 단면들이다. 그리하여 이런 단면들에서 연행문학의 특성이자 묘미가 살아나기도 한다. 또 관점을 달리해 보면, 이는 청중 또는 관중의 역할이 그만큼 중요하다는 사실을 말해주기도 한다. 요컨대 이와 같은 장르수행 및 실현화 과정상의 특징들은 연행자의 자질과 연출 능력을 판가름하는 기준으로 작용하기도 하며, 그리하여 연행문학의 본질적 국면을 대변한다는 데 의의가 있다.

다양한 문학 작품들에 내재해 있는 속성을 바탕으로 이들을 분류하여 범주화하고 명칭을 붙이는 일은, 궁극적으로 복잡한 현상들을 간결하게 정리하여 이해를 쉽게 하고자 하는 데 있다. 그런 면에서 장르론은 "문학의 질서와 작품의 구조를 보다 깊게 이해하고 체계화"[22]하려는 데 목적을 둔 것으로서, "질서의 원리라야 하며 동시에 문학의 본질과 속성을 밝히는 작업으로 연결되어야"[23]하고, "가능한 한 (시대적 위상에 따른) 편차와 역사적 동태를 포괄할 만한 유연성을 갖추는 것"[24]이 바람직하다고 할 수 있다.

연행문학의 경우는 여기에다 문학이 '살아있는 유기적 언어구조체'라는 사실을 보다 분명하게 인식한 차원에서 장르적 성격과 특징을 논의해야 마땅하지 않을까 생각한다. 아울러, 장르수행 및 실현화 과정을 통해 전달·수용되는 연행문학 작품들의 미학까지를 구명할 때, 이 글에서 논의의 주안점으로 삼은 장르수행 방식과 그 특징의 문제는 비로소 궁극의 목적을 달성하기 위한 수단이자 과정으로서 분명한 의의를 부여받을 수 있을 것이다.

(1998년)

---

22) 김문기, 「한국문학의 갈래」, 『한국문학연구입문』, 지식산업사, 1982, 25면.
23) 김학성, 「장르론의 반성과 전망」, 『국문학의 탐구』, 성균관대 출판부, 1987, 248면.
24) 김흥규, 『한국문학의 이해』, 민음사, 1986, 31면.

찾·아·보·기

저자약력

박 영 주 (朴英柱)
문학박사·강릉대학교 국어국문학과 교수
성균관대학교 국어국문학과 및 동교 대학원 졸업
대표 저서로『송강 정철 평전』(중앙M&B)이 있음

판소리 사설의 특성과 미학

초 판 발 행 / 2000년 6월 30일
저　　자 / 박 영 주
발행인 / 김 흥 국
발행처 / 도서출판 **보고사**
　　　　서울시 성북구 보문동 7가 11번지
등　　록 / 6-0429(1990.12)
전　　화 / 922-5121(代) 922-5120(도서주문) 922-6990(FAX)
E-mail / kanapub3@chollian.net　　Home-page / www.bogosabooks.co.kr
정가 15,000원

※잘못 만들어진 책은 구입처나 출판사에서 바꿔드립니다